倾斜

李发锁 ◎ 著

长春出版社
全国百佳图书出版单位

图书在版编目（CIP）数据

倾斜 / 李发锁著. -- 长春：长春出版社，2025.

1. -- ISBN 978-7-5445-7624-6

Ⅰ.I247.5

中国国家版本馆CIP数据核字第2024SQ2352号

倾　斜

著　　者	李发锁
责任编辑	程秀梅
封面设计	宁荣刚

出版发行	长春出版社
总 编 室	0431-88563443
市场营销	0431-88561180
网络营销	0431-88587345
地　　址	吉林省长春市南关区长春大街309号
邮　　编	130041
网　　址	www.cccbs.net

制　　版	长春出版社美术设计制作中心
印　　刷	长春天行健印刷有限公司

开　　本	880mm×1230mm　1/32
字　　数	311千字
印　　张	15
版　　次	2025年1月第1版
印　　次	2025年1月第1次印刷
定　　价	69.80元

版权所有　盗版必究

如有图书质量问题，请联系印厂调换　　联系电话：0431-84485611

凡 槊

（代自序）

凡槊属虎，原本虎林人氏。

兄弟排行第二，故被人称为"二虎"。投胎于东北在任何版本地图上都寻不出地名的偏僻村落，少不出村，未曾见过世面。虽然阴差阳错地混进了城市公民队伍，却时常露出一副木讷的屯相。妻子经过多年观察得出结论："做事多与正常人不一样，二虎！"

近几年，经商浪潮风起云涌，国民人心大变，文人纷纷摇桨出海，投笔从商。凡槊虎病又发，竟反其道而行之，提笔从文，搞起了文学创作，梦想一举挤进人声鼎沸的文学山道。

岂不知，凡槊原本不属于才气飞扬的一类，什么动辄万言、短篇不过夜、中篇不过周、长篇不过月，什么故事、人物、句子一个劲咕嘟嘟往外冒，跟阿拉伯石油一样，统统不沾边。好在有个虎劲，自知人微体贱，却也舍得花费蛮力。

一笔在握，有如挥镐，倍觉艰辛，犹如蜗牛爬行，身后留下一条长长的汗水与血渍印迹，极其缓慢。每日闭门谢客，或闻鸡起舞，或通宵达旦，从不间断，并在案头置放一幅龟兔赛跑图，自谓就是那才气平平的乌龟，故需要在夜深人静趁人家睡觉时赶路。

　　写出作品，反复朗读，自觉水平有限不宜公开问世，只好先在家庭内部发表，妻子便成了第一忠实听众与热心读者。作者在这边调动了全部感情朗诵，妻子在那边点头说好；这边就问好在何处？那边喃喃半天才说不知好在哪里。这边说不知好在何处就是不好，于是就调动全部精力，从头改写，三易其稿。

　　三昼两夜，千淘万漉，终于写成了第四稿，于是二次发表于家庭。这边，自以为创造了惊世之美文，抑扬顿挫读得朗朗上口；那边，没传来说好声却传来了轻轻鼾声，仔细看时，妻子已睡过去。急忙唤醒妻子问道，是否写得更糟？妻曰：很好。再问，很好为啥睡了过去？妻曰，听着很舒服，犹如催眠曲，不知不觉就睡了过去。

　　凡檠心中暗喜，于灯下细斟慢酌，想那文章果真有如此大威力，明日于药店门首贴一广告，岂不名利双收？但终究不能放心，于是再念给儿子听。儿子却不似妻子那般崇拜，那般没有原则："啧、啧、啧，这也算文章？也能拿去发表？"一、二、三、四连着指出若干谬误之处，且言之凿凿。

　　凡檠羞愧难当，一炬烧毁手稿，望着悠悠落地的纸灰儿，狠狠踩了一脚："不好就不要，权当打了一口废井，石油勘探还有打错了地方的时候，打错了换个地方就是了，还能不打了？"于是重整旗帜，鼓噪再进。

　　冬日夜长，吃上两片索米痛片，药片里含有咖啡因，可使一夜兴奋，再去冥思苦想。不想东方既白，满案废纸，一片狼藉，竟无半页成文，思路越发模糊，只觉腹中频频尿急，慌忙如厕，却怎么也尿不出。

夏日夜短，天热难熬，浑身衣裤透湿，痱子和疹子比着劲生长。索性脱得除了一件裤衩遮住羞处，几乎一丝不挂，赤膊上阵。脚泡一盆凉水，脖缠一条湿巾，竟觉通体凉爽，思路清晰，才思敏捷，渐入佳境，赶紧操笔摸纸，飞录在案。

天明，规规整整誊写清楚，恭恭敬敬呈与编审过目，忐忐忑忑等候编审指教，唯唯诺诺希望编审能够予以斧削，千万不要"枪毙"。

没承想，编审竟格外厚爱，拍案叫好，整版予以发表，外加编者按语，配以精美照片和插图。

此后，凡槊便如癫似狂，只写得口苦便赤，腰弓背驼，如狂蜂之于糖蜜，似浪蝶之于鲜花，一发而不可收。吃饭时常咬了嘴唇与舌头，满口润红，妻子说是"馋肉"；走路时常趔趄碰门框，儿子说是"偏坠"。后来发展到手脚脑时不配合，后脚尚未迈出门槛，回手便将门关上，脚便抗议手无故夹痛了自己。妻子提出警告："大小脑都已经失调了。"

数年间，先后发表作品数十篇，上百万字，虽然数量不算寥寥，质量确实平平，无从称道，但有时又沾沾自喜：莫非自己出生虎地，属相为虎，沾了唐寅唐伯虎的光？唐寅属虎，不属虎何以为寅？认真一想，唐寅乃横空凌世之斑斓猛虎，自己不过是一只逮不住老鼠偶尔碰上一只病鼠的笨猫，何敢同寅虎同日而语？不禁惊出一身冷汗。侧目细觑，文学山间窄道上的天才如同大观园中贾母的孙女们,一个比一个漂亮,更觉羞愧难当。

　　凡槊生性喜爱光明,即使阴天,也总想着乌云上边一片阳光灿烂,每当看到可敬的人可爱的事,就激动得浑身颤抖,血液在筋凸的管壁中奔流欲出,时常产生一种负债感、抒发欲。于是,凡槊明白自己将永远无法停笔,就像安徒生童话里那个穿上红舞鞋的小姑娘,自己的面前将始终面对一摞空白的稿纸,尽管自己的写作如蜗牛爬行。

　　凡槊苦矣?乐矣?

目 录

豆与萁 / 1

倾　斜 / 113

草根官司 / 272

较　劲 / 330

还　居 / 398

篇后瘾语 / 469

豆与萁

高大山的儿子高伯虎一刀把弟弟高仲虎捅进了医院急救室。

那是一个燥热的午后,太阳正焰焰地炙烤着马路。天气预报说今日最高气温为37度,但3点多钟的马路上起码有40度以上。拐拉着半条残腿的高大山,一边看着妻子的吊瓶里还剩下多少药水,一边想象着马路上的两个儿子,不知又要出多少臭汗。

病房里密密麻麻摆了六张床,都是不富裕的人家,住不起高间、单间或双人间,挤在一起谁也不嫌谁,两三天就成了病友、室友。

大毛是3号床年轻肾病媳妇的丈夫,属于消息灵通人士,经常给病痛难挨的室友发布一些新闻。进屋不到1分钟的大毛,急不可耐地发表了最新消息,现在啥稀奇事都出。刚才,一家姓"胡"的哥俩当街打了起来,卖西瓜的哥哥一刀把自己的弟弟捅破了肚子。4床、5床马上表示,不能吧?哥俩能当街拼命?大毛说,都传遍全市啦。

高大山心里咯噔了一下,听到"卖西瓜"的就紧张,不会是大虎捅了别人吧？这几天大虎正跟媳妇王艳闹别扭，见谁都没好气。就问大毛，是哥哥拿刀捅了弟弟，还是捅了别人？

大毛说，千真万确，如果不是哥俩拼命，能传得这么飞快？

听到这儿，高大山笑了，心彻底地放下了。狗日的这哥俩好得能穿一条连裆裤，全中国的哥俩都打架，都不会是他俩。这是高大山除了当市劳模外，最值得骄傲和受邻居羡慕的一件事。

笑过之后，高大山深情地看了看正在睡觉的妻子。心中充满了幸福和柔情。多亏妻子给自己生了两个好儿子。看着，想着，就盼望着快点儿天黑，等两个儿子来了之后，一定同他们讨论一下姓胡的哥俩咋那么没有亲情。

四点半钟，妻子醒过来，高大山就向妻子通报了大毛发布的新闻。妻子听后，心里一阵难过，这哥俩咋这么虎，一个进医院急救室，一个进公安局刑警队。老胡家父母可咋活呀？又欣慰地说，还是咱两个儿子好呀。

妻子因肺心症、肺气肿住院一周以来，白天由高大山陪护，晚上由两个儿子轮流陪护，两个儿媳妇负责送饭或替补。大儿媳王艳多半指不上，小儿子有时深更半夜地忙，所谓的替补，主要是小儿媳王娜替换小虎。今天该王娜送晚饭，平时六点前准到，多数时间都提前十多分钟。可过了六点半，王娜的饭还没送到。高大山怕妻子挨饿，就说，王娜一定有什么特殊事缠住了，我去给你买点吧？

妻子笑着说，王娜从来都准时，不会耽误久的，如果有事来不了，就一定能给5床打电话告诉的。一会儿准来。你拐拉拐拉地楼上楼下就不嫌累？再说，买饭吃那得花多少钱？

一个病房6个人，患者2老4年轻。年轻的都有手机，5床是本地通，也叫小灵通，接电话不花钱。尽管4个有手机的都让高大山家有事往他们手机打电话。但除了5床，其他的手机都是双向收费，就是说接电话也要收费。高大山和妻子不愿意因为自己家的事花人家的电话费，就让家里有事往5床打。可是等到七点，也没有接到王娜的电话。

高大山想，是不是王娜有特殊的急事来不了，让负责今天晚上值班陪护的大虎哥一起把饭菜带过来。就用茶缸子泡了一袋方便面。方便面带盒的一个2元8毛钱，这还是最便宜的。而用塑料包装的一袋才1元钱，买10包以上可以合7毛钱一包。妻子住院时，高大山一咬牙花7元钱买了10包。实在是儿子儿媳哪顿不能送饭就开启一包。妻子让他也泡一包。高大山说，不习惯那味。其实他很愿意吃辛辣味的，但好东西自己要省给有病的妻子吃。自己虽说少半条腿，内脏一点病也没有，吃什么不行？穷人嘛，填饱肚子就行了呗。自己把中午剩的半个馒头，就着芥菜疙瘩吃了。往厕所倒妻子剩的方便面汤时，在走出病房门时，还是一仰脖将汤喝了个净。

怎么回事？等到八点了，王艳没有来，大虎也没来。高大山和妻子急了起来，不好意思地厚着脸，请5床给小虎和王娜打个电话，因为大虎没电话，王艳又不在家。小虎的电话处于关机状态，王娜电话通了却无人接。一定出事了，孙子？孙女？王娜还有王艳？什么事都要来说一声呀。

5床问。您儿子、儿媳都干什么工作？是不是公安局的或安全局的，有什么不能让人知道的事？同病房病友，萍水相逢，穷人住院，多则半月，少则三五天，谁也不会问其家庭情况，除非自己说。高大山最不愿意让人知道自己儿女的职业。尤其是小虎从事的是得罪全市人民群众的工作。5床主动问，是看高大山老两口着急，实在是想帮他们打听消息。

坏事了，还没等高大山回答，大毛忽地推门而入，像哥伦布又发现了美洲新大陆一样说，错了，错了，不是胡，是虎。不是姓胡的哥俩，是姓高的哥俩，一个叫大虎，一个叫二虎。大虎拿刀捅了二虎，据说扎破了肝脏，正在抢救。今晚电视新闻都播了。

只见高大山的妻子大叫一声，我的儿呀，一歪，从床上摔到了地下，扎在手上的针头连纸胶布一下扯离了手，手背上立即泅出了血。

高大山像晴空里突然遭了一个炸雷，眼见着妻子摔在地下，只是傻傻地呆立着。只觉得像有一根8号铁丝硬生生塞进左脑血管中，一阵天旋地转，房门、墙壁、日光灯管一齐晃悠起来，眼前一黑，像一截干木头摔倒在地上，嘴里流出了长长的唾液。

病房里像捅了马蜂窝，乱成了一团。

高大山的个头与块头和他的姓名一样又高又大。高大得像山一样的高大山有两个高大的儿子。爷们三个在一起的形象可比喻成一段凶猛的绕口令。大儿子高伯虎身高一米八〇，小儿子高仲虎比大儿子还高两厘米，一米八二。

高大山两个儿子的名字是有文化的妻子起的。高大山之所以认可为两个儿子起了两个虎名,是因为自己叫高大山,老虎在又高又大的山里,不仅可以叱咤山林,而且大有用武之地,高大山夫妻盼望儿子像虎一样有出息。

高大山虚岁30才结婚。当年追求高大威猛的高大山的女性有不少,其中还有干部、有教师,政治文化条件都不错,但都不入高大山高傲的法眼。高大山择偶的主要标准就要找最漂亮的,找来找去,找到了现在这个妻子,李文玉,郊区的民办教师,外号"林黛玉",不仅像《红楼梦》中的林黛玉一样漂亮,而且有文化,有气质。两人一见钟情,"林黛玉"毅然辞去了民办教师工作,甘愿进东城区街道纸箱厂当了一名打包工。结了婚的"林黛玉",在漂亮和才气方面更像林黛玉了。不像的地方就是脾气出奇地好。绝没有真林黛玉那样动不动使小性子,耍小姐脾气。凡事以高大山马首是瞻,对高大山非常的温柔体贴,使高大山天天觉得自己不仅是贾宝玉,还是皇帝,幸福得欲仙欲死。在相继生了大虎、小虎之后,李文玉多了一个像林黛玉的特征,身体病恹恹的,人越发苗条清瘦,一阵风都能吹得东倒西歪。仿佛婚前妩媚娇艳的鲜活丰满的肉体都被两个虎儿子吸吮净了,看着两个儿子先后用小手抓住妻子馒头大的乳房,用胖嘴咬住樱桃一样的奶头,挣命地吸吮,高大山在一边搓着手言不由衷地骂,狗日的虎羔子,看把你妈啃的。这哪是吃奶,是在吸血呀。"林黛玉"嗔道,不许骂我宝贝儿子,我愿意。

高大山名字响亮,人也混得响亮。现在说这段评语,应当加上"曾经"。当年,高大山是市钢铁总厂的锻造工,技术响当当的八级工,徒弟们都尊敬地称他高师傅。又因为是带着二十几个人的班长，还曾经当过技术革新组的组长，徒弟们也称他"高班""高组"，把"长"字省略掉，就像把公安局长叫"某局"，把刑警队长叫"某队"一样，内中包含着极大的尊敬。

高大山曾经因为制止了一次龙门吊滑动脱轨，冒死救下了轨道前并未察觉滑轨的6个工人，丢掉了自己的半条腿。由多年的厂先进生产者成为市级劳模，受到了市长的接见。那一天，与市领导合影的有工业系统、商业系统、农业系统共好几拨劳模和先进人物。200多名工业系统的劳模和先进人物事先站成四排，市长坐在第一排正中间，比市长小的一些部长局长陪同坐在第一排。高大山也荣幸地坐在了第一排最边上一个座位。按级别高大山应该站在后边几排，弄不好站在离市长很远的第四排也说不定。但是因为高大山少半条腿不方便站着，所以就荣幸地坐在了领导席上。尽管在最边上，但这张荣誉照多年来一直在高大山家最显眼的墙面上挂着。连两个孙子孙女的宝贵照，也没有挤走这张照片占据的位置。

失去了半条腿又当上了市劳模之后，高大山坚决要求不离生产一线。厂领导觉得高大山此举又为企业争了新的光，表明厂党委培养教育职工有了更加突出的成绩和经验，一方面让厂子宣传科请报社记者再来采访，一方面出钱让高大山到上海安装假肢。那些年，一直战斗在生产第一线的高大山虽然不再担任班长了，但现任班长还是凡事向他请示。倒不是因为高大山是前任班长，确实是因为他实践经验丰富。

那些年，钢铁总厂是市里重点骨干企业，高耸的烟囱，阔大的厂房，轰鸣的机器是市里经济发展的象征。人们只要从远处望着钢厂大烟囱咕嘟咕嘟地冒烟，从近处听着车间轰隆隆震耳的机器声，就知道市财政局长的腰包又鼓起来了。

高大山在5000多人的厂子里，年年上光荣榜。可是到55岁那年秋天的一个晚上，高大山哭了。因为他即将离开心爱的岗位，每年必上的光荣榜上也将失去他的光辉形象。

现任厂长曾是高大山的徒弟，被救的6个工人中，就有他。按当时不成文的惯例，退休后将安排一个孩子进厂接班。考虑到高大山对钢铁厂的特殊贡献，厂里破例让高大山安排两个孩子进厂。一个进国营总厂，一个进大集体分厂。高大山知道，这是徒弟厂长的特殊安排。

200万人口的山城市，共有5个城区，用市民们一致的话说，5个城区可分为三个世界，西城区为第一世界，富人居住区；东城区为第三世界，穷人居住区；其余三个城区为第二世界，中产阶级居住区。这还是借用了毛泽东他老人家关于"三个世界"的著名论断所演绎来的。西城区是市委市政府所在地，银行、大学、科研院所、大医院、大酒店、大商场都在此地。西城区居住的人，很多都是各级领导干部、教授、研究员、医生、经理什么的优秀分子。而东城区，除了工厂，还是工厂，没有一所科研院所、大专院校，银行的办事处也比西城区小得多。因为东城区有钱往银行里存的人不多，没那么多业务，不需要那么大的营业面积。东城区连中学也只是初中部，没有高中部，商店不过是综合的百货、副食类。这里住的人，大多是工人、营业员、普通教师。据说，曾有人做过调查，那几年在东城区住的最大的官是科长，最多不超过四五个，还要把虚职，也就是说相当于科级待遇的算在内。最要命的是东、西城区以河为界，流经城市的唯一一条河流，将东西两城贫富界线划分得泾渭分明，就像两个世界一样。自诩为高层次人群的西城区说起东城区的人来，一脸不屑，东城区？那里都住了些什么人？姑娘找对象，听说是东城区的，不问别的条件，就皱起了眉头。

　　钢铁总厂坐落在东城区。厂子里的职工基本都住在工厂附近。高大山刚入厂时，师傅让胆大的他爬上钢厂的大烟囱，为写宣传标语的工会干事提桶白油漆。高大山举目四望，河东岸真是一片都市村庄。围在工厂附近，那么多一片又一片低矮、破旧的房子挤在一起，蜂窝比它有序，蚁穴比它完整。许多房子是用油毡纸盖顶，上边用大小砖头压住才不被风吹起。有的是用木头支着才勉强不倒。晴天"扬灰"路，雨天"水泥"路。高大山在找自己与"林黛玉"的香巢。不用看，就能想象出妻子做饭时的艰难情景。一点上火，灶口里的浓烟不从烟道走，而倒灌出来，熏得满屋都是，妻子就会跑到门口，敞着门，擦着淌泪的眼角，一声接一声的咳嗽。因为他们住的地势太凹了。灶炕烟道怎么烧也是潮乎乎的。高烟囱只能借风力向外抽烟，这么低的棚房，就是在房顶立出2米高的烟囱，也不济事。

　　美丽的妻子活生生熏出了气管炎，再发展到肺气肿，现在到了肺心症。高大山感到自己太没用，让妻子受这么大的苦楚。后来高大山用丢半条腿的代价和市劳模的荣誉，在厂子分房大战中，被赏了一室半的楼房，考虑到他腿脚不便，就安排到了一楼。最大好处是有了液化气罐，有了暖气，特别是有了厕所，不用排队如厕，使美貌如林黛玉的妻子，在公众场合再也不会出现忍便憋尿之窘态。

到了退休年龄的高大山，两个虎儿子，一个24岁，一个22岁。按着"林黛玉"的理想，两个儿子正是读大学的年龄，但那只是"林黛玉"的一厢情愿。这对虎儿子从里到外完全遗传了工人阶级高大山的全部特征，身体内的优质细胞全部跑到表相上来，虽不能说"败絮其中"，却是货真价实的"金玉其外"，相貌堂堂的一对老虎人见人爱，就是书读得一塌糊涂。大虎高中没毕业就稀里糊涂辍了学，小虎勉强高中毕业，自己也没有考大学的信心。

十八九岁的两个大小伙子成天没学上，没工作干，倒也没有像一些失学在家流入社会学了一身坏毛病的半大小子那样，哥俩不吸烟、不喝酒、不打架，也不穿奇装异服，当然也是买不起。今天到这个工地打个短工，明天去那个车站挣点力气钱，挣了钱都交给了"林黛玉"妈妈，哥俩好像比赛看谁交的钱多，谁能让爸爸和妈妈更高兴。在东城区，大多数孩子读书都不好，不惹是生非就是好孩子，何况还知道挣钱给家。因此，虎兄弟就受到了街坊邻居的一片赞扬和羡慕。这也是高大山说话高声大气，走路虽然一拐一歪的，但尽力挺胸抬头的一条主要原因。

现在虽然有退休的失落感，但两个儿子可以同时有工作，毕竟是天大的好事。可是谁去国营，谁去集体呢？这可难住了处事历来爽快果断的高大山。怎么办？

问妻子，高大山知道，问了等于没问。妻子空有"林黛玉"的容貌和见识，却没有"林黛玉"的性格和主意，欣慰的是妻子有林黛玉所没有的温柔性格，遗憾的是有林黛玉弱不禁风的病身。

高大山能够在街坊邻居面前挺胸抬头的另一个原因是，这哥俩关系出奇地好。用当时正在上演的一部电影《哥俩好》来比喻，一点也不为过。虽然电影《哥俩好》中的兄弟是孪生子，但一些不知哥俩差两岁的街坊邻居都把哥俩当孪生子看待。

在家里，高大山从不把哥俩叫拗口的伯虎、仲虎，而是叫大虎和小虎。对小虎从不叫二虎。因为东城区这一片人都知道，"二"与"呆"或者是"木"是一个意思，这么聪明的孩子怎么能叫"二"呢？

说哥俩差两岁，实际上差1年零5个月，大虎生日比小虎小7个月，夫妻俩也一直把哥俩当双胞胎养，买衣物都是一式两份，哥俩打小就好得跟一个人似的。穿衣穿鞋从不分你我，有时两双鞋子扔在一起，急忙中我穿你一只，你穿我一只，晚上回家脱下在亮灯下一看，才发现差了。第二天干脆把那一只也换过来穿。吃东西你推我让，两个鸡蛋放一块，谁先挑，都先拿个小的。跟邻居小伙伴打架，不管哪只虎吃了亏，两只虎会一齐上阵拼命。久而久之，街坊邻居即使大一些的孩子，都不敢惹高家的两只虎。

到了要上学的年龄，高大山有意让虎哥晚上一年，虎弟早上一年，哥俩一同上学，同在一个班。有时，兄弟中谁忘了带作业本，一个就将自己的作业本塞进另一个的书包里。宁肯自己挨批评。气得女老师尖叫道，你们哥俩不愧一对虎，干脆做连体虎算了。受了批评的虎兄虎弟就像受到表扬一样得意，高兴地回家告诉爸妈。

哥俩从小睡一个被窝，总有说不完的话，每天晚上，都会在一阵阵哈哈笑的声中，掺杂进高大山一阵阵粗声大气的吼叫："狗日的虎羔子，快睡，明儿个还要早起上学呢。"听了哥俩哈哈的笑声和高大山粗声大气的吼叫，"林黛玉"会轻轻地扭高大山一把，小声嗔怪道，不是狗日的，是虎日的。高大山就会一把把妻子搂过来。爷仨的笑声、吼声是对弱不禁风的"林黛玉"最好的神经营养剂，她总会在其乐融融中安然入睡，虽然多病缠身，倒也没有什么大碍。

高大山失去半条腿后，添了一个坏毛病，时不时要喝上二两酒。这缘由是在那个徒弟厂长。高大山刚失去腿在家休养期间，白天黑夜地昏睡，一下子生物钟乱套了。有时睡多了，睡足了，再怎么也睡不着。高大山就很沉寂和痛苦，第一次晕晕乎乎睡了一个好觉，是那个当厂长的徒弟拿来了两瓶"西凤"酒的神奇功效。从此，凡睡不着，就要喝二两，以后能睡着了，也想喝两口，这个奢侈的毛病就此做下了。当然，喝光了那两瓶"西凤"后，高大山从此再也没有喝过这么高档的酒，可以说这辈子只那一回，也应该算半条腿换来的享受。以后，妻子时不时给他买一瓶酒，多半是散装的，1元2角1斤，味道虽然差些，也能催眠，实际是起解馋作用。

有一次，高大山夫妻出门办事，真是"老猫不在家耗子上屋爬"。两个半大虎小子在屋里撒欢疯闹，只差没把房顶捅个窟窿。欢乐过头，一下子把高大山宝贝一样放在窗台上的酒瓶碰下地来，"叭"的一声，摔个粉碎，一天前买的一瓶酒一滴不剩。

哥俩一合计，找出同样的瓶子，灌了一瓶凉水放在了原处。

晚上，因白天办事不顺利搅扰得翻过来、倒过去，怎么也难以入睡的高大山，伸手摸过窗台上的瓶子，用牙剋开盖就猛地灌了一大口，满嘴凉水，寡淡得无一丝味道，不禁大发雷霆地吼道，你们俩哪个干的？睡不着觉本来就心中焦躁，加上喝了被愚弄的凉水，更加火上浇油，随即举起了蒲扇一般的大巴掌。

虎哥说，我干的。

虎弟说，我干的。

高大山说，到底谁干的，不说实话，一块打。

虎哥说，我干的，你不应该打弟弟。

虎弟说，我干的，你不应该打哥哥。

高大山高高举起的大巴掌，看着两个滚圆的屁股，不知从哪儿下手。

"林黛玉"说，不知道"老虎屁股摸不得"吗？摸都不能摸，你还敢打？

半晌儿，高大山竟哈哈大笑起来，两个虎羔子，真他妈的够哥们意思。是我高大山的好种，不打了，不打了，睡觉，都睡觉。

那一夜，高大山睡得极香极沉，鼾声如雷，震得窗玻璃都呼啦啦地响，睡梦中还喃喃自语，有这两个虎儿子，我他妈的还愁什么？

在哥俩停学干零活第二年秋天的一个晚上，虎兄虎弟在火车站装水泥，四人包一个车皮、50 吨，每人可挣 8 元钱，虎弟在装第二个车皮时，一脚踏偏，从高跳板上摔了下来。虎哥背起虎弟就往大街上跑。可连续拦了好几辆车都不停，装了将近两个车皮水泥的虎哥,身疲力竭,背着140多斤的弟弟,趔趔趄趄地一路狂奔,把虎弟背到2里地远的医院,只差没累吐了血。检查结果是摔破了脾,急需做手术。化验血型竟然是 Rh 阴性 B 型血,血库还没有这种血。虎哥伸出胳膊着急地喊,快抽我的血,我们是哥俩。快抽呀,不用验。护士瞪起眼睛,你说不验就不验?检验后,血型相符,虎哥让护士一次抽血400毫升。虎哥的血缓缓地流进了虎弟的血管,虎弟的嘴唇由灰变红。

虎弟说,哥呀,你给了弟一条命。

虎哥说,咱哥俩还能分出你与我来吗?

高大山对两个虎儿子实在是难以分出厚薄来。他看了看左手,又看了看右手,无奈地摇了摇头;咬了咬右手心,又咬了咬了右手背,手心手背都是肉,都一样地疼。

高大山像在厂子里当班组长那样,有难事开会大家商量。高大山召开家庭会议了。自从失去半条腿,由班长变成了班长顾问以后,高大山久已失去主持会议的机会了。过去开会除了解决问题还有一种当领导的舒服感,今天开会不仅没有舒服感,还有一种难以取舍、心中一阵一阵隐隐作痛的感觉。

会议内容是讨论决定哥俩谁去国营,谁去集体的重大问题。好处坏处明摆着,国营总厂工资高、待遇好,找对象也可以找个国营铁饭碗的。集体实则是"鸡肋",食之无味,弃之可惜,比在车站当装卸工挣钱少,但怎么说也是个饭碗,但找对象休想是国营的。也就是说,进了国营总厂,这辈子夫妻俩都可以捧上人人羡慕的"铁饭碗";进了总厂分属的集体小厂,这辈子夫妻俩将双双捧上"瓷饭碗"或"陶饭碗"。

高大山让哥俩表明自己的态度。

虎哥的态度是，国营总厂让弟去，哪有哥跟弟争的道理，我去了脸上无光。何况弟弟摘了脾，体质不如哥。

虎弟的态度是，国营总厂让哥去，哥已经给过弟一回命啦，哪有还让哥再牺牲的道理，进大厂我抬不起头来。何况立太子还要长幼有序，长子接皇位自古就有规矩。

高大山看着大虎，再看看小虎，鼻子有些发酸，说道，哥俩说得都有道理，爸说不过你们，可是总得有一个去国营总厂呀，不然就听天由命，哥俩抓阄吧。这是高大山当班长碰到难以决断的福利事时常用的一种办法。

从不在家里发表意见的"林黛玉"发言了，我看，就让大虎进国营吧，这对找对象有好处，二虎暂时委屈一下吧。

一句话，爷仨全愣住了。从不在家发表意见的妻子与母亲今天可是破了天荒，这是全家三个男人盼望多年而没曾有过的理想和愿望。本来请妻子与母亲出席家庭会议，不过是一种尊重和礼貌，并未希望她能发表什么意见。

当理想和愿望出现了，不管是否是自己所认同的意见，爷仨对这个举动就应当热情支持和欢迎。何况在高大山看来，这个意见还真有那么几分道理。

由于虎兄弟都还没有正式工作，所以兄弟俩至今未有正式确定女朋友。这样相貌堂堂又知挣钱养家的一对哥俩，左邻右舍自然有些做媒保亲的，有的姑娘也应该说不错，可就是没有有工作的。用高大山的话说，穷人家玩不得高雅爱情，总是要先吃饭的,两个人一齐没工作,那这辈子可怎么生活呀。

不过,那只是高大山的一己之见。虎兄虎弟虽说未公开反对,但也不能完全认同。爸爸当年不也是不管不顾地找了一个泥饭碗的咱妈妈吗?这是虎兄私下向虎弟发的高大山的牢骚。因为大虎现今正同漂亮的王艳恋得如火如荼。王艳不仅漂亮而且充满激情,常常用一些浪漫的情调,弄得大虎如痴如醉,在火热的王艳强烈的攻势下,他几乎失去抵抗能力,只碍着高大山不玩高雅爱情的警告,而没有敢放弃最后一道爱情防线。

其实,妻子"林黛玉"对王艳有无工作倒还在其次,只是凭女人的感觉,认为这女孩有些"妖",不像是可以把持住自己的人。怕将来大虎难以驾驭她。当然,这是不能同丈夫和儿子明说的事,即使说了,他们男人也未必能听得懂。她是想拉大大虎与王艳之间的差距,从而拯救虎儿子于妖冶的小女子的恋爱陷阱之中。

高大山一锤定音,除大虎表示了一些心中的不安之外,全家另三口人一致同意,虎哥去国营,虎弟去集体。

高大山光荣退休回家了。一对虎儿子双双有了正式工作,引起了左邻右舍一片羡慕和妒忌。但这些穷哥们穷邻居还是宽容地说,上国营的那个是符合政策的,哪个老职工退休不都有一个接班的吗?实际上高大山是用半条腿换了儿子一个大集体的工作,代价也蛮大呀。何况人家还救了6条人命呢。

天算不如人算。"林黛玉"满以为大虎当上国营职工会使待业女青年王艳因地位的悬殊而拉大同大虎的距离。但王艳并不听"林黛玉"的安排,在"林黛玉"妈还没来得及提醒大虎部署爱情"马其诺防线"之时，王艳就以迅雷不及掩耳之势，在一天黑夜，突然向大虎发起了凌厉的攻势，使原本迷恋王艳狐媚眼神和鲜艳胴体的大虎，终于迷失了本性，被王艳活脱脱俘虏在一个人造革长沙发上，由童贞虎娃变成了成年壮虎。

面对王艳寻死觅活地一番折腾，高大山夫妻相对着叹了一口气，认下了这个用高大山的话说"没有工作"，用妻子的话说，有点"妖"的大儿媳妇。

身份为大集体企业的虎弟，在婚恋问题上却取得了意外的战绩。凭着相貌堂堂和不凡的谈吐，娶了国营百货商店的正式职工王娜做了妻子。这对高大山夫妻多少是个意外的惊喜和安慰。

当虎哥虎弟领着各自的媳妇一齐回家时，高大山突然明白了一个现实，这个家庭自己做主的日子结束了。

那一段时光是高大山夫妻幸福而烦恼的时光，也可以套用时下流行的一句时髦话叫"痛并快乐着"。最大的烦恼是一室半房屋娶不下两个儿媳妇，好在哥俩不是一块结婚，给了一年时间的喘息之机。愁得不可开交时，夫妻互相安慰说，东城区老哥们老邻居不都这样难嘛，好事多磨吧。

虎哥结婚时，虎弟二话没说，拿起行李卷就出去打起了"游击"。先是到同学家借宿，再到厂门卫收发室给人家烧水、递烟、打饭骗取好感，时常挤在门卫收发室打更老头肮脏的小窄床上对付半宿，最后隔三岔五跳窗户睡车间办公室的办公桌。好在高大山和虎哥虎弟一贯的好人缘，人家多半是睁一只眼闭一只眼装不知道。这可解了高大山夫妻的大难题。夫妻俩搬到 7.8

平方米的半室房屋，把一室11.6平方米的大房间让给大虎王艳小夫妻做了新房。微凸着小腹的王艳总算有了安身之地。过了半年，如花似玉的孙女高燕在一片不同凡响的哭声中呱呱落地了，欢喜得"林黛玉"奶奶合不上嘴儿。

在高燕的响亮哭声中，虎弟与王娜的恋爱发展得如燎原之火，只差一丁点火星子。这火星子就是能够放下一张床的房间，哪怕是一间没有窗户的小仓库也行。

在大虎结婚、小虎到处打游击找住处时，"林黛玉"曾对高大山说，只要女方家有房，我们不管算不算倒插门，就让小虎进老岳丈家。高大山觉得这太不光彩，看着东城区的老街坊邻居有不少家都是这么办，想想自己老鼠尾巴生疮，那点"浓水"，也就默认了。

现在，这个如意算盘落空了。王娜的父母也住在东城区两间破房屋里，两间房子，王娜占了一间。王娜不仅不能住娘家，自己也急着出嫁。因为她的弟弟正等她住的那间房结婚呢。姑娘长大了，犹如等着泼出去的水，哪有赖着不走的道理？

虎哥二话没说，不管王艳嘴噘得多高，收拾了仅有的一点家当，就搬到厂子附近一间破旧二楼的一室房中。这是他和王艳的中学同班同学栾海家的一处闲置房。

栾海外号"小炉匠"。这是那些年学校组织看电影《林海雪原》后，同学们给他起的外号。这个外号实在不雅，但也不委屈栾海，因为他长得颇像电影中的"小炉匠"。就是这个貌不出众、语不惊人的栾海如今干大发了，自己干两个汽车修理行，颇与"小炉匠"职业有相似之处。发财后，在西城区买了新房，旧房闲置下来。

这一室旧房在二楼最西侧,一个大筒子走廊。一层住8户,大门和楼梯在中间开,一边住4户人家,每户1间房,甚至隔壁叫床声都可以听到。无厨房,无厕所,无下水,往外倒脏水需要提着桶从西边最里头越过三家,提到中间二楼楼梯处往下倒。

最西侧里边一间12平方米房间,靠着冷墙,冬天墙面一片白霜,好处是走廊尽头可以隔设一个门,做一间厨房,这比其余的中间户占了不少便宜。但把边冷墙冬天要多烧不少煤。最不方便是上厕所,撒尿用一个泔水桶,夏天加个盖遮挡骚臭味就可以了。拉屎却必须去50米之外的公共旱厕。大虎从小就喜欢吃辣椒,吃多了的时候,大便就干燥,总有拉不完的感觉。哪天吃少了或没吃辣椒,就拉得很快,排便感就很急。所以,早起总是赶快去排队,去晚了常常不乏忍便憋尿痛苦之狼狈相。王艳出大恭常在晚上,不仅厕所内灯泡常坏常被偷,连路灯灯泡也常明常灭,隔老远一盏灯,度数很小,像鬼火一样忽闪忽闪。大虎搬到这儿新增加的一件事就是每晚要陪王艳上厕所。

好在王艳也不是富贵人家出身,没出嫁前住的房子比这也好不多少,心里虽不愿意,但还是提出条件,我们搬出去行,可不能苦了我们的宝贝燕儿。

大虎说,我跟爸妈商量过了,燕儿可以放在爸妈这儿。看王艳不吱声了,又解释说,小虎弟已经让咱们两回了,我们不能光顾自个儿呀。大虎说的"两回",一回是指小虎把国营职工工作让给了自己;二回是到处打游击借宿将房子让给大虎和王艳做新房。王艳虽然满心不愿意，却说不出道理来。

总的看，高大山在那几年里，好事喜事乐事接连不断，小虎与王娜结婚一年以后，又生了一个大胖小子，妻子"林黛玉"被这一连串的高兴事冲昏了头，每年冬季必犯的咳嗽喘不上气的病，也好了大半。

乐极生悲。

从命相上看，高大山就不是一个好运的人。这几年所享受的幸福快乐，与他失去的那条腿的代价不无关联。现在，幸福过了，快乐过了，痛苦之神该出来捉弄他了。而每天在逗孙女、抱孙子、享尽天伦之乐之中的高大山对噩运丝毫没有心理准备。

好像在一夜之间，一直让人引以为豪的利税大户钢铁总厂，说黄摊，就垮了。高大山想痛了脑瓜壳，怎么也想不明白，过去钢嘣嘣、响当当的产品，如今像垃圾一样堆得满厂满地都是，没人买，没人要；过去一直让人引以为豪的为城市增加无限生机繁荣景象，咕嘟咕嘟冒烟的高大烟囱和阔大的炼钢炉，被宣布为城市最大污染源，市长下令限期关闭停产，并搬出城区重新建厂。

突然，只是高大山的感觉。其实征兆起码有三四年时间啦，只不过自从有了令人无比疼爱的孙女、孙子之后，高大山不再关心厂子里的事情了。反正退休工资照发，岂不知，厂子里拖欠和减少的工资，都是两个虎儿子千方百计月月偷偷补上的。直到有一天，同期进厂的退休老哥们到家，请他出面带头去市政府上访请愿时，高大山才可怕地知晓，虎儿和虎孙们的生活来路要断了。"林黛玉"妻子的"咳速宁"等抗病延命的钱路也要断了。

曾经辉煌一时的钢铁总厂,破产了。看在钢铁总厂数千名职工曾经为全市人民做出过突出贡献的份上,市政府给了钢铁总厂30个城市管理执法人员指标。

晚上,徒弟厂长到了高大山家,破例给师傅又出了一个难题。去当城管人员,两虎选一,虎兄虎弟,到底谁去?请师傅尽快决定。徒弟厂长说,这是最后一次为师傅办事,是自己厂长生涯"回光返照"的一次,要偷偷地、抓紧地赶快定下来,其余的事由他来运作。

怎么办?高大山又一次陷入了左手右手、手心手背、咬哪都肉痛、丢哪儿都舍不得的为难境地。从现在的工作岗位来看,虎兄虎弟都干到了班长级"干部",虽不是正式干部,但算举足轻重的"兵头将尾"。大虎由于在总厂正规车间,干的都是大活,技术锻炼得与自己当年不相上下,就像在市级医院门诊部,自然比在县级或民营小医院看的病人多,疑难病患多,水平自然不一样。

小虎在集体厂,虽然也是班长,干的多半是大厂甩下来的下脚料活,技术比虎哥差一大截。听徒弟厂长说,搬迁重建新厂要用一部分技术骨干,凭大虎的技术有可能被聘用上。但那时自己就不是厂长了,说了也不算。

高大山现在是大家庭的家长了,虽说家庭人员增多,但与过去家庭性质不同。过去是同宗同姓同血同源,可以实行"一长制"统治;现在是一家分为三,实际是有外姓人加入的"联邦制"。分出去的两个小家各有自己的利益,平衡各家利益实在不亚于一个国家总统。有了这些变化,高大山不敢贸然召开家庭会议了,只好分别征求两个儿子的意见。

大虎的意见很明确:让虎弟去行政执法局,王娜是国营职工,虎弟再丢了大集体饭碗,差距太大了,虎弟的日子不好过。爱情和过日子是两码事,穷人家过的是苦日子,夫妻都不是不吃饭的神仙。再说,工作上的事,虎弟已经让了我一回了,当哥的不能事事占先。

小虎的意见是:让哥去行政执法局,嫂子没工作,哥再失去工作,日子怎么过?我家已经有一个有饭碗的,好事不能都归我。

高大山又问哥俩,你们的媳妇是啥意见?

哥俩都说:"她听我的。"

实际上,哥俩都没说实话。王艳希望的是小虎的意见,说我们房子没了,工作再没了咋过活?大虎搪塞说,新建厂不是要聘我吗?王艳自己没工作,成天不愿干活,在家说话分量不重。

王娜自然希望的是大虎说的意见,如果丈夫小虎到了行政执法局,那就是财政拨款的事业编制,这辈子生活就有了着落。但考虑到大虎与王艳的家境,尤其住的破房子,实在张不开口去争。

多年不失眠的高大山又失眠了。喝了三两二锅头,烧得胃直泛酸,还是睡不着。一会儿想,执法局的差事落到大虎身上,就会有钱给孙女高燕买个电动玩具熊了,高燕要了多少次,眼巴巴瞅着柜台里的玩具不走。一会儿又想,小虎穿上行政执法局的制服，精神潇洒，一表人才，与王娜的关系就能缓和一些，少吵几次架。

我到底该怎么办？自己无论怎么决定，凭哥俩的感情，两个儿子都不会说什么。目前，两个虎儿子对各自家庭，都还有一定的控制力。但一朝决定不慎，有可能给一家留下阴影，发展下去，毁了一个家的可能也不是没有呀。高大山左右为难，无端埋怨起徒弟厂长来，这么个难题，就不能替师傅做一回主？就是看在为徒弟厂长决定媳妇的面上，也应为我做一回主呀。这个徒弟呀，非让我自己割自己的肉。

高大山拿出一枚硬币，反复抛上抛下，几乎一夜不合眼。同样一夜没有睡的"林黛玉"妻子关键时刻又提出了一个意见：我看，要不让小虎去执法局吧，王娜正跟小虎闹别扭呢。

妻子考虑问题往往从维护儿子家庭的和睦出发。看来，也只能如此啦。

高大山奇怪，噫？怎么每次到关键问题上，自己都是听了妻子的意见。

高仲虎成了行政执法局一名工作人员，试用期3个月，签了一个3年的合同。小虎不怕3年后丢工作。因为领导说了，3个月试用不合格的回单位，合格的留下来，3年后再续签合同。小虎明白，现在普遍推行合同制，主要是让职工有危机感，打破铁饭碗，但录用手续都是经人事局办理的。更主要的是，小虎对自己有信心，有把握干好这项工作。

到了执法局没出三天就发了一身服装，深灰色，比工商的颜色要浅些，没有公安的厚重。但穿在一米八二个头、相貌堂堂的小虎身上，人立马精神了许多。小虎兴高采烈地穿回家让王娜和儿子高林看，让高大山和"林黛玉"妈妈看，让大虎哥和王艳嫂子及侄女高燕看。大家都说好，大虎还穿了上衣试试，也挺精神，从心里替小虎高兴。

高燕却将小嘴一撇，小声嘟囔说：好个啥？像个灰狗子，二警察。

大虎知道一定是王艳对女儿的影响，眼一瞪，不许胡说，没有礼貌。

好在大家集体的喜悦将这点不愉快很快掩盖了，冲淡了，没有引起小虎和王娜的尴尬。

发了服装的第二天，全市新招录的240名城管队员，集体到小玉山集中培训三周。小玉山是当地驻军部队的一个训练基地。市里从部队请来了20名战士当教官，将240名城管队员12个人编1班，共编了20个班，5个排，1个连，实行全封闭式军事化训练。240人中有几十个人是复员兵，就当了正副班长。

开始一两天还新鲜，从第三天开始大家就吃不消了。白天主要训练科目是走队列，向左转，向右转，向后转，立正，稍息，齐步走，正步走……站在队丛边上的班长边走边喊着"一二一"的口令，队伍里就"噼里啪啦"地机械地走着，七长八短走得乱七八糟，虽然大家都很努力，但不能令教官满意。队伍里不断有人受到训斥，或出列单兵教练。因为年轻的教官忘了，这些被训人的年龄不是像他们刚入伍时的十七八岁，而是大部分都30多岁了。但是训练的队伍走得如何，是20个教官能力的体现，所以，谁也不敢松劲。

小虎有一身蛮力气，肯吃苦，但30多年从未受过如此严格的训练。工人高大山在家里教育孩子的标准是只要不偷不抢不赌不色，就是好家伙，哪管什么坐立行走的正确姿势，这可苦了高小虎。因为坐没坐样，站没站样，所以时常受到教官"单兵教练"。几乎天天被下令"出列"。"抬起左腿，脚尖向下，左臂平举胸前第二纽扣处，右臂后伸，目视前方，头不要动，身体不要晃"。"别晃！听到没有？听我的口令，再来一遍！"尽管万分努力，总也达不到教官的要求，天天弄得浑身透湿，裤裆有时湿黏得像藏了个蛤蟆。汗珠儿顺额角泛出，向外滴，再滴，汇成流，流到嘴里，咸涩涩的。

好不容易盼来了半天一次15分钟休息，大家抢着坐操场边上的长凳子。自小在家散漫惯了的小虎，忘了"站如松、坐如钟"的要求，跷起了二郎腿，还一下一下地上下晃悠。只听教官一声吼：高仲虎，你的腿咋个放？小虎猛然想起教官"站立有样"的要求，将腿立马规矩放下。

小虎奇怪，打零工时差装卸火车皮，一口气扛30——50吨货物也没这样累，什么原因？是不是那时身体各零部件是自由放松的，现在身体各部件是按规矩运动的，就像一棵长歪了的树，再让它重新长正当，不用铁丝猛拉硬捆，不经过几年痛苦矫正，很难重新长直。难道行政执法局的工作与自己以前的工作比起来，差别就是这样吗？吃这碗饭还真不容易，真要下一番苦功夫才称职。

过了一周，小虎那双进执法局前王娜刚在地下商场花了70

元钱买的皮鞋就开了口子,两个鞋后跟像刀切的似的磨偏了,反复立正、稍息,已经将两只鞋后部内侧的皮子磨白磨薄了,就要破出洞了。他心想,三周下来,起码需要三双鞋,得200多块钱呢,这还了得?赶紧捎信让王娜把爸爸高大山在炉前穿的翻毛皮鞋捎过来。

接下来,搞了几次紧急集合。白天累得要死,晚上睡得像个死猪一样。半夜时,一阵"嘟、嘟、嘟"短促紧急集合哨音,在寂静的小玉山格外惊耳,队员们在不许开灯的情况下,立刻起来穿衣服、找裤子、摸鞋子、抓帽子,尔后打背包。不是你扯了我的被子,就是我捆了你的手,乱成了一锅糨糊。等人们都跑出门口集合完毕,都快40分钟了,打开院内的灯一看,有的帽檐戴到了后边,有的没穿衬衣,有的两只鞋反了脚,还有的找不到裤带用手提着裤子,有的丢了背包带用手臂夹了背包。好看的是扣上了扣子,但扣错了纽扣眼,像穿一件歪歪扭扭的斜装。从不露笑模样的教官们见到他们这种狼狈样,忍不住笑出声来。

白天累得腿肚子转筋地痛,晚上还要上思想政治课和行政执法业务课,时间从晚六点到九点。第一课由行政执法局局长讲话。局长姓汪,军人出身,从一个县的县长调任此职。汪局长讲话简单明了,告诉大家一定要珍惜这次的机会,他们这240人是从全市2632个报名者当中千淘万漉挑选出来的精英,肩负着管理好我们这座优美城市的光荣使命。

小虎于是明白了,爸爸高大山的徒弟厂长不知想了多少办法才把自己从一个大集体企业中推举出来。爸爸一个残疾的退休工人，对徒弟厂长除了添麻烦外，百无一用，厂长真是情真意重，不能辜负了人家一片心意。想想挨教官训斥时真不该生气，接受训练公开说是为了管理城市的光荣使命，真心说，心甘情愿挨累接受训练，不是为了吃饭，为了养家糊口，为了给"林黛玉"妈妈有钱买一条鱼吃，给高大山爸爸买一瓶瓶装而不是散装的酒，给儿子大林买一双旅游鞋吗？不是为了不辜负大虎哥这份深情厚谊吗？想到这些，小虎在心里笑了。

汪局长络腮胡子，黑脸盘，讲话干脆利落，没一句废话，人也很威严。就像大家私下议论的那样，嘴茬子"嘎嘎地"厉害，一晚上连口水也没喝，站着讲了整整1小时。看着要到1小时了，戛然而止。给小虎的感觉是，成立行政执法局是城市快速发展的需要。这个近200万人口的城市，每年以10平方公里左右的速度在扩张，每年以10万人口的速度在增长。人口数量上去了，城市建设上去了，管理工作却跟不上去。尤其是大量农民进城打工，工厂商店职工下岗走向社会，原有的交通秩序、生活秩序、工作秩序都被打乱了，开放的社会要重新组织和维持正常的秩序，而我们就是一支管理秩序的队伍。

看大家听得一头雾水、似懂非懂，汪局长举起了例子。比方说，我们的城市，就像一个正在发展壮大的大家族，几个儿子都大了，都在盖房子、修院子，自己干不过来，请来了邻居，还有农村的亲戚来帮忙，城市到处都在盖房修路。可是楼盖完了，破砖乱瓦扔到院外没人收拾，堆得满街都是。谁来管？

楼盖完了，请来帮工住的简易房都不拆掉，房主把它修缮出租，住进了农村来的帮工，住在无证简易房里的农村亲戚不想回去了，就在棚房里开起了小门市，没有下水，脏水满院子倒。谁来管？

费力费钱好不容易把道路修完了，可是张三今天要埋下水，李四明天要埋电缆，王五后天要接煤气，新修的道就成了拉锁，今天开膛剖肚，明天再缝上，后天再开膛剖肚，大后天再缝上，谁来管？

还有费心费力精心呵护的树，好不容易长成碗口粗，却被人在两棵树间拧上一根铁丝，不仅晒被晾衣，顽皮的小男孩双手挂上去打悠悠，不是勒破了树皮水分上不来被渴死，就是被晃悠动了根须彻底干枯。谁来管？

进城农民、下岗职工多数没手艺，只会卖水果、瓜子、蔬菜。"酒好不怕巷子深"早已成为历史，现在做买卖的诀窍就是图个人气，连"奔驰""茅台"都做上广告，何况卖菜卖果的，早晨两三点钟满院子吆喝，扔得满地西瓜皮、瓜子皮、菜帮子。谁来管？

还有找工作要大学毕业证，恰巧有人没念过大学，而又需要毕业证，假的也行；还有单位分房子为证明自己单身可多加30分，需要假离婚证的；当然制造假证由公安局管。但为了让人家知道自己会把假证制造得同真证一样，就到处贴广告，不管多么漂亮的大理石墙面，或是橘红色的地下方砖上，用不干胶贴野广告，算是关照你，用油漆一夜连写十五条主要干道的大有人在。谁来管？

再就是货进多了，带着在早晚市没卖完的活鱼、水果、蔬菜，哪儿人多往哪儿去，有的竟然跑到中央大街和文艺广场去摆摊。中央大街相当于北京的长安街，文艺广场相当于天安门广场，怎能摆摊设点？谁来管？

汪局长一连举了几十个例子，说了几十个"谁来管"？最后，总结性地一挥手，我们来管——城市行政执法局的队员们！

小虎编队上岗了。局里考虑到要回避小虎的家庭居住地东城区，不在家周围执法，就将小虎分配到了其他城区。高仲虎的具体工作单位是，山城市北城区行政执法局第五大队。

第五大队全队共11人，队长肖云峰，45岁，部队副营职转业，在执法局属于低职高配。副队长是小侯，叫侯进，30多岁，人很精明，大家都叫他"猴精"。小虎管队长叫老肖，管小侯叫"侯哥"。还有大刘，人高马大，叫刘玉民。王峰，也就有二十三四岁。一个侧重内勤的叫张兰，是个老大姐，40多岁，就被小虎称为"张姐"。11个人中还有两个协管员，没有机会进正式编制，开支由区行政执法局拨付。其中一个叫张文化，一个叫王良，都是少40岁的人。活干得与正式职工一样，开的钱也少不太多，但没有"三险一金"（养老保险、工伤保险、失业保险、住房公积金）。

五大队主要负责火车站前地区东侧约20平方公里的地段，是管理难度相对较大的地段。所谓相对难度，是指比小虎家住的东城区要好管一些。考虑到小虎刚上岗，老肖没有给他单独划分监管区段，而让小侯先带一带他，先熟悉一下情况和工作路数。

小虎正式上岗是在3月的最后一天。小侯说，这一段天刚暖和，市里抓春季爱国卫生检查很紧，经常有突击检查和抽查，我们主要看住乱倒垃圾、游击商贩。在管区内不要出现大垃圾堆和马路市场。市里正在抓"四乱"（乱扔、乱吐、乱泼、乱倒）和"五堆"（土堆、煤堆、砂堆、菜堆、灰堆）。小侯让小虎明早5点准时到岗，看住东二条街，防止形成马路市场。

小虎与大虎一样，都遗传了高大山喜辣的饮食习惯，用高大山的话说，自己是"吃辣椒两头遭罪"，大便常干燥，用"林黛玉"文雅一些的形容是"肠物秘结，宿便不畅"。小虎身着带肩牌的制服，端上公家财政饭碗，人逢喜事精神爽，昨夜与王娜一场昏天黑地缠绵肉搏，正在酣畅大睡中，"丁零零"一阵闹钟响，吵得心惊肉跳，看看到了早上4点，赶紧起床如厕，越着急越便不出。到了4点20分，总算挨出门外。到街头刘大妈摊前，要两根油条，来不及喝豆腐脑，掏出1元钱递过去。刘大妈一脸讨好的笑容，殷勤地还要递上一碗豆腐脑，说什么也不要钱。小虎丈二和尚摸不着头脑。脑袋摇得像拨浪鼓式的，扔下钱跨上自行车就往北城车站附近管区赶去。一路骑得飞快，差5分钟不到5点，赶到东二条街口，看见小侯正在吆喝一个卖苹果、香梨的"倒骑驴"快走，不要到东二条街里去。

"倒骑驴"是对一种三轮脚踏车的鄙称，两个轮子上架一个能装千八百斤货物的车厢，后边安上半个自行车。行走时，装货的两轮车厢在前，空车时人骑在后边一个轮子的车上，骑得飞快；装满货物时，人骑在后累得像个驴一样，故被称为"倒骑驴"。

卖水果的是一个50岁左右的妇女，磨磨蹭蹭不愿离开，指着东二条街口那头的几个地摊说，大兄弟，你看他们都进去了，你就让我进去呗，那条街里人多。

小侯说，不行，他们也得走，这几天市里查得正紧，说着让小虎快去撵那几个地摊人走。小虎初次出征，想象着自己一身城管制服就是金光闪闪的一身铠甲，座下自行车就是一匹战马，趾高气扬地边骑边高声喊，都收了，快都收了，谁也不许摆摊设点，不然按市容卫生管理条例规定处罚！

三四个摆摊的有卖橘子的，有卖柿子的，还有卖针头线脑小百货的，听到小虎喊声，又见小虎人高马大，收起地摊就跑。一个正在挑柿子的老者，不满地瞪了小虎一眼，小小年纪，你张狂个啥？方便老百姓的事，你们政府咋就这样难受？

取缔马路市场，保持市委环境卫生是为全市人民创造优美环境的好事。小虎想起了小玉山培训时领导讲的话。怎么为老百姓好的事，还遭到老百姓反对？

小虎讪讪地推车往小侯把守的街口走去，走了不到五六步，不知从哪里飞出一个烂柿子，叭的一下砸到小虎脸上，稀溜溜红糊糊的柿子烂酱，溅了满脸满身，小虎莫名其妙，委屈得要哭。小虎不怕脸脏，是心痛那一身洗得干干净净、王娜用熨斗仔细地把每条缝线都熨平整的城管制服。

到了小侯跟前，那个女"倒骑驴"还在跟小侯争执。小侯说，大妈，求求你，快离开我这吧，让市执法局督察处的人看到，连扣工资带罚款，你还让不让我往家拿钱了。我谢谢你了，快走吧。

女"倒骑驴"又说，这也不让卖，那也不让卖，你们让我上哪儿卖去？

小侯说，你再往东，背静点的地方去。

女"倒骑驴"说，那边人那么少，我卖给谁呀？你看，我的香梨都快烂了，这得赔多少钱。

小侯说，烂了自己吃。

女"倒骑驴"说，我自己吃得起香梨，还出来遭这个罪？

小侯不耐烦地说，今天说啥也不行。告诉你，市里来检查，你不能砸我的饭碗呀。等检查风一过，我保证让你来。快走，快走，不然没收东西了。

高仲虎本来是想向侯副队长诉苦来的，听到看到小侯处理女"倒骑驴"游动商贩的过程，明白了自己挨了伏击的原因：对这些商贩，动硬的不行。

小侯与小虎在东二条街口两头一头站一个人，堵了两个半小时，到 7 点半，上班的人流、车流多了起来，路上没法摆摊了。小侯一挥手，"撤"。

小虎认为该休息了，谁知小侯领着小虎在管区内不停地巡来查去，看哪家锅炉房炉灰成堆了，就通知限期运走；哪家准备施工将沙堆堆在马路边上，就通知立即运到院子里去；看哪个垃圾箱边堆上垃圾，箱内垃圾"戴帽"（高出垃圾箱）了，就通知环卫运输队快来车；看哪栋楼有住户偷偷把一冬天没吃完烂了的渍酸菜扔在墙根，就赶紧通知居委会保洁员来收走。

一个大上午，走得腿肚子生硬，脚底板像针扎，又像把脚底板撕裂了口子。走到 11 点半，抬头一看，是"利民小吃部"。

小侯说，老弟，咱们也该喂一下"脑袋"了。小侯把肚子说成脑袋，看似没有道理，可这真是一个费脑费口又费腿的辛苦活。小侯说，吃完饭，稍休息一会儿，还要继续巡查。

小虎计算了一下，不算骑自行车，从早上到现在，起码走了有30里路，下午就少算，这一天也要走五六十里路呀。而且不许当街吸烟，不许敞怀，不许摘帽子。现在的天气还可以，到了七八月份40度的天气，这身衣服还不把人捂成"熟人参"？

　　利民小吃部王老板十分热情。小侯说，今天我来慰劳一下属下。小虎说，都是下级恭敬上级，哪有上级为下级破费的道理。

　　王老板按着小侯的吩咐，安排了一个尖椒炒干豆腐，一个地三鲜，两碗炸酱面。王老板一声"好咧"，亲自上灶炒菜。10分钟不到，要的菜全上了桌，而且菜码都很大。外加了一盘炸黄花鱼，金黄黄的五六条，一看就让人开胃口。手里还提了两瓶啤酒，说是添头奉送，慰劳辛勤的城管大军。

　　小侯摆了摆手说，鱼留下可以，酒可不行，这不是让我犯错误吗，要让市局督查处发现，汪局长那个黑脸一拉，我还不得砸饭碗呀。

　　吃完饭，小虎喊买单，王老板立马笑呵呵地跑过来。仰脸弯腰地说，要不这样，这位高城管初次见面，就算我请客吧？

　　小侯板着脸说，我在你这儿吃饭有过不给钱的记录吗？

　　王老板马上说，没有，没有，今天当然也照收不误，交5元钱。

　　小侯说，15元。

　　王老板为难地说，这怎么说，十五就十五吧。

　　小虎算了一下，两菜加上一盘鱼，两碗面条，怎么也得25元。不知为啥王老板主动献殷勤。

　　往外走的时候，王老板笑脸弯腰一直送到门口，有意无意地问小侯，市里啥时检查完？可够你们忙的啦。

小侯脸一扬,检查完?还没开始呢。检查完你又有啥想法?告诉你,可别给我添堵。

王老板说,我哪能给您找麻烦呢,这不是天暖和了嘛,大热天,屋里又没空调,两个破电风扇,谁愿意进屋呀。说到这儿,王老板叹了口气,接着说,侯队呀,现在买卖不好做呀,把人累个贼死,还剩不下多少钱。

小侯说,我可提醒你,不能擅自在门前摆摊设桌,今年市里要创卫生城市,查得比往年严,弄不好是要关门停业整顿的。

王老板说,那是,那是,慢走呀。

下午4点半,小侯对讲机里传来两条指令:一是辖区内一居民楼外墙有一个炸爆米花的,"嘣、嘣",把一个老太太心脏病震犯了;二是东二条街两侧居民反映,有人随地大小便,骚哄哄的不能开窗。有的小孩不小心踩了"地雷"。所谓"地雷"就是电影《地雷战》中布置的屎雷。踩一脚是挺肮脏人的。

小侯告诉小虎,市执法局有一个群众热线是8989110,群众发现应当由城管管理处罚的事,就拨这个热线。哪个区域群众热线多了,证明哪个区队管理的不到位,就要被扣分、批评、通报,甚至罚款,所以要格外精心和努力才行。

于是,小虎知道了,小侯如此认真努力,也不光是爱岗敬业,其中也跟着经济收入问题呀。

小侯说,随地大小便是无论如何也解决不了的,有屎不拉,有尿不撒,不把人憋死?要解决不往墙根撒尿拉屎,就要让人有地方去尿去拉。现在公共厕所都包给个人了,厕所一半成了卖报亭,进去一次收五毛钱,谁愿意花那冤枉钱呀。再说,一到下班时间,承包人回家时就把厕所门锁上,给五毛钱也进不去呀。小侯说,我要是市长,就下令所有公厕都免费开放,晚上也不许上锁,还要给里边安上电灯,灯泡坏了要及时更换,你看谁还能随地大小便。不过,我们小人物说话不顶放个屁,放个屁还有个响,我们说话连个响也没有。不过明后天咱们抓两个罚一罚,让上边知道我们认真管就可以了。关于炸爆米花的,一会儿我们就去。现在东二条街上车来人往,估计晚六点之前,小商贩们进不来。

说着正要走,又接到对讲机里传来的指令,要求从今晚开始,组织统一行动,宣传并查禁在各路口烧纸的行为。

小侯放下对讲机对小虎说,炸爆米花的,明天你去处理,估计是一个南方的进城农民,一吓唬就走了。现在我们就往区执法局集合,局里五点半前分完执勤路段。六点准时上岗,八点半撤岗,因为八点以后人们就很少有上街烧纸的啦。

五点钟到了区执法局大会议室,只见几个正副局长都整齐地坐在前边一排,正中间位置坐着市执法局周副局长。区局张局长主持会议,说今晚行动前要开一次动员会,市局各位局长都深入到各区局包片并亲自动员,下面欢迎市局周副局长讲话。

周副局长是一个白面书生,说话很风趣,让人听了不累耳朵。他说,这次行动是根据市长指示进行的。每年都是4月5日清明节前一天给死去的人烧纸送钱。现在生活好了,人们的孝心增强了,都要多给死去的亲人寄钱,而且一次都寄几千亿,上万亿元冥币,因此有人传出"冥府银行"的鬼们加班加点也办不完业务,那边还没有通用信用卡。所以有人计划在三月最后一天,就是今天就开始往冥府银行寄钱,满街烧纸。刚要开花的桃树、杏树可受不了,所以今晚就上岗。他们说冥府银行晚8点下班,我们要看守到8点半。当然,明天开始,我们还要有一次集中行动。

周副局长还说,看守禁烧路口的重点是西城区和东城区。西城区特别是豪富花园附近和大政路一带,东城区主要是全安屯一带为重点之重点。全安屯就是高大山家附近,钢铁总厂一带的棚户区。穷人们越穷就越迷信,希望死去的人能保佑活着的人日子能稍好一点。小虎想,西城区多半住的是有钱的老板,无商不奸,无恶不发。越发财越觉得心里有愧。就通过敬鬼敬神,企图求得心灵宽慰。大政路一带多是市级领导机关所在地,是不是有人做了亏心事?腐败了,害怕了,也请鬼神保佑。想到此,小虎吓了一大跳,为自己这种对领导不敬的思想,赶紧做了一番心里检讨。

晚八点半,小侯对讲机中传来了"收队"的命令。小侯让小虎回家,说自己还要到东二条瞅一眼。小虎不好意思回家,要跟着一起去。小侯说,第一天上岗,早点回去吧。不然家里人该不放心啦。明天早上看样子还得早上岗半小时,4点到场,我们俩一边一个看死路口,省得来晚了,里边摆上摊不好往外撵。

小虎谢过了小侯副队,骑车往家急奔。快到家门口,远远看见"全安浴池"几个昏红的牌匾,缺胳膊少腿,已变成了"全女谷池"。等路过浴池门口的时候,冷风中卖冰糕、冷饮的王大妈还坚守不去。王大妈丈夫去世多年,自己带个傻儿子。开始靠捡破烂换点钱,好在傻儿子也不闹事,但常常把王大妈捡来的破纸壳丢得满院都是，把破瓶子往墙上摔得粉碎听响儿，有时把脸划得到处是血。看到王大妈刚50出头，已经满头白发，在冷风中冻得直抖。小虎心中一阵同情，上去关切地问道：王大妈，咋还不回去，这么晚，还有人买冷饮了吗？

王大妈说，再停一会儿，说不定能卖出一支、两支的，就能挣个三毛、五毛的，回去早了也睡不着。

听着说话声，里边走出一个人，掀起棉门帘子，人未见，声音先到，哪位先生，洗个澡吧，天晚了，3元一位。待到人走到跟前，一看是开浴池的张大哥。

老张一看是小虎，还穿着城管制服，立马赔上笑脸，老弟啥时候高就了？当上城管干部啦，恭喜恭喜呀。洗个澡吧，免费洗、搓，我请客。

小虎说，张哥，不了，忙一天，累够呛，回家睡觉。尔后指着牌匾笑着说，你这儿成了"全女谷池"啦。

老张说，今后可不敢称张哥了，就叫老张吧。我明天就找人修。说着叹了口气，买卖不挣钱，也真换不起呀。

那边王大妈听了两人这一番对话，心里也紧张起来，赶紧说，我这就挪到那个路口卖。看，卖了半下午，也没卖上几个钱，一着急，就越界啦。

小虎真是糊涂了，先前对自己那么熟悉的人，那么好的街坊，现今见了自己都敬畏中包含着疏远，看似热情的笑容，实质是厌恶的冷漠。

8点半收队，8点45分往家骑车，加上路上与王大妈和张哥的一阵耽搁，进家门差2分钟就9点半了。家人除了高林睡觉了，爸妈和王娜都等他回来，进屋都问，咋回来这么晚？晚饭吃了没有？饿不饿？

小虎在参加完晚上禁烧动员会后，吃了集体发的一个盒饭，现在还真有点饿了。一边吃着王娜递过来的一碗米饭加一个荷包蛋，一边讲着一天的惊奇见闻。讲到肩上红乎乎一片烂柿子渍迹时，改成经营户硬送自己柿子吃，自己硬推辞才弄了一身。

连吃带讲，一看快 10 点半了。人吃完饭就容易困，加上一天的疲劳，小虎禁不住打了一个哈欠。"林黛玉"妈妈心疼地说，睡觉吧。

小虎和王娜回到屋里，见高林在一张小床上睡得正香，小两口上床钻进一个被窝，却没有温习惯常的功课。

小虎问，看老爸今天好像不高兴呀。为啥事？

王娜说，爸说街坊邻居与他相远了。

小虎问，为啥呀？

王娜说，我只是隐隐约约听爸跟妈说，邻居说咱家出了个什么"挎刀鱼的"。

小虎说，"挎刀鱼"？我明天问一下妈，是虎哥那有啥事啦？说着，让王娜递过来闹表，把闹表叫早时间又向前拨了半小时。

王娜说，明早三点半？太早了吧？

小虎说，这段正赶上全市集体行动，以后总这样，那还了得，说着搂着王娜亲了一口，夫妻相拥着睡了。

"丁零零"，一阵惊心动魄的闹铃，小虎极不情愿地爬起来，如厕、洗脸、刷牙、穿戴齐整，4点准时出门。还是到街口刘大妈那儿买两根油条。刘大妈见小虎骑车飞过来，还没等小虎下车，就像犯了错误的小学生一样检讨，你看我这记性，又摆出门外，明天可不敢了。六十多岁的老太太这样谦恭自己一个毛头小伙子，弄得小虎十分尴尬。

4点半赶到东二条街口，看见小侯已经到了。四五个摊贩和倒骑驴都被堵在街口。看小虎人高马大骑车飞来，意识到今天也无进街路的希望。个个不满地游走了。有的还骂骂咧咧。小侯装着没听到，骂人累他自己，只要离开自己的责任区就行，到别处跟我无关。

小虎问小侯，怎么地摊和游动商贩比开店的坐商还厉害？我们家跟前那些开小买卖的，对我都很客气。

小侯说，地摊和游动商贩都是占马路经营，你不让他进街路摆摊，就等于砸了他的饭碗，所以他气恨你。坐商都有固定场所，但也都想在门前摆摊吸引人来。你家跟前的那些人对你客气，是你没管他们。不信你管一下试试，早在心里恨你一百回啦。

于是，小虎明白了，刘大妈恭敬自己是因为在门口摆摊是店堂外溢。王大妈敬畏自己是因为离开了规定的卖冰糕地点，老张讨好自己是因为残损牌匾广告没及时修理更换。而不在自己辖区，这些自己都没有管。但同时小虎也想不通，王大妈在浴池门前卖冰糕不仅方便了浴客，自己也能多卖点钱，为什么非要她到离浴池50米远的路口，挨大冷风吹呢？设点的人不知道王大妈有风湿病，大夏天还穿衬裤吗？

小侯告诉小虎，他到其他几个地段再转转，让小虎重点抓两个随地便溺的罚款。小虎就远远地专盯着墙上写有"此处禁止便溺"的地方。过了一会儿，过来两个剃平头的年青后生，拉开裤前拉锁。小虎大喊一声，没看到墙上警告吗？随地便溺，罚款10元。

一个"平头"转过脸来，反问道，谁便溺啦？

小虎说，你便溺，不便溺你这是干什么？

"平头"说，哥们自己的东西，热了，痒了，拿出来晾晾风，自己看看不行吗？哪条法律规定自己的东西不许看？

小虎后悔自己抓早了。应当在他尿出后再喊，那他就吸不回去了。"平头"有撒尿的动机，无尿出的行动，属于未遂犯规。按他的说法，只是看看身上部件，连"未遂"都定不了。

另一个"平头"过来说，管天管地，管人拉尿放屁。操，你吃饱了没事干啦。说着，"呸"地一口痰吐了过来。一口吐到小虎脸上。

小虎哪儿受过这个气，大吼一声，你敢吐我？上去就扯住他的脖领子拎了过来，"走，到执法局去。"旁边立即围了一帮看热闹的人。大清早多是老年人多。有的说"平头"，他管你吐痰不对，可是你有痰往地下吐，你不应该吐人家脸上呀。

多亏小虎人高马大，两个"平头"也就十六七岁的单薄小子，听说要扯到执法局去，先就害怕，不就罚款吗，老子刚赢了钱，心情好。给你，10元。老子再吐一口，甭找啦。说着又往地上吐了一口浓痰。

小虎气呼呼地撕了2张5元罚款票子，扔到"平头"脚下。

喊声,收据收好。

"平头"脸一扬,老子不用报销,留着你擦脸上的浓痰吧。大摇大摆地扬长而去。

小虎看周围许多人,怕承担罚款不给票,贪污罚款的罪责,当着众人面,将收据扔进路边果皮箱内,并对那个帮他说话的老者道谢。

老者指着路边的一堆烂菜说,小伙子,我们这个城市哪没有散落的垃圾、污水,一口痰算什么?告诉你们领导,管点大事吧。

上午8点半,小侯过来找小虎,让参加全市统一行动。9点整,在市执法局汪局长带领下,全市组织了200名城管执法人员、50名工商管理人员、50名公安干警,一齐开到黄泉路丧葬用品专卖街上,对封建迷信用品统一收缴销毁。

北城区仍由市局周副局长带队。周副局长边走边说,现在许多丧葬用品店不仅卖纸扎的奔驰、宝马牌轿车,卖纸别墅独楼,还有卖纸"小姐"的,也不怕弄得已故爸妈感情不和。我们这次行动是帮助冥府打假。小虎于是知道了,昨晚周副局长说的全市"集中行动"就是清理封建迷信用品。

由于事先消息封闭得好,战果卓著。拉了整整七八卡车迷信用品。加上有一位副市长随队视察,报社、电台、电视台记者跟踪报道。业主们见到几百着装整齐的公安、工商、城管人员,都乖乖交出迷信用品,双方都没有人员肢体接触和受伤的。

中午,小侯和小虎每人吃了一个盒饭,每盒3元,饭多菜少,反正能吃饱。

小虎跟小侯说起早晨与两个"平头"的矛盾，只抓住了吐两口痰的，没抓住撒尿的。小侯笑了说，以后就有经验了，把两口痰当一次撒尿的报上去。尔后告诉小虎午后去把那个炸爆米花的撵走。

小虎吃过饭，也顾不上休息，就按小侯交代的栋号去找那个炸爆米花的。找到跟前一看，小虎倒吸一口凉气：就见那个汉子50多岁，脸黑得跟炸爆米花的锅底一样颜色，脸上皱巴巴的纹缝都被黑灰填满了，两手像枯瘦的树根，最明显的是旁边放一支拐，是个瘸子。周围围了几个孩子，正眼巴巴瞅着，等着出锅。只听"嘣"的一声巨响。收三毛或五毛一包，算一下，一天多说炸30锅，每锅多说挣5毛，能挣15元钱。如果不是有人举报，小虎真不忍心赶走他。

小虎要求他走，他像没听到一样，继续干自己的活。旁边两个孩子说，叔叔，别撵他，我还没拿到爆米花呢。

小虎说，有人投诉你，说把人心脏病都震犯了，必须离开这。他好像还是没有听到，只抬眼瞅了小虎一眼。

小虎急了说，你听到没有？

他不满地抬头对小虎说，我不走。

小虎说，不走不行。

他说，不行我也不走。

小虎上去就拉他起来。他不等小虎反应过来，抓起旁边的木拐一抡，打在小虎小腿上。痛得小虎"哎呀"一声，跌倒在地。大盖帽摔掉地上，像个轮子似的滚出老远，沾了一帽子污水。

看到小虎那狼狈相，几个孩子乐得哈哈大笑起来。那人像什么事没发生一样，低头继续摇他那个炸锅。

小虎叫道，不是看你这么大年龄，还是个残废，我就废了你。一瘸一拐地找小侯去了。

小侯听了小虎的汇报，跟老肖做了汇报，叫上刘玉民、王峰、王良、张文化，又让公安执法支队派一名警察，众人坐着一辆半截子车就向炸爆米花的栋号开去。

到了那地儿，看见那人像没事儿一样还在摇着炸锅，一边用手抓煤往炉里添，一边用手背擦着被烟熏得淌泪的眼睛。小侯上去二话不说，一脚踢翻炸锅和炉子，不等他抓起木拐，众人像抓猪一样把他塞进车里，拉向执法局去。

另一边，派内勤张兰找投诉人写证言，说帮他打官司要赔偿。

小侯问他，知道为什么让你来这儿吗？

他不吭声。

小侯说，你不仅违反了城市市容卫生管理条例，还制造噪声扰民，把一个老太太心脏病搞犯了，住了医院，你要负责赔偿。你还不服从管理，打伤了行政执法人员，违反了城市治安管理条例。小侯喘了一口气，对王良说，去，找张兰，把人家投诉的证明拿来。

过了一会儿，王良进屋大声说，投诉证明让张兰锁柜子里了，张兰去市局办事了。说完，又附耳对小侯说，那家根本不出证明，怕得罪他挨报复。

小侯在心里暗骂一句，就他妈的对执法局有能耐。又高声问，你还炸不炸啦？

他说，还炸。

小侯问，还炸？为什么？没收你的炸具！

他说，不炸没饭吃。千万别没收。

小侯说，你离开那儿，离开北城区，我就还你炸具。

他说，行。我到别的区去炸。

小侯说，以后不能让我在北城区看见你。在哪儿炸也不能扰民呀。人家心脏不好，你就换个地呗，非得在一棵树上吊死。在这儿按个手印，就给你炸锅。

执法局没权审问人，小侯特意让公安局那个人在场，以公安的名义，使用公安的询问笔录纸。为了坐实这件事，小侯把投诉电话记录复印一份，存档作为证据，以防止群众举报野蛮执法，好作清白洗刷。

小虎的腿瘸了，痛得很厉害。左脚脖子都青肿得老高，去区医院拍个片，说骨头没事。小侯把医院诊断存了档。

小侯让小虎回家休息。自行车不能骑了，就要用半截车送他回家。刘玉民扶着小虎正要上车，张兰从屋里追出来说，有人举报早晨有城管队在东二条抓吐痰罚款没给票据。小虎当时就委屈地哭了。市局执法监察处对这样的事抓得十分严厉，曾有被处分、除名者。

小侯等人用车拉着小虎到东二条去，找到那个果皮箱，掀开盖子，臭烘烘一股恶气熏得人要吐。小虎不管不顾，淘宝式地仔细查找，一手抓了一个烂苹果沾带着一堆残饭汁液塑料袋。正要甩手，一看两张 5 元罚款票据，完好无损，大喜过望。

小虎坐车回到家已经快下午五点了。事先同小侯等人商量好，告诉家人说是迈沟不小心摔伤。"林黛玉"妈妈和王娜大呼小叫，听说拍过片子骨头没事，才安静下来。王娜急着去给小虎买热水袋做热敷。小虎就躺在"林黛玉"妈妈的身边。

娘俩说起了知心话，小虎说，我爸这两天为啥不高兴？

"林黛玉"妈妈告诉小虎，高大山这些年几乎每天都到"三角地"听戏听侃。三角地是这片棚户区仅有的一块三角空地。栽了几棵树，修了一座亭子，成了退休工人聚集取乐的场所。有时高兴了，高大山还会喊一嗓子京剧，什么《四郎探母》中"我本是那笼中的鸟，有翅难飞"。唱后大家还你亲我热地互相拍拍肩膀。有时回家，还会给高燕花几毛钱买一个小纸风轮，给高林买一包康乐果。可这两天，小虎穿上城管制服后，那些老哥们不再拍他的肩膀了，也不请他再吼两嗓子了，见面都客气地让座，卖纸风轮的老张太太，见了高大山像老鼠见了猫似的。

小虎问，那"挎刀鱼"是怎么回事？

"林黛玉"妈妈说，旧社会小日本统治时，伪满警察不少都带洋刀，"挎刀鱼"是老百姓私下对其的鄙称。妈把这些告诉你，是因为你有文化，凡事能明白，不会有思想负担。咱这一片都是穷人，包括王艳你嫂子在内，哪家不靠卖点东西活命？好在你不负责管理家门口，以后在家附近最好别穿城管制服。妈心里明镜一样明白，知道你们也不容易，不管不行，管严了也不行，管的和被管的都为了养家糊口，对管理对象讲点方法，能劝就劝，千万别凶。

小虎真是委屈死了，上岗两天，第一天挨了烂柿子，第二天没干到晚被打肿了脚踝，还差点被诬陷贪占罚没收入。回家既不敢跟妈说，又不能跟媳妇说，爸还一肚子不理解，有苦也不能跟最亲最近的人说。这是个什么活呀？

总算熬满了一个月，试用期工作出点小差错也不扣分，满资开了720元。小虎算了一下，每天市场工作起码16小时，等于一月干了两月的活，按8小时工作日计算，每月挣360元。当然，账不能这么算，成了吃公家财政饭的人，不仅有"三险一金"，社会地位也不一样，起码王娜对自己就好起来了。

小侯和刘玉民就不如小虎幸运了，两人都被罚分扣款。小侯因为东二条随地便溺投诉太多被扣2分，罚20元；刘玉民因为坐商外溢被扣4分，罚40元。其他人都没有被市局监察处抓住过，所以还算皆大欢喜。

三个月后，小虎转正了，欢天喜地向爸妈及大虎哥报喜讯。虽然这三个月身体和精神都高度疲惫和紧张，转正也在意料之中，但真正到了一辈子端上铁饭碗那一天，心情还是极度兴奋。三个月来，小虎忙得昏天黑地，都没顾上同一往情深的虎哥亲近亲近。可是，倒霉的命运还要再一次捉弄这对虎兄虎弟。在小虎端上铁饭碗的时候，大虎的铁饭碗被砸了，而且砸得很彻底，粉碎得无法修补。

几个月前，曾让全厂人兴奋不已的市长与外商在电视里交换合作文本、频频举杯祝贺的热烈场面，变成了一场戏，就像一部电视剧，演完了也就完了，再也没有下文。外商嫌搬迁成本太高，撕毁了协议。车间先是放了假，说先放三个月，每月发一百元钱。大家嘟囔着，还不如干脆下岗算了，拿低保也比这多。嚷着嚷着，真向大家的愿望来了，一次性给了1.3万元，彻底了断了国营职工身份。据说，厂区土地正在对外招商，搞房地产开发。已经洽谈了好几家，一些外商到现场一看，密密麻麻的住房和居民，纷纷吓得退避三舍。

如今，曾经风光一时的高伯虎，除了一万三千元全部家当，工作没有了，房子没有了，加上媳妇没有工作，只有一个每天都要吃药、身体如林黛玉一样病弱的妈妈，以及一个正在上学每天都要花钱的女儿。

这突如其来的变化，尤其社会地位的陡然落差，王艳没有心理准备，高大山更没有心理准备。高伯虎倒是不太伤感，几千人都共同被砸了饭碗，说痛苦，大家都痛苦，既然大家都痛苦，谁也不比谁强多少。别人能找到活路，自己身强力壮也不应该愁活路。不行就跟王艳一起，"你进货来我摆摊，夫妻双双把家还"。

但高大山却不同意大虎买卖东西。小虎管的就是坐商和游商。难道弟弟要撑着哥哥满街跑，哥哥在胡同里偷偷把烂柿子甩到弟弟身上？妻子也十分认同高大山的意见。既然爸妈都是这个意见，孝顺的大虎只好收起浪漫的计划，另谋生路。

大虎听说搓澡挣钱，南方人在这个北方城市搓澡，每月挣2000元，自己和小虎都经常给老爸搓澡，也懂一些技巧手艺。可是到几家门口有漂亮迎宾小姐的大洗浴中心应聘，不是被扬州人成帮包下了，就是被南京人结伙控管了，不是南方老乡或他们的亲邻，别地儿的人根本别想进去。找了一个星期，只好到家跟前小浴池找活。但各小浴池也都有人占满了岗。多亏小虎一句话，进了张哥的全安浴池当搓澡工。

张哥开的这个浴池，男客票价每位5元，女客每位4元。这一带居民消费水平低，来洗澡的多是穷人，都自己用条毛巾在后背使劲蹭蹭算完事，搓澡的人很少，多半是长途运蔬菜的司机。他们为省钱，在澡堂泡过澡后，晚上就睡在浴池，每人每夜10元。搓一个澡5元，给业主交1元，自己剩4元，一天从早9点到晚上11点，可以有六七个搓澡的，弄好了每天可挣30元左右。

搓澡对身强力壮的大虎不算太难，但就要像仆人对主人那样地谦卑，让搓澡的人感到被倾心侍奉的愉快。特别是山东寿光那些司机，特能摆谱，手搓轻了，他说你偷懒舍不得用力气；手搓重了，他说你搓破了皮不给钱。搓完澡还要给人家拍拍背，捏捏脚，揪一下后脖筋。一切都做完了，他又让你"把拖鞋给我擦干啦""给我倒一杯水""给我披上一条浴巾"，临走了明明闲着一只手，还让你"给我开一下门"。

大虎对此很想得开，人家给你饭碗，给你钱，就是你的衣食父母，人家不提那些要求，他也会主动做好，让人家找到愉悦的精神享受。11点后就没有多少人洗澡了，大虎就帮助把澡堂子里外收拾干净。每天回家基本上是半夜12点左右。

第一个月下来，大虎共挣了866元，除去给妈的250元，还剩616元，自己留了16元，防止哪天临时急用，比如带不上饭。大虎为了省钱，从不在外边买吃的，尽管他愿意吃油炸食品，但一次也没在刘大妈小吃店买过油炸糕。因为一个要5毛钱，落到肚子里像进去一个枣，不解决问题，反而把馋虫引出来。

300元给了王艳。另外300元要交给栾海房租钱，尽管栾海多次说不要房租钱,都同学一回,他也不缺这点钱,但看到栾海瞅王艳那色眯眯的眼神,大虎一分钱也不想差他的。大虎知道给王艳的300元勉强够高燕自己花的,现今的学校几乎天天要钱,不是课后班,就是辅助教材,再就是校服钱、献爱心、拥军优属捐献。哪一回要钱,大虎和王艳都十分痛快,生怕高燕在学校受了委屈。

做了这样的分配,大虎知道,一家三口生活费都要落在王艳身上。好在王艳虽然不像其他女人那样勤快,但也天天常买卖点东西,只不过晚出早回罢了,每月也能对付个几百元钱。总之,高伯虎夫妻俩月月挣钱,月月花光。如不遇急难险的特殊需要还可以,如遇特殊情况,自己是帮不了自己的。

大虎在全安浴池里当搓澡工,日子过得很平淡,三个月共收入2477元。一个月比一个月少,除了手掌磨得像脚后跟一样厚的茧子外,添了两样毛病,一是腿上经常起湿疹,严重时会被水泡烂,干活时要在小腿外边绑上毛巾,晚上回家后马上涂药膏。二是腰痛、膝盖痛,浴池太潮湿,不风湿才怪呢。大虎说,这都是皮外的小毛病,根本不在乎,挣钱哪能不付出点代价。但是,大虎还是干不下去了。

三个月来,张哥把全安浴池霓虹灯牌匾换成了灯箱牌匾,灯箱外边写上仿宋体"全安浴池",但失去了闪耀的招徕光芒。张哥说,霓虹灯"换不起了"。后来,受到环保部门突击检查,要求锅炉改型煤减少污染,型煤成本比散煤贵得多。再后来,张哥因为在水表上做文章,偷水用,被自来水公司猛罚了一下,使这个苟延残喘的小浴池终于咽了气。高伯虎面临着另一次就业选择。

高大山夫妻意见，最好还是别买卖东西，工厂干过的人，不如干修理吧。现在"倒骑驴"这么多，到处拆迁，弄得路这么破，补自行车带也行呀。

栾海说，到我修理厂修车吧，同学一场我不帮忙谁帮忙。

于是，下岗职工高伯虎到了私人开的修理部，实现了再就业。

大虎没有修过汽车、摩托车，但修过机床，当年在厂子里制作过像绣花一样精细的翻砂模具。在师傅的指导下，很快就学会了汽车、摩托车一些简单机械类毛病的修理。大虎很珍惜这个活，每次修完车，都不忘给人家擦得干干净净。头一个月栾海给开了1000元。大虎觉得自己干的活值不了这么多钱，只比修理部挑大梁的师傅少200元。王艳却高兴得大呼小叫，直说栾海不忘同学情谊。直觉使大虎总有那么一些不安。第二个月只干了15天，大虎就不干了。原因是栾海让大家用更生件或非标准件充好件、正品件。这与大虎一贯的为人原则相违背，更主要的是栾海表示还将给大虎加工资。大虎直觉栾海对王艳有企图，自己没有那么大的面子。大虎想要斩断自己与王艳同栾海的一切联系，但没有住房，所以，他们同栾海还那么藕断丝连着。

大虎在路口摆摊修车了。每天7点钟，人们上班前，大虎就准时来到人流路口，把自行车两轮朝天翻过来，旁边放个打气筒，自己蹲在围墙根下，眼瞅着来往自行车流，盼望着能有个坏车的。凡有打气的，只要没有修理活，都帮人打饱车胎，有钱给5毛，没有给3毛、2毛的也行。有哪个毛头小伙子和小姑娘，买了山地车或坤车，来要求调闸、平圈、紧螺丝的，少则3元，多则5元，但不容易碰上这样的好活。还捎带着修伞、修锅鼻梁子等物件。修伞每次5毛，换个支架1元，给8毛也行。

一天，好不容易盼来一个修整新买山地车的好活计，正在起劲地干着，来了一个与虎弟穿一样制服的城管人员。大虎从未被撵过，备感亲切地说，老弟来了。哪想来人眼一瞪，问道，谁让你在路边摆摊设点，收起来，快点！

大虎说，兄弟，你让我上哪儿去修呀？

来人说，谁是你兄弟，别套近乎，这叫占道经营，懂不？到胡同里边去，别挨罚款。

大虎说，我在这儿也不妨碍谁呀？

来人说，你穿着这样破，与大街上等活的民工一样，往这儿一蹲一靠，与美丽的大街相配吗？有碍观瞻哪。

大虎想起上周电视台播的一条消息，一些衣着破烂在大马路上等着揽活的农民工，都被赶到劳务市场里，看看自己的穿着，真与农民工一样，可又实在舍不得能挣5元钱的活计。就说，我老弟也在行政执法局，北城区五大队的，兄弟，多关照。

来人听了这句话，看大虎不像个说谎的人，就说，大哥，市里要检查，我管的路段清理不干净，要扣分罚我奖金的，不信回家问你弟。

大虎相信了，想想为难来人等于为难虎弟一样，就说，我走，可以后咋办呢？没有挣钱道呀。

来人同情地说，大哥，过了周五你再出来，那时市里就检查过了。

大虎丧气极了，实在想不明白：

第一，自己在路边，谁的车坏了，一眼就能看到有修车人在此，方便坏了车的人，也方便自己。进胡同里别说坏车人看不到自己，就是知道胡同里有个修车的，谁还能扛着车走那么远进胡同？不扛起车子，瘪了的带越推坏得越厉害呀？

第二，如果说因为穿得破旧就有碍观瞻，别把厂子弄黄，让工人每月都开一两千元，不就有钱买新衣服了吗？再说，难道东城区那一片棚户区不影响城市观瞻吗？

第三，如果说，怕修车人都纷纷出来占道影响了交通，自己才占了靠墙根两平方米的地方，人行步道十二三米宽呢。再说修车人就那么傻？有多少坏车子的人，一个地儿有一个修车的，后来的保证另找地儿。

第四，在路边修伞也不让，要求都要到规划的修理点去。修伞能占多大地儿？规划的修车、修伞、修锅点在哪？买一把伞才10元钱，有谁会为了修一把伞跑那老远，连打车钱都够买把新伞啦。

大虎无论如何也想不明白，这个城市要整齐划一到什么程度？东撵西去，忙乎了一个月，才挣不到500元钱，对修车彻底泄气了。

高伯虎面临着又一次再就业选择。干什么活才能赚钱养家糊口呢？

王艳知道过日子啦。在高伯虎每月只能挣四五百元，除了给"林黛玉"娘买药钱，只能拿回家二三百元之后，王艳知道指望不上大虎了,能吃苦了,能挣钱了。什么买卖挣钱就买卖什么。王艳没有任何顾虑,王艳才不管对小虎有什么影响呢。遇到城管有时还故意亮出小虎的身份,以求得管理人员的谅解。

这一段时间,大地里苞米刚灌上浆,嫩嫩地用指甲一扣一汪甜汁。王艳就弄来一个炭火炉,烤上了苞米。早起上早市买半袋三四十穗嫩玉米,晚上天一抹黑,就在路口支起炉子烧烤。阵阵香味一会儿就引来了一群孩子和女人,也会引来城管。被撑得紧了,王艳就亮出小虎的身份,多次亮也有不好使的时候。王艳就事先鼓动一群孩子围攻城管人员,并允诺每穗玉米便宜2毛钱,渐渐的市行政执法局就知道东城区有个叫王艳的,有个小叔子叫高仲虎在北城区城管五大队,暗中说情支持纵容家里人摆摊设点。

其实小虎对嫂子拿自己做挡箭牌的举动一无所知,无端受了批评,有时不知不觉会在枕边无意识透露给妻子王娜。王娜自然不高兴。在一次王艳同东城区管理人员大吵一次,小虎又被株连的无端扣分罚款后,王娜忍不住了,第二天就向"林黛玉"婆婆告了一状。

"林黛玉"妈妈自然找到了大虎,让他劝媳妇王艳稍微收敛一些,不要太影响了小虎。

王艳心中自然不高兴,哼了一声说,我们要是两口子都有旱涝保收的饭碗,谁愿意遭那个罪?当年哥哥让弟弟饭碗的情意,这么快就没了?

说过了,气也出了。想想小虎为自己被批评被罚款,也觉得于心不忍。何况王艳与王娜妯娌间、王艳对小虎一直像亲弟弟一样好，于是不烤苞米，改卖水果，从此绝口不提小虎的名字。

王娜的国营铁饭碗被砸了。

那是在小虎进执法局端上财政铁饭碗一年之后，只不过没有像大虎那样砸得稀巴烂，但也被砸裂了缝同时还豁了个口子。扔了可惜，用吧，不是漏汤就是洒水。国营百货副食店转制实行股份制，集体筹钱购买商店。经理占75%大股份，几十名职工占25%小股份。王娜上交了5000元，仍然在原单位上班。国营身份却变了。转制后，销售任务都承包到柜台，多劳多得，少劳少得，不劳不得。王娜舒服的日子到头了。

王娜负责承包的是水果柜台，这与王艳正在从事的买卖不期而遇。一个是坐商，一个是游商，不想成为竞争对头的妯娌俩，不知不觉残酷地碰到了一起。

各顾糊口的妯娌俩和兄弟俩，已经很少有机会有时间坐在一起交流和沟通信息了。妯娌与兄弟之间都不知道各自每天在干些什么，他们的作对是无意识的巧合。

这段时间，王艳主要是从果品公司门前截车直接买进香蕉和杧果，今年南方水果大熟，整车皮地运过来，价格便宜得离奇，水果新鲜得超常。聪明的王娜自然也掌握这些信息，也进了香蕉和杧果。但王娜只能从果品公司批发进货，比王艳多了一道手续，加大了成本。王艳走街串巷地叫卖，王娜坐在店堂中等客上门。王艳的香蕉、杧果一天各能卖出去两三箱，王娜一天顶多卖半箱。当然，如果只是王艳一个游商或两三个，都不会对王娜造成威胁。不幸的是，东城区有若干个类似王艳式的游商，焦急中，王娜也在店堂门前摆起了床子，高声叫卖。

需说明的是，已经善于同城管打交道的王艳一边叫卖，一边用眼睛瞅着左右，发现城管，就会立即噤声，并迅速向胡同游走。实行"敌进我退，敌退我进，敌驻我扰，敌疲我打"十六字游击战方针，虽然零敲碎打，但少有失手，积少成多，也颇有收获。

当惯了国营坐商、初与城管打交道的王娜，哪有王艳丰富的经历和经验，高声叫卖不超过五声，就唤来了城管人员，王娜又不知伏低求软，竟同执法人员理论起来。城管人员一怒之下，对该店店堂外溢行为罚款200元。多亏经理笑脸出面求情，才改罚50元。当然只能由王娜个人承担。一个月下来，王娜经营极不景气，收入300来元，扣除罚款50元，还剩250元，王娜觉得自己真成了一个"二百五"。

晚上，躺在小虎怀里，王娜禁不住诉起了苦。我现在才理解了你的工作有多么重要。国营商店就是这样被个体商贩搞垮的。你们执法局真得好好干，严格管理处罚违章经营者，不然我们没有活路呀。

说者无心，旁边没睡着的大林听者有意，第二天，在"林黛玉"奶奶的床上，高燕和高林就吵了起来。高林说，你妈让我妈被罚款50元，搞违章经营。什么叫违章，就是犯法，不听老师的话，违反课堂纪律是坏学生，违反法律就是坏人。

受攻击的高燕立马反击说，谁让你妈商店国营职工那样懒来的，没有我妈卖东西，你的金箍棒、挖耳孔的耳勺、你爸的鞋垫哪来的？你妈商店有卖的吗？你把金箍棒还回来。

"林黛玉"心里明镜一样明白，这俩孩子的矛盾，都是大人之间疙疙瘩瘩的反映，看来这次吃亏的还是王娜，明天找大虎小虎哥俩回来问一下情况再说。

第二天，哥俩回来分别说了情况，还真把"林黛玉"给难住了。不让王艳买卖东西，一家子靠什么收入活命？支持王艳买卖东西，王娜卖不出东西，也没有收入。怎么办？两家儿孙都是心尖儿上的肉，真难死人啦！

高大山看了看大虎，又看了看小虎，哥俩都越来越像自己，对哪个都喜欢得要命，突然说出了一句"林黛玉"认为是自打认识高大山以来，他最有水平的一段话：

"这哪是咱老高家自己的事呀，这是市长应该想办法的事呀，你俩虎羔子都回去告诉王艳和王娜，经常通个信，妯娌俩卖的东西岔开不就完事啦。咱老百姓管他什么卫生城不卫生城，先得吃饱肚子活命要紧呀。"

大虎知道，这是爸爸高大山第一次公开支持自己可以买卖东西，只不过避开小虎管辖区就行了，就像妯娌俩互相回避所卖商品一样。这真是，贫穷可以教育人改变观念，可以使人变得聪明起来。

大虎与王艳夫妻联手大干了。

大虎主要卖小百货，王艳主要是卖服装。有时两个地摊连在一起，叫百货服装，有时分开，有时大虎与王艳换位看摊望风，"城管来了"发一声喊，抓起东西就跑。

大虎卖的小百货有针、线、透明胶带、指甲刀、挖耳勺、鞋垫、发卡、发箍、松紧带、鞋带、瓶启子、铅笔刀、牙签、棉签、木梳、小镜子、搓脚石、水果刀……每种小商品都有好几样，鞋垫就有单有棉有布有草编，松紧带有宽有窄有花有白七八种颜色，就是线团也有10种，真是不足一平方米的一块布上，琳琅满目摆了五六十种小商品。

大虎所以主卖小百货主要考虑：卖东西就要找人多的地方，大商场门前人最多。在人家门前就不能抢人家的生意，不能卖商场内有的东西，这是王娜总也拿不到钱的主要原因。人要将心比心，不能只考虑自己。大商店如今都不进这些针头线脑的小百货了，一双鞋垫才能赚多少钱？2毛！一条松紧带更可怜，赚1毛。一个挖耳勺赚的钱更可想而知了。

现在不是计划经济时代，专门有个经营小商品的"城北商场"，成为当时的一个典型先进店。现在大商场啥赚大钱进啥，谁还经营赚小钱的东西？可是自己仅占不到一平方米的人行边道，又不是瓜果皮核污染环境卫生，不仅不与大商场经营，而且拾遗补阙，方便群众，为什么就不让摆摊卖呢？那一天，慌乱逃跑中，王艳把一盒最值钱的指甲刀跑丢了，一盒12个、36元钱，两天等于白干了，夫妻俩心痛了一晚上。如果说怕商贩一拥而上都来占便道，那可太小看这些商贩了。超过三四家，后来保证另选有人需要的地段，绝不会挤在一起互相抢生意。

大虎想，要是市长知道这些情况就好啦，就能给这些人多少安排一些活路了。

自从高大山说出了"是市长应当想办法的事"的那句具有经济学意义的话以后，而在市长目前还没有想出办法的情况下，老高家两个虎儿子之间、两个王姓媳妇之间、两个高姓孙女孙子之间就经常发生碰撞、矛盾和摩擦，看来不是高大山所说的"不是老高家自己的事"，但偏偏发生在老高家家庭成员之间。

王艳是不卖香蕉和杧果了，但王艳不卖，别的个体"倒骑驴"游商还在卖。渐渐地王娜还是坚持不住了，被围攻得每月拿回"二百五"成了常事。有时连"二百五"也不如。行政执法局接市里指令对游动商贩和占道经营加强了"清剿"。王艳的"倒骑驴"有时就被没收，连货物一起掀翻得三轮朝天。街头修理工的高伯虎常常被赶到胡同里。北城区行政执法局五大队的高仲虎常常中了游动商贩的"伏击"，有时被胡同里飞出来的萝卜打得流鼻血。

虽然两个都姓王的儿媳进货前事先通个气，尽量避免重复的碰撞，虽然哥哥高伯虎从来不到弟弟高仲虎的管辖区段内修车修伞修锅、买卖东西，但矛盾和摩擦还时常在高家孙女孙子之间发生。

今天是星期日，学校放假，在"林黛玉"奶奶房间里玩着玩着，姐弟俩就吵了起来。而且因为是休息日，姐弟俩有足够的吵架时间。

还是高林率先发动了进攻。我妈这个月又没挣到钱，答应给我买的手枪都没买，都是让像你妈那样的"倒骑驴"给抢了生意。高林说的手枪是2元钱一支的塑料射水枪。

高燕立即撂下漂亮的脸子，我妈的"倒骑驴"还让你爸那帮人给掀翻了呢。草莓果都被砸得稀巴烂。我妈都气哭了。

对伯母的哭，高林并未引起同情，反驳说，你妈那帮人还把我爸鼻子打流血了，太野蛮了。

高燕大声说,谁让你爸那帮人把我爸撵得到处跑,你爸那破自行车还不是总让我爸修吗?可你爸他们就知道罚款。

高林尖着嗓子喊,你妈违法占道经营,破坏城市卫生,是坏人,干坏事,是城市垃圾。

高燕嗓子更尖地叫,你爸那帮人就知道罚款,什么执法局,是执罚局、割草队、土匪。

旁边的"林黛玉"奶奶听得一愣一愣的,姐弟俩先后过了三招,前边两个回合像孩子论,后边两段话哪是孩子能说出来的?好好的一大家子人,这是怎么啦。哄哄这个,劝劝那个,总算安抚下两个心爱的宝贝。

年轻时当过民办教师的"林黛玉",肚子里有的是孩子们喜欢的故事。大虎小虎小的时候,她给小哥俩讲"拔萝卜"的故事。说的是,老爷爷种了个大萝卜,长得太大了,自己拔不下来,就请来了老奶奶帮忙,还是拔不出来,就又请了小狗、小猫、大公鸡,大家一齐努力,就把丰收果实拔下来了。告诉哥俩一家团结的好处。

等哥俩稍大一点,又讲了"筷子"的故事。说老国王去世前,把10个儿子叫到床前,先拿出一根筷子,让儿子折,一下子就折断了。又拿出10根筷子让儿子们折,结果谁也没有折断。老国王就把这个故事作为临终遗言留给了儿子们,告诉他们要团结的道理。

这些故事,"林黛玉"给儿子们讲过,又给孙女孙子们讲过。现在该讲什么故事给他们听呢?

"林黛玉"给孙女孙子讲起了《三国演义》中的"七步诗"。

说的是刚当上国王的曹丕为树立自己的权威、巩固自己的王位，逼迫亲弟弟、才子曹植在行走七步之间，做出一首诗来。曹植的七步诗是：

煮豆燃豆萁，

豆在釜中泣。

本是同根生，

相煎何太急？

现如今，大虎与小虎谁是豆，谁是萁呢？王艳与王娜谁又是豆子，谁又是豆茎呢？

"林黛玉"又想起了一句"皮之不存，毛将焉附"的成语，讲给孙女孙子听。可谁又是皮，谁又是毛呢？

"林黛玉"想，如果没有下岗失业的大虎和王艳这些街头商贩们，还有必要成立执法局吗？那小虎的城管们不是失去了存在的意义吗。没有存在价值，小虎不就失业了吗？从这个意义说来，大虎为了活命而努力，小虎为了谋生而奋斗。哥俩谁也离不开谁呀？不仅仅是皮与毛的关系，而是唇齿相依呀。可为什么萁要煮豆呢？豆子煮烂了，自己不也变成灰了吗？

"林黛玉"怎么也想不明白，还是丈夫高大山那句话说得对，这是有能力、有水平的市长该想的事，不是她这个家庭妇女能想明白的大事情。

"林黛玉"奶奶和风细雨地对高林说，大虎伯伯和王艳伯母不是坏人，是穷人。"公安管坏人，工商管富人，城管管穷人"。奶奶家是穷人，穷人不是垃圾。穿得不好，住得破旧，但心干净着呢。穷人应当受到关照和帮助。你还记不记得《卖火柴的小女孩》的故事？高林点了点头。

看了看理直气壮的高燕，"林黛玉"奶奶又接着说，小虎叔叔努力工作也是为你爸爸妈妈好，不是小虎叔叔他们起早贪黑地管理、执法，如果大街上全是市场，不仅把王娜婶婶买卖挤黄摊了，你爸的菜床子还能办下去吗？小虎叔叔他们那么辛苦维持秩序，有时难免简单急躁，可不能说是土匪、割草队呀。高燕不吱声了。

"林黛玉"说的菜床子是大虎近日进入室内市场的就业岗位。

进入秋季，随着节庆活动的展开，市里加强了对街头无证商贩的清剿力度，采取分段包干、死看死守和集中统一行动。这种逐街逐路地清理，步步为营地包抄战术，使这些没有统一组织领导的散兵游勇"游击队"，终于抵抗不住行政执法局穿制服的城管"正规军"的"扫荡"，节节败退，纷纷作鸟兽散。

这一段时间，大虎和王艳起早贪黑地东躲西藏，累得筋疲力尽，吓得心惊肉跳，两人每月下来，多说能收入一千，少了也就七八百元。小虎看在眼里，急在心上。跟虎哥商议后，请小侯找人说话，在东安路市场租了一个卖蔬菜的床子，两节柜台，一节3平方米，2节6平方米。柜台抵押金7000元，看在熟人的面子上，交了6000元。签了合同，一定三年，中途退柜抵押金不退。

大虎为有一个固定的谋生岗位而欣喜不已。但凡有一点办法也不能上街摆摊。被撵的滋味实在受不了。大虎不由自主地吭起了自己当"游商"时学到的两句话：

宁肯在家吃低保，也不去街头让城管追着到处跑；

宁肯在农村种二亩地，也不进城受城管的窝囊气。

吭到这儿，大虎使劲拍了一下自己的嘴巴，臭嘴，这样说，良心对得起小虎弟吗？笑着摇了摇头。

大虎每天凌晨12点起床，去城郊蔬菜批发中心进菜，有时直接从山东寿光运菜车上卸菜，黄瓜、豆角、茄子、萝卜、西红柿、芹菜、韭菜……三四十个品种，卖到晚上剩菜怕放一夜不新鲜，赶紧降价处理。市场管理很严，早7点到晚7点。铃声一响进门，铃声一响关门，必须离开市场，有时仿佛在工厂时上下班的感觉。每月扣除近千元的这税那费，有时能剩一千四五百元，春节前那个月竟赚了一千八百多元。

北城区行政执法局城管五大队队长肖云峰，近日遭到了重重困难。老肖在部队是个技术干部，当个什么助理，人不太灵活，一助理就是18年。山城市每年要接受安置二三百名军队转业干部，能看得上眼的位置早就挤出了水，无奈之下到了行政执法局当城管干部。这与老肖一贯的性格不相适。活干得很累，既累体，更累心。事繁食减，常常吃不下饭，上腹左侧一阵阵隐隐刺痛。老肖知道自己多年的萎缩性胃炎犯了，这都是在部队吃高粱米做下的毛病。要命的是，老伴不但没工作，而且有类风湿病，走路一拐一扭，两个"药瘘子"，还要供一个在上高中的女儿。原本托人给妻子在市场租一个摊位，结果这一段妻子病犯得比哪次都重，三天打鱼，两天晒网，不仅拿不回一分钱，还要倒贴柜台租金。家里闹得心力交瘁，队里接连出事挨批评。

连续几次接到区执法局的电话指示,在百货大楼门前出现了一批卖狗的。城管执法人员一去,人就跑到胡同里;城管执法人员一走,人就从胡同里出来。其中有一个小团伙,惯会弄假骗人,老百姓买狗回家给狗一洗澡,雪白的狗成了花斑狗,是染上去的白色。回头找不到卖狗人,就生气地找到市局去吵闹,说执法局不作为,犬交易市场外溢到百货大楼门前都不管。

汪局长气不打一处来,倒八辈子霉,摊上这么个差,什么都是执法局的错。你如果不去买,能形成场外犬交易市场吗?你参与并支持了场外非法交易,还把责任推给政府。中国人这都怎么了?气还是气,但还是给北城区长局长打了电话,让多派人死看死守,坚决取缔非法交易市场。区局张局长又给老肖打电话部署任务。老肖不敢怠慢,速派王良、王峰和张文化去现场。

到场一看,一个瘦高个细脖子的人正在同一个矮胖个子讨价还价。铁丝笼子里装一只像狐狸一样,叫不上什么的名字的狗,很好看。矮胖子说要 3000 元,细高个子说,这条狗值七八千元,你卖 3000 元,肯定不是好道来的,不是偷的,就是受贿的。2800 元卖不卖?

周边围了二三十人,有的说,偷的属于赃物,谁敢买,不怕被公安局收缴了?细高个子马上接口,就是受贿来的,急于出手。

矮个子任细高个子怎么说,也不解释,咬住 3000 元不松口。旁边有人听得心动,花 3000 元买一只七八千元的名犬也值。眼见就要成交,只听王峰高声一喊:不许场外交易宠物。现场围观人一见来了三名着装城管执法人员,一下散开一条通道。

细高个一看自己一笔眼瞅到手的买卖被搅黄了,心里十分不满,狠狠骂道,你们他妈的城管怎么净干些让万人恨的事?不整治老实你们,总是坏老子的事。说着,对着自己的嘴和鼻子,"噼""啪"左右开弓连巴掌带拳头,十几下子,把脸打得血红一片。尔后,掏出手机拨了两个电话。

王良、王峰、张文化从未遇到过这样的人,正在不知所措之间,一辆110警车飞驶过来,从车上跳下四五个公安干警,一个大概是头儿的问,谁把人打坏了?伤者在哪儿?

细高个子指着王峰说,就是这个城管把我打了。

王峰说,这么多人都看到,我什么时候打他了?

正说话间,市电视台《守望城市》记者扛着摄像机也来了,对着细高个和王峰就摄。王峰下意识地用手挡了一下脸,细高个特意把满脸血花对准镜头,并说,如果没打我,你有勇气对着全市人民,躲什么?

王良、张文化都说,是他自己打的。不信问在场的这些人。

细高个说,我有病?自己打自己呀。

警察问周围的人,谁打的?还是他自己打的?

周围二三十人,没有一个说是城管打的,也没有说不是城管打的,也没说是自打的。

警察宣布:都散了,都散了。我们把双方当事人带到公安局接受调查。又说,请哪位现场群众能协助我们到公安局做个笔录?

听到后一句话,人群里像扔了个炸弹,"轰"地一下子迅速散开，只有矮胖子表示愿意去。

在公安局里，三个城管和买卖犬的人分别在两屋做询问笔录。

警察问王峰，你们城管也是，怎么能当街打人呢？

王峰说，我真没打他。

警察问，你没打，他有病自己打自己呀。

王峰说，我搅了他的买卖，他用这种办法报复我。

警察说，那只是推理，没有证据证明你没打人，但矮个子卖狗的人则证实你打人啦。

王峰说，他俩是一伙的，一个是卖，一个是托。王良和张文化也可以证明我没有打人。

警察说，现在没有证据证明他俩是一伙的，但有证据证明王良和张文化同你是一起的，都是城管嘛。

王峰说，我真是跳进黄河也说不清呀。

警察说，我也没办法帮你，公安局靠的是证据办案呀。

老肖和小侯先后赶到了公安局，他俩怎么也不相信脾气和善的王峰会打人。当天派人过去，老肖估计这得是件比较麻烦的事，特意派了王良和张文化两个年纪大的与王峰一块过去。当时妻子风湿病犯得下不了地，中午回去给送了点药，不然自己就去了，现在真是后悔死了。

消息很快传到了市局、区局。汪局长指示区局张局长到公安局处理，尽量减少影响。

但影响还是像光电一样迅速传遍了全市。晚上6点整，电视台《守望城市》栏目头一条新闻就是"城管是否打伤人，正在公安局接受调查",播放了细高个子被打伤的脸和委屈的面容。播放了王峰在公安局里的尴尬场面。

双方一直在公安局僵持着。看来证据越来越不利于王峰。城管打人即将铸成"铁案"了。警察对区执法局张局长说,我们也无能为力啦,请谅解吧。

到晚上10点35分钟时,公安局接到一个电话,说可以证明卖狗人是自伤而不是城管打的。当时卖狗人自打时,自己在边上觉得有些奇怪,好奇地用手机拍了照片。那个人说他是看了晚上10点半《守望城市》栏目新闻重播,才知道这件事闹得这么大。他不想委屈那个跟自己儿子一样年轻的城管。希望原谅自己当时没敢跟警察到公安局作证。因为能把自己打成这样的,都不是良善之辈,小老百姓拉家带口的,不敢得罪那些人哪。

警察说,我谢谢你,也理解你,在场那么多群众不敢出来作证,也是同样心理恐惧。这些城管还真够可以的啦。

区局张局长总算长出了一口气。擦了擦满脸的汗,拍了拍老肖和王峰的肩膀,没说什么。

老肖一屁股坐到了椅子上,真是侥幸呀。今后可真得加点小心,弄不好再把大家的饭碗打破了。可不是闹着玩的。

虽然在公安局洗刷了自己的清白,但影响已在全市造出来了。张局长答应明天找电视台发更正消息。不然就是他们新闻诽谤。但第二天下午传来的消息是,电视台说他们没有说城管打人,而是说"是否"打人正在调查,并不是结论性意见。对要求他们播出卖犬人自伤调查结果,答复是可以播,也可以不播。

老肖气得脸都发白了。他们都明白了,现在不光是街头游动商贩这些穷人们强烈反对自己，连新闻单位也站在为民请命的立场上，成了自己的对头。我们做错了什么？

西瓜惹祸。

我们北方这座城市，一年大致分两段，冬春季寒冷，夏秋季湿热，尤以七、八、九三个月为一年的最佳时节。这时，南方城市酷暑难耐，而北方的山城市则为避暑胜地。市政府每年在此季节都举办大型节庆会展，一方面招商引资，一方面吸引全国的人来这座城市消费，住这座城市的宾馆，坐这个城市的出租车，买这个城市商店里的东西，吸引外地游客把钱扔到这个城市里，如果有外国人外币则更好。每年这个季节，都要尽全力把城市弄得干干净净，把最优美的"身段"展示在世人面前，把最祥和友好的氛围表现出来。此时，城市行政执法局管理任务最重。老队员一进七月份就说，又到剥一层皮的时候了。

今年从7月15日开始，两个大型展会联在一起搞。一个是国际汽车展览会，一个是全国农副产品展销会。两个会都有国家领导和国家部委领导来剪彩。市政府已经责令公安交警支队，严密制定展会交通方案，确保10万人、上万辆车能顺畅按时有序进出展览中心。因为前年的国际汽车邀请展，由于对过境车引导不力，对进城农用车控制不严，堵塞了外商车队。开幕式开始15分钟，外商才狼狈地走上主席台前排就座，逼得市长正式道歉后，还深深鞠了一躬。

山城市是个缺水的北方城市，夏季最受欢迎的解暑水果就是西瓜，外地来人吃、本地市民吃。本地农民种西瓜，外地用车皮向这座城市送西瓜。这么说吧，卖西瓜最赚钱。市政府要招商引资，老百姓要通过买卖西瓜赚上一把。

根据市政府要求和全市交通预案的规定，拉西瓜的农用车一律不许进城，都堵到城郊农贸市场去。全市共有5个出入城口，全市5个区行政执法局配合公安交警，一个局堵一个口子。北城区离北出口最近的是第五大队。张局长就让肖云峰大队承担了任务。张局长想，堵口子主力是公安交警，城管主要是配合。但老肖在发生了"卖犬事件"后，心情既窝火又紧张，在国际汽车展开幕那天，还是抽了四个人在北出城口执勤。

老肖、小侯、王峰、高仲虎四人按规定早晨四点就到了岗，可公安交警的人没到。合该那天出事，一会儿开过来一辆农用半截子车，拉了满车大西瓜就往里闯。四人上前拦住车辆，让往城郊农贸市场去。车上一个胖子骂骂咧咧地说，城郊市场冷清得连个毛也没有，能卖出去吗？

小侯、高仲虎两个年轻人气不打一处来，尤其是王峰刚被卖犬事件窝囊得够呛。一齐喊，你骂谁？

老肖赶紧拉住三个人，走到车前想对胖子解释一下。岂不知，胖子一推车门，一下子把老肖撞了个屁股着地，鼻子流出血来。

小侯一见老肖满脸满嘴地淌血，你丫的，气"呼"地一下冲上脑门，大叫还敢撒野打人？上去就是一个"电炮"，打在胖子的眉骨上，血随之淌了下来。

王峰、高仲虎一拥而上要动手，被老肖"都别动手"，一声尖厉的吼声一齐吓住了手。

胖子欺软怕硬，见众人一齐拼命，撒腿向路边逃去，不慎摔在刚回填的管道沟沿。

这一次是"新都市报"出来发难。以"瓜农进城无端被打，城管执法如此野蛮"为题进行了报道。一位省领导看了报纸后，立即做了批示，要求彻底调查，严肃处理，维护农民的人身安全和正当利益不受侵犯。新都市报接到省领导的批示后，立即开辟了"瓜农事件"专栏，并派出一个多人记者组多角度采访报道，包括采访当事人、拉瓜司机、市民看法反映等等。一连报道了8篇文章，并配多幅照片。

更可气的是两个制造的情节：一是发在一版显要位置，瓜农流在地上的血迹，本来没有流多少血，但在胖子倒地的地方，记者涂了一些暗红油漆，亮亮的，一看就假；二是又导演那个司机，边骂边摔西瓜，教他说，春天使劲让我种西瓜，秋天却不让我们上市卖，混蛋执法局，混蛋市长，骂一句，摔一个西瓜。

报道引起了前所未有的效果。那几天"新都市报"如洛阳纸贵，在大街报亭上竟出现了排队争购的热闹场景。市内其他新闻单位妒忌羡慕得要死，纷纷责令采编部主任、记者们注意发现重大报道题材。排队争购报纸的第二日，记者又以"全市人民关注瓜农事件，纷纷抢读新都市报"为题进行了报道。据说，那几天，新都市报的总编一直乐得合不拢嘴，给首先发现新闻线索并进行报道的记者2000元重奖。

胖子被送进了北城区医院单人病房，穿着脏了吧唧的衣服，躺在雪白的床单上，挂上了吊瓶。做了脑CT等各项检查。市局汪局长一笔批出1万元医疗费，不到三天就花去6000多元。医院可真抓到了"大头"花钱的，连胖子是否有梅毒病菌感染都做了化验检查。

肖云峰等四人成了众矢之的。尽管流的血比胖子还多,但没人提,自觉惹了大祸,也没资格住院检查。新闻舆论谴责了七八天。市里一位领导发话了:

告诉"新都市报"给市里留点脸面,制造点和谐气氛,别在外国人面前一个劲地批这个、骂那个的,弄得剑拔弩张的,等国际汽车展结束,外国人走了,他们愿咋折腾都行。

市领导发话,总算平息了舆论,但内部处理却提上了日程。北城区委迫于舆论压力,初步拟定了对老肖等人的处理意见。老肖撤职,开除留用,小侯和王峰开除,高仲虎开除留用。因为执法局干部管理体制是双重领导,区里征求市执法局的意见。

汪局长嗓子哑得已说不出话来,沉思了半天,个别跟周副局长商量说,你去协助区里处理善后,要想办法尽量保护我们的干部。

周副局长对汪局长的意思心领神会,希望区里稳妥一点,不要急于处理;建议在医院要做一些工作,缺钱执法局可以支援点。并说,我们市、区局领导都到医院看过瓜农了,区政府也要关心一下瓜农。

胖子不是瓜农,是城郊农民,在市里扩大经济开发区时失了地,没地种,又不会干别的,主要谋生手段就是买卖东西,尤其买卖水果。去年一夏天赚了三四千元,今年管得严,收入不如去年一半,本想倒卖几车西瓜再赚些。可是从西城区路口进城,看见有公安交警把口子,换到东城区进城口,还有警察在岗，又转到北城区一看，没有警察，心中大喜，可城管也不让进，为此气不打一处来，张口就骂。在被区政府领导看望后，胖子的心里好受多了，跟区政府办王秘书成了好朋友。王秘书说，你在这躺十多天啦，不难受？

胖子说，咋不难受，干惯了活，从未躺这么多天，浑身痛，再说我最怕打针，见针就晕，小时候免费抽血验肝功，我都没干。

第二天，护士给胖子早晚各增加了注射次数，挺粗的针管装了不多的药水。尤其在擦胖子屁股上的棉球、针头将扎未扎进肉里时，胖子吓得腿直抖，偏偏护士的针扎下来有时快，有时慢。每打一次针，胖子都出一身虚汗，真有度日如年的感觉。

过了三天，王秘书又来看望胖子，问到底有什么要求，胖子说，他们总要赔偿我一些经济损失吧。

王秘书问，这十来天你能挣多少钱？

胖子说，如果让进城卖西瓜，弄好了，也能挣一千多元。但他们怎么也得给我万八千块。

王秘书说，你要那么多钱，那四个城管被你弄得那么惨，你赢一回，输百回，以后还想不想进城啦？

胖子说，我也不想把他们怎么样，也不敢把他们得罪透了，只是事情弄到现在这样，都是报社那个王记者想出名，他利用我，我也不知咋个办好？

王秘书说，我只是提个建议，你找公安局说明白，不是城管打的伤，是自己跑，不小心摔伤的就行。我做工作让他们给你8000元补偿，够你两年赚的，怎么样？

胖子高兴地说，行呀，不过我要1万元。

王秘书笑着说，你他妈的真贪，把人家害苦了，还要捞这么多钱，就不怕遭报应？

胖子说，他确实打了我一拳，该付出的。但我保证在公安局把口供录好。

于是，在病房里，警察重新对胖子录了口供。

胖子说，我把城管大队长鼻子碰出了血，害怕城管来打我，就跑。是我自己不小心跌倒摔伤的，城管没有打我。

公安问，那你跟记者为什么说城管打你啦？

胖子说，因为他们不让我卖西瓜，不让我赚钱，我对他们有气恨，就说他们打伤了我。现在执法局又给我出钱看病，领导又来看我，我就不好意思了，我才向公安说真话。

这边录完口供存了档，市局周副局长让人透风给新都市报，说要上法院起诉他们，诬陷城管人员，破坏执法环境。

新都市报总编立即慌了神，通过关系找到北城区领导喝酒，请与市执法局通融斡旋。市执法局是"麻秆打狼，两头都怕"，顺坡答应了新都市报的请求，但通知各区局，凡楼道有新都市报报箱的，不问青红皂白，一律拆除，一个不留，不许那黄色刺眼的报箱妨碍城市观瞻。

经过了"卖犬事件"和"瓜农事件"两次打击，虽然最后没把北城区五大队几个人怎么样，但他们在思想和精神上都受到了重创，并且影响波及全市的城管队伍。市局提出了要文明管理、礼貌执法的要求。还分别向人大代表、政协委员和被管理对象发出征求意见表。

市局汪局长笑着对班子成员说，按着市行风测评末位淘汰的规定，连续两年都是末位的单位，主要领导要自动辞职。市行政执法局的行风测评已经是连续两年为全市各委办局的末位了，我向主管市长提出辞呈，市长笑着对我说，你们今年不是倒数第二吗？我说，倒数第一那个局是因为一把手出了经济问题，被纪检委扣了一大笔分，实际上我们还是末位。你猜市长说什么？

周副局长说，汪局，你就别卖关子了，市长怎么说？

汪局长说，市长说，你们局不末位，你让谁末位呀。你们局末位正常，不末位证明你没干工作，不正常。反正代表市政府站在得罪人第一线的是你们，也没谁跟你争那个位置，你就安心干吧。

从全市看，行政执法态度确实转变了，尤其是北城区五大队，纠正违章占道经营都是先敬礼，后纠正，讲究文明礼貌，和风细语，绝无粗声大气。

越是谦恭，执法效果越差，往往你退一步，街头游动商贩就进攻一步。一次，烤了瘟鸡而被举报的老徐头被收了烧烤炉具，竟钻进半截子车底下，死死抱住汽车排气管不撒手，非要讨回炉具不可。小侯钻进车底下，劝他出来，并说当众人面收缴是做个样子，离开这儿就还给他。结果陪他在车底下商谈了半小时，此人死活不松手，围了一堆看热闹的人和叫倒好的人。逼得小侯急中生智，双手一齐搔向他的腋窝痒处，老徐头痒得受不了，笑着松开了手。小侯一声喊，王峰急忙开车贼一样逃跑了。

炉具是收走了，老徐头不干了，在周围群众的声援下，一把揪住小侯的脖领子。穿着便衣领着两个着装警察的刘玉民，按着事先的设计脱身方案，上去给了小侯一个嘴巴。两人当街动起手来，立即转移了众人的视线，两个警察上前分开人群，打着将两人带回警局接受调查处理的旗号，才将小侯解救出重重包围。

游动商贩意见少了，脏乱差跟着上来了。

东二条马路市场复辟了。街路两侧摊点繁荣空前，经营品种五花八门，吃的、穿的、用的、玩的，要什么有什么，姜太公钓鱼，愿者上钩。天真烂漫的孩子们在尘土飞扬里津津有味地吃着鸡汤豆腐串、油煎馅饼；身着华服的美眉们冒着浓浓烟熏，擦着淌泪的眼角，往涂着几百元一支口红的嘴唇里仇恨般塞着烤肉串；风度翩翩的男士们脚踏着污物箱，品着"青岛"纯生啤酒，大口大口嚼着血津津的毛蛋。

哪儿卖茶叶蛋，哪儿就有一堆鸡蛋皮；哪位摊主卖瓜子，哪儿就有一堆瓜子皮；哪儿摊位最多最热闹，哪儿就最脏最乱。橘子皮、菠萝皮、香蕉皮……遍地皆是，塑料袋、破报纸、破纸片被风一吹，漫街飞舞。人们在垃圾堆前自由地吃，放肆地喝，随便地扔，大口地吐，在墙角根任意地尿。山城市的一些地方，仿佛一下子回到了茹毛饮血的蒙昧时代。

这儿成了疾病传播地，最可怕的是烧烤。铁扦子上不知串的什么肉，看暗红的颜色，分不清是病死猪，还是瘟死的鸡。鱿鱼、牛百叶用福尔马林浸泡得白嫩新鲜。猪肠子和猪胃，用洗衣粉洗过，显得格外干净。没有那么多羊肉，就在猪肉、牛肉上抹上羊油，照样卖出羊肉价格；如果膻味还不够，就在烧炭里撒上一把羊粪蛋。木炭价格太贵，火还不旺，那就干脆用焦炭，任凭焦油、二氧化硫等致癌物质，往肉串上熏烤。黑锈油腻腻的扦子不知被多少人的嘴唇含过、亲过、舔过、咬过，反正你用过了我来用，大家通过这样的扦子，来交换各自口腔里的细菌。旁边再放一盘孜然粉，一盘辣椒面，你蘸一下，我又蘸一下，他再蘸一下，大家就通过盘子里黑的东西来交换各自的唾液。卫生局长提出了警告，内部机密文件报告了目前肝炎与肠炎比往年同期大幅增加的情况。

东二条步道两侧摊位比肩接踵，一个挨一个，组成了坚不可摧的堡垒，只要不慎走进去，就会被活生生嵌进一道肉墙里。越是早晚上下班高峰，叫卖越甚，再跋扈的骑车人也得乖乖下来步行，如爬虫般一寸一寸挪出重围。卖主个个都亲热得像你的亲孙子，你只要敢朝他的卖物上多瞅那么一眼，他就敢大爷大妈大哥大姐叫得你非买点什么，以了却人情方可走路。

一人煞脚，数人撞车，就会骂爹骂娘骂买卖人，骂市长骂城管局长骂公安交警声四起，本来就热不可耐的天，一下子就点燃了，是人头上都冒火。而闹事者和围观者绝不会在意屁股后边塞了多少人多少车，打架滋事者大约都能理解行路受阻人的牢骚。用一句"中国人多，怪谁呢？"就足以将点滴内疚掸得一干二净。

可令人担忧的是，在保持城市卫生秩序和购物方便二者之间，许多市民往往选择后者。人们一边抱怨街头卫生不好，摊满为患，交通堵塞，大声骂市长官僚，骂执法局不作为，另一方面又抵挡不住路旁飘散过来的烤地瓜、羊肉串阵阵香味的诱惑,于是同街头无证摊贩大军站在了同一战壕里。试问,如果人们都不去买东西,街头无证摊床能摆下去一天吗?如果任凭马路市场如此无节制地泛滥,我们城市的卫生、健康水平、生活秩序、交通秩序还能好起来吗?

还令人担忧的是,在自己与公共利益之间,一些市民呈现了复杂的矛盾心理。仅从市场设不设,设在哪好的问题上说起,市场自然是离开我家为好,在我家楼下?那将受到多大的干扰,还让不让人睡觉了,又脏又臭让我怎么开窗?那好,我们取缔它,那不行,我买菜买水果上哪去?生活多不方便呀。那请问,放在你家楼前不行,放在别人家楼前不是照样扰民吗?那我不管。这实际上不是把自己的方便和幸福,建立在别人的不方便和痛苦之上吗?

北城区行政执法局张局长受到了市局领导的严厉批评,情急之下,组织了全局100多名城管执法人员,在没有周密计划,没有公安干警参加,没有新闻舆论支持的情况下,贸然向东二条摊贩大军发起了进攻。

城管执法队伍又恢复了"打砸抢"的恶劣作风。这场没有准备的战斗,注定逃脱不了失败的命运。100多人搅进了上千人的商贩和市民之中,犹如羊入狼群。三辆执法车被不明方向飞来的砖头砸碎了挡风玻璃,两辆汽车被扎瘪了轮胎。五大队长肖云峰被人掐住脖子摁到地上一顿暴打。小虎被啪啪打了两个耳光,谁打的连个人影也没看清。从不上前线的张兰,眼镜被打落在地,踩了个稀巴烂。最惨痛的损失是,王峰倒霉地被飞来的啤酒瓶子打中右眼,致使眼球被摘,造成了终身残疾。他那个漂亮的小媳妇抱着曾经同样漂亮的王峰,好一顿失声痛哭。

当市局汪局长得到消息,带领300名城管人员和50名公安干警赶来解救时,一切损失已无法挽回。气急败坏的汪局长,第二天早上从两点开始,就派出了200多名城管执法人员,在50名公安干警配合下,将东二条街口两头堵得严严实实。六七百米长的街上,五步一岗,十步一哨,见一个要进街卖东西的就撵一个,不听撵的上去就收就抢就踢,吓得游动商贩望风而逃。东二条街被看守得如铁桶一般,任凭市民叫骂议论,如耳聋一样。第三天,减少一半人马。第四天,北城区张局长留下20名城管人员和5名公安干警,连着看守一周,方才移交给五大队肖云峰等人。

五大队接二连三地出事,一个比一个严重,影响一个比一个恶劣。在北城区和全市城管执法队伍中彻底丢尽了脸面。全队11人都感到灰溜溜的。尤其是王峰,刚结婚没多久,还没有小孩,那个漂亮的小护士媳妇当初不顾父母反对,死活要嫁给王峰,就是看上了王峰那双忽闪忽闪会说话的大眼睛,常被忽闪得脸红心热,如今剩下一只,独眼放出的电怎么也不能使自己的心像以前那样澎湃起来。爱是相互的,如今王峰爱的零件已经残废,小护士心里凉了下来。好在张局长答应让王峰去上海安一只假眼,并将王峰调到区局办公室,声言准备培养他担任副主任。王峰与小护士媳妇的婚姻就这样暂时不死不活地维持着。老肖正式写了请求免去大队长职务的报告,区局迟迟没有明确态度。

张文化和王良在700元工资分别被扣了25元和40元后,

还是比正式编制序列的职工晚开了一周。老肖急忙问什么原因？张兰告诉他，这两个月，五大队上交的罚款比别的大队少了50%还多，区局下拨款项还要调度挪挤别的大队的钱，所以才晚了。

老肖知道，正式职工是市财政拨款开支，基本上旱涝保收，协管员没有纳入财政开支盘子，主要是靠罚款分成解决。因为罚款合理合法，而收费是要有上边文件批准的，而且要经省物价部门核准，弄不好要被监察部门定为乱收费。市里批不了那么多正式编制的城管人员，而实际管理任务现有正式管理人员根本承担不下来，经有关市领导默许，各区都招了一部分协管员。张文化和王良都是小40岁的人，已在城管干了五六年了，当时招雇的第一条件是男性，第二条件是35岁以下，来时他们都是三十三四岁，所以还在坚持着，再难也不离开城管执法队伍，就是盼着有一天能够转为端上财政开支的铁饭碗。所以虽然与正式职工干一样的活，开支少，没"三险一金"，但也任劳任怨。

老肖明白，这一段五大队接连出事，全队人员个个神经紧张，把弓弦拉到了极限地强化巡查管理。管得坐商谁也不敢室外交易，管得游商谁也不敢到管区买卖东西。违法经营户少，你罚谁去？自然上交罚款就少了。其实大家心照不宣，各大队都"养了"一些上交罚款的业户。在各自的管区地盘上，城管与有些熟络多年的商贩已经达成了"默契"，远远见着城管来了，有的"倒骑驴"也不真跑，但不能不装着跑。等城管追上了，交5元或10元罚款就行，然后在胡同待一会儿，转过身城管一走，再出来卖。对一些坐商也是如此。比如小侯领第一天上岗的小虎去的那家利民小吃部的王老板，就与五大队有"暗中妥协"，只要不是有市里和区里检查，对王老板总是睁一只眼闭一只眼。每月罚款三五十元或七八十元，王老板大夏天在门口摆上两桌，每月多赚个三五百元都是可能的。这也叫"周瑜打黄盖，一个愿打，一个愿挨"。不然，张文化和王良靠什么开支？

当然，这事老肖仅限于与小侯亲自把关首肯的"把握"户。因为有的城管就借此"卡拿索要"业户，发自己的"黑财"。前年，北城区三大队一个从外县招入的公安局长的儿子，半年内就这样勒索了业户四千多元，被市局予以开除处分。别的区也有类似问题发生。

老肖找来小侯，说了张兰介绍的情况，两人密议了半天，决定让大家稍微放松点"节奏"。好比是一张弓，拉紧了，鼓起来，就像一座凸山，什么"水"也流不上去；放松了，就会变成一个凹地，"水"自然就流进来了。这个"水"，就是罚的钱。

老肖百密一疏，钱罚上来了，张文化和王良的开支问题解决了，却又惹出一个通天新闻来。

由于市容环境卫生和食品卫生的反复反弹，市民投诉不断增加。尤其是富人区和老干部集中的西城区，投诉尤为强烈。市政府压力很大，在严令各区加强管理力度的同时，市里加强了抽查和暗访。各区不知何时就会受到市里的抽查。

全天候全过程监管，只有让所有执法管理人员24小时不睡觉。可如今城管人员每天都十三四个小时上岗，已经是强弩之末，24小时连轴转，那谁也做不到。于是，各区就通过各种渠道，注意掌握市里的信息。应当说，多数时候还是能摸准市里动向的。

这一天清早，利民小吃部的王老板问正在自己店堂里吃大果子喝豆腐脑的小侯，今天有没有检查来？

小侯明白，王老板又要在门前摆桌子啦。就说，没有检查，但你不能摆出去呀。

王老板明白，告诉了"没有检查"，自己摆出去，城管也不会来管的。就是来管了，也是在自己快要收摊时，装模作样来罚20元，赔个笑脸，有时还可能少罚或不罚。

到了中午，小侯听张兰通知说，今天下午市里可能有检查，赶紧让小虎去告诉王老板，今天无论如何不要摆出桌来。一直到下午3点，也不见市里来检查，也没有接到区局检查的通知。小侯想，这个月已经罚了王老板六十多元，他还要交工商税务的钱，不知能剩多少钱。心里一软，就让小虎再去暗示王老板，今天市里没有检查了。岂不知，晚上从五点半开始，市里主管文教卫生的女副市长带队，在不通知的情况下，开展了一夜间突击抽查。

近一段时间，市内患肠炎的人大幅增加，传染性肝炎也有抬头的趋势。病从口入。女副市长今天带队的检查以市爱委会牵头，会同公安、工商、城管、卫生等部门，主要检查内容是食品卫生。同时，跟着报社、电台、电视台一大群拿着照相机、扛着摄像机的新闻记者。因为爱委会属于文教口，城管属于城建口，分别归两个副市长分管，所以各区都事先未侦探到夜查的信息。市局汪局长也想借机考察一下各区执法是否认真，自然也不会向各区通报夜查消息。

等五大队小侯和刘玉民随着浩浩荡荡的检查队伍赶到利民小吃部门前时,一切都晚了。门前满满摆了三桌酒菜,还支了两个炒菜锅、勺。因为刚下班,还未到饭口,有张桌前坐了两个人,看见电视镜头对准自己,早用手一挡脸就溜跑了。小侯急得跑在最前边,想告知王老板"服从管理",却又不见王老板的身影。刘玉民装模作样地大声吆喝,不许门前摆桌揽客,都收进去,快,太不像话了。

王老板不见影,却见王老板的农村矮小胖婆娘,墙一样站在几张桌子面前,护着挡着,说什么也不进去。

刘玉民急了喊,不收进去就没收,连桌子、炉子统统装车拉走。说着就要动手。刘玉民是做个样子给检查组领导看,更为了吓唬王老板胖婆娘将东西撤到店堂里去,并不是真要动手。

胖婆娘急了,拎起炉灶边上的一个黑乎乎的泔水桶,就尖着嗓子喊,谁敢抢我的东西,我就泼他。

刘玉民也急了,让你搬进去,你怎么这样不听话,你不服从管理,我今天就收了你的摊子,说着抓起一把椅子就要往外走。

只听"哗"一声,半桶泔水一点不剩,全泼到刘玉民的脸上。酸臭的汤汁、烂菜叶子、腐肉渣儿、臭粉皮子顺着头、眼、鼻子、嘴往下滴淌,流了满身、满腿、满地。

现场的人发一声喊,"反了""抓住她"。上来两名公安干警使劲扭住了胖婆娘,胖婆娘像被捉住的猪一样,又泼又跳又哭又骂。这些场景被电视台记者的摄像机和报社摄影记者的照相机,都摄录和拍照了。

等在外办事闻讯往回紧赶的王老板回到利民小吃部时,400

多元的菜、肉全被没收了。胖婆娘被公安局给予了治安拘留15天的处罚。小吃部被收走了工商执照。

王老板气得一跺脚，直骂，这个猪脑子的婆娘。

第二天，报纸、电台、电视台各类新闻媒体都进行了报道。这一回，一贯与城管执法人员作对的新都市报来了个90度大转变，借机连发了四五篇报道，痛斥违法个体饭店老板暴力抗法，盛赞城管执法人员的责任心和甘受委屈的高尚精神，并配发了刘玉民被泼一身泔水的狼狈状态。据说，这几日的新都市报又有了"洛阳纸贵"的苗头。电视台《守望城市》栏目组也不甘落后，把话筒、镜头对准刘玉民，非要请他讲几句话不可。刘玉民闭着嘴，一句话也不说，到底没让电视台采访成。

王老板那个小学文化的农村胖婆娘，惹了祸，后悔得要死，哭了一次，又一次。对于记者的提问，只是反复地强调，自己实在舍不得那400多元的新鲜肉菜被收走，连一分钱也没卖上；又听说要收桌椅和炉具锅勺，虽然那些才值几百元钱，但那是全部谋生的工具和家当呀。

虽然在拘留所里没受什么罪，胖婆娘出来后，人却瘦了一圈，也老实多了。经常说的是，自己对不起儿子，班上同学说起这件事，让儿子抬不起头来。儿子学习成绩一直很好，语文、数学通常都在95分以上。自己惹了祸正好是升初中考试的时候，遇到这种事，孩子心理压力很大，所以考得不太好。她说为了给儿子找个好学校，她正在攒钱，要一万元择校费，自己省吃俭用使劲挣，还差两千多元。她说，自己从农村到这个城市已经十来年了，这个店也开了三年半了，如果不是为了孩子将来能留在城里或许出息个干部当当,不再像爸妈那样当驴当马地下死力气扒饭吃,她早就回农村老家去了。省得今儿个被工商管,明儿个被城管罚,后儿个被爱委会查,像做贼一样害怕和难受。

经过找关系,托人说情,工商答应三个月以后发还没收的营业执照。

王老板苦笑着对小侯说,儿子的择校费算泡汤了,这三四个月我只好当游动商贩了,还要请你对我关照一些。

小侯同情地叹了一口气。

刘玉民得了"执法委屈奖",发了200元奖金,全部都送给了王老板。

小虎回家,心情沉闷地向"林黛玉"妈妈说起了此事。"林黛玉"沉吟了半晌,自言自语地说,城管与业户,谁是豆,谁是萁?看来这豆与萁的矛盾不是咱们高家你们兄弟俩之间的事,是这个城市大家庭的事呀。

叨咕着,自己摇了摇头,笑了说,这么深奥的道理,妈也想不明白呀,还是你爸爸说得对,这是市长水平的人才能想明白的,哪是妈这个家庭妇女想的事?

"泔水事件"之后,社会舆论令人奇怪地一边倒,大呼要创造良好的执法环境,创造优美的市容环境,创造顺畅的交通环境,城管执法矛盾相对平淡了一些,好像是战争进入僵持阶段,"正规军"和"游击队",暂时守住了自己前一阶段拼死争夺的地盘,各自进入休整期,准备发动新一轮的攻势。

这一回,又是西瓜惹祸。

为了防止管理者与被管理者，相处久了互相"暗中勾结"，对熟商熟贩下不了手。市行政执法局经常组织各区城管执法人员进行异地轮换交叉执法。区局张局长考虑到五大队这半年来屡屡受挫，就把五大队安排到执法环境相对较好的西城区市局分配的轮换地段去了。但命该倒霉的五大队，分到好地段也照样触霉运。

小侯带着小虎，让老成的张文化开车，坐上带喊话喇叭的半截子车出发了。车上，小侯告诉小虎和张文化，咱们实行"一打二吓唬"的战术。因为，这一段全市马路市场清理得差不多了，街头上那些原本成批的流动商贩，成了"散兵游勇"，都深切领教了城管"正规军"的厉害。几乎没有几个敢碰硬的，只要喇叭一喊，保证吓跑他们。

小侯的战术真是管用，游动商贩最怕能装东西的半截子汽车，因为后车厢能装上几十个摊贩的吃饭谋生家当。所以喇叭一响，那些游动商贩一看车厢上"城管执法"几个大字，都撒丫子跑了。

不远处一个"倒骑驴"，听着喇叭喊叫，却如未闻，一步也不跑。张文化把车开到20米远的路边停下，刚要下车，被小侯一把拉住。"倒骑驴"上装满了西瓜，上边放着两三瓣切开的西瓜。仔细一看，不由倒吸了一口凉气，卖瓜人是老徐头。

人人说街头游动商贩怕城管，这句话百分之九十九有道理。但在老徐头这儿却是个百分之一的例外。例外就例外在，城管怕老徐头。上一次被收缴了烧烤炉具，他钻进汽车底下，死死抱着汽车排气管子不放，知道城管也不能把他这个60多岁的老头子怎么样。街头烧烤挣钱快,但污染最厉害,还容易传染肝炎、肠炎等消化道疾病,是市里最重点打击的行为。对别的卖菜、卖果、卖鱼等都可以放一马,唯独对街头烧烤,发现后,几乎无一幸免地没收炉具。但老徐头就是不信这个邪。瓜农事件后,在全市文明管理,不许野蛮执法那一段,不准强行收缴游动商贩东西时,别的商贩一劝就走了,就是老徐头敢大张旗鼓地烧烤。五大队从老肖开始,五六个人劝了多次也不走。别的商贩眼热,就骂五大队欺软怕硬,弄得大家头痛得不得了。愁得小侯急中生智,晚上找三大队面生的队员,脱掉城管服装,领着妻子,在老徐头的烧烤炉前,对正在吃肉串的人说,他的肉坏了,昨天我吃完后,都拉肚子啦。正在吃的人"呸"地一口吐出嘴里的肉串,生气地说,不吃了。后边等着吃的人,听后也转身走了。如此连着三天,气得老徐头破口大骂,无奈地收了烧烤摊子。

这真是不是冤家不碰头。老徐头本来是北城区的居民,跑到西城区卖西瓜,一定是奔西城区有钱人的腰包来的。看来,今天怎么撵他也不会走的。小侯不让小虎和张文化下车,只是用喇叭在车里喊话。

听到喊话,正在准备买西瓜的人转身走了,老徐头见搅了生意,气不打一处来,也看见了车里是五大队的人,就转身骂道,你们这些个兔崽子们,老子离开你们管区,你们还追到这儿,龟儿子是不想让我们老百姓活了?

小侯在汽车里喊,老徐头,你不要违章占道经营,快收起来,一会儿有市长视察车队经过。

不说市长犹可,一说市长老徐头更加火冒三丈,拿起切瓜刀,对着一个西瓜就砍去。砍一刀,骂一声操市长他妈,不让老百姓活;再砍一刀,又骂一声操城管局长他妈,赶得老百姓上哪去卖?见老徐头发疯似的连骂带砍,周围围了一大圈人,足有五六十人。人围得越多,老徐头越骂越砍得越有力。一个西瓜被砍得稀巴烂。砍着砍着,手好像发软了,最后一刀举起还没等砍下来,"咣当"一声,刀掉地下了。随着,人像一截朽木一样倒在地上,死了。

人围得更多了,先是有人说被城管喊话气死了;接着又有人说被城管打死了,一群人就主动出来把小侯等三人团团围住。

消息迅速通过市政府总值班室报告给正在检查绿化工作的市长。市长见死了人,通知公安局长,立即派刑侦人员到现场,并指示要注意控制局面,稳妥处理,防止激化矛盾。指示注意保护三名城管人员,防止被人打了,并通知行政执法局领导不要到现场去,一切交由公安部门处理。另外,市长好像突然想起了一件事,通知宣传部跟各家新闻媒体打声招呼,此事人命关天,一律不许炒作,一切待公安部门调查结论后,由市新闻办公室,召开新闻发布会,统一对外公布。

但市局汪局长还是赶到了现场,他是担心被围在人群中的三个城管队员的安全。

路上围了二三百人,交通已经堵塞。路的两头各堵了几十辆大小汽车。汪局长分开众人,见七八个公安干警已赶到现场。周围群情激愤。有人说,要严惩打死人的凶手;有人说,城管这帮土匪太野蛮了;有的说,还让不让老百姓活了?

汪局长对情绪激动的人群说,我是市行政执法管理局局长,我来这儿，与我们三个城管干部在一起，就是要接受公安部门的调查，如果是我下令打人或我们的工作人员打死了人，我们一定按律伏法。但一切结论还要在公安部门调查之后。

人群中有的喊，不听你瞎白话，打你个城管的头，一只鸡蛋飞来，砸到汪局长脸上。汪局长任凭鸡蛋流了满脸满脖子也不去擦，继续大声说，我们工作有问题，欢迎大家批评，向市政府申请撤我的职也行，但现在还请大家配合公安部门开展调查。

此时，按市长指令，公安局长陆续派来了200多名治安和交通警察，300名防暴警察，责令无关人员立即离开现场。

此时，老徐头的孙女和老伴在一片号啕大哭声中来到了现场，后边跟着陆续赶来的一大帮亲朋好友。有的说，要抬着尸体游行；有的提出，不抓人就不许动尸体；有的说，不给50万元就不火化尸体。

经过两个多小时讨价还价，现场负责刑事处理的公安局副局长瞪起了眼睛，人命关天。这不是你们自己家的事，更不是亲朋好友的事，是公安局应当独家调查处理的事。第一，尸体由公安部门解剖，查清死因；第二，除司机张文化外，两名城管队员侯进和高仲虎由公安带走。这才勉强疏通了道路，清散了围观人群。

这一次，市委宣传部按照市长的指示，对各新闻媒体下了死令，所以没有一家媒体敢冒天下之大不韪，出了这么大的事，媒体上竟没有一丝消息。市委宣传部长虽然是市委常委，但市长是市委副书记，实际上的全市二把手，所以说话有相当的权威。

66岁的老徐头的法医尸检报告出来了，他死于心脏病猝死，过度情绪激动所致。说气死了也有一定的道理。

老徐头的家境也真够可怜的。自己和老伴都没有工作，儿子与儿媳离了婚，儿子外出打工，两三年没音信。有一个孙女，得了先天性心脏病，病恹恹地三天两头打针吃药。老伴靠捡破烂换几个钱。老徐头靠打游击买卖点东西。家境不好，心情就不好，如果不是有个得病的孙女需要抚养，老徐头早就跟总是同自己过不去的城管拼个你死我活了。60多岁的两个老人，多数饭菜就是面疙瘩汤、大米粥就咸菜。从嘴里扣出点钱，来给孙女买药、买点好吃的。

经过讨价还价，执法局除负责丧葬费外，赔偿了六万元钱，又发动全局对老徐头一家扶贫捐献，共捐了一万四千多元。汪局长对五个副局长说，咱们每人出一千元，凑够两万元，这一家子太可怜了。又对周副局长讲，告诉北城区老张，让他们把老徐头一家作为区局单位永久扶贫对象包起来。

老徐头那个捡破烂的老伴，拿着这辈子都没见过的这一大笔钱放声大哭，老东西，你给我留下这些钱就自己享福去了，扔下我可怎么办哪！这点钱够孙女花一辈子吗？老东西，你再也不用遭罪了，享福你应当带我一起去呀。

在公安局待了三天后出来的小侯和小虎，虽然知道在里面不会有什么事，但就像被霜打的茄子一样，萎了、蔫了，走路东倒西晃，像得了一场大病。

大家知道，他们这是精神上受了巨大折磨的缘故，不是身体里有实病。但大家不知道，老肖身体里有了实病，但他瞒着大家。

小侯还是看出了一点端倪，问老肖，这段时间你怎么中午总是不吃饭？越累你还越省粮食？

老肖说，老胃病犯了，一吃就吐，不往下走，属于"下水道往上蹿水"，倒灌，都是年轻时吃多了。

小侯说，我看你脸色发灰，印堂不亮，一点光泽都没有，别是得了什么大病，哪天去医院看看。

老肖说，倒霉事一件挨一件，还能印堂发亮？不发黑就不错了，去医院看了，没关系。

老肖得了胃癌，但老肖不说，不说不是因为老肖有多高的境界，例如"带病坚持工作，在岗位上战斗到生命最后一分钟"等等。老肖不说是有自己的苦衷。

两个月前，老肖就去医院看过了，医生让他做胃镜切片检查。取化验单那天，医生问老肖是不是化验者本身，老肖怕得不到实情，就说是患者的哥哥。医生告诉老肖，是胃癌，早期，抓紧切掉病灶就问题不大了。虽然医生说早期能治。老肖还是吓了一跳。还不到50岁就得了这个病，怎么说也是够怕的。老肖想下周就回去向领导请假借钱住院。没承想，检查完的第三天就出"卖犬事件"，接着又是"瓜农事件""泔水事件"，件件都给局里添了偌大的麻烦，尤其最近又出了"西瓜事件"，惊动了市长，把市局汪局长也搞得灰头土脸。

老肖知道，执法局经费很紧张，做胃切除需要一大笔钱，除了公家承担部分，按比例自己也要承担小部分。而自己和妻子两个药罐子，加上一个上学正花钱的女儿，几乎月月光，哪有能力承担那一小部分医疗费？老肖想干出点成绩，博得领导好印象，再向领导要钱，还想请领导最好能全额解决医药费。老肖就按着萎缩性胃炎药方，托人从医大药厂搞来一大包"胃乐新颗粒"冲剂，一把一把地冲服。可是霉运始终紧紧跟定了他，不仅没有给领导留下好印象，而且屡屡捅娄子，印象越来越糟。

老肖也想明白了，自己是不能干明白了。下周等女儿期末考试一结束，就去住院。老肖怕女儿分心，影响考试成绩。女儿学习成绩一直在班里前几名，女儿是他与妻子的唯一美好希望。

老徐头的猝死是近年来对城管执法"正规军"最沉重的打击。藏在胡同口或被赶到城郊的商贩"游击队"，兵分两路杀了出来，对城管"正规军"实行了多路包抄袭击。东二条马路市场又有反弹迹象和苗头了。五大队正副队长全都驻扎进了这条双方反复争夺的"滩头阵地"。

老肖更瘦了，脸色灰得吓人。而死亡之神正藏在东二条街的一个胡同口里，耐心等待着伺机俘获哪个替死鬼。此时，身体极度衰弱、反应极其迟钝的老肖犯了一个致命的错误，他像个瞎子一样，急跑过去，想要拦截企图进入街口的两个提着烧烤炉子的商贩；又像聋子一样，根本没听到张文化"小心，有车"的大声叫喊。一个可怕的灾难正在斜刺里候着他，死亡的阴影悄悄张开了翅膀，而那个邪恶的死神之神，通过一辆急驶而出的汽车，狞笑着在地狱门口拥抱了他。

老肖停止呼吸时，大睁着双眼，清瘦黑灰的脸上挂着两行泪痕，他想起了心爱的女儿，因为女儿在班级里不承认爸爸是"城管的"。但爸爸在女儿心中是一片绿洲，是一轮太阳。爸爸一辈子没当过什么令人羡慕的官，但爸爸干什么都能够得到同伴的尊敬，女儿为爸爸感到骄傲。每到星期天，女儿都会给爸爸送去自己熬的小米粥。

清理老肖遗物时，除了在他的办公桌抽屉里发现了那个两个多月前的"入院通知书"，还发现了一沓厚厚的材料，题目是"关于对城市'游商'管理的几点思考"，共有一万多字。

老肖说，对游动商贩的管理，我们是尽了全力，付出了惨痛的代价的。屡禁不止。有材料说，在美国纽约这样的大都市有很多流动摊贩，曾有人提议立法打击，把他们清除出去，结果纽约市长不同意，认为政府应当给他们生存的机会。

老肖说，我赞同纽约市长的做法。现今下岗失业和进城农民有十数万人，多数人在靠贩夫走卒式的买卖谋生。政府要取缔他们，当然能做到，但这是断了他们的"生路"。这种简单的方式虽然消灭了脏乱差，交通卫生秩序好了，但是又会产生另一个问题。这就可能使一些人因"饥寒而起盗心"，带来治安问题。

老肖的观点是堵不如疏。《思考》提出了几条措施：

第一，有限解禁。标准是在不扰民、不影响市容、交通和卫生前提下，开放部分背街小巷和胡同，严格"解禁"区段内外部管理。对破坏市容卫生污染环境，损害市民健康的经营项目要坚决取缔，比如露天烧烤。防止重回粗放管理的原始状态。主次干道要严禁马路市场，因为全市每天有100辆以上的新汽车在增加。道路建设远远落后于家庭轿车的增长速度。

第二，不能完全禁止沿街游动叫卖。比如对不污染环境卫生的小百货地摊、路旁修自行车、修伞、修锅、墙根擦皮鞋等，还有街头捏糖人、画人头像，走街串巷的卖糖葫芦的、磨剪子锵菜刀的；这不仅是生计，也是文化，不能嫌这些人穿着破烂，怕影响"城市观瞻"，怕外国人、外来人看见，就把他们都撵到胡同里，其实社会主义初级阶段，就是这个现状。人家在大街面上看不到穿脏旧衣服的人，心里也知道现阶段中国就有这么些穷人。巴黎和伦敦都有乞丐。还有街头健康的不扰民、不影响交通的卖艺人，比如三两个人的演奏和演唱，像国外街头拉小提琴、吹黑管的，公园内拉二胡、吹笛子的，也很有意思。允不允许呢？我还没想明白。

第三，要真心实意替这些从事贩夫走卒生意的穷人着想，降低入市门槛。授人以"鱼"，不如授人以"渔"。要减免税赋和管理收费。市场管理成本增大部分，不要都摊到业户头上，可由政府财政补贴，列入年度预算计划，财力差的可少补。拿多少是能力大小，拿不拿是态度问题。

第四，现在有的城区怕摊贩占道，把商贩们都引导到关门的空厂房院内、法院查封的半截子工程工地。这是为"游商"着想，解决马路经营的积极举措，但还不够。这种碰哪有空地，市场就到哪的做法，有时群众感到不方便。有的小区方圆几里地没有一个空场，群众不可能跑几里远去买东西。这会给"游商"重新沿街叫卖提供可乘之隙。城市规划部门不能全规划高楼大厦和高档市场，应借鉴国内有的城市建设社区商业服务中心，为市民启动"6分钟购物圈"的经验，合理规划出适应小商贩经营的低档次市场。像规划学校那样，多少人口应当有一个。现在没有力量建市场，起码地方要控制预留起来。

第五，经营者的行为文明是"有限解禁"后至关重要的需解决的问题。可在政府相关部门的监督指导下，试行摊贩民主自治，让他们自己维护秩序，搞好卫生管理。

第六，实行文明管理，礼貌执法，努力改变城管人员形象。改善与"游商"的关系。因为，二者之间是相互依赖的生存关系，谁也离不开谁。

最后是一段手写的"注意事项"提示：以上只是自己的一己之见，身为基层一个小人物，自然不知全局情况及高层市长的苦衷。许多问题还没有思考明白，故不能轻易拿出来，贸然向领导提建议。

汪局长看了这份材料，一拍大腿，我要是早把他调到市局调研处当处长，他就不会死了。说着，惋惜地叹了口气。

我们好久没有关心本文另一个重要人物，即同样是贩夫走卒的高伯虎了，现在就安排他出场。

前边我们说过，大虎在街头被撵得鸡飞狗跳墙时，凭着在城管"正规军"中的弟弟小虎的关系，在室内市场谋得了一个固定摊位，每月有了上千块钱的收入，虽然又苦又累，但大虎心满意足，准备这样一辈子幸福地干下去。但倒霉的命运，不允许高伯虎幸福地生活下去，还要变着法儿捉弄他这个普通下岗工人。

又一个春季来到了。春季里市里一定要大搞春季爱国卫生运动,但大虎没有感到像往年那样受到威胁。今年大虎对爱国卫生运动不仅不害怕,反而认为对自己有大大的好处。大虎高兴地憧憬,在春季爱国卫生运动中,小虎的城管执法队伍一定会把游动商贩撵得屁滚尿流,踢翻他们的装菜筐篮,没收他们的"倒骑驴",逼得买菜市民都到室内市场来买自己的菜。虽然"林黛玉"妈妈在傍晚再也捡不到被人丢弃的一捆烂菜,买不到5毛钱一堆的破茄子,但大儿子高伯虎每天都会给他送去卖不完的菜,质量比她老人家捡的或成堆成捆买的便宜烂菜好多了。

但文化不高的高伯虎短视了,他忽视了一个重要的事实,春天里必定万物复苏,而且春天过去了,接着就是夏天,连着就是秋天。夏秋季北方的地产蔬菜必定排山倒海般地蜂拥上市。大虎在室内市场固定蔬菜摊床劳苦而幸福的那一段时光,正是去年秋末到今年春初阶段,那时,北方大地千里冰封,万里雪飘,除了少量地膜大棚,大地里没有生长一根菜毛。街头摊贩大军暂且猫了冬。可如今人家卷土重来了。

街头无证摊贩像"大扫荡"后,又重新动员组织起来的"游击队",凭着便宜得到了"枪炮弹药"——当地自产菜、自产瓜果,从各深巷胡同中涌出,重新占据了大街小巷。大虎所在的室内市场受到了包围。买菜市民都被拦在了家门口、楼房下的街路上,少数走到室内市场门口的市民,也被满脸讨好笑容的"游商"截在了"倒骑驴"前,任凭你以挑剔的目光随意翻拣。

大虎室内市场摊床前已少有顾客光临了,已经冷清两三个月了,而且随着天气逐渐热起来,经营惨淡,一天不如一天。

每月扣除各项费用仅剩四五百元收入，甚至二三百元，更甚的是收不到钱，还要赔上若干元。

就日常用品说来，起码可分四个消费档次。第一档次是"满客隆"等大型自选超市，东西最贵，质量最好，多数建在西城区。第二档次是室内市场，也就是大虎现在租的这个室内市场，管理严格，有些类似王娜的百货副食店。经营成本也高，大虎除了每月每节柜台要交400元，两节要交800元提留租金外，还要交工商税15元，市场管理费10元，卫生费10元，治安费5元，有时还要捐献爱心费，以及这费那费。第三档次是早晚市、季节性的市场，主要是方便农民进城卖菜，每天收摊位费10元或20元，卫生费3元或5元，但到点就要关闭。有时东西不等卖完，就被赶出市场，怕鱼臭了、水果烂了，从市场出来就加入街头无证商贩行列。第四档次就是街头无证商贩，什么费用也不用交，打一枪换一个地方。

同样一条裤子，第一档次自选超市可卖188元；第二档次室内市场可卖88元；第三档次早晚市可卖49元；街头无证商贩可卖29元或25元。同样1斤茄子，高档超市稍加包装可卖2元1斤，二档室内市场可卖1元5角或1元1斤，三档早晚市可卖8毛或5毛1斤，街头无证商贩最便宜可卖到5毛钱一堆有两三斤多。有钱人穿名牌，是为了显示身份，中产阶级上二档市场，更多的老百姓还是去早晚市场，更愿意买街头无证商贩成堆的茄子。

"林黛玉"就喜欢在傍晚买成堆成捆的处理菜，把烂的挑出来，没烂的虽然不那么新鲜，但还照样可以吃。老百姓的肚子生来清汤寡水，吃惯了粗食烂菜，没有富人那么娇性，有了这么多老百姓同盟军的全力支持，这街头无证商贩久清不绝。

大虎原本寄托在小虎城管执法队身上的希望泡汤了。因为小虎的城管队伍经过一系列的连续重创，先锋干将王峰致残，主帅老肖阵亡，狼狈不堪的城管执法队自顾不暇，实在无力分兵将大虎解救出"游商"的层层包围圈了。

被逼无奈的大虎，只好自寻求生之路。连续赔了两三个月钱的大虎，恋恋不舍地退出了室内市场的固定谋生岗位，重新拉出了"倒骑驴"，退而求其次，进入了早晚市场。

早晚市场已经人满为患，摊位一个挨着一个，不知怎么会有那么多人在卖东西买东西。每个摊位根据位置好差，或5元，或10元，卫生费根据卖的东西脏差程度2—5元不等。卖一个早上挣三四十元钱，有1/4甚至1/3交了管理费，就这样去晚了还抢不上位置。好在大虎是吃惯了苦，别人能起早，大虎比别人起得更早。

东西进少了，卖不了多少钱；东西进多了，8点散场时卖不完，不是鱼臭了，就是水果烂了。市场管理人员离散场前半小时，就用大喇叭粗声大气地喊，震得买与卖的人心一蹦一蹦地慌跳。如果这么喊你还不走，后边跟着就上来抡扫帚的环卫工人，两扫帚下去，保管暴尘扬天，买东西的人早就捂着嘴跑了。如果你再不走，对不起，市场管理人员不是罚款，就是踢翻你的筐篮，看得上眼的东西立马没收。

市场管理人员的任务除了收费，就是按时关闭市场，清理干净场地。至于从市场出去的"倒骑驴"是回家了，还是上街了，那跟我没有关系，反正我要回去休息了。被从市场清出来的"倒骑驴"，没卖完货的接着就汇入了街头流动商贩大军。

大虎从第二档次室内市场退出后常常是在第三档次早晚市场、第四档次街头游动商贩连续动作，就像体育比赛中一个叫"连级跳"的项目一样，不这样连轴转，赚不到足够养家糊口的钱。

进入街头摊贩队伍的大虎，碰到若与小虎穿一样制服的城管执法人员，就感到亲切又不好意思。亲切的是碰到了弟弟的战友；不好意思的是给弟弟的战友添了麻烦，这就等于给弟弟添了麻烦。所以一贯服从管理。好在城管执法人员也不像前几年那样，不分青红皂白，上去又踢又抢，现在执法文明多了，一般都是提出警告，劝你离开就行了。离开这儿，你还可以到那儿，何况有的城管队还要抓几个罚款的，好给协管队员开支。被罚过了，就可以在城管人员走后，出来接着卖，城管人员保证装着看不见。这样，每天干活的时间可能长许多，有时候风声紧了，卖到晚上，车上的菜都蔫了，就拿回家给"林黛玉"妈妈送去，总比她捡的烂菜强。遇到市里检查，大虎就少进货，尽量不去街头，因为这样的情况毕竟不多。每月多则七八百元，少则五六百元，如果赶上西瓜旺季，每月千八百元也能赚到。

大虎服从管理，城管们对大虎印象也好，并同个别城管人员有了"默契"。如果不遇到意外或特殊情况，比如生老病死急需一大笔钱来救急，比如家庭重大亲情变故使感情受到重大创伤，高伯虎将会同街头众多地摊商贩一样，辛辛苦苦地赚钱，紧紧巴巴过日子，过着虽贫困但也不乏幸福的生活。那样，就不会发生后来的"刺虎事件"，但倒霉事就是让高伯虎遇上了。

我们说过,"林黛玉"曾凭女人直觉,认定"妖冶"的王艳难以把持住自己,这个直觉不幸被言中了。这同王艳那个中学同班同学栾海有关系,其实也就是一个女人和另一个男人的那种关系。

王艳原本也是东城区棚户房中穷人家的孩子,对生活的要求标准并不高,只要是嫁一个与自己同样漂亮潇洒的男子汉,其余都在其次,但王艳的致命弱点是爱虚荣、好面子。婚礼虽然戴上了金戒指,虽然也有惯常姑娘家出嫁的"三金"首饰。但穷困的高王两家人都知道,除了300元戒指是真金的,其他项链和耳环的"两金"全是假的。当时的婚礼喜庆气氛冲淡了这些虚假富贵景象。几个月后,当同伴惊叫着指出王艳脖子上已经发黑褪了黄色的假项链时,王艳懊恼得心情蒸腾了,发誓一定把假"两金"换成真金的,使自己能与那些远不如自己漂亮的女人一样拥有货真价实的"三金",才不枉来世上一回。但随着女儿的出世、大虎的下岗,高家的生活一天不如一天。王艳陷入了深深的失望,躲避着不同昔日女伴见面。

高家大虎不能给王艳的"两金",如今干大发了的栾海能给。那是在一个月末,大虎正蹲在马路牙子上给人修自行车,王艳去给栾海送300元房租钱。下午两点多钟,太阳毒毒地照在柏油路面上,炙烤得王艳一身汗。

从修理部办公室出来的栾海,满脸笑容地说,急什么?急什么?看把我们校花热得,太让人看不下眼了。没有就算了,老同学了。话说得肉麻,但"校花"二字还是让王艳感到高兴。

女人都爱被奉承，何况王艳的确是当年漂亮的校花。栾海邀王艳喝冷饮去，王艳犹豫了一下，瞅了一眼锃亮的凌志轿车，好奇地坐了进去。

骤然而至的凉爽和外边的燥闷暑热一对比，仿佛是两个世界，车内茉莉花味的香水吹得王艳舒服极了。栾海请王艳吃了鲍鱼、海参和龙虾仔，好吃极了。

东城区棚屋中长大的姑娘王艳真够可怜的，那是她长这么大以来都从未吃过的高档海鲜，只是鱼翅吃起来好像细粉丝。猫儿不见鱼腥，自然会老实地伏在炕上打呼噜。骤然而至的鱼肉香味，必然使猫儿贪馋地一跃而起。因此，一切都顺理成章了，当栾海把黄灿灿的项链系上王艳天鹅一样细的脖子上时，两人同时滚在了阔大的席梦思床上。有了一次以后，就有第二次，有了第二次，就有第三次，王艳禁不住栾海金耳环的诱惑，又把枣红色的小牛皮靴子套在了鹿一样的腿上。

那一段，王艳内心里常常矛盾痛苦着，一方面禁不住栾海嘎嘎新的"老头票"的吸引，一方面内疚自己对大虎的背叛。躺在"小炉匠"一样丑陋的栾海身底下，闭着眼睛常常想象着大虎健硕漂亮的躯体，却没有与大虎在一起的欲仙欲死感觉，栾海常常如一杆银样镴枪头，浅尝辄止，弄得王艳常常一身莫名地燥热。

王艳常恨世道如此不公平，大虎那样一个健硕漂亮的美男子却穷得叮当响，而栾海这样一个委顿的人却大把大把有钱。那一段，从栾海身底下出来的王艳每次都发疯地要大虎，每次都酣畅淋漓地大喊大叫，怀着满心内疚，一改懒散习惯，发疯似的跟大虎一样满街做买卖。这是我在前面曾描述过夫妻联手大干的动人场景。当然，有分有合，还是分的时候多，合在一起被抓住就会"全军覆没"，而分开就会在遭到包围时保留一半有生力量，伺机东山再起。

夫妻面对男女之事最敏感。大虎还是察觉了王艳不轨的蛛丝马迹。大虎奇怪地发现，尽管王艳比自己晚出早回，但她赚的钱就是比自己多。他从女儿高燕的一条漂亮的裙子上发现了不对头。

一天，高燕穿着一身漂亮的鹅黄色连衣裙站到爸爸面前，显摆地说，怎么样？这是我妈买的，35元。同学都说少说也值350元。

大虎眼睛一亮，乖女儿真漂亮，和你妈妈当年一样，说着上去摸了摸，质地光滑，亮泽度很好，心里不禁一动。王艳真会骗孩子，辛苦半个月也赚不来这么好的衣服。

晚上问王艳，多少钱给燕儿买那么好的衣服？娇惯孩子也不能到这个地步。王艳说，找认识人买的，70元钱。大虎也没往心里去。过了两天，高燕又穿上一双白色小牛皮鞋，跟连衣裙一配，就像一个九天下凡的仙女。

大虎心里疑惑地问王艳，一个中学生，打扮那么漂亮干什么？咱们高燕长得本来就很招人的。

王艳说，我就是要让我们的女儿成为全市最漂亮的姑娘。光有裙子，不配上鞋，不是可惜了。

大虎说，我知道你喜欢燕儿，但不该买那么贵的鞋呀。

王艳说，也就70元钱，就算我三天白干了。

两个"70元"？大虎不说话了，第二天，趁王艳不在家，他翻出了她的首饰盒，发现假项链和耳环全部换成真金的物件，大虎的心猛地一沉。

床上的王艳又疯了，浑身滚烫得像一条赤练蛇，使劲往大虎身上挤，大虎一反常态地推开她说，我累了。王艳不依不饶地爬到大虎的身上，嘴里不停地吭着，我要，我要，快点。你怎么啦？我受不了啦。

岂不知，大虎一把将王艳掀下身去，吼道，你就会骚。我问你，你是不是跟外面的有钱野男人有一手？

王艳恼羞成怒地喊，不干算了，谁找野男人了？我没有！

大虎说，没有？你哪来这么多钱，你那个晚出早回的懒惰劲，一个月赚不上五百元钱，哪来那么多钱买那么贵的东西？

王艳说，我不就给燕儿买了一条裙子、一双皮鞋，值得你这么动粗生气吗？

大虎说，你首饰盒里的金项链、金耳环用什么钱买的？

王艳一下子愣住了，你，你，你偷偷侦探我？王艳那时一定被炽烈的欲火烧昏了头，不等大虎追问是谁，就高声说，真的，是！我是找了野男人，这个野男人就是你和我那个中学同学"小炉匠"。

大虎听到"小炉匠"三字，上去"啪"地给了王艳一个响亮的耳光，婊子，你也太不知羞耻啦。

这一记响亮耳光，使王艳脸上立刻清晰地显出了一排指印，王艳放声大哭起来，发疯似的边哭边念叨：

高伯虎，你说我自从跟了你得了什么好处？我在这个破房子里，冬天冻得脚都生了冻疮，夏天热得满身起痱子，上厕所要跑八百里地远，蹲板颤悠悠地险些掉进粪池子。呜，呜，呜。我舍不得吃一点好的，舍不得穿一件过百元的衣服，有病挺着不敢上医院，上次感冒发烧38度5，我都没舍得去打针。呜，呜，呜。你看我，浑身上下连单带棉的，有一件是超过300元的衣服吗？我的鞋15元，这条裙子18元，这双丝袜1元钱2双。我的口红是8元钱1支，眉笔是3元钱1支，你知道吗？呜，呜，呜。你又给弟弟让工作，又让房子，我说过不行吗？你下岗，丢工作，我嫌弃过你吗？呜，呜，呜。高伯虎，我是婊子，我是爱虚荣，但这么多年我跟你要过什么？你要是有能耐，有本事，是个男人，你给我买真金的项链、真金的耳环。你不知道，让女伴们嘲笑地指出我戴着你给我买的15元钱一条的假项链时，你知不知道我当时是什么感觉？我恨不得有个地缝钻进去，但我跟你说过要过吗？呜，呜，呜。

　　王艳的一场大哭、一顿数落，把高大虎说得一愣一愣的，明明理直气壮的事情，反倒像输理一样；原本如狂躁的猛虎，像被驯兽师触了电棍一样，痛苦而老实沉静下来，双手抱头，一声不吭地坐到深夜。发誓第二天要亲手宰了那个"小炉匠"。

　　大虎恨王艳的不顾廉耻，感情上对自己的背叛，但又恨自己不能满足王艳作为一个女人起码的并不奢侈的要求。这么多年来，连不足2000元的项链和耳环也买不起。大虎恨那个"小炉匠"同学，如果王艳跟一个不认识的男人而不是自己的同学进行肉体交换物质，起码比现在痛苦能微轻一点。大虎想，如果不是王艳想要"小炉匠"的钱和东西，而是"小炉匠"强奸了王艳,大虎宁肯被枪毙,第二天也要亲手杀了"小炉匠",可现在恰恰是双方志愿,动刀子师出无名。

大虎想唯一一条路是离婚。王艳今后愿跟谁搞,都跟自己没有关系。但学习不好的大虎偏偏记住了"投鼠忌器"这个成语,他想到了林黛玉一般多愁善感而体弱多病的亲爱妈妈,更担心像梅花鹿一样美丽而天真无瑕的女儿燕儿。

女儿是全家的更是爸爸的贴身"小棉袄",女儿从不嫌家贫,从不拣吃挑穿,两个没有工作的父母自食其力,是女儿最大的骄傲。一篇《我下岗的父母》的作文,在课堂上女儿读流了泪,同学和老师也都流了泪。女儿是班级学习委员,学习成绩拔尖儿,目前正值中考关键阶段,以女儿的实力不怕考不上全市一流高中。女儿说,我不用你们拿择校费,我自己就能考出不需要交钱的分数来,就等于给你们挣钱了。老爸、老妈,择校费一万块呀,就你们俩干上两年,未必净赚出来。说到这儿,女儿骄傲地笑了。

大虎想,现在提离婚,将对女儿是灾难性的打击。别说现在戴上了"绿帽子",就是扣了屎盆子,也不敢说,不能说呀。高伯虎陷入了巨大的痛苦深渊,像一头掉进了枯井里的老牛,难以自拔。

王艳还在深深爱着大虎。那天晚上吵过之后,王艳就后悔了,后悔死了。后悔不该被欲火烧昏了头,把一切都和盘托出,而没有沉住气找机会掩饰过去,之后断了与"小炉匠"的来往,一心跟大虎过虽然穷苦但不乏幸福的日子。王艳殷勤地要修复与大虎之间的裂痕,做大虎爱吃的东西,与大虎一起早出晚归买卖东西，给大虎递一条擦脸的湿毛巾，甚至破天荒地为大虎打来洗脚水。但这一切努力都不奏效。王艳又想故伎重演当初把大虎俘获在人造革沙发上的战术。王艳把自己装在一条20元钱买来的薄纱睡衣里，王艳明白，若隐若现的优美身段比赤裸裸的身体有时更具有杀伤力。

王艳的一切努力都白费了，大虎已受到深深的伤害，伤在骨子里、骨髓深处。大虎一想起王艳那鲜活肉体曾被委顿龌龊的"小炉匠"压在身下拼命蹂躏，两只像脱兔一样的美丽乳房曾被"小炉匠"那双肮脏的手摸过揉过，就从心里往外作呕。尽管东城区这一带最漂亮的女人还献媚地站在他的眼前，大虎连看也不愿看一眼。两个月来，大虎宁愿找小姐，也绝不碰王艳一下。

有一天，大虎真花了35元钱在洗头房与一个小姐上了床，大虎仇恨地拼命咬着牙，恨不得把那个小姐扯烂撕碎，弄得那个小姐畅快地大呼小叫，临走为了让大虎再来"玩"，竟不要那35元钱。大虎丢下钱，头也不回地走了。大虎认为，小姐是"公厕"，人人都可以碰，而王艳是自己的宝贝，任何人不准染指分毫。可惜，王艳现在脏了。

王艳生来认为，一个女人对吃穿可以无所谓，当然吃好穿好，有"三金"更好，但最重要的是得有一个好男人。因为床上的肉体享受比吃、比穿，比什么都重要。俘获大虎是今生王艳最大的成果，大虎健硕雄壮的身体是她最珍贵的宝贝。没看多少书的王艳，对家里12吋黑白电视里介绍外国那个裸体的大卫印象颇深，只一次就记住了，觉得那个裸体真美，但王艳认为大虎要强过他多少倍。那个裸男是石头的、死的，而大虎是肉的、鲜活的；那个裸男的眼神是忧郁的，而大虎的眼睛像海，只要瞅上一眼，就会使人不管不顾地奋身跳进去。

现在，失去了大虎，失去了床上的幸福享受，是王艳最惨痛的损失，是难以接受的残酷现实。大虎在找了小姐以后，心里稍微好过了一点，但与王艳床上的功课还是没有恢复。夫妻撕破了一次脸，就会有第二次、第三次或更多次。在外面受了城管的气，也会到家里来吵一场；有时甚至没有什么原因，反正心里不痛快，毫无来由地也会吵一架。

一次，夫妻俩正吵得不可开交，"咣当"一声，房门被撞开了，满脸泪水的高燕站在门口，眼睛不认识似的死死地盯住夫妻俩。大虎和王艳像被施了魔法一样张大了嘴，立马噤了声，屋里死一般寂静下来。

高燕心中爸爸和妈妈的高大形象坍塌了，学习成绩以降落伞的速度在下滑，着急的老师找到家长。大虎与王艳比高燕还要着急。王艳这一段时间什么也不干了，天天陪在高燕身边，给高燕做好吃的，倒水、递毛巾，但高燕看了一会儿书就跑了神。王艳就一遍一遍地唠叨，烦得高燕大叫，你还让不让我复习啦？王艳赶紧躲到一边去唉声叹气。

大虎在偷偷为高燕准备择校费了，而且通过小虎找到小侯，已经找到了一所学校的校长。这位校长知道高燕曾在全市中学生作文竞赛中获过奖，答应交钱就收人。

大虎的家庭经济账目是这样的：大虎一次性买断工龄的13000元，"林黛玉"妈妈硬逼他存了死期储蓄。进入室内市场交押金一下子支出6000元，到退出市场时，小虎找小侯托人好说歹说，退回了3500元，大虎和王艳手中现有全部存款不足1万元，离择校费还差5000多元。

这一段，大虎在发疯地赚钱，每天只睡三四个小时，也不太听城管人员管了，哪儿人多往哪去，西瓜赚钱就卖西瓜，有时被撵也不走，罚款也不交，因此常常被掀翻了摊子。

高燕中考成绩出来了，分数线仅够二类学校资格，一向骄傲的高燕沉默了。二类中等学校意味着上大学的希望渺茫，上不了大学找不到好工作，结果在家跟下岗和没工作没什么区别。大虎与王艳自己混得越是一塌糊涂，就越把希望寄托在女儿身上。结果夫妻又是一场大吵，互相埋怨着、谴责着、叱咤着，房盖恨不得都掀开，不承想高燕一脚踢开房门，尖着嗓子喊：

你们都不要为我再吵了，考不上大学，大不了去当坐台小姐，或找个大款嫁出去，不用你们为我操心！

王艳哭了，她知道女儿并不是真要那样去做，女儿是在挖苦自己，女儿已经瞧不起自己这个当妈的了。

大虎听了女儿的话，心里像被用刀捅出了千疮百孔的洞，万箭射心般难受。他发誓一定要让女儿上好学校，不能让女儿走王艳的路，无论如何也要弄回5000元钱来。

大虎必须在一个月内凑上5000元，小虎已答应替虎哥向同事设法借2000元，但3000元也不是个小数目呀。每天使出吃奶劲，也就收入个五六十元钱。这个速度不吃不喝也得50天时间。情急中，可真应了肖云峰遗留的那个《思考》中的那句话，"饥寒出盗心"。大虎想到了偷，想到了抢。一天晚上，大虎跳进一个拆迁工地,偷了五个旧铝合金窗框子,卖了130多元,但几乎吓尿了裤子。

又一天,大虎听说西城区西瓜销售得飞快,从农村瓜地里不经批发商过手,直接拉一车西瓜进城卖,弄好了一车就能赚千八百块钱。大虎动心了。大虎不知道,别人赚得他赚不得,别人同工商公安交通城管部门早就混得"熟透了",自然到哪儿都是一路"绿灯",顶多"黄灯"闪一下,硬闯一下过去,也没什么了不起。大虎不知道这是"小炉匠"之类或稍次等的聪明买卖人做的"互惠"生意。大虎实在是被钱逼急了,逼昏了头。

大虎大量地从郊县农村瓜地一下子进了3000斤西瓜,每斤7毛,加上运费共花2300元钱,每斤西瓜卖1.2元,除去200元运费,可赚1300元。这是大虎自己的"如意算盘",大虎非常高兴自己这个发现和"创造"。西瓜是在半夜12点,避开了正在睡梦中的公安交警和城管"堵口子"人员运进城内的。

第一天早市,大虎就开张不利。那些来卖西瓜的,一个比一个质量好,一个比一个价格便宜,最低的甚至卖到了8毛1斤,差一点就赔了本钱在卖。从早市出来,走街串巷,不知什么原因,越是卖西瓜的旺季,老百姓想吃西瓜的旺季,城管执法对西瓜管得越严。一会儿怕占道了,一会儿怕丢西瓜皮脏了环境,好像专门同卖西瓜和吃西瓜的人们过不去。大虎三档、四档市场连着卖了四天,仅卖出不足1500斤西瓜,共收了1260元,每斤合8毛多钱。大虎着急了,剩下的西瓜已经不新鲜了,个别的已经娄了,如果两天内不卖出去,不仅赚不到钱,连本要搭进去最少七八百元。

屋漏偏逢连绵雨，严霜偏打病秧子。

恰在这时，"林黛玉"犯病住院了。心细如丝的奶奶得知了高燕的考试成绩，尤其是考试成绩滑坡的原因，以及大虎和王艳的冷却关系后，不仅没帮上忙，一股急火攻心，还添了大乱。这就是本文开头我们介绍的高大山看妻子吊瓶里药水的那一幕情景。估计住院半月怎么也得2000元，小虎已经表示自己全部承担"林黛玉"妈妈的药费了。但大虎知道小虎与王娜也不宽裕，王娜的企业带死不活的，每月开七八百元就高兴得够呛，和小虎的工资加在一起也不过一千五六百元。无论如何自己也要拿一半的。当务之急是要把快娄了的西瓜卖出去，把本钱捞回来，起码要少赔点。

这是成车进西瓜的第六天早晨，大虎把剩下的好西瓜都装上车，有800多斤，天还不亮就出发了，他要找一个人多、卖价高的地方。大虎先是选择西城区一个不算热闹的街口，大虎想，今天不管让不让卖，我都要硬卖，只是我不在虎弟管辖区内卖，不会给虎弟添麻烦，别的城管谁来撵我也不走。

一上午，来了五次赶撵的城管，被罚了两次共10元钱，还挪了三次地方。看看中午了，西瓜起码还有600多斤，一上午才卖了160多元钱。大虎又气又急，一咬牙，奔一个最热闹的街口赶去。正是这个选择，铸成了大虎的终身大错。

大虎暗自高兴自己选对了地点。还好，没有一份卖西瓜的，也没有城管人员，为什么？昏头的大虎不知道，因为那是死亡之神曾经亲吻过老徐头的地点。全市的贩夫走卒和城管人员都知道那个生死临界的"禁地"。商贩们不敢去，因为他们知道，受尽了万般地狱之苦的"老徐头"正躲在这儿,希望尽快俘获一个"替死鬼",而使自己早日得以超度。城管们都知道,没有哪个游动商贩敢到那儿去摆摊设点,除非他不想活了。

这一回,还是西瓜惹祸。

被逼昏了头的大虎,满脑子想的都是尽快卖掉西瓜,赚钱给娘交医药费,给宝贝女儿交择校费,丝毫没有意识到有什么危险,而危险正悄悄地向他密实实地张开了网。

此时,正是午后两点多钟,赤日当空,马路上起码有40多度,一大早就出来的高伯虎,从家里自己灌的一大瓶凉水早已见底了,中午就着咸菜吃了一个硬馒头。饥渴使大虎一阵阵头晕,他想切一块西瓜吃,但一想到这是可卖两毛钱的东西,还是没舍得吃。

一名小个子城管人员来到大虎摊床前,奇怪地问,你怎么在这儿摆摊设点?不知道这儿不许卖东西吗?

大虎说,这儿不让卖,那儿不让卖,你让我上哪儿卖去?

小个子说,你到胡同里边卖,别在这儿。

大虎说,胡同里没有人,我卖了一上午,也没卖出多少,西瓜买来好几天,都要娄了。

小个子觉得大虎说的西瓜娄不娄,卖不卖得出去,都不是不离开这儿的理由。但看着人高马大的大虎,还是不敢动硬的,就说,这是闹市街路,走吧。

大虎说,我真不能走,就这能卖出去。

小个子看撵不走,就掏出手机给同伴打电话请求支援。

一会儿,赶过来两名城管人员。现在是三比一,小个子严肃地要求大虎立即离开，否则罚款，没收物品。

不知什么原因使大虎中了邪，任谁的话也不听，我今天就要在这儿卖，谁来撑我也不走。人们事后分析，当时大虎一定认为，不走，被没收与走是一样的结果，走，西瓜卖不出去，就得全娄掉；走不走都一样，我今天还就不走了。

一辆坐着七八个人的面包车向大虎卖瓜的地点快速驶来，车上坐着两名公安干警和五名城管执法人员，其中有北城区行政执法局五大队队员高仲虎。还是为了防止熟人暗中"勾结"，区局学习异地轮换执法经验，在区局内部打乱各大队建制，实行季节性临时重新编队。小虎被编到了三大队里去。接到有强力拒管的信息后，三大队长带领一支人马迅速赶往现场。

车辆是重要财产，还是离执法者20米远停车。小虎远远地一看，不禁倒吸了一口凉气，虎哥在那儿瞪着眼，像讲演似的同三个城管人员在理论。

小虎实在不好意思对众人承认抗法者是自己的哥哥，也实在不好意思去对虎哥进行执法，犹豫中，远远地跟在人群后面。

那先到的三个城管人员，看见又来了七八个人，其中还有两名公安人员，上去就要没收东西，只见大虎"叭"地劈开一个西瓜给执法人员看，你们看，我说要娄了，不假吧？不许我卖，我赔得起吗？我急等钱用呀。

无巧不成书。大虎连切开三个西瓜，都是娄的或就要娄的。大虎惊呆了，完了，全娄了，赔了，赔大发了。当时，一定是"老徐头"附上了大虎的身体，人们发现老徐头边切西瓜边骂街的镜头，又在原处重演了，只不过从小受"林黛玉"妈妈教育的大虎，没有骂出"×他妈"的脏话，而是以"混蛋"这个词来代替。只见大虎切一刀骂一句，混蛋的"小炉匠"；再切一刀又骂一句，混蛋的王艳；还切一刀还骂一句，混蛋的城管。

大虎一生气想到如果不是有钱的"小炉匠"引诱了王艳，自己就不会同王艳打得不可开交，高燕就不会思想分心没有考上好学校，"林黛玉"妈妈也就不会因此而住进医院，自己就不会草率地进这么多西瓜，赔这么多钱，又被撵得无处可逃。大虎当时头上蒸腾着一定是天然气般的怒火，遇到城管不让他卖西瓜这个火苗子，一下点燃了满腹即将炸腔的怒火。他认为自己不是在切西瓜，而是在切"小炉匠"和王艳的脑袋。

当大虎切一刀，骂一句混蛋的城管时，一定没有具体指向，他觉得自己正在切一顶城管的大盖帽。看到大虎像老徐头一样的疯狂，现场的城管害怕了，连两个公安也后退了两三步，他们怕沾惹上打死商贩的罪名，都在努力地躲避着"肢体接触"的证据。

一个人没有躲，小虎看见虎哥发疯似的挥刀，生怕无意中伤人落个杀人犯的罪名，小虎上前抱住了虎哥，想要夺下哥哥手里的刀，因为那是极其危险的凶器，被怒火"轰"的一声爆炸震聋了耳朵的大虎，根本听不见虎弟"快放下刀"的哀求。争夺中，持刀柄的虎哥不慎一刀刺中了虎弟的腹部，鲜红的血立刻从腹腔中涌出，并染红了白色的衬衣。从小就怕血，连只鸡也不敢杀的大虎被血一下子吓醒了，一眼看见躺在地上的竟是自己亲爱的小虎弟弟。

虎弟艰难地苦笑着对虎哥说，哥，你给弟的命，弟这次还给你了。

虎哥抱着虎弟，放声大哭，小弟呀，怎么会是你，这是怎么回事呀。接着，又声嘶力竭地吼道，快呀，快来救护车，我要给虎弟输血，快呀！

小虎躺在医院的一张床上，身上插满了管子。

大虎在公安局刑警队的铁栏杆窗子里，像一只从山上刚刚被捕获的野虎，大叫着，快放我出去，我要给小虎弟输血，快，放我出去，血库里没有小虎用的血，只有我身上有；喊哑了嗓子，把铁栏杆摇得地动山摇，还是出不去，大虎就咬破自己的手腕又喊，快，血出来了，快拿给小虎弟。公安局干警们被吵得不耐烦，就把大虎也投进了医院，不过不是小虎住的医院，而是被绑在了城郊精神病医院的一张床上。

山里已经没有了虎的欢腾跳跃，山就虚空起来。于是，高大山就倒了，躺在床上幸福地淌着哈喇子，已经不会思想了。不会思想的人没有痛苦。高大山把痛苦留给了他的"林黛玉"。

"林黛玉"按着高大山的意愿，在忠实地痛苦着，一刻不停地唠叨着，豆儿烂了，豆萁灰了。怎么办？

是啊，三个都没有工作的女人，带着两个正在上学的孩子，老高家可怎么办呀？

篇后补记：

据新都市报最新消息，山城市政府近日宣布，将在全市五个城区的部分临街小巷分批开放 26 个摊区，设置摊点 10862 个，以解决 13742 名困难群众的就业问题。东城区首批示范点，就设在钢铁总厂职工宿舍区的一条车辆少的便道上。1225 个摊点 1 年内免收占道经营费。

倾　斜

山城市人民政府一位副市长出缺了。

这使平静了一段时日的山城市官场湖面漾起了波波涟漪，就好像春天刚刚化净了冰冻的湖水，表面上看似波澜不惊，而湖底下眠了一冬的鱼儿、蛙儿，个个都蓄满了劲，养足了神，单等在那么一刻，一个飞身，就漂亮地跃出水面。

山城市人民政府除了市长，还有7位副市长。按理说一位副市长正常出缺不应有多大的波动，但省上允许这个空缺岗位由山城市选拔补缺。这一个近年来少有的情况变化，却极大地调动了山城市诸多中层领导干部的上进心和积极性。山城市是副省级的省会城市，本市副职均为正厅长级。不少家安在山城市，人在省辖其他地、市、州担任主要领导，例如市委书记，市、州长的，由于不能继续向上提拔，而又不宜进省直各厅、局当正职的，近些年多半安排到山城市担任市委副书记或副市长，虽然由正变副，但级别都是正厅，还回了家，也算说得过去。也就是说，山城市也是省上安排所辖地、市、州主要领导的一条重要渠道，近十年来，起码有七八位省辖市正职调到山城市当副职。所以，山城市官场的位置就一直比较热门和紧俏。这一次，省上允许山城市自我产生一位副市长，是近几年少有的破例。

山城市有能力担任副市长的虽说不过那么三五个人，但认为自己有能力而且想当副市长的人却不下三五十人。因此，山城市官场湖面出现一些波动，就可以理解了。毕竟是机会难得呀。

那么，究竟何人能第一个蹿出湖面，并一跃而上"龙门"呢？

周二早上，西城区委书记张玉龙提前一小时就到了区机关，比他平时习惯提前上班时间又早了半小时。刚进大院门口，还没走到办公楼，就被区委常委、办公室主任马小强堵住了，并示意他从办公楼后边角门进去。习惯走正门的张玉龙心里一沉，知道又有集体上访的堵住了前边正门，极不情愿地随着办公室主任从后门悄没声息溜进了楼。于是，张玉龙有了做"贼"的感觉。

这是山城市6个城区中办公楼最破最差的机关，就像全市环境最脏最乱最差的西城区一样，区机关与区容区貌同比例的"脏、乱、差"。这缘于本城区组建时的先天不足。七年前，经上级政府批准，山城市把市郊一些乡镇，加上城市铁路以西地区划拢一起，新组建了山城市西城区，实际上是山城市城区的扩大和对近郊区的兼并。新成立的西城区没有区机关办公楼，由山城市临时划拨的一个区级党校改建。

三栋楼一大两小，总共不足6000平方米。区委、区人大、区政府、区政协四大机关和区机关大多数委办局挤在这一块儿办公，外边还有十几个部门挤不进来，都在租房或借房办公。

三栋楼中，前边大些的一栋归区政府使用；后边两栋小的，一栋归区委使用，一栋为区人大和区政协合用。三栋楼都是红砖灰瓦，房脊上随风摇动的几棵草，见证了此楼的苍老资历。多年风霜雨雪的沐浴，当年深红色的大墙已褪变成了暗粉色，砖与砖之间的水泥加白灰勾缝，一道道地成片脱落。当年漂亮的木质窗框上的天蓝色油漆，不知何时变成了灰白色，同掉了勾缝的斑驳墙面一样，龇牙咧嘴地像个风烛残年的老猴儿，对进出办公楼的人们，在一刻不停地嘲讽。

区委几位书记和区委办公室在三楼办公，陈旧的木质楼梯一脚踩上去，嘎吱、嘎吱，发出一声又一声的怪响。从一楼到三楼36级台阶，呻吟声一步比一步痛苦，张玉龙的心情一步比一步越发焦躁。推门进屋，清洁员没料到张书记今天又提前半小时来到，手忙脚乱擦抹了桌椅、茶几和窗台，一脸歉意地慌忙退了出去。

张玉龙和马小强都抢步到窗前往外张望，只见七八十人把前楼挂着西城区人民政府牌子的大门围堵得铁桶一般。机关一些提早上班的人，只好从两侧小门进楼。吵嚷攒动的人群中，亮出了两幅白底红字的标语，分别写着"强烈要求区委区政府依法行政"、"抗议野蛮拆迁，依法还我家园"。还有不少人胸前挂着硬纸壳，分别标写着"原地回迁""合理补偿""反对开发""拒绝搬迁"等五花八门歪歪扭扭的字样。张玉龙下沉的心像堕上了沉甸甸的铅块子。不经意间，一低头看见窗台上有一条半寸宽的灰尘甚为刺眼，听着外边一片刺耳吵嚷声，下意识用手狠狠一抹，似要抹去心中烦躁，不料却是右手半掌灰黑，又顺手一甩，怎么也甩不掉，脸色越发难看。

马小强一边慌忙递上浸湿了水的毛巾，一边说，看这公务班，干活毛毛草草的，等我去找机关局长说说。

张玉龙赶紧摆了摆手说，不怪她们，是我今天早来了半小时，挤占了人家工作时间。她们每天都清扫得很干净，很负责的。张玉龙是怕清洁工无端受机关局批评。

马小强当然也清楚这个情况，说要找机关局长，不过是设法安慰心焦气烦的书记，未必真的去找。于是接过书记话头补了一句，书记您就是体贴下层职工。见张玉龙眉头还是拧在一起低头思索，就知趣地闭了嘴，在一旁安静地等候指示。他知道书记考虑紧要急事时，不习惯别人插嘴参言，最多过不了三分钟，处事一向果断的书记一定有话说。

果然，正思索间，就听张玉龙对自己说，小强，你要通李区长的电话，我跟他通个气。所谓通气，是区里党政主要领导就急事大事事先沟通商量，形成一致意见后再下达指示，这是避免造成党政矛盾的惯常程序。

马小强听着"电话"二字，立刻把目光转向了办公桌上的电话并移步过去。但抓起电话后，又转头又看了一眼没坐在办公桌前还在往窗外张望的张玉龙，立马改主意掏出口袋里的手机，要通了区长李玉堂的电话，顺手递给了窗前的张玉龙。

张玉龙对着手机说，玉堂区长，我知道政府周六上午要开会，专题研究腾飞广场拆迁上访问题，能不能改在今天上午，我也参加，我们共同研究一下。今天上午工商界人士恳谈会，我们俩就不去了，让百柱书记去参加，中午我俩参加宴请。你看行不行？张玉龙说的"百柱书记"，是区委分管统战和宣传工作的副书记王百柱。

手机里传来了李玉堂的声音，玉龙书记，我同意。你能亲自参加主持研究腾飞广场拆迁上访问题，太好了。不然这起上访有失控危险，会直接影响工程进程，影响我们区整个振兴规划的实施。我让刘玉山把城建、土地、规划、公安、信访等相关人员都带来，详细向你汇报一下。人都到区委那儿吧？李玉堂说的刘玉山是区委常委、常务副区长，分管城建和财税工作。

张玉龙说，那好，我让小强安排一下，在区委常委会议室，八点半开会。

马小强是一个称职的办公室主任，这种称职不仅表现在工作敬业，对所服务的书记忠诚负责，更难得的是聪明，有悟性，能准确领会书记的意图并能认真予以落实。在书记早上进机关大院前，他就通知秘书科长在离书记不远的秘书室等候待命；当自己陪书记进了办公室时，他知道秘书科长一定全神贯注地在观察两位领导的举动，当听了书记和区长对话后，他推开门，对正候在门口的秘书科长立马布置了准备会议室、通知到会人员、做好会议记录等相关事宜；尔后，又进门向书记报告了"会议已准备好了"的落实情况，使心烦意躁的张玉龙眼中流露了赞许的目光，脸色稍微好看了些。

马小强知道，张玉龙一贯重视招商引资，重视固定资产和大项目建设，把其作为西城区发展振兴的基本途径和主要手段，书记能把早已决定区里党政两位主要领导共同参加工商界人士恳谈会日程取消，是下了很大决心的，足见对腾飞广场改造工程的重视。

西城区也被叫作铁西区。西城区是官称,是红头文件和新闻报道中正式场合的名号;铁西区是民称,老百姓是根据地形地貌多年的习惯叫法。这个由几个市郊乡镇组建起来的新城区,实际上是贯穿山城市铁路大动脉的西部城中村。从地图上看,东西走向的铁路在眼瞅着将要穿越出城的一刹那,突然拐向西南,将一些低矮破旧的平房,毫不留情地一刀就切割到铁路以西区域。望着铁路以东的高楼大厦,铁西居民有一种被抛弃出都市的感觉,谁家的女儿嫁到了铁路以东,那是要大张旗鼓炫耀一番的,而如果嫁到西城来的,多半会羞于启齿,怕别人那疑问的目光:怎么把孩子送到那个地方去了?全区15万户,46万多口人,最高的建筑是一家中直所属水利设计院的7层大楼。夏秋季一些排水明沟的污臭水混合着腐烂菜蔬味,冬春季上万个小火炉小烟囱的浓浓黑烟,随着西北风,毫不客气地跨过铁路,绵绵不绝不停地送进市区中部、东部,似乎在提醒城中核心区的人们:别忘了,我们也是山城市民。

四年前,年轻而有"能吏"之称的山城市园林局局长张玉龙,接替了当时素有"稳健"之称但却无甚建树的前任西城区委书记。上任三个多月,张玉龙几乎没在公开场合讲过什么话,虽然"百日无语",但却走遍了西城区各个角落,倾听了数百人的慷慨陈词和发言。那一段时日,西城区的干部群众都想听听新来的年轻书记讲讲话,实际是想知道新领导的道行有多深,到底有没有能耐让自己按时领工资,有没有办法把路修得好一点,起码下雨天不再踩两脚稀泥。但张书记就是不说话,大家就认为新来的书记不善言谈。其实张玉龙不是不愿讲话,是因为没想好讲些什么话，是想把话留到以后再讲。半年后，当张玉龙打开了话匣子，也就在两三周时间里，大家看法变过来了：张书记原来是挺善讲的。

张玉龙认为，西城区经济社会落后于其他城区，是财力支撑太弱，而财力不强是因为工业落后，工业落后是因为没有重大项目支撑，缺少大项目是招商引资工作太差，而这主要又源于西城区环境脏乱差，对外实力形象不佳。说过这段绕口令式的连环话语后，张玉龙多次在全区中层干部大会上呼吁，要以发展为头等大事，一切围绕项目转，实施项目强区，环境亮区，实力兴区。两年后，随着一些项目落户西城区，特别是职工工资基本能按时发放，教师不再上访，砖头铺成的巷道雨天不再泥泞，马路边上的树多了起来，大家对张玉龙的讲话水平又有了新的议论：看来，张书记不但善讲，所讲的话有些还是有道理的。

张玉龙对西城区发展的速度始终不满意，认为引进的项目，没有一个能对西城区的巨变起决定性引导支撑作用。于是不断给区政府和相关部门施加压力，连区委统战部也压上了招商引资指标。他告诉一些区领导和机关干部，不要以为我们西城区高楼少是劣势，平房多是包袱，这恰恰是我们发展的潜力所在。现在什么是优势？土地！拆了平房建高楼，腾出土地上项目，既能改变落后面貌，又能促进经济发展。张玉龙伸着左手五指，用右手点着左手几个指头给干部们算账说，拆一栋高楼多大代价和成本，拆一处平房花几个钱？而在土地上建一栋商品楼房，那值多少钱？我们要善于经营城市，做活做足土地文章，把房地产业打造成西城区的一个支柱产业，变劣势为优势。他率先在山城市把区机关维修大队改组成为西城房地产开发公司的同时，又先后引进了三四家有实力的房地产企业，创造宽松条件，让他们在西城区破棚烂厦上大力开发。

看着几片最扎眼的又脏又乱的地段被开发，一栋栋新房矗立起来，一些排水明沟被深埋地下的管道所替代，特别是因土地出让使财政收入翻番增长，西城区的干部们对张玉龙的讲话，不再半信半疑地分析哪些是有道理或无道理的了，而是认为张书记讲话一定是对的；至于那些一时还没听明白的话，也多半认为自己没能领会人家书记讲话的深刻含义。这应当是西城区干部认识张玉龙的第三阶段，既自觉领会意图，认真落实阶段。

于是，在张玉龙的要求及授意下，区政府认真大胆地规划了一个对西城区举足轻重牵一发而动全身的重大项目——腾飞广场综合改造建设工程，并倾西城区之全力予以推进。

所以叫"综合"工程，是因为这个大项目综合了多个复杂子项目的连环推进。头一环节是将现有区机关办公楼及所占土地变现或叫置换，将其交由房地产开发公司开发商品住宅或公寓出售；再由开发公司为区机关新建办公大楼。新办公大楼建在西洼地附近。10层高楼，总面积2.8万平方米。张玉龙说，要建就建山城市乃至全省一流标准的，起码二十年或更长远时间不落后，要成为西城区的标志性建筑，要充分体现出西城区的富足实力和光彩形象，使外商产生投资信心与合作愿望。

第二环节是在区机关办公大楼前建设一处占地15万平方米的现代化居民休闲广场，使多年"晴天一身灰，雨天两脚泥"的西城区居民有个集会休闲的场合。张玉龙管这叫"城市会客厅"，并笑着解释说，这个广场要成为山城市最现代、最生态、最热闹的广场，让铁路以东的居民高看我们一眼，有空没空都想抽空来广场坐一坐。

第三环节是广场周围全部进行房地产开发，并建设数栋职工住宅。汽车发动机厂20万台发动机项目，几个城区都在争，都在无偿划拨土地，有的还答应无偿提供厂房。张玉龙知道，凭西城区的环境之差，学校、医院和商业网点的水平之低，是争不过那几个城区的。西城区私下答应，所建住宅将以成本价卖给汽车发动机厂的职工200套。当然，这第三个环节只有三四个区主要领导知道，属于西城区秘而不宣的核心绝密，不能像前两个环节那样大张旗鼓地造势对外公开。所以，相当一段时间西城区乃至山城市的干部群众，包括一些领导干部，以及所有新闻媒体，只知道张玉龙的综合改造项目是"两环连进"，或誉为"双环连进"，却不知两环之后还藏了一环极厉害的"杀手锏"，一环出手，立马将令人垂涎欲滴的20万台发动机项目揽入西城囊中。

张玉龙对少数相关区领导私下说，凭经济实力和环境条件，现今我们都无力与其他城区竞争，我们就要剑出偏锋，奇招取胜。我们现在最值钱的成本就是土地，而且西城区高楼少，平房多，这几年拆迁成本相对要小，过个十年八年，拆迁成本说不定翻上几倍。所以，要趁机多拆出些净地储备起来。除了改善机关办公条件外，对掌控的土地还可以待价而沽，从而加速增长财政实力。

张玉龙的施政方针得到了西城区各级干部的拥护，但却遭遇了开发区域被拆迁户的顽强抵抗，尤其是腾飞广场改造工程的激烈上访，几乎将他拖陷进不拔的泥淖。

当然，这是张玉龙始料未及的。

8点30分开会，不到8点20分，开会的人几乎都到齐了。

西城区的干部都知道，不管参加什么会，张玉龙总是提前5分钟到场，四年来这个习惯纪录，一次也未曾打破过。在他那儿，"迟到"这个行为语词是深受唾弃和不齿的。一次，马小强请问缘由，张玉龙解释说，提前几分钟时间到会，体现了领导人和会议主持者对参会人员的尊重，这是问题的一面。另一面，如果领导人迟到5分钟，他的下属就可能迟到10分钟，甚至更多；领导人迟到5分钟，10个人的会就会浪费大家50分钟，100个人的会就会浪费大家500分钟。一个随便浪费大家500分钟的领导人，他布置的任务还能认真得到贯彻落实吗？马小强深以为然。

榜样的力量是无穷的。上行必然下效，张玉龙书记守时，西城区的干部们就一齐跟着守时，而且都能在书记来之前到会，表示对书记的尊重和对书记主持会议重要内容的认可。可是，被政府大门口群访缠住了身的常务副区长刘玉山还是比书记迟到了，他踩着区委常委会议室外厅里大座钟8点半"当"的一响，准时推门而入。为表明自己正在处理上访，不是有意比书记晚到，刘玉山边走边高声大嗓地发牢骚：现在上头也不让下边讲话，法律规定得明明白白，老百姓一上访，也不管访得有没有道理，就命令你往回领人，领不回来就记录在案，并通报你。市拆迁办更差劲，老百姓一闹，就缩回去了，答应批准的强迁也不批了。这不是越弄越夹生吗？

对刘玉山的意见，张玉龙是赞同的，但当着诸多下属的面，公开支持批评上级领导机关的意见毕竟不妥，但是对这种不满的言论不表态，本身就是一种默认，也算是对会议将做出决定的舆论基调的一种引导。于是，静等刘玉山把牢骚和批评的话讲完，然后说，堵门的群众是否先处置一下？区长李玉堂说，玉山区长已安排把人往小礼堂引导，信访办和城建局相关人员正在接待。张玉龙听着外边吵嚷声果然弱了一些，就跟李玉堂对视了一下说，开会吧。

按着与李玉堂事先商定的访势、访控、访处三项内容，会议先听汇报，尔后一起讨论汇报内容。第一项是由区信访办主任汇报一下全区前段信访总的形势。李玉堂说，让信访办先汇报吧。

信访办主任事先准备了厚厚一份汇报材料，让助手给每位参会人员都呈了一份。张玉龙翻看最后一页是第22页，还另附了三张表格，分别介绍了全区各类上访起数、到访机关、重复访次数、负责部门、占全市上访总数的比例。不用细看，知道西城区信访排名仍旧在山城市后几位，就说，信访办准备工作认真细致，为节省时间，材料大家带回去会后再细看，你不必照材料说，为大家概括介绍总体情况吧。

马小强知道，书记说不要详细汇报，为节省时间并不是主要原因，今天书记的主要关注和兴奋点还是腾飞广场改造工程拆迁上访问题，其他访案不想仔细过问；而所以关注这起上访也主要不在信访排名上，而是怕因上访局面失控影响了腾飞广场综合工程的顺利实施。往白了说，张玉龙的施政兴奋点是在发展上，而不是稳定上。这从书记几年来的工作日程安排上可以得到证明：张玉龙每年百分之七十，有时一段时间甚至百分之九十的精力是抓招商引资和项目摆布。为此，每年开会不下二三十次，而在信访稳定方面，每年开会顶多两次。专题就一个项目拆迁上访开会研究是近两年来的第一次，如果不是担心不稳定影响发展，可能这一次也不会有。

信访办主任介绍说，本来我们西城区在全市12个县（市）区中信访形势排名第10名，上半年由于腾飞广场拆迁上访户进京，被国家信访部门记录1次；上省集体访5次，我们截住了2次，但还被记录了3次。所以排名下降两个档次而成了全市最后。说到这儿，会场一些人偷偷笑了。入会不少人员都知道，现今上级信访机关对下级政府实行信访责任记录追究制，对所有到省进京的信访，按辖区分别记录在案。记录越多证明该区域稳定工作越不好，该区域官员守土安民的责任心和驾驭控制局面的能力就要受到质疑。一些基层政府和信访部门怕不良记录在上级那儿留得太多，往往私下与上级信访部门搞好关系，一些上访信息报告单在未到达上级相关负责官员案头时，就被所属单位截住劝回或用车拉回，这样就可以不记或少记录一次。

信访办主任接着说，腾飞广场拆迁上访直接影响了全区整个信访稳定形势。从全区看，上半年企业改制上访有所下降，拖欠教师工资访仅发生1起，同比下降70%，而房屋拆迁集体访上升了81.5%，受到了市里通报批评，并由市政府督察室就腾飞广场拆迁上访案下发了限期解决通知书。

张玉龙看着坐在信访办主任后排的几个人问，信访办其他同志有什么补充？看那几个人都摇头，就说，进行第二项内容吧。会议第二项内容是访控问题。由区公安局长做汇报，重点介绍腾飞广场拆迁上访控制情况。公安局长说，几个月来，我们按区政府要示一直在密切关注多人集体重复访，尤其是腾飞广场拆迁集体上访。对每次上访我们都安排了便衣跟随，并且在上访群体中发展了几个"线人"。说到这，公安局长有意停顿了一下，转头看着刘玉山微笑着说，公安局非常感谢刘区长对我们的大力支持，今年给国保大队批了10万元特费，又给增配了一台捷达车。尔后，又转回头面向张玉龙和李玉堂汇报说，现今查明，这起集体访带头闹事的有5个人，领头的叫张文广，外号"张大疤"，还有一个叫孙长远，人称"孙大个子"。一个月前，张大疤出面找被拆迁户非法集资，每户40-60元不等，共集资6400多元，组织9人进京上访，先后到国家建设部、国土资源部、信访局上访，声称不解决就不回山城市。他们晚上睡在国家建设部门口不走，造成很坏的影响，国家这几个部门都给省政府打来电话并发来传真件，督促省里尽快派人解决。可是，等我们安排干警进京时，张大疤怕抓他拘留，一个人跑了单帮，我们只带回8个人。

说到这儿，看到一些人疑问目光，公安局长解释了要拘留张大疤的理由，我们以两条违法劣迹对他进行处理，一是这次非法集资带头组织进京闹事；二是他几个月前曾因赌博被派出所罚过款。前几天又聚众"填大坑"，我们接到线人举报后，还没对他进行处理呢。所以听到信访办与我们的公安干警进京消息后，他就先跑了。这两天，我们派人两次到他家，都扑了空，已经留下了训戒意见,让他的家里人转告他。估计他不会再敢公开带头闹事了。公安局长说的"填大坑",是一种用扑克牌进行赌博的方式。

看着众人在仔细听,公安局长又接着说,现在难办的是,孙大个子不服,还在公开领着人闹事,今天上访就是他带的头。说到这儿,公安局长摇了摇头,进一步解释说,孙大个子早些年因家里人口多卖过血,现在主要生计是靠捡破烂卖。我们查了档案,捡破烂这些年,没有偷盗行为,也没有其他前科劣迹。这个人死犟硬倔,邻里人缘关系又好,家里的确挺困难的。说到这,公安局长停顿了一下,转头对坐在身边的城建局长说,像这种情况,我们不好对他来硬的,还得请城建部门研究解决的办法。

听公安局长说到这儿,李玉堂看着城建局长说,那就进行第三项内容,"访处"工作由你们详细向张书记汇报吧。城建局长介绍情况说,腾飞广场改造工程涉及拆迁居民共640多户,经过四个来月艰苦细致的动迁工作,动迁走了490户,还有近150余户没有动迁走。主要由于少数钉子户,也就是公安局汇报中说的那几个人带头闹事的,死抗硬顶,使本来就很艰难的动迁工作雪上加霜。近一个多月来,基本上没动迁走的,多数人在观望。达不成协议的原因,一是要求原地安置,不愿到西郊迁移区去。对居民这个要求,我们将有证照的住户安排在原地,没证照去西郊。因为原地实在安排不下,主要是15万平方米的腾飞广场占去了新拆迁区域近2/3的面积。二是原地安置户中多数不愿上高层楼房,都争抢着往多层楼里挤。

看着一些人费解的目光,城建局长解释说,按国家建筑规范要求，6层以下楼房为多层建筑，7层以上为高层建筑。高层建筑一般都是框架结构，钢筋混凝土圈梁，还要设置电梯，造价要高出许多。而6层以下多层建筑多半是砖砌墙，可以不打钢筋圈梁，造价比高层低不老少呢。我市多层住宅基本造价为每平方米720元，高层住宅为1120元，每平方米差价400元。从物有所值角度看，住7层以上高楼拿扩大面积款就应当比6层以下普通楼房昂贵。但多数回迁户还是要求把自己安置在多层楼房里，这也是动迁协议总也签不下来的重要原因。三是一些私搭乱建的无证照房屋和虽经批准但已到年限的临时建筑也要求给予房屋安置，不答应给回迁房，就不签协议。

说到这里，刘玉山感觉城建局长话没说明白，一摆手打断了他的话说，我补充两点意见：第一，腾飞广场综合改造工程是我们西城区天字号工程，也是山城市的重点工程。经过了市规划局的审查批准，也就是说这是依法进行拆迁建设的工程项目。因此，我认为，改造区域内的所有单位和个人，都应服从城市总体规划的安排，何况我们对有证照的住户，都尽量安排在了原地，至于他们嫌高层楼房差价款贵，那也是没有办法将就的事。因为6层以下楼房不到安置房总量27%，实在是没有那么多房源可安置。我认为，在城市建设大局方面，居民个人利益要服从国家利益，居民个人生活要服从城市规划建设的总体需要。如果实在不愿意去高层，可以到西郊迁移区，那儿75%以上都是多层住宅，虽然远了五、六里地，但既然你不愿服从安排上高层住，那也要做出一些牺牲和让步。不能"剃头挑子一头热"，哪有便宜往哪儿使劲。我认为，在这个问题上我们西城区政府是讲理的。第二，关于无证照住户要求安置住房问题，按照国家城市规划法的规定，未经建设行政主管部门批准的私搭乱建住房，定性就是违法建筑；超过批准时限（一般为2年）的住房为临时建筑。违法建筑随时都应当无条件拆除，临时建筑在国家建设需要时，也要无条件自行拆除。从法制的角度看，这不应当是个问题；按法律规定，不该对其进行安置。我认为，在这个问题上，区委区政府要依法办事，态度一定要坚决，不然城市拆迁和开发改造工作没法正常进行。众人都听明白了，分管城建工作的副区长，是在向区委区政府两位主要领导讨口供，要支持。

李玉堂知道，刘玉山的两点意见基本上代表了城建系统对这起上访处理原则的主要基调。就对城建局长说，你还有什么新的意见？城建局长说，我们局的意见已经被刘区长高屋建瓴地概括了，我不再耽误领导时间了。李玉堂就对张玉龙说，情况就汇报到这儿。张玉龙说，大家讨论一下吧。

被这起多次重复访闹得焦头烂额的信访办主任又忍不住发表意见说，这起上访拖了全市稳定的大局，使山城市信访稳定工作排名由全省正数第七，下降为倒数第2名，受到了省上的批评。本来我们区信访稳定排名去年在全市12个县（市）区的第10位，就因为一个腾飞广场拆迁上访，已下降到最后的12位，落在了"打狼"的位置。我不太懂城建工作，既然那么多人都不愿上高层住宅，可不可以把多层住宅比例提高他个15到20个百分点。不然我看很难把这起集体访平息下去。

性急的刘玉山立马插话说，那我们只好把腾飞广场缩减

3-5万平方米。我认为，那是规划迁就闹事，稳定让位于发展，是丧失原则。刘玉山讲话习惯用"我认为"，今天他已经用了四次"我认为"了。

区政法委一位副书记发言说，据讲640多家拆迁户中，无证照和临时建筑比例高达30％以上，而且有的都已经在那住十几年时间了，是否对只有一处住房而且时间15年以上的，采取变通办法予以现实确认呢？

区规划局长高声说，我认为，确认现实的定性，应当是这些人已经非法无偿占用国家和城市资源，白白占了国家十几年的便宜。如果承认这个现实，就是对守法者的打击，对违法者的纵容。看着刘玉山投过来赞许的目光，规划局长接着说，我们这三年来拆除违法建筑的战役，费了那么多劳动和艰辛，我们局还重伤了一名干部，好不容易整顿出稍能看得下眼的区容街貌。如果这个口子一开，必将前功尽弃。

热烈的讨论、争论进行了40多分钟，马小强知道，这是张玉龙统一各方认识的一贯做法，让大家把意见充分发表出来，特别是善于用与自己一致的意见，去对抗或克服那些不一致的意见。今天克服那些不同意见的是城建系统的各局的拆迁强硬派，尤以刘玉山副区长的"我认为"为主导基调。张玉龙本来还想让大家再讨论一会儿，但看到马小强夸张地把左手腕抬高了半尺，仔细看了看表，知道是在提醒自己，中午还有宴请活动。看了一下对面墙上的挂钟，已经10点45分，离宴请时间还不到一小时，就对李玉堂说，李区长，你来讲一下意见吧。李玉堂说，我的意见已经跟他们讲过多次了，今天主要请他们来听书记的指示，你讲吧。张玉龙也就客气地说，那我只讲几点意见，不全面的和不合适的你再补充和纠正。

张玉龙首先肯定了前一段信访、公安、城建等部门的工作，尤其是充分肯定了城建系统做了大量的艰苦细致的工作，为自己将要发表的主基调做了铺垫，尤其是表明了区委区政府对前一段腾飞广场建设改造工作是满意的态度，使前一段因居民拆迁备受语诟的刘玉山深受安慰。

张玉龙再次不厌其烦地重申了腾飞广场改造的重大意义。他说，有人说我们抓形象工程，那是站着说话不腰疼，西城区如果不是山城市环境最脏最乱最差而是高楼林立的现代化城区，我们也不必这般费劲地树立自己的形象。还有人说，我们的办公楼不必建那么高，广场不必建那么大。我说的是，如果我们面对的项目可以像铁路以东那些城区那样挑挑选选，我们当然可以在党校这儿继续维持。可是哪个外商肯跟我们这个在破房子里办公的穷政府合作？说到这儿，张玉龙用手指了指会议室毛糙的棚顶又接着说，现今，15万平方米的广场，铁路以东哪个城区也没有，因为那么多高楼他们拆不起、拆不出这一大片土地。我们西城区就是要跨越他们，使西城区变成最现代、最繁华的城区，借用伟人的一句话，我们是在"而今迈步从头越"。这不仅是对改变西城区的落后面貌有现实意义，而且对西城区永续发展有长远的历史意义。试想，再过10年，当我们西城区也变得同铁路以东那几个城区一样人口密集、高楼林立，我们还能拆出15万平方米空地建一个大广场吗？我们是为山城市西部环境的提升和巨变在做贡献。所以，我们要克服一切困难，排除各种干扰,坚持不懈地把这项综合工程推进下去,并早日抓出成效来。

说到这儿,张玉龙看着区信访办主任说,我知道,同志们在这方面承受了很大的压力,我区信访形势排名总在后几位徘徊,现在又到了末位。对这个问题,我们要从两个方面来看,不干事不发展,维持现状,四平八稳,没有磕磕碰碰,就没有多少上访。现在改革进入攻坚阶段,社会发展要求利益格局重新调整,一部分人利益受到损害,有些上访是正常的,不必大惊小怪。关键是要看我们干得对不对,是否对全局发展有好处。区委看信访办的工作,只要你们尽心尽力工作,不会单从市里的排名简单评价。对这一点请你们放心,实际上,区委也是承受了很大压力的。

听到这儿,马小强停止了记录,深情地瞅了一眼比自己大不了几岁的书记。马小强两年前由区委办公室主任衔之前加上了区委常委的头衔,"区委常委"虽然简单四个字,却使他由局级干部变成了区级领导,而且排列到了所有副区长之前。现今,他对张玉龙则由更多的感激知遇之恩到倾心佩服之至。他很能理解张玉龙所说区委也"承受了很大压力"的含义。实际在腾飞广场问题上,张玉龙承受了比区里任何人都要大的压力。来区里一年多,就被一些居民送上了"张大扒"的外号,缘由是旧房子被一片一片开发。开发的前提是扒房子,西城区拆迁量超过了其他城区的一倍还多,这也是西城区上访量增多的重要原因。但马小强佩服的是,凡是看准的事,不管是上访压力增大,稳定工作排末位,还是通报挨批评,或者是丢了选票,在张玉龙那儿九头牛休想拉回头。除了国内生产总值、财政收入、固定资产投资额、招商引资和区容街貌之外，别的休想打动他改变主意和决心。马小强认为，这就是一把手和干大事人的做派，将来自己有了主政一方的机会，也一定好好学习。

会议做出三项决定：

一、统一思想，下定决心，排除一切干扰，把腾飞广场综合改造工程推行下去，并尽早抓出成效；

二、坚持依法行政，严格按拆迁安置条例要求组织拆迁安置工作，一视同仁，不乱开政策口子；对无理取闹，造成恶劣影响的钉子户，依法申请强制拆迁。同时，要规范拆迁程序，严禁野蛮拆迁。

三、落实领导及各部门主要负责人项目推进责任制，各部门联动配合，多方援手，共同推进拆迁工作。既要依法行政，又要做过细工作，区领导亲自接访处访，确保不出现死伤人员的恶性事件，否则严肃追究相关领导与部门的责任。

在西城区委书记张玉龙被一肚子怒气的上访居民闹得焦头烂额，组织力量全力"灭火"的同时，东城区区委书记赵文虎正被连绵十数日的暴雨搞得精疲力竭，狼狈不堪地全力组织"救水"。

早上，天还没咋亮，迈进区委办公楼的走廊一身泥水的赵文虎，边走边用手使劲抹了一把脸，往地下一甩湿淋淋的一片，嘴里往外"扑"地吐出一股水汽，又使劲瞪大了双眼，总算看清了办公室门上的锁孔。打开门，进屋赶紧脱了雨衣，顾不上拿毛巾擦把脸，又拉开门大步流星向会议室奔去。

赵文虎边走边问跟在身边的区委办公室主任毛文山，人都到齐了吗？

毛文山撸开了左手袖口，亮出手表让赵文虎看，刚好5点40分，笑着说，6点开会，还有20分钟呢。

赵文虎疑惑地自言自语道，我进办公室时差2分钟6点呀？再看了一下自己腕上的表，真的是5点40分，恍然明白了：一定是自己刚才把5点半当成6点了，因为那时分针和时针重合在一起，而秒针走到12时的那会儿，自己错把秒针当成了分针，误读为6点。就自嘲地说，看我，两宿不睡觉就发蒙，这回连眼睛也跟着一起发花。

毛文山赶紧说了一句让书记免除尴尬的话，两天两宿不合眼，谁能不头昏眼花？这雨下得也太大了，咱们区那几块涝洼地，全是破房子，可那些老百姓还不配合，也真够您操心劳神呀。

听到"不配合"这句话，赵文虎像被提醒了什么重要事，赶紧问毛文山，那个老张太太安置到哪儿去了？

毛文山说，我问了公安局，昨天晚上从家里被动员出来的人，多数都安排到区第三中学去了。老张太太无处可去，估计一准在那儿，一会我去看看。

东城区紧邻西城区，一条铁路为东西两区的泾渭界线。山城市地势形态同伟大祖国版图一样，也是西高东低，西城区除了有一处2平方公里的洼地，其余都是高岗地带。东城区则为九水下梢的凹地区域，几乎找不出一块高岗地带，只要下雨，必定受淹受气，小下小淹受小气，大下大淹受大气。山城市净水厂在城区东部，东城区清冽的自来水通过管道源源不断送入城区西部，而西城区还回来的水，便不那么讲理了，用过的生活污水，一部分从地下排水管道悄悄地流出城外，而一部分进不了管道的，特别是天降大雨时，就会通过排水明沟或其他各种渠道，毫不客气地跨过铁路线，直扑过来，淹回东城区，而且专拣软柿子捏，那些低洼地带和没有高地基台阶的破棚厦、烂砖房。无一幸免地均被肆无忌惮地淹灌。

今年进入 8 月，往年左盼右想也不来的雨儿，破了多年的习惯和脾气，连着五六天不停歇。从开头那天，漓漓淋淋试探着下，到第二三天羞羞答答有节制地下，再到这后几天扯破脸皮，放肆地瓢泼盆倾，银河床底好像被凿了一个大窟窿，怎么也修补不上。

从大前天开始，东城区从机关抽调了 30 多人组成了 6 个排查组，每组由一名区领导负责，分片对几处低洼和危棚涝区包干排查，书记赵文虎和区长高玉林双双坐镇区水利局，也称区防汛指挥部居中调度指挥，每天都要不停地问情况，听汇报，发指令。

昨天一天，雨下得暴猛，马路上冒起了白雾泡泡。晚饭后，墙上挂钟正指向 7 点，放在墙角的电视恰好播新闻联播的前奏曲。望着敲打在窗玻璃上密密麻麻的雨点子，赵文虎对高玉林说，我最不放心的是旧沙俄领事馆，记得前任老书记跟我交接班时，专门谈过自己任内一件痛心事。说有一年，也是在暴雨后，沙俄领事馆进了水，一层楼的水有床铺高，在地下室住的两户人家，一户全家窜亲戚未归幸免于难，一户全家三代 4 口人全被灌饱了肚子。最惨的是一个7岁小女孩，瞪着大大的惊恐眼睛。老书记说，那是自己终生最难忘、最刺眼、最痛彻心脾的一幕，那个女孩和自己的孙女一样大。赵文虎说，虽然事后地下室已被封死，不再住人，但我还是不放心，现在就去看看。

高玉林说，对那儿我也不放心，但你去那儿，我就不去了。我去东排洪沟，刚才晓文来电话报告说，那边挺吃紧。两人商定后，分头带人去了现场。高玉林说的晓文，是指常务副区长，主管城建和财税工作的李晓文。

赵文虎赶到旧沙俄领事馆时，所在办事处的书记和主任、区城建局一位副局长等十几个人，正在挨家挨户组织往外撵人。这是一栋30年代初建造的三层小楼，路灯下可看出，当年漂亮的米黄色的瓷砖贴面，如今已斑驳陆离。当初建有两间宽敞的地下室，是为了安放取暖锅炉和储藏室。通地下室的楼梯口已砌上了一堵墙，墙面上写道："严禁进入地下室，否则后果自负"。赵文虎想，这堵破墙一定是用那四口鲜活的生命换来的。

街道办事处主任介绍说，这栋不到一千平方米的旧楼，原先住了23户居民，两年前被鉴定为危楼后，居民陆续搬走了一些，但至今还剩下11户。

在众人陪同下，赵文虎走进楼道，眼前黑乎乎一片，没有一丝灯光，被淋湿了镜头的手电筒，雾蒙蒙的，映闪着人影忽悠忽悠地左右摇晃，走廊里被手电余光映得变了形的拱形小窗户、小壁橱，犹如一处处鼠洞。赵文虎感觉像进入了小时候看过的《西游记》连环画中的金鼻白毛老鼠精的"无底洞"。

此时，三楼一间没有电灯的屋子里传来了一阵吵嚷声，争辩中伴着气恼喘息声。一位七八十岁的老太太颤声抗辩说，雨水如果能上到三楼，山城市早就水深五尺啦。你们不要折腾我老太婆啦，死了也不要你们负责。

估计已经争辩了半天。一个穿警服被街道书记称为"王局"的，听说赵书记来了，着急地对两个年轻民警不耐烦地一挥手，还啰嗦什么，弄走。一个民警上前抱着干瘦的老太太就走，老太太边骂边挣扎撕扯，无意中弄了年轻民警一胸襟鼻涕，并把脖子抓了两道血印子。另一个民警见状上前攥住了她的双手。"王局"顺手从床上抓起一条脏兮兮的破线毯披在老太太身上。尔后给赵文虎敬了一个礼说，报告书记，11户共28口人已全部撤出。

赵文虎用手重重拍了一下他的肩头说，难为你们啦。请你们协助街道办事处，派人24小时守住楼门口，不准一个人进楼。回头又对街道书记和主任说，再挨门挨户检查一遍，确保一个人也不能有。

从旧沙俄领事馆出来，上了吉普车，赵文虎问身后的毛文山，高区长那边情况怎么样了？毛文山说，洪水已漫出沟，沟畔的居民还有不少没撤走，高区长正组织人转移呢。赵文虎说，我们快赶过去。

离东排放沟还有七八十多米，一辆翻斗车横在马路中间堵住了去路。赵文虎知道，这是怕行人和车辆通过，影响抢险采取的封路清场应急措施。赶紧下了车，老远就听到沟边人声喧沸，七八辆翻斗车灯将抢修现场照得一片通亮。赵文虎快步抢到排洪沟上游出口，只见火车桥洞一样高的沟口，洪水发出轰鸣声响，汹涌而出。混浊的洪水，泛着暗黄的泡沫，裹挟着树枝、木块、塑料袋等杂物，流速像小孩电动玩具汽车一样快，眨眼就不见了影。平时水深不足半米的沟床，现今水深达 2 米。排洪沟两侧滞满了民房。赵文虎发现，北侧沟堤比南侧高出半米多，洪水还漫不上去，要命的是南侧，特别是距离排洪沟上游出口这 100 多米，从上游奔腾而下的洪水，窜到此处像一群脱了缰的野马，咆哮着漫上了南侧洼坡，而那里有四五十户居民。

现场有四五十人，高玉林正在组织人员加高南侧堤坝，装了土的稻草袋子、麻线袋子，劈里叭啦地一包一包被叠在沟边。赵文虎走到高玉林跟前问，怎么样，能堵住吧？高玉林说，没问题，我们事先准备比较充分，装好了土的袋子就有整整 10 车，但沟南侧有 20 多户危棚房，怕雨水泡塌了伤人，必须动员走，还有七八户没有动员出去。赵文虎说，你负责筑堤堵漏，我去组织居民转移。

降雨过分集中，地下排水系统一时全部失灵，而且由于河水顶托，马葫芦水流倒灌，地上到处都是水，往日干爽的马路上已是汪洋一片。赵文虎带人进了离沟最近的一户人家。这家水没了有半米深，脸盆、拖鞋、痰盂像小船一样在屋地上漂浮。屋里灯光明亮，吵嚷声也响亮。女主人心痛自己花钱盖的房子遭了水淹，说啥也不想走。

毛文山知道这种克硬和得罪人的事，办公室主任必须得替书记打头阵，就问，为什么还不转移？披头散发的女主人说，就这么不明不白地走了，粮食、衣物和水泡的地板谁负责补偿？毛文山说，你说应当谁补偿，难道还要政府补偿？女主人说，政府当然要管了。毛文山说，暴雨也不是政府下的，找政府岂有此理？女主人说，政府从来也没分过我房子，我自己盖了房子受了水淹政府不该管？不管我就不走，看淹死人谁负责。毛文山气得直瞪眼，对做工作的街道干部和公安民警说，对不可理喻的，按区政府命令，强制转移出去。说完拉着赵文虎赶紧出院。走出院门没多远，就听见屋里传来一阵叫骂声和碰翻碗盘以及撞碎玻璃声。

将近半夜 12 点时，赵文虎来到应转移走而未走的最后一户人家。街道办主任说，这家姓赵，大家都管他叫老赵头。老赵头把儿子、儿媳妇和孙子都撵走了，自己说啥也不走，说怕丢东西。老赵头家，一个小院，院里东一堆西一垛，倒是放了不少东西，黑暗中也看不太清楚是些什么。进屋一看，最值钱的是一台 12 吋黑白电视。

毛文山问，老爷子，你这房子大墙都用木头支撑着，也不怕水泡倒了砸着你？咋还不走呢，没听到区政府的通告吗？

老赵头说，我儿子、儿媳妇和孙子比我宝贵，我都让他们走了。我不走，死伤不用政府负责。我要留下看东西呢，丢了怪可惜呀。

毛文山说，你也没啥值钱的东西呀，有啥可看的？

老赵头说，咋没啥值钱东西，我院子里那些纸壳、玻璃瓶子、铁线铁头能卖好几百元呢。你看，这一个矿泉水瓶，还能卖 1 毛钱呢，我现在有 200 来个呢。还有，我屋里的铁炉子和炉筒子，都是去年新买的，散热可快了。我的床还值好几十元呢，破家值万贯。我不走，我这条老命能值几个钱？

赵文虎心里一阵难受，老百姓生活太不容易了，为了几千元的区区家当，甘冒这么大风险，惭愧呀。真该想办法让他们过得稍好一点。就说，老人家，这房子太危险，真要丢了什么东西，我掏兜给你赔，还不行吗？说不好听的话，真有个意外，对你儿孙是多大痛苦，就是万一伤着哪儿了，儿子和儿媳还不得想办法筹钱给你治病吗，他们得增加多大负担，走吧。

老赵头说，书记就是我见到的大官了，说话也和气，在理。你要这么说话，我可不好意思不走了。我就知道政府是不会不管我们的，也不敢让我们淹死砸死的，不然你们深更半夜来干什么？你们是有责任的呀。好，我走。别给你添责任。

等到该走的住户都动员走了，赵文虎等人又赶到排洪沟，看到高玉林正在组织人员一段一段检查验收新筑的堤坝，洪水已被围堵进了沟里，几处被冲坍塌的沟堤也打上了固定桩。看着险情被暂时控制，二人简单碰了一下头，留下值班人员，放大家回去睡觉。

赵文虎回到家，差15分钟凌晨2点，赶紧躺下，脑海里却如放电影一样，满是沟南坡老赵头那破烂不堪的家。好不容易睡着了，心里有事，又猛然惊醒，看着窗外天刚蒙蒙有点亮的意思，估计5点钟左右，怕惊扰了神经衰弱的妻子，悄悄到厨房热了一杯牛奶，吃了几片面包，就奔单位赶去。也是心中着急，于是发生了本节开头在走廊里看差时间那一幕。

不到6点，碰头会的人一个不缺，全都到齐了。各部门简要汇报了情况。赵文虎原则提了两点要求，一是尽快安置好水淹危棚房区居民；二是继续搞好全区居民住房普查摸底，尤其是危棚房更要彻底查清楚。高玉林强调了值班值宿后，对赵文虎书记两点指示提出具体落实意见。半小时后，赵文虎、高玉林带领一些委办局和街道有关人员，急忙奔区第三中学赶来。

到了第三中学，只见三十多人挤在两间教室里。区机关局王力平局长正粗声大嗓地维持打饭秩序：别挤，别挤呀。都有，都有份。大果子、豆浆管够。那边还有粥、咸菜、馒头。任凭王力平怎么喊，众人拿出挤公共汽车的劲儿，团团围在粥桶周围，生怕吃了上顿没下顿。大果子和豆浆是从饭店里买来的，粥和馒头、咸菜是区机关食堂送来的。

教室里，学生课桌都6个或8个拼成一个台板，椅子8个或10个拼成了临时床铺。孩子们单小的桌椅哪能承受住100多斤大人们的体重，屋角堆了三四个扭压歪斜的桌子和掉了腿的椅子。黑板也被摘掉铺在了地上，上面铺了稻草编织袋子或线麻袋子，再上边扔了几条破棉絮、线毯子。

屋角地上坐着自持无力抢饭的老张太太，目光呆滞，紧眠着嘴，看到别人端着粥和咸菜，下意识地咽了一下口水。

赵文虎见一个穿着蓝色长大褂三十来岁的年轻胖后生，一手抓了几根大果子，一手端着一碗豆浆，脏大褂口袋里又塞了三四个馒头，就大声说，年轻人，先让老年人吃呀。边说着，边从众人头上向王力平伸手，要来一碗粥，一个馒头，一碟咸菜，一块红豆腐乳，亲手给老张太太端过去。

昨天晚上，赵文虎已从街道书记那儿了解到了老张太太的情况，心里隐隐地一丝丝作痛。现年75岁的老张太太，40来岁就死了丈夫，带着一个独生子，苦焦苦熬，好不容易把儿子拉扯大，又娶了儿媳妇，生了一个漂亮嘴甜的孙女。满心盼望过好晚年生活，可恶运总是无情捉弄苦命的人。天降横祸，在施工队干活的儿子从6层高的跳板上摔下来，断了脊梁骨。当时找个挣钱的活不容易，施工队为省一笔钱，也没对工人搞人身安全保险，包工头先是给了8000多元钱，以后再也不给钱了。老张太太和年轻的儿媳妇不死心：三十来岁活蹦乱跳的大小伙子，怎么会就站不起来呢？报纸和电视上不是说过睡了好几年的植物人还醒过来了呢。卖了家中唯一值钱的住房，把十几万元钱一笔一笔地往医院送。两年之间，当把钱差不多送光了时候，儿子仍旧躺在床上起不了身。老张太太和儿媳妇对儿子重新站起来的愿望才算彻底死了心。

可是，霉运之神仍盘踞在老张太太家不肯离去。一天，4岁的小孙女在院外玩，不幸被一辆吉普车撑到了轮下，也是断了脊梁骨，同时还伤了左腿。孩子痛得一下子昏死过去，醒来后，爹一声，妈一声，奶一声地哭喊，嗓子哭哑了，气若游丝，瘦小的身子像一只被抽干了血水了无生息的小猫。躺在床上的儿子一股急火攻心发起了高烧，一场急性肺炎夺走了生命。庆幸的是，老张太太的小孙女，三个多月后竟能下地走路了，可惜成了跛脚，虽然不算太明显。至此，孝顺的儿媳妇彻底失去了在张家待下去的信心，带着跛脚女儿回了娘家。可是娘家也是穷人，住房也拥挤，一大一小两间房，哥一家三口住一间大的，娘住一间小的，自己带着个孩子硬挤回去，晚上在走廊搭个铺，早上5点前就起来拆掉，还是遭了嫂子不少白眼，毕竟嫁出去的女儿如同泼出去的水，回来占了别人生存空间，理不直呀。

老张太太成了无房户，居民委员会出头，把她安排到沙俄旧领事馆一间11平方米小屋里，原为一间办公室改建的，一分为二隔开两间，无厨无厕。老张太太靠每月216元低保生活，平时卖点瓜子，每月对付点零花钱。赵文虎看老张太太两眼红肿，困乏得直打哈欠，就问，老人家昨晚一夜没睡好吧。老张太太说，这屋里灯泡太亮太刺眼，我睡不着觉。旁边一个居委会干部说，为了省电费，张大娘从不点电灯，都是捡些个蜡头用。老张太太说，我活着也是白浪费粮食，如果不是还有我那伤了腿让人心疼的孙女和孝顺的儿媳妇，我早就自己饿死了。穷人活着就是遭罪，死了两眼一闭，一了百了，可我放心不下她们娘俩呀。说着，用衣角擦了擦眼泪，又说起她那件后悔不迭的决定：早知道卖房也治不好儿子的病，我那房子不卖，儿媳妇和孙女好歹有个地方住，就不会离开我了。唉！

旁边的赵文虎、高玉林听了，心情越发沉重，一句话也说不出来。沉默了一会，赵文虎突然想起了一件事，四下张望后问，我怎么没看到老赵头，把他安置在哪？

刚才抢饭吃的胖后生被人称为"赵三"的接话答道，我爹天一放亮就回家去了，我这几个馒头就是给他拿的，说着把装馒头的蓝大裰口袋夸张地向上拎了拎。

赵文虎知道，这种蓝大裰是二十年前国营副食卖蔬菜的营业员工作服，现在已经很少见了，知道这个年轻人混得也很艰难，就问，这么早，你爹回去干什么？

胖子赵三说，我爹他回去看看东西丢没丢，堆在院子里那些纸壳，怕昨晚风大把盖的塑料布吹掉，淋湿了就不好卖了。还有在拆迁房工地上捡的铁线、铁条、钢筋头，都是从水泥块子中硬砸出来的，能卖四五十元呢。为弄这点铁货卖，我爹把手指甲都砸掉了一个，手指头现在还肿老粗呢。他说要把这些铁货搬屋里锁好。

听赵三这么说，教室里四五个年岁稍大些的也站起身来，急着回家看看，担心丢了东西。赵文虎急了，忙说，险情没有解除，大家别急着回家，区里已经安排了公安干警给大家守门看院，110警车昼夜巡逻。说到这儿，又把头转向老张太太说，就像旧沙俄领事馆，整栋楼都封闭起来了，大家尽管放心。

老张太太说，我也没啥怕丢的东西，只是这么多人在一起，没办法睡觉。灯太亮，刺眼。屋里其他人一起附和，是不方便呀。

赵文虎看着高玉林说，我们正要研究这件事呢，大家再等等。高玉林点点头说，区政府马上研究。安抚了众人，出了教室，赵文虎、高玉林等人就便在学校教师会议室开上了会。

赵文虎指着窗外灰蒙蒙的天空说，看来这场暴雨短时间内停不下来，在学校只是临时救急的权宜之计。大家都看到了，凡是来这儿的都是比较贫困的居民，有点能耐的，能住旧沙俄领事馆和排洪沟边上的破棚户房？所以我们对这些老百姓要格外上心才行。20多人一个大屋子，不仅吃饭睡觉上厕所不方便，一旦出现个感冒、拉肚，弄出个传染性疾病流行，他们可就雪上加霜呀。说得严肃些，那我们这些当政者，岂不是丧失职守，败德误民吗？

常务副区长李晓文接着说，赵书记说得很在理，可这么多户，这么些人，一时找不到那么多房子，往哪里安置呢？我算了一下，旧沙俄领事馆那11户肯定不能回去了，还有排洪沟南畔的十七八户，共计三十来户呀。

高玉林说，下午我主持会，来个硬性摊派，6个街道办事处每家接2户，这就是12户，住街道办的会议室也行，舍不得会议室地毯，就往书记或街道办主任室安排。不管安排在哪，也不要求吃多好，但要住得方便，吃得饱，不许生病。说到这儿，眼睛盯着城建局长、民政局长说，还有你们两个局加上财政、水利4家在区机关大院之外办公的，每家承包领2户，这就是8户。

城建局长笑着叫道，高区长，我们局拆迁办、城管所还租房办公，很难挤进去呀。民政局长也小声附和道，怕就怕请神容易送神难，住起来不走呀，不是么个理呀。

高玉林大声说，嗨，你们怪我不讲理是吗？没房住的难民你民政不该管？我知道自己也是不讲理，但都跟你们讲理，我怎么跟这些困难的老百姓去讲理呀。今天文虎书记在这坐阵，区政府就这么决定了，你们就是往自己家领，也要把这些老百姓安置好。唬得众人都不敢吭声了。

看高玉林发了态度，赵文虎赶紧插话，我看高区长的意见也是不得已而为之的决定，非常时期就要采取些超乎平常习惯的措施。对外也不要公开说硬性摊派，以区委区政府名义发动一个救灾爱民活动。机关党委出面组织，造点热烈的舆论，把机关干部的情绪调动起来。人都是感情动物，变被动接受任务为主动热情的爱心行动。区领导要带头，挑鳏寡孤独的老人或孩子领回家暂时安置过渡，我申请把老张太太领回家。

李晓文插话，我认为赵书记想法很好，一家安置二三口人困难，安置1个人还没什么不便。我领老赵头，他那个胖儿子和媳妇年轻，自己找地方去住吧。

高玉林见状忙说，我也……。

赵文虎知道高玉林也想表示领一个回家，但他家三间屋，瘫痪在床的妻子占一间，侍候妻子的保姆占一间，高玉林和读高中住校不常回家的儿子共住一间，不进人还乱成一锅粥，哪有能耐再领人。就说，这事要实事求是，没条件的不能领任务。高区长你就算了，你家那股子味道，谁愿意去呀？高玉林张开的嘴又闭上了。

这样算下来，起码还有七八户没有着落。高玉林就看了一眼李晓文。李晓文又看了一眼机关局长王力平，王力平赶紧把脸转向一边，装着没看见。对这连环串的眼光交流，赵文虎看在眼里，却不明白他们打得什么哑谜。

高玉林把目光直接转向了王力平说，老王，你别躲，现在没有别的办法，剩下的都往区政府招待所安置，也不多安排，10户封顶。

王力平像被针刺了一下叫了起来，那儿千万不能让人去，他们住那儿？我敢说他们中绝大多数一辈子也没住过宾馆。那儿又有电视、热水浴盆，又管吃喝，还有服务员打扫卫生，将来弄不走怎么办？再说，他们泥脚踏进屋，大鼻涕往壁纸上一抹，还不把那儿糟践惨了。不行，不行，我往家领1户，还可以把我的办公室倒出来，那儿真是不行呀。

赵文虎听明白了，当年区机关盖办公楼同时带了个宾馆，怕影响不好，对外就叫招待所，实际接近三星级宾馆水平。不仅对外营业，同时承担接待区里重要客人；不仅有20多间客房，而且饮食甚有特色，餐饮材料多为区绿色食品基地提供，杀猪菜、全羊席、土鸡家鹅、小豆腐、蘸酱菜什么的，在山城市很有名气。每年给机关上百万元的创收，补贴到机关职工食堂以及汽油费、水电费的不足。王力平本来已经跟高玉林、李晓文向区财政打了招呼，准备投入400万元装修两个大餐厅，改造一下浴池，扩大桑拿间，每年还可增加五六十万元的收入，这岂不成了泡影。刚才高玉林看李晓文是因为机关局归常务副区长分管，是让李晓文表态，意思是想不出别的方法安置这些灾民，就忍痛拿区政府这棵摇钱树下刀，摘那些七八分熟的"果子"给灾民充饥救急。李晓文转头看机关局长王力平，是征求他的意见。王力平实在舍不得，把脸转向一边，装着没看见。高玉林看在眼里，直接逼王力平接受任务，王力平就心痛地叫了起来。

碰巧赶上这种情况，书记就应该表态了。赵文虎说，老王，这是有些难为你了。但你也看到了，凡是无家可归的都是贫困的老百姓，不是下岗就是没工作，但凡有点能耐的，谁也不会住旧沙俄领事馆那种危房。我们再难，还有他们难吗？大家都是长两条腿的人，一样爹生娘养，一样有鼻子有眼睛，这些下层的老百姓怪可怜见的，按高区长说的办吧。

王力平嘴里嘟囔着说，两位主要领导都说了，我能不照办吗？我就怕有个别人将来"赖"着不走。还有高区长和李区长答应的400万元可得给我们落实呀。说着眼瞅着高玉林和李晓文。

李晓文装着没听清。高玉林说，这事别在这儿说。

赵文虎明白，自己同政府两位主要领导交谈过要多方筹集财力几千万元，用于棚户区改造试点的意见，他俩往心里去了，所以没有答应机关局的要求，尽管硬逼着王力平接受了安置受灾居民到招待所，也没能拿此对其进行安抚。

赵文虎说，大家不是担心这些居民住在你们办公室和招待所里不走吗？那我们就要为他们解决好永久的住房问题，我同玉林区长有一个共同的想法，就是要通过实施棚户区改造的特殊政策，加快全区危棚房改造步伐，一并解决这部分受灾居民住房困难。这需要争取到市政府的大力支持才行，因此，我们要一手抓抢险救灾，一手抓好全区危棚房现状摸调查，为争取市里的政策支持创造条件，提供有说服力的理由。

高海河，高老头过了70大寿，接着又过了73岁这道"坎"，古稀之年的身体比前几年反而越发硬朗了。街坊邻居老哥们羡慕地询问缘由，高老头解释说，这主要来源于舒心和幸福。说幸福主要是顺心，心情像阳光一样好，而且这阳光不是三伏天辣亮的骄阳，而是初冬上午10多点钟和煦的阳光，柔柔地罩在身上，使人从心里到全身格外地舒坦。

按理说，高老头自身实在没有什么值得骄傲和幸福的资本。当了一辈子普通工人，年轻时曾当过小组长一级的领导，当然不是"中央文革"领导小组那一类可以惊天地泣鬼神的组长，而是一个工会小组长，主要权限是收一下会费，偶尔发一下电影票什么的，最大权限充其量无非是电影票座席单双号、前后排的些微差别而已。退休前最大的职务是车工班班长，管过不到10个人。老伴熬到退休前，还是一个百货商店的普通营业员。老两口退休金加在一块儿是1200多元，高老头多出老伴170多元。

按幸福家庭基本条件要求，高老头这辈子实在不算太成功。可是，高老头就是自觉得舒心，舒心又连带着身体也好，心情好加上身体健康就造就了高老头的幸福生活。每天早起散步，顺便到早市买点散场前的便宜菜，时不时一盘花生米，外加一盘土豆丝，再喝上二两二锅头，却好像是就着龙虾、鲍鱼在喝五粮液。

高老太太评价老伴的幸福生活是两句话，一句是，傻子一个，没心没肺没思想，所以不知道忧愁烦恼；另一句是，穷欢乐的命，有个窝能睡觉，有把菜叶填饱肚子，就知足地自认为幸福死了。高老太太不仅健谈善讲，而且有独到的看人眼光，这来源于一辈子营业员工作生涯锻炼的额外收获。

高老头夫妻有一对女儿，大女儿高春燕比妹妹高秋莺大2岁，两姐妹像一个模子刻出来的模特，如果站在一起仔细看，姐姐端庄圆润，妹妹妩媚娇艳。高春燕在市一中当语文老师兼班主任，带着毕业班，全身心忙着教学。高秋莺在市人民医院当眼科医生。行话说"金眼科，银外科，又脏又累大内科"。高秋莺经常在双休日去美容院为人家割双眼皮，赚了不少的外快。

早年高海河与赵文虎的父亲是师兄弟，同在一个车间班组，家也住在一起，是汽车发动机厂青年职工夫妻的简易楼，也叫"筒子楼"。一间大筒子房，用木灰条子抹上白灰沙浆的板壁墙，隔成8-10平方米一间一间小房子，两家友情与亲近的程度，只差一道不隔音的板壁。那边头天睡前有人放了一个屁，第二天春燕一定不放过讽刺文虎的机会，你家昨天有人放响屁，真臭死人了。文虎一定反唇相讥，你家昨天晚往尿桶撒尿得哗哗响，骚味熏鼻子呢。后来，一起玩耍吵闹的孩伴又增加了秋莺和玉龙，那是在张玉龙母亲投了西大洼子之后。

　　文革前，张玉龙的父亲在山城市郊区，也就是现在的西城区政府前身当副区长。一天，高海河与赵文虎的父亲赵大树师兄弟二人晚饭后在西大洼子钓鱼，猛然看见一个穿中山装干部模样的人徘徊在西大洼边上，步履踉跄，失神落魄。西大洼子那时浅处水深一米，深处达二三米。一周前，一中一个教俄语的女老师跳了西大洼子，第三天人浮上水面时，已被水泡得肿成了令人作呕的"炸尸"，据说死者是里通苏修的大资本家的女儿。

　　赵大树对高海河说，这个人怕是要被上星期淹死的女鬼捉了"替身"吧，你看，像是丢了魂。我们帮帮他吧。正议论间，就见这个穿中山装的人下了水，一步一步向洼地中间深坑迈去，任凭二人如何喊叫，就好像耳孔灌满了铅。等高海河二人把呛了水的寻死人拼死劲拽了上来，磨破了嘴皮子，终于使他号啕大哭了一场后，才知道救上来的是个副区长大官，一周前跳了西大洼子的是他的妻子。副区长所以大哭了一场，是委屈自己不能像妻子那样一死了之，还有一个学龄前的儿子张玉龙。

　　接下来，当年属于纯而又纯的红色工人阶级的高海河和赵大树二人，冒险把还未完全断绝死心的副区长，在一个仓库里藏了四天，使其躲过了一次集中而又凶险的批斗，没有像妻子那样被剪了阴阳头和画了鬼脸，而这对于历来心高气傲于众人的副区长是宁肯杀掉自己也不能接受羞辱，也是高海河至今也未弄明白前副区长喃喃不停重复的那句话："士可杀，而不可辱也"。高海河认为，副区长太重视自己，太爱惜那不能当饭吃的颜面。反正没偷没抢，没赌没嫖，唾沫星子还能杀死人？

后来，在高海河即将进入"不惑"之年时，赵大树意外死于一次龙门吊车事故，脑袋被撞出了带血色的"豆腐脑"。赵文虎的母亲在丈夫意外事故后，也像丢了魂魄，不几年就怏怏而终。

又后来，落魄不堪的副区长获得了"解放"，不再有被批斗羞辱危险的副区长，虽然被结合进领导班子，但却心灰意冷了，这是高海河从两件事上看出来的。一件是他还经常到妻子投水的西大洼子徘徊不已；另一件是喝上了大酒，以致最高酒量达一斤半，终于喝出了胃癌，并迅速转移到肝脏，英年病逝于山城市机关党委副书记任上，虽然是正职待遇，终为副职领导干部。

总结起来说，在高海河进入天命之年不久，赵文虎的父母亲，张玉龙的父母亲，全部做了古人。而高海河老头却越活越健朗。

不善言辞的高老头常在二两烧酒下肚后，话就多了起来，理直气壮地反驳高老太太说，你笑话我是穷命穷乐穷知足，说我幸福的标准太低，太容易满足。我跟你说，老太婆，苦也好，穷也好，活着就好；什么是福？长寿是福。看看文虎和玉龙的父母，谁有我长寿？几个人全"没"了，我现在每活1天，就是赚1天，我已经赚了20多年了，还不该知足吗？老太婆，什么是乐？知足常乐，常乐是福呀。

其实，高老头是应该有幸福资本和理由的。也许是上帝对其所有子民都是公平的，高老头自身在事业不算成功，但在其下一代身上收获了意外的成功。两个如花似玉的宝贝女儿，分别成了教师和医生，端上了比自己这个普通工人质地坚硬得多的"饭碗"，因为教鞭和听诊器毕竟比油污扳手要光彩得多。下一代事业成功的耀目光环，使暗淡了一辈子的老高家也时不时有光亮那么闪上一闪。

其实，这世上"美女嫁丑男"的例子屡见不鲜，美貌的女子未必都能与俊才结成良姻。但老高家的两个女儿偏偏就双双找到了如意郎君。在不到两年的时间内，高春燕嫁给了赵文虎，高秋莺嫁给了张玉龙，令左邻右舍羡慕得眼睛直冒火星星。当然，也有人出来替高老头说句公道话，高家那老两口从来心肠好使，年轻时播下的善种，如今也该看人家收获果实了。邻人们说的善行，是指早些年高家夫妇对文虎和玉龙两个孤弱儿童的倾心照料。那是在玉龙父亲喝上了大酒，文虎父亲被龙门吊车砸碎了脑袋以后的艰难时日。

那几年，孤弱的文虎和玉龙几乎成了高家的长客，长住、长吃加长穿。失父丧母的两个小子与年龄相仿的春燕秋莺两姐妹，既玩在了一处，也闹在了一起。如今，高老头记不清这四个孩子玩在一起因为什么笑了多少次，打在一块又哭了多少次，但四十多年前孩子们常玩的娶媳妇一幕，却如同印刻在脑子里一样记忆如新：玩高兴了，文虎娶了春燕，玉龙娶了秋莺。玩恼了，姐妹俩就会嫌兄弟俩脏、臭脚、身上有虱子。兄弟俩就会控告姐妹俩胆小、晚上怕鬼怕黑、就知道哭。于是重新组成"家庭",姐妹俩一家,兄弟俩另一家,谁也不理谁。那时候,还年轻的妈妈和"高姨"就会出来当和事佬:你们长大了还不知跟谁家姑娘儿子结婚呢,玩过家家也不是真的,莫要恼嘛。谁知道,无意插柳柳成荫,没成想两对孩子幼童时的友情基础,成就了20年后的两对好夫妻。高老头曾遗憾自己没有儿子,从小把文虎、玉龙当自己亲儿子看待,没成想两个小子如今成了自己的女婿,亲上加亲,心里越发柔软的爱上加爱。

要说高老头的幸福生活也不是没有缺陷,这一辈子的美中不足就是住房不可心。从20多岁新婚住筒子楼起,熬到了古稀之年,现今还住着不足40平方米的老房子,面积小倒在其次,老筋老骨难的是住房没暖气,没厕所,大冬天清早上厕所是有便秘的高老头最头痛的事。但是,高老头倒也没有怨言,谁让自己这辈子没混个厂长或车间主任干干,普通工人无论资历多长,也不能像老干部那样越老越值钱,也就配住这样的"非标房"嘛。

高老头这辈子只搬过一次家,即当年从筒子楼搬到现在这处比灰条子间壁隔音的地砖房,那还是自己当上了车工班班长后厂子里给调串的。当时也很让厂里一些小青年工人羡慕一阵子。1间卧房,外加走廊和1间小厨房。有春燕一个孩子时,3口人挤在宽2米、长1.5米宽的床上,夫妻亲热时,就把春燕放到大床边的小摇床里。待又有了秋莺后的几年里,年轻的高海河师傅,把一块长2米、宽30公分的像安窗扇一样用铁折页锁在了大床边上,晚上睡觉时将木板抬起来,垫上4个方凳子,铺上被褥,一家4口横过来睡,每人可占50公分的面积。白天再把木板顺着大床垂直放下来。虽然每天费一回事，可也不耽误房间里转身走路。

唯一不方便的是限制了夫妻俩的房事。那时，春燕和秋莺小姐妹俩睡一头，年轻的夫妻俩睡一头。高海河想那种事，往往都在两个孩子熟睡之后偷偷进行，但心虚的妻子生怕吵醒了孩子，经常连推带掐地拒绝。往往是勉强入港，草草回巢，每次都似做贼般时刻担心被捉而没有尽兴。高海河在40多岁以后才弄"明白"，妻子那些年得的是一种叫"阴冷"的病，即性冷淡和性恐惧。"明白"是在夫妻有了独居一室的条件后，但已过了最激动癫狂的大好年龄段。这是高海河40多岁中年夫妻性生活后的一天，突然冒出的一丝人生遗憾。但一贯善于知足的高海河很快就想明白了，并及时对自己进行了心理抚慰：这左邻右舍哪家住房不是与自己一样？这些个普通工人又哪家不是在躲避和恐惧中干那种事？反正也没看谁耽误了造孩子，三五个崽儿不都是这么偷偷摸摸弄出来的？知足吧，两代、三代同住一室，没有谁能比谁强呀。

不知在哪一天，高海河突然觉得一家4口人一张床拥挤而热烈的生活转眼就过去了，比较明显的分界线是两个孩子上学以后。特别是小姐妹俩上了初中以后，先是春燕看自己的眼神不自在起来，接着秋莺也是如此。换衣服时都赶在高海河去邻居家那会儿进行，还不忘高声喊，妈，我要换衣服了。而妻子还在屋里，用不着这么高声。高海河就知道女儿是在喊给自己听。夏天睡觉前，姐妹俩都要结伴去50米外的厕所，放净了腹水。冬天太冷，公厕里灯泡总是经常坏，巷道里也黑乎乎的，妻子就在小走廊里放一个马桶,哪个女儿无奈要去走廊马桶里解溲,也都不忘告诉妻子,但声音的高度是一定让自己能够听到。

高海河心里像窝了草,有了丝丝缕缕的悲哀:一转眼十几年过去了,十多年前哪个女儿不是自己手捧着小屁股蛋子往马桶里撒尿。高海河感到自己太无能,没能给长大了的女儿起码的生活居住场所,哪怕是很小的稍微隐秘一些的空间。高海河是个务实的人,只要是想清楚的事,就会马上行动起来。

没有暖气煤气的"非标"房,家家都有一个装煤柴杂物的小棚厦。高海河买来了红砖、水泥、门框、窗扇等材料,拆了小棚厦,紧挨着房边,盖起了一间能住人的房子。高海河是个干什么活计都求完美的人,这间房是用石头打了地基,新出厂的红砖一砌到顶,虽然举架比正式房低一些,但从地面到房顶也有2.2米高。房盖是找人花钱现浇制的水泥预制板,房顶三层毡,四遍油做得满实成,连包烟囱根的铁皮都涂了漆。为了保暖,屋里搭了烧火炕,砌了砖火墙,还上了双层玻璃窗。头几年冬天,窗户上不钉塑料薄膜也不觉得冷。

高海河在45岁那年秋天的一个晚上,搬进了工厂无力配给、自己出钱出力搭建的房屋。看着雪白的墙壁和头上20瓦炽亮的吸顶灯,这对中年夫妻10年来几乎没有单独置身于一间房屋,突然有些不习惯起来。望着有些羞涩、脸面潮红、呼吸急促的妻子,中年高海河仿佛又一次新婚之夜,有了10多年来第一次的放肆与畅快的夫妻生活。同时,也使他真正弄明白了。工厂宣教科老师在骨干政治理论培训班几次讲到"安居乐业"这句成语的深刻含义,那就是:两口子只有安心住在单独房间里,夫妻那种事才能得到真正的欢乐。

那一段真是高家四口人欢天喜地的好日子,夫妻与姐妹们都有了自己的生活和隐秘空间。苦日子过得慢,好时光跑得快。不知什么时候,春燕、秋莺先后住到了别人家,40多平方米的偌大两间房,那两年就剩下老夫妻俩。好在没几年,文虎与春燕的女儿赵小燕,玉龙与秋莺的儿子张晓秋先后顶替了春燕和秋莺,特别是暑假和夏秋季节的星期六和星期日,小姐弟俩时常赖在这儿不走,天天绕膝缠身,屋里屋外疯闹,高海河的心里就满当地充实,好像还是春燕和秋莺在眼前飞来荡去。可一到冬天,小姐弟俩像候鸟一样南飞,都回到了自己有暖气的热屋子里躲冬,不过了"五一"天暖和前不回来。这一冬天,老两口就寡落落的,时常相对着叹气,饭吃得没滋没味。年岁大了,晚上觉少,看电视打发时光也没精神,看了一晚上也不知演的啥?多半是边看边迷糊,直到电视上出现了雪花一片。一个无精打采提议说,睡吧;另一个打着哈欠回答说,睡吧。

每年过了国庆节,文虎和玉龙都一遍又一遍盛邀硬请老两口到自己那儿猫冬避寒。两个女婿家住房都在100平方米以上,"三气"标准房,不用劈材烧煤捅炉灰。老两口偶尔也有到两家住几天的时候,女儿高兴,外孙欢笑,女婿更是天天嘘寒问暖,但是高老头始终觉得那不是自己的家,多少有那么点寄人篱下的感觉。最有效的托词是,老筋老骨住不惯床,舍不得自家带火墙的热火炕。两个女婿和姑娘看透了二老的心思,恭敬不如从命,每年的大年三十晚上,六口人必定到二老的火炕屋里熬夜守岁,表示不管儿女们混得地位多高,住得多好,大本营老窝还在二老的土炕屋里。当然,也不忘想方设法来改造这儿的生活条件。文虎把砖炉子改装成温水炉子,每屋都安上了暖气片,把睡觉的房屋冒烟漏灰的铁皮筒子都撤掉了,又把普通散煤全换成了蜂窝型煤。玉龙则送来了液化气罐、电炒锅、电饭锅,这样在夏天就不必点火炉烧煤倒灰了。但一到冬天,仍是春燕和秋莺的一块心病。70多岁的两个老人,晚上煤炉没压好煤气中毒了怎么办?于是每天晚上八九点钟准来电话,问炉火熄了没有?卧房门关严了没有?厨房窗户留个小缝儿没有?结果哪一天没来电话,老两口反倒惦记孩子们那边出了什么事,一宿就睡不好觉。

一年半前,春燕、秋莺、文虎、玉龙四人在一起秘密开了一次会,决定凑钱给二老买一处"三气"房屋。这次会议的起因主要源于高老头在一次长达40分钟蹲便后,当时,高老头蹲在厕所里痛苦万分地用着力,高老太婆不放心地站在厕所大墙外,自30分钟后,过两分钟就隔墙问一声,好了吗,能蹲住吗?再过几分钟又问一声,要不要让人给你送进一个小凳子扶着?又过了几分钟再问一声,我让人给你送杯凉开水?那一次,累得一脑瓜子虚汗的高老头虽然双手扶墙,咬着牙用力地小心起站,还是两膝发颤跌了一跤。万幸只是擦破了额角,其他无大碍,但这也把姐妹俩吓了个心惊胆战。考虑到年三十晚上全家8口人齐聚一堂,怎么也得买一处80平方米的房子,地点适中,离医院又不能太远,再加上契税、入住费,大约在28万元。文虎和玉龙也都不算小官,而且都算有实权的官,但二人都有操守和志向,哪家一下子拿不出那一大笔钱来。秋莺知道春燕家没钱,两口子都不会赚钱，就对春燕说，你一点钱不拿，心里也不好受；要拿你也没钱。你就拿小头，大头我来拿，也算各尽所能了吧。

看好房、预交款以后，秋莺又同另外两家美容院挂上了钩，双休日、过"五一"长假也不休息，到处给人割双眼皮、做隆鼻，甚至连包皮环切术也去做了，收入十分可观。原先玉龙当规划设计院院长，兼职大学客座教授，允许业余时间搞第二职业，帮一些单位画图，搞设计，每年都赚个一二万元。当上规划局副局长、园林局局长后，怕影响不好，已经金盆洗手不干了。但在这年"五一"长假，被秋莺硬逼着两天不许出屋，偷着帮人搞了份设计。如今，按原计划钱也凑得差不多了，但房子迟迟没有交工，传说还要涨价，每平方米涨300多元。好在春燕倾全力拿6.8万元，并表示还能拿出1.2万元，凑个8万元整数。因为争气的赵小燕考入了高中录取分数线上，不用交1.8万元的择校费了。

在一切水到渠成的情况下，高老头的房子却列入了开发拆迁范围，而且还是在自己亲姑婿统辖的地盘上。

这天早上刚到6点，赵文虎和高玉林又领着有关区领导和部门负责人，继续进行上一周未完的棚户区踏查。湿乎乎的雨雾把面包车的窗玻璃遮隐得模糊一片，坐在车里看不清外边的情况。走了不一会儿，随着车速减慢和颠簸，可以清晰感受到路况破损严重的程度。

坐在车最后一排的机关局长王力平这两天一边心痛招待所被占了9间房，一边心烦着400万元改造费的流产，烦躁中却忘了抓住车厢的扣手，随着车厢一个歪扭，"哎呦"一声，一头撞在左边厢框上，耳朵里嗡地一响，额角随之起了个包块。司机听到"哎呦"一声，知道碰撞到了领导，赶紧一个点刹车，王力平又一个前倾，把脸撞到前边椅背上，嘴角渗出了血丝，又疼又气又恼，顾不上书记区长也坐在车上，对着司机吼道，你会不会开车！看把机关局局长撞成这样，司机脸都吓白了。

李晓文说，路不好，我们下车走吧。打开左边车门，地下正好一洼积水，约有一尺深，一行人只好改从右边下车，虽然没有深水，但人人都是两脚稀泥，好在大家都穿了水鞋。

一行人站在桃花巷的上坡高岗处，举目四望，一大片低矮房屋，有四百余户。全市棚户区户数最多数西城区，第二数南城区，第三才是东城区。但全市棚户区面积最大，条件最差的当数东城区的桃花巷，多数房屋是日伪时期建造的。当年有一处叫"井上町"的繁华街巷，实际上是旧妓馆房街巷。七八十年过去了，一些青灰的墙壁上还能模糊看到"人丹"的蓝色广告印迹。许多青砖灰瓦的房顶都生了青苔，不少房子大山墙七裂八缝，被人胡乱塞上破棉絮、泥巴，甚至包了破布的砖头、石块。

正是家家生火做饭的时候。这段时日多阴雨，烟囱都受了潮，灶炕进了水，灶烟便不走烟道，从灶口倒灌出来，屋里满是浓烟，家家开着屋门往外放烟。一股股烧汽车轮胎的焦臭味，伴随着不停的咳嗽声，夹杂着叫骂声。一家大概是委屈做饭的媳妇先骂：丧良心的老天爷，不让人做饭喂肚子，怎么逮着穷人祸害个没完？真瞎眼呀。大概媳妇是在指桑骂槐咒骂病倒在床多日不能做早饭的婆婆，而这以前是婆婆的活计，小两口多半是赖床的。

儿子赶紧回应道，闭嘴，小心老天爷真让你熏瞎了眼，你个臭嘴，熏死你。被烟熏火呛得心焦气躁的媳妇自然不会有好言回敬，死了更好，省得天天活受罪。

恐怕山城市再也找不出人口这么密集的居住区了，家家房屋都扩大了面积，前搭廊道兼扩做厨房，后搭厦房住人兼做仓库，旁搭棚房放煤放柴放破烂。比蚁穴和蜂房密集，但没有蚁穴蜂房规整。空间一寸一分得到了空前的利用，致使通道都狭窄得两人走对面要互相侧身才能勉强通过。有的通道长十几米，从巷口进到屋里，先是左拐，尔后右绕，快到门口还看不到门在哪儿。如果有谁推扛自行车，都要先在巷口招呼一声，扛车的来了，稍等会儿。早些年，两排房子与房子之间的街道，能行通过汽车，现在已经没有几条能走手推车和架子车了，全都被煤堆、柴堆、砖堆、破烂纸壳堆、玻璃瓶子堆，以及晾晒的大白菜、大葱占满了。从空中看，这是一个破烂仓库。如果不冒烟，没有人畜走动，或认为是一个沙丁鱼罐头，只是不甚规整。

半坡上，一群十三四个人排着长队，在一处露天水龙头下接水，有用铁皮水桶、塑料桶，还有用水壶、大铁锅的。一行人走过去，高玉林问，地势这么低凹，自来水的压力还过不来？排队等得心焦的人七嘴八舌地说，楼底下自来水管道长年被水浸泡，已经锈蚀成了破帆布管一样，上水与下水混在了一起，有臭味还在其次，吃了自来水就跑肚拉稀。只能洗衣服冲马桶，人不敢吃，我们接水吃都一年多了。李晓文问，咋不找房产所维修呢？众人都说，我们是市水产公司企业自建房，公司都改制变成了个人的啦。找了公司经理，经理说没有钱，有钱也没法列支科目,说房子产权都归个人了。

区城建局长指着最下坡处的一栋五层高楼对赵文虎和高玉林说,那就是山城市水产公司职工宿舍楼,是上世纪80年代初,水产公司效益大好的时候兴建的,也是桃花巷区域唯一一栋高楼,很是风光了一阵子。不料想,二十年过去,斯人犹在,物却面目全非。

大楼一层的棚顶多说跟坡上地面一般高,楼身半米上下还能看出水渗泡过的痕迹,地面的水少说还有半尺深。楼拐角低凹处汇集了一片水洼,洼中漂浮着两只鸡雏,还保留着溺水前挣扎扭曲的难受样子。还有一只死猫,也不知泡了多少天,猫身上的毛都泡掉了,露出一块一片的粉白腐肉。几个四五岁的男孩子,每人手里抓着一团泥巴,摆捏成碗盂状,使劲地往墙上摔响听,比赛着谁摔出的孔大,把破旧的大墙涂抹得越发肮脏。三四个同样大小的赤脚女孩子,正卷起裤脚,使劲踩踩着洼水,比赛着谁溅的水高。从门洞里跑出一个妇女,粗声大嗓地叫骂,死尸,弄脏了裤子看谁给你洗,等回家看我不掐乱你的骚腚。几个女孩像受惊的小兽,劈里叭拉地跑逃出水洼。

赵文虎对排队接水的众人说,可不可以让我们去哪家看看?我们想办法帮你们把吃水问题解决了。众人听说帮助解决吃水,都高兴起来,说领导访困问难,要找个有代表性的,一致指着一个穿着水产旧工作服的中年男子说,就到吕井文家看看。被称着吕井文的人直摆手说,我家太脏,可不好让领导看。赵文虎说,我们不怕脏,就去你家吧。吕井文极不情愿地被众人劝逼着领着一行人往家里走去。

看着穿了一身肮脏的水产旧工作服弯腰驼背在前边领路的吕井文，众人想象着这家的婆娘的窝囊和邋遢不知几许，但现实还是超出了人们的预想和心理准备。

吕井文住在一楼，推开门，一股腐败的热气夹杂着臭味扑面而来，把人几乎熏了个趔趄。吕井文不好意思地说，屋里太臭，厕所和下水道都堵了。

还没等众人问堵的原因，卧房门里忽地跳出一个光着白屁股四十多岁的胖女人，手里抓着半张旧对联的红纸，一边用舌头舔，一边往脸上抹，把张胖脸涂得红一块黑一块，笑嘻嘻地对众人半说半唱，你看我美不美？说我美，快说呀。吕井文急忙对卧房喊，丫头，看住你妈，家里来人了。随着话音，从卧房跑出一个十五六岁的女孩，连推带拉把女人弄进卧房，插严门栓，只听得屋里一阵哭闹，杂伴着"哗啦"一声打破玻璃和东西落地的脆响声。

吕井文不好意思地说，我老婆精神病，每年春季和秋季都犯一回病，住一次院少说两三千元，病也总不去根儿。今年春上，单位不怎么开支，我就没送她住院，病就重了，不穿衣服到处跑，让领导见笑了。说着又把众人引到厕所看，只见三四个拖布头把厕所蹲便口塞堵得严严实实，蠹在厕所壁上的排污管道接口外，湿淋淋渗淌着粪水。吕井文说，今年雨水大的原因，楼外下水井和管道堵了大半年了，楼上一用厕所，粪便就从我家的厕所往外涌。央告楼上邻居不要用厕所，可是大人不用孩子还用，白天不用晚上还用，谁能从四五楼上跑下来到楼外上厕所？没办法，只好用拖布把排粪口堵死，但楼上隔三差五的还在偷偷用，二楼也把排粪口堵死了，现在粪便顺着管道快满溢到三楼了。

高玉林不满地对区城建局长说，企业宿舍驻在咱们地盘上，有些事不能划得那么清，你们快安排人给清掏疏通一下。城建局长红着脸答应了。高玉林又转头对赵文虎说，桃花巷这一片除了市水产大楼有室内厕所，其他住户都是室外厕所，我们去看一看吧。见赵文虎点头，就示意城建局长说，就近看一处，你们领路。

众人拐过墙角，不用城建局长领道，也不用眼睛，只需鼻子便能找到厕所的大致位置。众人到了一座旱厕跟前，厕所外边的大墙上被尿迹嗞得一片碜黄，墙根边上到处是一摊一堆的粪便，无处可以下脚。人走近前，一群绿头苍蝇"嗡"地一声直往脸上扑。

心里直憋闷招待所水磨石地砖被吐了痰、丢了烟头的机关局长王力平，总算找到了发泄议论的题材说，中国老百姓真是越穷素质越低，就差这两步就不能进坑里去拉？众人左扭右跳，躲避"地雷"一样进了厕所，只见粪池里被雨水灌了个盈盈满满，黄乎乎的粪便，成堆的蛆蛹、血污的卫生纸、揩屁股的枝棍在粪池上漂浮，甚是令人作呕。蹲板几乎淹没。

高玉林说，这不能怪老百姓不去蹲，赶紧让环卫处来抽水掏粪，淹死人可不是闹着玩的。

城建局长说，昨天就安排了，只是吸粪车少，还没轮到这儿。

接着又走了几处住户，看得众人个个脸色凝重，踏查队伍中话语越发少了起来。赵文虎与高玉林偷偷交换了一下眼色，领着一行人就往回走。走到排队打水处，打水的人已剩下七八个,接满了水也不走,正在热烈议论着什么。见众人过来就问,你们来视察,是不是我们这儿要开发改造了?我们这儿条件太差了,要水没水,要热没热,要电还总打闪,有地方吃没地方拉,你们领导真该把这地方开发改造了。他们说的"打闪",指的是电压不稳,供供停停的,线路老化,时常有个"短路"什么的。

有的人说,开发改造了更糟,你没听说西城区建什么腾飞广场,拆迁时没证照的、临时建筑的都不给房,现在好歹还有个窝住,真要是开发了按证照分房,一大家子人哪儿去住?还不如这样将就呢。

有的附和着说,就是,小老百姓能混上个窝,跟老婆睡一个被筒,运动起来出一身热汗,冬天也不冷,你还要什么"三气"房?说得众人笑了起来。

被讥笑的人反驳说,这儿哪年煤气中毒不熏个把人,让煤气熏你一家伙,看你还能跟老婆一个被筒出汗。反驳者是有根据的,因为去年一对新婚夫妻被熏了煤烟,虽然侥幸活了下来,男的却成了植物人,小媳妇熬了不到三个月就跑回娘家。因此,听了反驳者的话,众人一时沉默无语。但却听得赵文虎不寒而栗,这么密集的人口,一条消防通道也不通,一把煤火,一个电火,甚至一个烟头的失控,必然火烧连营,那七歪八扭的弯曲路,人跑都跑不出来,上天可真可怜这些老百姓,这么多年没失一把火,万幸呀。

只过了一分钟,就有人评论说,小老百姓人多,命贱,熏死个把人你还能像大领导那样上电视,发讣告,你长了那身享福的肉吗?我不信你忧街忧民,就忘了黑晚上跟你老婆一个被筒运动？咱们小小老百姓，还是活一天就要快活一天吧，愁那些有什么用？众人都说，对呀，是这么回事嘛。愁也愁不来好房，还是想法找乐子吧。人群又活泛起来。

但踏查的一行人都越发心情压抑，默默上了面包车，一路上谁也不说话，车厢内空气沉闷得几乎要爆炸。连心直口快装不住话的王力平，也只是"唉"了一声。

赵文虎与高玉林心里明白，这次集体踏查达到了预期目的，区领导和机关干部的思想认识应当是好统一啦。

周日上午，赵文虎主持召开区委常委扩大会议，除全体常委外，吸收政府非常委的副区长参加。区人大常委会主任和政协主席都是两大机关的党委书记，自然为法定列席人员。考虑会议内容的十分重要，又将区人大常委会、区政协党组副书记列席进来。会议还吸收了区城建、规划、土地、财政、计划，以及老干部局等相关部门列席。

会议只讨论一项内容，即"东城区扩大棚户区改造范围，加快廉租房建设，推进居民住房条件改善的意见"。《意见》由区城建局长汇报。实际上，对这个文件，赵文虎、高玉林以及李晓文等主要领导私下里研究过三四次了，今天主要是让东城区方方面面的领导认可，并通过会议决议。

会议讨论十分热烈，争论也很激烈，从早上9点一直开到下午3点，中午休息20分钟，入会人员都未离开常委会议室，每人吃了王力平让机关食堂准备的盒饭。

讨论和争议的焦点在三个问题上：一是认为现在搞市场经

济，房子都卖给个人了，政府是否还有必要投入那么多资金解决私人住房问题，与现行政策是否相符？二是全市解决居民住房主要渠道是房地产开发，棚改政策还处于试点阶段；各城区都一块搞还行，别的区不搞，光东城区自己搞棚改，必然减少房地产开发的税收和土地出让金收益，极有可能撼动东城区财政收入多年全市第一的龙头位置，对上对下将怎么交待？三是区级自有财力就那么点钱，老百姓住房是个无底洞，棚改必将改变财政投资结构；将使区里原来计划好的许多事情办不成了，包括老干部活动中心改造项目已经拖了两年，再拖下去将怎么交代？

讨论过后，赵文虎在会上做了一个小时的有准备发言。他说，应当承认一些同志讲的不无道理，但有一个认识问题必须澄清。一段时间以来，理念界一些人认为，我国通过房改，住房已经相当部分私有化了，住房既然是商品，就应当走市场化道路。但这只是问题的一个方面。另一方面，我认为，住房具有双重属性，既是商品，也是公共产品。既然是公共产品，就不能完全市场化，政府就有责任为普通居民提供基本保障和必需服务。也就是说，有钱的人通过市场买好房大房住；而普通百姓，像我们桃花巷的居民，下岗的，原本没工作的，捡破烂的，打短工的，每月挣五六百元钱就高兴得够呛，嘴都顾不上，哪有钱来买房子？能耐大一些的，一年挣个四五千元钱，不吃不喝也买不上两平方米房，政府不管行吗？政府就有责任和义务为他们提供最低住房保障，这是市场化之外的另一条路——政府保障。

谈到这儿,赵文虎对区委办公室主任毛文山说,把资料都发给大家吧。随着毛文山向门口一摆手,只见区委办公室秘书科三四个人,每人拿着一沓材料,往各位入会者桌前摆放。赵文虎等材料发完了又接着说,大家不是都想学习国外发达国家的先进经验吗?我给大家收集了国外8个国家和地区政府解决居民住房的做法。大家请看第1页,香港是1/3居民住在政府廉租房里,1/6的居民购买居住着经济实用住房,也就是说,香港约一半的居民是在政府资助下解决的住房。大家再看第2页,法国有18%的居民住政府提供的廉租房,25%的居民住普通出租房,只有55%的人口住私有房。而我们理论界有人都提出"小康不小康,关键有住房"让全国百分之七八十的人去购房。我认为,住房不应过度市场化,应改为"小康不小康,关键有房住"。而一个时期以来,我们在廉租房建设上,口号大于行动,老百姓买不起商品房,也租不到廉租房。说句实在话,普通老百姓租不到和租不起房,我们在座的各位官员,你能租到与工资相匹配的便宜房吗?可是在新加坡、埃及都能租到或买到,新加坡迄今有84%的居民住在政府廉租房里,埃及20年来修建的政府低成本房占到建房总数的80%。

看看大家听得一怔一愣的,赵文虎总结说,当然,各个国家有各国的实际情况,不可简单地相提并论,但有一个事实是,改革开放20多年来,我们的老百姓还住在这样差的环境里,我们心中有愧呀。如果这些居民是我们自己的父母,我们的兄弟姐妹,或者是我们自己,那会是什么感受?老百姓对政府心里做何想法?作为政府官员,我们能睡着觉吗?我们区机动财力就那么些钱,是先维修改造招待所,改造老干部活动中心,更换补充车辆,还是先用在老百姓棚户区改造,解决住房燃眉之急?我跟玉林区长商量了几次,我们的共同意见是,压缩行政性开支,把节省的资金都投入到棚改上,如果说决策倾斜,就先倾斜到老百姓身上吧。当然,压缩行政开支首先从领导做起,我跟玉林区长、文博主任、伯山主席都通了气,四大家主要领导换新车的计划取消,区机关原计划买的两台中客车也不买了。力平局长你看怎么样呀?

赵文虎说的文博主任是区人大常委会主任王文博,伯山主席是区政协主席于伯山。王力平心里明镜似的,取消购车计划的消息是两天前李晓文向自己交代的,当然取消的不光是四个一把手,还有四大家 7 台超过 20 万公里的老车和 2 位下派锻炼的副区长新购车计划,共计 13 台车。王力平正担心人大和政协两位主要领导对自己有气,听到赵文虎已同两家主要领导通了气,心里头一块石头落了地。因为四大家主要领导都带头取消了换购新车计划,其余领导的工作自然好做多了,心里不禁一喜,听赵文虎点了自己的名,知道不是让自己表态取消购车计划,是在替机关局减轻各方面的压力,感动之余,索性来了个高姿态说,各位区领导的榜样行为,我们机关局很感动。一周来的踏查走访,使我深受教育和触动,认识逐渐有了提高,我完全赞同支持区委区政府对老百姓倾斜投资的决策,支持区政府取消招待所改造等几个重大项目的投资。会后我们还将动员机关局上下强化管理,控潜节约,努力争取机关局全年节省各项开支 100 万元。

西城区腾飞广场改造建设工程指挥部接到张玉龙书记确定的"依法拆迁、多方入手、先易后难、分类推进"的拆迁工作方针,这一阶段,用副区长刘玉山的话说,是充分发挥了共产党思想政治工作的优良传统和看家本领,全方位加大了拆迁动员工作,除了反复耐心不厌其烦地登门"攻心"外,还从被拆迁户的所在单位、子女所在的学校多方开展外围思想工作,很快取得了明显成效。剩下的150多户中,又有82户签订了拆迁协议,但对最后剩下的近70户的动迁,却遇到了前所未有的更加顽强的抵抗。这边一抓紧动员搬迁,那边孙大个子和刘老三就带头组织上访;头一天上市政府被堵截回来,第二天就起大早集合赶在机关干部都没上班时,越级到省政府;也不知有什么高人指点,到了省政府大门前,也不吵闹,也不堵门,不打标语,胸前也不挂牌牌,也不喊口号,几十人静静地集在省政府大门左边的信访接待室门前,或蹲或坐。几次欲下手的公安警察也没了动粗的口实。无奈,按照张玉龙提出的各级领导亲自接访,做过细工作说清道理的要求,刘玉山带着城建局长、信访办主任、规划局长等相关领导,亲自同七八个上访代表耐心"对话"。

刘玉山说,我知道你们有困难,但国家也有困难呀。现在是法治社会,又讲民主,区政府也不敢胡来。你们没有房证,非要按有证安置,全市总共动迁了十几万户,都像你们那样要求,山城市还怎么谋求发展;都按你们意愿不执行法规规定,十几万户都找回来,岂不天下大乱?咱们换个位置,你来当区长,敢这么没有政策原则吗?

孙大个子说,我没文化,也看不懂法规,就知道我家有证就 20 平方米，另外两间 40 来平方米都没证，一窝儿三大家子人上哪儿住？我也知道政府为了发展，建设环境，可政府发展不能把我们老百姓的窝儿弄没了。我家真的是住不下。

刘玉山说，不是在西郊路给你们又补了两间吗？

孙大个子说，那儿离现在我住的地儿有四五里地，我儿媳妇出摊床卖水果进货太远。再说，西郊路新区没多少人，还都是穷人，水果卖给谁呀？还有，那儿住楼房，连个小院都没有，我捡的破烂也没地方放。

刘老三也附和着说，是呀，我儿媳妇在山城纺织厂上夜班，西郊路又不通车辆，黑灯瞎火出事咋办。再说我孙子上学也太远，没法接送呀。

刘玉山说，怎么家家都是儿媳妇说了算，你们一个个大男人，到底谁当家？

孙大个子说，现在哪家的儿子混得像个人样？都马尾穿豆腐，提不起来。好不容易给他糊弄到一个媳妇，弄得人家不高兴了，说不定哪天就蹬了儿子。表面上是儿子不同意，实际上是儿媳妇不愿意。

刘老三接着说，现在我们老的都混得不成人样，没给儿子挣下房子，自己还下了岗，在家早就没地位了。过去有了儿子我就成了儿子，现在有了孙子，我在家又降为孙子啦。

一番话说得刘玉山无以应答，沉吟了一会诚恳地劝道，我知道各家生活得都不易，但小家要服从大家，自家要服从国家。腾飞广场改造是振兴西城进而发展山城的大政方针，直接关系山城市对外形象展示的大局。西城环境面貌最差，已经拖了全市的后腿,你们不能再扯我们西城的后腿呀。

孙大个子说,我们不要有证房屋,就在原地或者远个几百米也行,给我们盖无证房。我们穷人也不买卖房屋,要那证干什么?听说办个证还得多花不少钱呢。我们老百姓有窝儿睡觉就行,也不耽误吃喝拉撒。

区规划局长答复道,原地安置不下这么多住户,说着还拿出了一张规划平面图指给众人看。孙大个子等人只看懂了四四方方很大一片广场,有15万平方米,就高兴地建议说,你这图画得有毛病呀,这么一大片空地能盖多少房?你划个五万、六万平方米做广场,或者再多点,比如建七八万平方米广场,我们不就都有地儿啦?规划局长无奈地摇了摇头,面露"孺子不可教也"的讥讽表情,转头看着刘玉山。

还没等刘玉山接话,区城建局长感到这个问题实在难为了副区长,就对众人解释说,腾飞广场面积是经过科学测算而设计的,性质是公益事业,是全区46万人民共同拥有的休闲广场。你们被动迁的这几百户、千八百口人自然应当服从46万人民的整体利益啦。

刘老三说,我听我儿子说,医院、学校算公益事业,没听说广场还算公益事业。就算广场算全区46万人的什么公益场所,区政府也不能算公益事业呀。区政府大楼如果不从党校搬过来占那么大块地,我们不就都能在原地盖房安置了吗?

城建局长说,区政府也是西城区46万人民的政府,是46万人民共同拥有的国有资产,怎么不算公益事业?

刘老三说,那也是你们干部在里边办公呀。我们老百姓根本进不去，门卫看见我们就吹胡子瞪眼睛，又要登记，又问有没有预约。说得城市局长无言以对。

信访办主任接着说，你这么说就没有道理啦。我们也是人民选出来的，也就是三年一任、五年一届。风水轮流转，谁也不能在那儿待一辈子，几年后说不定你们的儿子、孙子接替我们进里边去办公呢。

孙大个子说，我家祖坟也没冒青烟，娃儿们没钱送好学校，上不了好大学还能当官？做梦去吧。

看众人唇枪舌剑，话不投机，刘玉山赶紧拉回了话头，继续耐心地解释说，区委区政府为什么下如此大的决心实施腾飞广场综合改造建设工程，实在是关系西城区长远发展，决定招商引资的成败呀。为什么把区机关办公大楼建在腾飞广场边上？如果建在西郊党校旧址上，外来的大客商能看到，能知道我们区的雄厚实力吗？如果没有良好形象展示，招不来商，引不进项目，财政没有收入，我们拿什么改造城区道路，拿什么修学校和给医院添设备。各位老人家，这是大局呀。

孙大个子说，就算区机关大楼必须盖在这儿，但得有个先来后到吧，我们在这都住了20多年了，政府不能越搞发展建设，让我们住得越差吧。电视里不有个什么、什么，对了是既成事实嘛。再说，区长呀，可怜可怜我们，真是实在是没办法克服呀。

刚才受到众人置疑的规划局长冷冷地插话说，如果说事实，就是你们违法私搭滥建，20年来没有得到纠正和处罚，已经占了国家土地资源的便宜了，按规定早就该依法拆除，你说的"既成事实"的理由根本站不住。

这段时间，一辈子心里总是阳光的高老头，却变得有点"那个"了。

"那个"，是老伴私下向秋莺下的"诊断"。症状表现是，一辈子不知愁事，想事的高老头，如今心里装事了，时常眉头紧锁，还时不时"唉"那么一声，再喘一口长气。诱因是动迁员要求他签搬迁合同，特别是开发公司张经理亲自登门以后，症状越发加重。

在张经理来之前，那个"薄嘴唇"的动迁员已来过了两次。第一次，薄嘴唇一刻不停地讲了十多分钟，但高老头却没听明白。第二次，薄嘴唇口若悬河地不厌其烦地讲了45分钟，重要地方重复讲了三遍，终于使高老头听明白了"上级"的要求：该处拆迁是为建设腾飞广场，是区委区政府也是市里的重点工程；拆迁严格按法规条例进行，有证照房屋"拆一还一"，无证照房屋原则上自行拆除；否则，由行政执法监督大队组织强行拆除，以料抵工。

高老头年轻时在车间用过卡尺、圆规，人虽老了，但算账还明白。高老头想，自己有证的是1间卧房13.2平方米，外加走廊和1间小厨房6.5平方米，房证面积一共只有19.7平方米，自己建的那间房倒有22平方米还多，但是没有房照不在补偿之列。当时不是没想到办房证，主要是舍不得再花那几十元办证费。何况当时国家还没有什么规划法，办证也不像现在这么难，左审右查，不请客不批，请了吃酒不送礼还不批。现在真后悔当初没有远见。高老头后悔之余也有想不通的地方。盖那间房毕竟花了4000多元，这在当时可是大钱，夫妻俩不吃不喝一年工资加起来也没这么多钱。现在就差个当时几十元钱的证，就不承认？可毕竟住了20多年，春燕和秋莺两个女儿都在这儿睡过，现如今两个孩子的孩子也都在这儿睡过，从1尺长到3尺、5尺，实在不应该不承认现实和历史吧。

　　高老头又想，按实际需要，如果不是大年三十让两家6个孩子都回来，如果不是放暑假时两个外孙、孙女抢桌抢地儿的打架，退一万步讲，自己和老伴俩1间房也够住了。这都多亏是自己两个好女儿找了好女婿，他们才有好房子住。但是左邻右舍的住户，可没自己这么省心和幸福啦。想到此，高老头善于知足的心情又宽慰一下。但阳光的心情只那么一会儿，又陷入沉思。

　　高老头想，西院隔壁刘老三家接了两间房，比自己还多1间，两间都没有证照。刘老三两个姑娘四个儿子，姑娘嫁出去了，不管婆家有房没房，但嫁出去的姑娘如泼出去的水，想回娘家的也不允许；剩下四个儿子软赶硬逼打得生如路人，好不容易赶出去两个，剩两个一家有3口人，加老两口共8口人。刘老三给人张罗了一辈子红白喜事，如今的男女结婚请婚庆公司年轻人主持，刘老三就被年轻人夺了特长饭碗，现在除了到医院当又脏又累的护工，靠给死人穿衣服挣点钱，哪有钱买两间房。如果他家两间没证照的不安置，一大家子人往哪去住？

　　再往西边数就是孙大个子家，搭了两间也都没有证照，姑娘离婚了，带个孩子住1间。儿子一家3口住另1间，儿子和姑娘都下岗了。儿子在澡堂给人搓澡，儿媳妇出摊床卖水果，姑娘听说给人按摩。也都不是有钱的人家。

想来想去，高老头认为，共产党的政府历来替老百姓着想，不可能为了发展建设撵得穷困人无处安身，何况是对政策把握水平历来让自己放心的姑婿玉龙所领导管辖的地盘。一定是薄嘴唇动迁员水平低弄错了，或者是开发公司搞错了。

于是，在第二次薄嘴唇动迁员上门时，高老头就郑重地问，动迁这件大事"区里"知道吗？动迁员说，这当然是区委区政府的重大战略决策。看着薄嘴唇动迁员那口若悬河的表情，高老头反倒放心而坚定地认为，确实是搞错了。于是，当了一辈子低眉矮眼的顺民，从来对上级领导恭敬听命的高老头，第一回没有按"上级"要求签订搬迁协议，答应再"想一想"。好在动迁员已经习惯了被住户拒绝，也从未遇到过一次两次就能使住户同意的工作经历，对并未发急的高老头的"想一想"表示理解。

当然，高老头在"想一想"后边还有一句话没对薄嘴唇动迁员说，那就是要"问一问"。高老头认为姑婿不是糊涂人，要让秋莺问一问玉龙是怎么回事？别让他下边的人把这么多老百姓赶得没路，弄出大事故来，他在区里还不知道。

又过了一周，薄嘴唇动迁员第三次上门了，这次一块来的有一个姓张的小个子中年经理，还跟了一个披肩长发、个头高挑20多岁的姑娘。女孩挺漂亮，只是嘴大点，口红涂得很宽很厚，红艳艳地占了小半张脸。薄嘴唇动迁员叫小个子张经理，女孩叫小个子六哥经理。三个人走了以后，刘老三告诉高老头，小个子就是发了大财的振兴房地产开发公司经理，外号"小六子"，名字好像倒不如"小六子"响亮了。据说，在腾飞广场综合改造工程的3家开发公司中，他占了近1/2的活计。

　　张经理进屋后，弯腰双手给高老头递上一张名片，本应被拆迁户对负责拆迁安置自己的人恭敬有加，那天真是颠倒了过来。张经理亲热地握着高老头的手，使劲晃了几晃，谦卑地坐在一个矮凳子上，仰着脸对高老头口若悬河。高老头受宠若惊地背上直冒汗。听到最后，总算听明白了两层意思：一层是区委区政府如何高瞻远瞩做出英明决策建设腾飞广场，玉龙书记如何有水平，如何支持民营企业发展。他一定要吃水不忘挖井人，为区里做出更大贡献；另一层意思是，本次拆迁要依法行事，对带头签协议的住户要实行奖励安置政策，准备给高老头安置一套64平方米的"三气"标准房，还不需要补款。

　　前两次到家条件开得让人进冰窖，冷得心里打颤，这次到家开的条件优厚得使人进桑拿浴箱，热得几乎昏晕。高老头张口结舌说不出话来。只感觉老伴偷偷拉了一下自己的衣角，似在提醒自己说那两句话："想一想"和"问一问"。张经理笑容满面地说，对，要"想一想"，奖励从20米到64米呀；还要"问一问"玉龙书记，我这么做可是一片诚意呀。

　　临送张经理走，门一开，一股风吹了进来，又瞅见隔壁刘老三正从院墙这边伸头张望。高老头热晕的脑袋猛地被风吹开了一个窍儿，就指着刘老三问，张经理，他们也有奖励吗？

　　张经理小声而神秘地回答，刘老三不行。他不服从拆迁，还带头闹事。

　　高老头听后，默不作声回了屋。

　　老伴说，哪有这样好事先给咱家，咱也没签协议，是不是他们要找玉龙帮什么忙吧。今天周四,周日秋莺该回来,让她问问玉龙,是咋回事。这事不好在电话中说。

没有不透风的墙,尤其是薄嘴唇动迁员那张除了吃饭就一刻不能停歇讲话的嘴,什么秘密和新闻在他肚里待上一刻钟,就会捂酸沤臭发酵,非倒出来不可。因此,奖励安置一套"三气"房的消息,不到两天就传遍了街区。

高老头每天5点早起散步到三角小广场,那儿有几个低水平的票友。早上凑热闹吼上两嗓子,把一宿的浊气喊出来。下午午觉后会同他们在一起下下象棋。这天早晨,远远听见几个票友正在喊唱"四郎探母":"我本是那笼中的鸟,有翅难展。"高老头急忙兴冲冲赶过去。

看到高老头走过来,拉京胡的老王头停了拉弓弦的右手说,我今天累了,不玩了。大家就都不唱了。高老头想,老王头近些日子因为拆迁闹得不痛快,就没往心里去说,你不拉我也能唱。扯着嗓子吼到"有翅难展"时,没有胡琴伴奏,还是露了哑嗓的馅儿。

午睡起来,走到小广场,一群人正在下棋,老王头正与隔壁的刘老三为一个被吃掉的炮悔棋。争执,老王头手捂着一个炮在棋盘上不松手,刘老三使劲用手扣老王头捂棋子的手。两颗没有几根头发的秃脑袋瓜几乎碰在一块,像两个挤在一起的南瓜一样好笑。旁边的人在拍着手哄笑。不料,等到高老头凑上去,往常熟络的众多老友却无比的生分,个个脸色凝重,一齐都噤了声。高老头正莫名其妙着,见老王头和刘老三一齐停了争抢棋子的手,就听老王头和刘老三说,不在这儿下了,走,咱换个地儿。

高老头一把扯住老王头生气地问,早上你不给我拉京胡,现在又甩开我。咋的,我哪儿得罪你们了。

老王头撇了撇嘴说,我们哪敢得罪你呀。我们家里又没有说了算的区太爷,想怎么拿捏小老百姓就怎么拿捏。我算看透了,当官的谁要不替自己的岳父岳母考虑,那就不是当官的啦。

高老头火冲脑门子高声喊道,我那当官的女婿怎么你了?他替我考虑啥了?再说了,他是他,我是我,我不一样被动迁了吗?

老王头讥讽道,别说得那么好听,有好事哪个当官的不先可着自己家搞试点,捞完了再来跟小老百姓讲原则说政策。哼,装得倒像。

高老头病倒了。手摸头不发烧,问话一声不吭,不吃不喝不睡,面无表情,心事凝重。在心里照了一辈子的阳光,被一股憋屈和气恼逼出了心室,心室暗了下来,心就被冻病了。

老伴急忙给医院的秋莺打了电话,让她快回来做出诊断。刚拿起筷子想吃饭的秋莺接了电话,扔了筷子,一溜小跑赶回了家。

高春燕坐着区政府机关局的面包车,好说歹说,总算把老张太太接回了家,搀着上了四楼,打开房门,让她在门边的矮几上坐好,从鞋架上拿出一双拖鞋让她换。老太太说什么也不换,坐在门口,又不想往里走了。

春燕说,您看,这是今天上午特意为您新买的软底防滑拖鞋,我们都穿这样的。说着用手指了指自己脚上薄底发泡拖鞋。

老太太说，姑娘，你找一副塑料袋我套脚上，臭脚味太大，自己都嫌。这本来就够麻烦的，姑娘你不嫌我，一会孩子放学回来，满屋臭味会不高兴的。老太太想起了大医院到干部病房看望病人门口发的塑料薄膜脚套。

春燕说，那像什么话？我和孩子他爸打小也是穷人家，怎么会嫌您呢？再说，让孩子看到我们这样对待老人家，对她的心灵影响多不好。大娘你听我的，没关系，你这也是在帮我们对孩子进行教育的好机会呢。

老太太说，姑娘，那你先打一盆水，我洗洗脚，不然我就不进屋。

春燕只好到水龙头下接了小半盆水，又从暖瓶里倒了热水兑好，端过去，伸手就要去捉老太太没穿袜子的双脚就往盆里放。老太太像触了电似的，急忙说道，姑娘，使不得，我老太婆真的无福消受。

春燕答应文虎像对待亲爹娘一样照顾老人，本来想帮老太太洗脚，但一股刺鼻的酸臭味，还是超出了心理准备，见老人拒绝，就顺势松了手。但就是这么一个动作，还是感动了老人。老太太不吭声了，鼻子抽搐了一下，用手擦了一下眼角，低声说，姑娘，大娘这些年被痛苦磨难得心里像长了茧子一样坚硬，什么事也不能感动我，你今天把大娘的心弄软了。

春燕说，听大娘说话，也是个有文化的人。

老太太说，不瞒姑娘，大娘也是读过几年书的人，只是命不济，才落得今天这个地步。按理说读过书的人不应该信命，但大娘这辈子的遭遇，使人不得不信命呀。30年前，大娘曾在小学当过民办教师，你大叔在高中教学，那时候一家3口住两间房，彤红的地板。那时工程质量好，干活不糊弄，哪像你家这地板，都裂了缝子，都能掉进牙签。不过装饰得简洁劲，就知道你们两口子是有文化的人。

春燕说，这都是我的设计，他哪管家呀。成年到头早出晚归，两头不见太阳，油瓶倒了也不扶，顶多喊一声，把油瓶扶起来。

老太太说，男人都这样，不是有句话叫"夫在外，妇主内"嘛，男人太顾家也干不成什么大事。

春燕说，我们都当过老师，按说您老该是我的师母。

老太太说，我那是小学老师，如果按围棋棋段比喻，大学老师为八九段的话，你中学老师就是五六七段，我小学老师顶多是个三段，这是不好按资历划分的。江湖上要按实际能力划分，大娘可不敢妄自称尊。

二人说得投机，春燕闻着老太太身上总有一股酸腐味，就说，我把热水器的水烧好了，你老索性洗个澡，放松放松。

老太太说，看你真心实意，我也恭敬不如从命，这身臭味也该洗洗了，免得熏了孩子，也包括你丈夫，读书人都爱干净。又说，大娘我也不怕你笑话，已经两年没洗澡了。现在前街的工人浴池、大众浴池都改成洗浴中心、桑拿休闲馆了，光门票一次就38元。我卖瓜子、捡破烂，一星期也挣不来一个澡钱。桃花巷那边倒是有个三、四元钱的澡堂子，但公交车坐个来回加倒车得6元，哪洗得起呀。

春燕心时歉疚着不曾帮老太太洗脚，眼瞅着她骨瘦如柴的身子，心底软软泛上一阵同情，就说，我给您老搓一下后背。老太太手摇得像拨浪鼓，不行，千万不行。我曾找人算过命，说我是金石女命，命硬克男，结果克死了丈夫，妨死了儿子，好歹孙女是个女的，但也留下了残疾。我年轻时不该享那么多福，所以老年必然孤独。姑娘，我巴不得有个人给我亲热，可不敢呀，那是要损寿的。

春燕说，要按命运来说，一场大雨使我们娘俩在几百万人中邂逅相聚，这不是缘分吗？老天爷给的幸福机遇不应该随意错过，这也是顺天而行呀。说得老太太高兴起来，遂把心里话都掏了出来。

老太太说，姑娘，大娘我还告诉你一件事，分到区领导家的受灾居民我是第一个被领走的，大家都不想去领导干部个人家，都愿意去招待所或机关办公室。因为到个人家过渡终不是长久之计，哪个干部愿意让干干净净的家住进一个脏兮兮的老人。干部本人有觉悟和纪律，干部的媳妇和孩子还不愿意呢。大家私下说，别看一些干部在外边和下级面前耀武扬威，回家个个怕老婆，一点家庭地位也没有。反而分到公家招待所、办公室的住户住的牢靠，没有解决住房就可以一直住下去。而在干部家庭过渡的，谁能受得了人家的脸色。老百姓穷是穷，但多数人还是有骨气和尊严的。

春燕说，我们可是真心诚意，你老要安心在我家长住下去。

老太太说，我实在却不过你三请四让的情面，还有你家书记丈夫那早上亲手给我打粥端饭的情义，才做个带头样子，岂能真在你家长住，那可使不得。

春燕说，这些居民这么做，让谁都能理解。都是让住房给难为的。反正你的住房问题一天不解决好，我是不会让您老离开我家的。

老太太说，住房问题岂是那么容易就解决的？前一段广播里不是说穷人头上又有新的"三座大山"，就是上学、看病、住房三大难题吗？让我看，对所有穷人最难的还是住房。先说上学，交不起一二类好学校的择校费，可以上三类小学、中学，考不上大学可以不上；现在为上学欠了一屁股债，大学毕业了也找不到工作，还不如不上了。不是说有一句话说，不上大学一辈子受穷，上了大学立马受穷。这对穷人没什么，上完中小学，认两个字收破烂别找差钱就行。这第一座大山算躲过去了。再说看病，穷人最怕生病，别说得大病，就是一个阑尾炎也得两三千元，看不起呀。真要得了肝病、肾病或绝症，又没有医保，那只有等死。但只要不是上边那些病，得个头痛脑热，花个块把毛钱买几片扑热息痛就顶过去了。这么说吧，得大病和绝症的终究还是少数，对大多数穷人说来，这第二座大山也可以躲过去。唯有这第三座大山，对所有穷人来说，没有一个躲得过去，总不能住露天地吧；也不能长住别人家，寄人篱下吧。别人不舒服，自己更不自在。可是这几年住房政策上都不太管老百姓了，让上市场买房子，穷人嘴都顾不上，拿什么买？我看你丈夫书记是个为穷百姓着想的人，但是他作不了上边的主，热心肠是好的，差不多就行了，可别跟上级硬扭着犯错误。

高春燕对老太太"三座大山"的议论深以为然。

晚上9点1刻，赵文虎回家了。是司机小张扶着上的楼，酒气熏天，人绵绵软。一进门，不待换鞋，几步踉跄抢进卫生间，抱着马桶一阵狂呕乱吐。

女儿赵小燕听到异样声响，拉开房门，头刚伸出来，一股刺鼻酸腐味熏过来，不满地说，又喝了，说话不算数。烦人。哐地一声关严房门。

高春燕赶紧对小张表示谢意，紧跟着赵文虎跑进了卫生间，一手扶着丈夫的胳膊，一手不停地拍打丈夫的后背，轻声埋怨道，你不是说每月喝酒不超过两次，这刚半个月已经是第三次了，还喝得这么多。不要命了。

赵文虎说，不喝，不喝行吗？你以为我愿意喝。现在一听说有宴请招待任务，我就情绪紧张地要往厕所跑，去了半天还尿不出尿来。今天是市建委刘大肚子非要喝一杯酒才给增加1万米棚改指标。虽是酒桌戏言，但不喝影响感情。不多要点棚改指标，桃花巷、东排放沟南岸那些危房，哪个年月才能轮上改造。唉呀，难受死我了。不行，我还要吐。

高春燕说，喝酒这么难受，不会想个别的方法增进感情？

赵文虎说，现在有什么好办法，刘大肚子也不是那种人。就是明知遇上了那种人，你敢送礼？送轻了礼，那种人不会在乎；送重了礼岂不是行贿犯罪？现在市场经济，关系就是生产力，人熟为宝，人脉关系很重要，为了让人家了解你、帮助你，你要精心设计一个局，你既不能设赌局，也不能设色局，现在不违反规定的就是饭局。饭是个由头，设局是目的。通过饭局，酒杯一端，你礼我敬，烘托一种热烈气氛，把彼此级别差距、年龄差距全弄平乎了。能把自己喝得忘形失态，狼狈不堪，比如醉得钻到桌子底下,上厕所认错了男女门的符号,腿脚发软打晃撞了门框,最好额角再起个包肿块,对方就会认为你为人真诚、实在、不假、不装。人家看到平时威风八面坐在台上的你,如今毫不留情地扯下面具给人家看自己的丑态、洋相,人家在高兴舒心的同时,也会感动地答应你的要求,而这个要求是你平时申请过而未被人家批准的,因为那时候你表情庄重,步履稳健,谈吐不凡,可能这种气度使对方有隐隐的不安全感。可恨的是这种落后的官场习俗已经成了一些人评价干部人品的一条潜规则,你死劲祸害自己,人家说,这人实在,可交。你左推右躲,人家说,这人虚,心眼太多,交往要加小心。许多大事就在这饭局中决定或得到解决,悲哀呀,真是悲哀。我也是被迫从众入俗,无奈之极呀。我说了这么多,你懂不懂呀?

高春燕说,我也知道你们这些想干点事的官员活累,心更累,但我不懂这些年官场是怎么了?难道你们不知道酒大伤身?说句自私的话,我能懂的就是你的酒精肝已经很重了,再这么喝下去,我们还能一起庆祝金婚吗?

赵文虎叹气说,你说的在理,等把棚改和廉租房方案确定下来,我真的要戒酒了。

高春燕说,这话我都听你说过十次啦。二人一时无语。估计胃已吐得差不多了,赵文虎使劲喘了一口长气,稍微舒服了一点,就问高春燕,我让你把旧沙俄领事馆的老张太太接来,她来了吗?那老人家太苦了,孤身一人,每月低保216元,连电灯都舍不得点,要好好待她呀。老年人床铺得软点,把那张泡沫软垫给她垫上。

高春燕说,放心吧,我会像对待咱爸咱妈那样对待她。不过,我答应过帮你替她洗脚的事,我没有做到,没想到,脚上味太臭了。但我帮她搓了背,只搓了四五下,她坚决不让了。

赵文虎说,那也得感谢夫人您了,毕竟不同于自己的亲爹亲娘。你能第一个把老人领回家,就是帮了我的大忙。

春燕说,有人说,把灾民往家领是作秀,捞政治资本,你不会是吧?

文虎说,相信我点人品好不好。如果说是作秀和捞资本,也是为老百姓在做,替老百姓在捞,岂是为了个人?

春燕说,这我可不明白了,说来听听?

文虎说,天机不可泄漏,以后你就明白了。

春燕说,老人家当过小学老师,很有些思想见地呢。你们不是总说要听取群众意见,现在百姓到了家里,还不躬身问计于民,该不是对新闻记者说假话吧。

赵文虎说,看你说的,我是那样的口是心非的人吗?哪天我倒要与老人家好好唠一唠。

高春燕说,你说戒酒的话不也口是心非?

赵文虎说,看看,又来了。我那不是情不得已嘛。又感慨道,这就是官员不为人道的苦恼呀。表面上看起来风光八面,背后的酸涩苦辣,唉,只有自己知道。但总括起来,当官的千难万难,也没有老百姓难呀。说到底,还不是自己愿意干吗?所以,有什么烦恼和委屈,我也只跟夫人您私下倾诉一下,如果公开说自己这难那难,岂不让老百姓笑掉大牙。

老张太太今生是第一次住在区里干部家,心中不安,又担心孩子是否愿意，躺在床上怎么闭眼也是睡不着觉，赵文虎从进到屋里一阵天翻地覆地呕吐，以及夫妻间的对话，从自己有意打开的半尺门缝中听得一清二楚。心想，过去总听说干部大吃大喝浪费了多少收入，没想到吃饭喝酒还有这么多讲究。看来这家还是个好干部，虽说大人对自己热情，但孩子未必愿意，自己与人家非亲非故，不该住到人家。

第二天，高春燕5点半起床直奔厨房点着了火，想老太太牙口不好，用慢火熬小米粥，煮了鸡蛋，烧了一个地三鲜，切了一盘芥菜丝。

赵文虎6点从床上爬起来，就去敲门，急切看望老太太，敲了半天，无人应声，就推门进去。一看床上被枕整整齐齐，人却不见了。遂高声大嗓喊，春燕，老太太不在呀？

春燕慌忙扔了水舀子，急步跑进卧房，哪里有人？连小包裹也不见了。床头柜上倒有一张字条，不算工整，但却有力的繁体字条上写道：

孩子，我感觉到你们是真心留我。居家过日子，各家都有自己的生活习惯和人群组合，生人硬插进来，双方都会很不舒服。好在大娘这么多年苦惯了，身子骨和生活能力还强，孤身一人怎也好克服。非亲非故我没道理给你们添麻烦。多谢啦。

赵小燕揉着眼睛走出房门说，走了更好，省得我在书房找书一点不方便。

焦急着的赵文虎一股郁闷正无处发泄，大吼一声，你怎么这样说话，老师没教你们尊老爱幼，关心穷苦，济困扶弱吗？

赵小燕长这么大从未见爸爸对自己如此发怒，见妈妈也满脸严肃，自知自己说了严重错话，一声不吭地喝杯牛奶，吃了两片面包，背起书包上学去了。

赵文虎说，今天我有会，市里要求党政一把手参加，你找机关局王力平局长，无论如何将老人家动员回来，不然他上哪住？旧沙俄领事馆已派人封住了，岂不是要流浪街头，那我们这些干部罪孽可造大发了。老人家心地和骨气都硬得很，不会随便接受任何人的施舍和惠顾。你跟她讲明白，这只是洪水非常时期的临时过渡措施，不会长时间接纳她住咱们家的。

高春燕和王力平再次找到老张太太的时候，她正在旧沙俄领事馆小楼入口处央求守门人，要求回原房屋去住。

王力平说，老太太，沙俄领事馆旧楼已经被鉴定为危房，而且是市房管部门专家鉴定的，真要砸伤你后悔就晚了。

老张太太说，我不管是哪儿鉴定的，我看没事，别看这小楼外墙龇牙裂嘴，破旧不堪，实际上地基和框架结实着呢。那个年代不像现在，干活不糊弄，就像大娘我看着像个危老年人，但身子骨硬朗着呢，也没啥大病，让我回去住吧。

王力平说，老太太，你说破天，也不敢让你进去住，这里边有责任担带着呢。你老太太可别让我犯错误。真放你进去，砸伤你，赵书记还不剥了我的皮？

高春燕说，大娘，安排孤独鳏寡老人是区委区政府的决定，我家文虎他能不带头吗？即使你非要走，他还要安排别人到我家。就算你老支持他工作，替他做做样子住几天也行呀。何况咱娘俩还投缘呢？

老张太太说，姑娘，别看你大娘这辈子过得不怎么样，可从来没低眉矮眼地看人家脸色吃饭,我怎么能欠你们这么大的人情。再说,我还要卖瓜子,捡破烂,给我那儿媳和孙女每月补贴个百八十元的,住那么干净利落的家,我咋出去呀。

高春燕说,要不这样,我每月给你300元,聘你老做钟点工,你给我做一餐晚饭也行呀。

老张太太说,姑娘,你们收留我,供我吃,让我住,还让我拿钱,天下没有那个理呀。罢罢,我住你家,晚饭替你做好,你不要给钱,白天我出去卖点瓜子、松紧带、搓脚石、鞋垫什么的,两方便吧。当然破烂就不能捡了。

高春燕说,也只好委屈你老了。高高兴兴把老张太太接回家,赶紧给文虎打手机报了信息,好让他放心。

下午不到四点,赵文虎就急忙回家,进了屋就喊"大娘"。只见老张太太笑着迎在客厅,穿着春燕过时的干净衣服,脸色白净,倒显得年轻了一些,心里越发高兴,拉着手将其让到沙发上,亲热地唠起家长里短。

春燕端来果盘,拣出一个苹果递给文虎说,这是我昨天刚买的香蕉苹果,一点不酸,给大娘吃正好,你给削一下果皮。文虎答应着拿起水果刀要削。

老张太太说,不用削皮,怪可惜的,中间切开咱娘俩一人一半。

文虎说,要削皮的,皮上有农药,对身体有害处。

老太太说,别看大娘这些年受穷,但身子骨和生命力强着呢。昨晚你们小夫妻俩关于喝酒的对话,我都听到了,苹果皮比酒还能对身体有害吗?

赵文虎说，您老都听到了，喝酒有时是不得已，但果皮却不是非吃不可呀。正是赵文虎这句话，引出了老太太一番议论：

孩子，别看大娘没吃过什么好东西，但在吃饭这件事上，这些年早参悟透了。现如今人们都吃些什么？不挨饿了，是因为粮食产量上去了，为什么产量那么高，那是化肥催生的；现在肉多了，大胖子也多了，为什么？过去一头猪养一年，现在三四个月就能肥膘出栏，主要不是喂粮食，而是喂含有激素的饲料添加剂，人吃了猪肉就是间接吃了激素，能不长胖吗？再说水产品，现在带鱼又宽又肥又厚，吃起来一股药味，连养蟹的池塘里撒饲料都掺避孕药、土霉素，死猫烂鸭"啪"就扔进池塘里做了饲料。还有蔬菜，过去种地一夏秋离不了锄头，晒得汗珠掉地下摔成八瓣儿，现在谁还用锄头除草？杀草剂一洒就回屋看纸牌、打台球了。过去哪有不长虫子的菜？现在大旱天在菜上也难找到条虫子。小报上不是说一个老农讽刺跟儿子进了城的同乡说，我们刚把菜地里的虫子消灭干净了，你们城里人又找虫子蛀过的菜吃。别看商家都说自己的菜是绿色的有机的，现在有哪种菜农药残留不超标？苹果能削皮，总不能把白菜、菠菜都削了皮吧？别说粮食和蔬菜，就是我们现在喝的自来水，不也是能喝出药味吗？那一定是水库周围大地里的化肥农药都被暴雨冲进水库，自来水厂不得不多投氯药造成的。过去与我那当老师的丈夫带儿子回农村探亲，最怕虱子跳蚤叮咬了，炕上撒"六六六"粉，回来身上还是挠得一道道血印子。现在城里没有了虱蚤，农村也没有了。人们吃了化肥催生的粮食，吃了带激素的鱼肉，吃了带农药的菜果，喝了含氯药的水，都成了五毒浸身的"欧阳峰"了。虱蚤叮咬人一口，就将自己毒死了。不然那些依附了人们千百年的虱蚤哪去了呢？就连又穷又脏的大娘我，身上两年没洗澡，也没养出一个虱子跳蚤来。说句笑话，如果真能找出一个身上长虱蚤的人，大娘敢说，那肯定就是"唐僧"了。

说的开心，连同春燕也一起笑了起来。文虎说，大娘您说的太有意思和见地了，现在不是有一个时髦的词儿叫"变种"吗。从生物学的角度看，变种其实也是一种进化。进化就是进步。不然就不好解释现今人吃了这么多不洁食物，反倒比过去长寿了。其实人类也是在不断适应新变化，不断在进化呀。当然，用政治一点的话说，这也是中国发展的"初级阶段"必然产生的一些问题。

老太太说，到底有理论，看问题高出一筹。

赵文虎越发尊敬地说，与你老唠嗑，好像我妈还活着，觉得自己年轻了许多，真希望你不走了，早晚我工作累了，烦了，也好回家有个倾诉，但我知道您老人家心气高贵着呢。恭敬不如从命，我一定解决好您的房子问题，让您老晚年能与儿媳、孙女一起享受天伦之乐。

老张太太说，那是我最盼望的，我老太婆不封建，真碰上合适的，给儿媳妇再一个好女婿回来，好歹算一户人家呀。三个女人顶间房，阴气太重。居家过日子，没个男人不行呀。可是，现在城市里利手利脚的女人那么多，都找不到对象，何况我那儿媳妇还带着个孩子，特别要命的是连个窝儿也没有，哪个好样的敢沾边呀。我那教书的丈夫死得早，我最知道一个女人带个孩子的日子有多难过。那个苦呀,只有自个知道。我一个老太婆多说能活几年?这真是我死前唯一一件闭不上眼的事呀。

赵文虎用拳头使劲敲了一下膝盖说,您老放心,我一定给您解决一套"三气"标准的房屋。

老张太太说,如果政策允许,你又不太为难,我还真想让你帮我说句话,别分我上楼房,有一处地房就行,地点儿远近不挑。

春燕不解地插话道,地房都是简易的"非标"房,你这么大岁数,烧煤劈柴、打水、上厕所都不方便。人们都希望住"三气"楼房,反正解决一回,您这种特困户,谁也攀比不了,不会给文虎添什么影响的。

老张太太叹了一口气说,大娘从内心愿意住"三气"房子,可是没福享受,住不起呀。住楼当然好,离地几十米,从大玻璃窗往远一看,城市风景养眼,心里还敞亮。但是,心明眼亮那是要钱的呀。电梯费每月15元,一年就是180元。还有水费,如果住地房,每月顶多五六元钱就够了,可住上楼就得用抽水马桶,冲一次厕所赶上做餐饭用的水多,一天冲五次马桶,用水量增加五倍止不住,一个月少说得花二三十元,一年下来几百元水费打不住。还有煤气,一个电字好几块钱,每月光做饭比水费还要贵几倍。最要命的是取暖,住地房烧小火炉火炕,到拆迁工地捡点木头、破树枝、油毡纸,到单位锅炉房灰堆捡点煤渣,到火车站捡点掉下来的散煤,一冬天就对付过去了。如果住了楼房,最小标准户型50平方米,每平方米要交二十四五元,一冬天总共要交一千二三百元供暖费,就是把我老太婆骨头榨出油，也拿不出这么多钱呀。孩子，哪个人不愿享福，哪个人愿意捡柴烧饭，烟熏火燎的，两眼流泪，哪个人愿意大冬天排队上厕所？不是穷嘛，没法子呀。你说，我一个月216元低保，再卖点瓜子，捡点破烂，顶多对付个百八十块钱，能住得起楼房吗？

一番话说得赵文虎心里一阵难受。二人静默了一会，老张太太接着又说，孩子，我把老百姓想的都告诉你吧。总括说，像大娘我这样的特困户终究还是少数，但就不是特困户，一般住地房有证的顶多20来平方米，开发改造后住楼最小户型50平方米，现今"拆一还一"的政策，扩大面积款也难煞了不少家呀。就像西城区西大洼子那个什么改造工程，许多交不起钱的都聚堆上访，闹了多大的响动？孩子，大娘知道你是个对老百姓心好的官，但解决老百姓住房自古以来就是个大难事。要不杜甫咋说出那句"安得广厦千万间，大庇天下寒士俱欢颜"的话能流传至今？区里不比市里有钱，可要量力而行呀。咱娘俩今天坐在一起，算是上辈子的缘分。告诉你一句好话，混到这一级不容易，可别心太热，出手太猛，收不回来，犯了错误。我再告诉你个实话，中国老百姓对当官的要求不高，对自己的生活要求也不高。破烂房这么多年都习惯了，住好住坏都不会埋怨政府，只要当官的不要对老百姓太苛刻，不要把老百姓那个破烂窝儿拆了，撵得没处住，老百姓不会把当官的怎么样。现在就怕当官的支持房地产开发公司乱折腾。

一席话说得文虎低头沉思，半晌无语。

振兴房地产开发公司经理张大才,人称"小六子"。名字本来很亮堂的"张大才",所以被"小六子"所替代,还是人们从一部历史剧中那个心机诡诈的"六王爷"身上引借过来的。因为这位王爷不仅排行"老六",而且有六个心眼。当然,张大才虽然有王爷的六个心眼,却没有王爷的千岁资格,只好屈称为"小六子"了。

小六子忐忑地敲了几下房门。忐忑是一种不安的心理活动,因为忐忑,敲门的手就不轻不重地恰到火候。轻了,怕房门里的人听不见;重了,又怕惊扰了房里的人。

小六子有理由忐忑地敲门。因为他敲的是西城区区委书记张玉龙的办公室房门。听到房门里传来一声威严的"请进",小六子忙轻轻推开房门,并陪着灿烂的笑脸,躬身碎步走了进去。

张玉龙稍微做了一个欠身的动作,用手礼貌地指了指办公桌对面的沙发,平声地说"请坐"。

小六子看到区委书记并没有握手的热情表示,赶紧知趣地将屁股坐在了沙发的前 1/3 处,讨好地向坐在办公桌后高背椅上的书记仰起了笑脸。

小六子害怕这位威严的区委书记,而且害怕的理由十分充足。这不仅因为他的第一桶金是在这位书记统辖的地盘上挖得的,而且因为这位书记刀枪不入得不近情理,完全不按时下市场潜行的规则行事,使小六子无从亲近和依靠。

小六子此前扑腾了七八年,也多少有些斩获,但每次都要按潜行规则付出一定比例的利润。小六子清楚地知道,就请客送礼而言,过去被人请客算是有面子,现在请客人家能来算是给了面子；过去有人送礼算有面子，现在送礼人家能收算是给了面子。虽然有时付得肉痛，甚至有些窝囊，小六子还是会大方出手。因为他明白，只要能付出去，就能找到靠山和依托，脚跟就能站稳。付出的部分，不愁不能成倍再赚回来。但西城区这位年轻的书记硬是使小六子的热脸屡屡碰了冷屁股。

那还是小六子刚取得西城区一块20万平方米住宅和商埠楼地号的时候，跟这个项目比起来，此前几桶金简直就不算什么。小六子知道，自己真正咒开阿里巴巴大门的辉煌一刻在此一役。作为一个"讲究"的成功商人，小六子对给自己发财的人，向来出手大方。

当他提着一兜20万元沉甸甸黑色包裹，在下班后来到书记办公室时，面无表情的书记毫不客气地撵走了他。

小六子明白自己送错了地方：办公室乃公家之场所，办公室里的一切东西都是国有资产。小六子以前出手送的时候，也曾遇到过这种情况，有的甚至送了几次，人家才算给面子收下。

一天晚饭后，人们将睡而未睡的恰当时刻，小六子悄悄敲开了书记家房门，把黑提兜不动声色地放在了茶几角下。书记比在办公室里稍许有了一点笑意，书记漂亮的医生妻子给自己倒了一杯茶放在了茶几上，对茶几角下那包东西视而不见，静静回了里屋，让两个男人悄悄说话，小六子心中暗暗一喜。

说过工程之后，小六子告辞时，书记及时提醒他不要忘了带走黑色提兜。话语不高，却不容置疑。从书记冷冰冰的眼神中，小六子知道，书记的提醒不是在做戏。那冷冰冰的眼神像导电一样，使小六子从头顶一下冷到脚底，黑兜子提在手上竟有了一百斤重,以致出门时步履趔趄。小六子心里明白,浑身发冷,原因就在于自己没有送出去应该送出的份额。人家没收就不会甘心成为你的大树和靠山,没有靠山步履怎么能走得稳,放得开呢?

那些天,小六子嘴上起泡了,牙床肿得老高,眼瞅着黄灿灿一大桶金不敢伸手去提,怕那亮眼的金桶是个幌,实则是上千度火热的金水,烫得自己身骨粉碎。为此,3500万启动资金迟迟不敢打入项目账户。

还是老祖宗对资本看得彻骨,为了百分之百的利润,资本就敢践踏一切人间法律,小六子当然也不会例外。经过10天痛苦思索后,还是那个将睡未睡的时刻,小六子再次敲开了书记的家门,并带来了那个黑色的提兜,但分量比上次重了一倍。这一次,出奇的顺利,书记毫不推辞地收了黑提兜。小六子长舒了一口气,又在心里十遍百遍地大骂了一通之后,第二天就把启动资金打入了项目账户。

一周后,当听到张书记约见的消息,小六子底气十足地"当当"敲响了区委书记办公室的房门。随着一声"请进",小六子步履铿锵地跨进屋。虽然眼里看到书记还是像上次那样欠了欠身,但小六子却像遇见久别重逢的老朋友,热情地一把抓住书记本来是指向沙发让座的手,夸张地摇了又摇,尔后把屁股心安理得地 3/3 全部压迫在沙发上。

二人还是认真谈了开发工程进展情况,以及工程质量要求、资金调度等等。谈话结束时,书记从铁柜里拿出了一个黑提兜,那是小六子再熟悉不过的东西,连自己在拉链上精心做的一个令人不易察觉的记号,也丝毫未动。原先送出去啥样,现在还是那样。

历来对自己信心十足的小六子,额头渗出了汗,慌乱中差点从沙发滑到了地上。从办公桌后边那个眼中射出的两道极具穿透力的寒光中,小六子明白,自己除了服从,乖乖拿着黑提兜走人,没有讨价还价的丝毫余地。

小六子觉得自己这些年的江湖算是白闯荡了。本来想钓一条鱼,一着不慎反而被鱼钩挂牢了自己的腮帮子;又像一个偷油的老鼠,一不小心掉进了捕鼠者设下的机关,在又深又滑的油瓮中怎么也出不来。3500万元启动资金中,大部分是拆迁保证金,自然是有进无出。心中无底的痛苦是无奈,无奈的痛苦的是没有了依托和靠山,活计还是要做下去。

接下来,无奈而痛苦的小六子怀着沮丧、失望,甚至有些绝望的心情,中规中矩地实施着开发项目,工程质量从选材就严格把关,说用8分的管绝不许用6分,居民回迁谨慎对照《条例》认真予以安置,生怕出一点儿差错而受到制裁。有时甚至还给回迁居民一些小恩惠以收买人心。比如给一些特殊困难户发一个煤气罐,虽然总共才发放二三十个,却能搏得顶大的好名声。就连小区内的绿化,除了按设计图纸一点不差地认真完成外,还格外增修了乘凉亭。当然,前提是这花不了多少钱。小六子明白,自己并不甘心在学雷锋,而且千方百计同动迁户搞好关系,防止不慎引发纠纷,造成区政府收拾自己的口实。

两年来,小六子就是这样如履薄冰,战战兢兢走了过来,好像一个初学步者,从开始的摇晃、趔趄,到后来的自然、平稳,小心谨慎，反倒练得更扎实。期间，虽然不像以前几个项目那样，干一个项目交了一批朋友，甚至可以同有的官员一块光着屁股泡澡堂子，让其尽心竭力帮自己摆平某些事。但在西城区项目进展得却是十分顺畅，在大笔的钱币滚滚流进腰包的同时，没有根基、不能同官员成为置腹朋友的小六子，在这一年底竟意外被增补为西城区政协委员。

小六子折服了，在时常吟诵伟人那句"人间正道是沧桑"的名句同时，他觉得自己实在是大亏欠了一件事情，蒙受了西城区天大的恩惠，却不曾给予报答，不仅没请上一餐酒席，连一盒中华烟也未吸过。因此，他就时常陷入了深深的不安中。只有不到6年级文化的小六子，虔诚地相信因果报应：别人让你发多大的财，你就应按规则回报人家多少，不然就是亏欠，就有违上天"买与卖""取与予"的法则。有些人为什么败了？就是只取不予，上天在盯着呢。当然，小六子对张玉龙这个掌握自己打开阿里巴巴石门钥匙的书记，还是有着些许感恩的成分，畏惧之中包含着敬重。他在努力寻找着报答的机会。

用心琢磨，机会真的就来了。在腾飞广场的动迁进行到二期的时候，小六子惊喜地发现，张玉龙书记的岳丈老泰山高海河大人竟在自己的拆迁范围内。

于是，小六子一下子拿出了4套60多平方米的房子，作为先行搬迁户的奖励。除还住户原面积20平方米左右，每套房大约增加40平方米，4套房就是160-170多平方米，按每平方售价2500元计算，总共40万元。小六子觉得40万元拿得值。值，就是有价值。但唯一的前提条件必保4套之中有一套要落到高海河高老头名下。虽然实际高老头才拿到 10 万元优惠,远比张玉龙应收的 40 万元少,但只能如此,总不能明晃晃单给张玉龙书记岳丈大人 160 平方米住房呀。总之,高老头如果得不到奖励房,这 40 万元就打了一半水漂。另一半的目的是化解拆迁难题,小六子要用给高老头之外另 3 套房中的 2 套私下收买上访的组织者,瓦解上访队伍。另 1 套房则要设法奖励到建行行长小姨子头上。当然,这更不能对外人道。

听到区委张玉龙书记再次召见,小六子急忙火速赶到区委办公楼书记门前,仍然是忐忑地敲了几下门,躬身碎步进屋,小心坐在沙发 1/3 处,讨好地笑脸仰望着书记,等候指示。

张玉龙说,本来想让刘玉山副区长找你谈,当然他也会找你谈的,至于我为什么又亲自找你谈,张总想必明白吧。

小六子赶紧答应,明白,明白,我明白。

两个人都说明白,但谁也不说明白的那件事是什么。这就是明白人的明白之处。如果明白说是为了高海河奖励房的事,那岂不是不明白了?

张玉龙问,张总,你们公司负责动迁的 216 户中,无证照房屋占多大比例,准备怎么解决?

看似平常的一句话,问得小六子心里直发毛,按法规条例规定,无证照房屋要无条件拆除,书记却问怎么解决,怕是有什么想法?因此,小六子就回答得很谨慎,也很法规:张书记,证照不全的约占 1/3,七十四五户,面积大概 1 万平方米。当然,我们一定依法拆迁。

这当然之后的一句"一定依法拆迁"是对张玉龙就无证照房

屋犹豫态度的回应。张玉龙当然也听明白了,就说,拆迁工作总的要依法进行,但是法未完全包含的某些特殊情况,还要采取灵活的变通方式处理。

小六子赶紧说,书记您说得对,我公司打算奖先促后,拿出4套住房,对先签合同的实行奖励。谁先搬走奖给谁。奖励折算金额达40多万元哪。

张玉龙说,这个办法值得肯定。可是我的岳父高海河还没有签协议,更谈不上搬迁,你就答应奖一套新房给他了。张总,你不觉得做得太明显了吗?

背地里送钱,人家都不收,哪有众目睽睽之下明晃晃送礼的?真是聪明人办了愚蠢透顶的窝囊事,都是昏头听了那"红嘴唇"小娘们的馊主意。小六子做了一个打嘴巴的动作,尴尬地检讨说,笨了,真是笨到家了,都怪我底下的人办事不认真,信息搞得不准,回去立即纠正,挽回不良影响。

张玉龙说,张经理,我们打交道不是一天两天了,你也应该了解我的为人。我再告诉你,就是你把99%的拆迁户都奖励优惠了,也轮不到我的岳父;如果你实施100%的奖励优惠,我张玉龙的岳父也不清高,当仁不让地接受。只怕这1万多平方米无证房屋,张经理不会都奖励优惠给西城区的老百姓吧?

看着额头冒了汗的小六子,张玉龙毫不手软地又是一击说,区委区政府的态度一贯明确,对真心干事,实意为民的开发商,在西城区发展做贡献的同时,自己一定会得到发展,一定能赚到大钱,想必张经理这两年也是感同身受吧。

小六子擦了把汗,赶紧说,那是,那是。区委区政府,特别是张书记您对我张大才是恩重如山。我一定倾全力为西城区振兴发展做出最大贡献。

张玉龙口气放缓和了一点说，关于无证照房屋住户的安置问题，本来法规已经有明确规定，总的原则当然是依法拆迁，但西大洼子周边居民情况比较特殊，他们为腾飞广场综合改造建设工程做出了牺牲和贡献。因此，希望张经理在组织动迁时能照顾的，要尽量给予照顾；但凡能变通的，也要努力灵活变通，不要死抠法条。在这方面少赚多赚，区委区政府心中是有数的，以后还会给你另外的机会嘛。总的要求是，在法律法规框架内，拆迁工作一定要平稳过渡，千万不能闹出事端来。

小六子听明白了，在对待无证照房屋住户的拆迁上，区委书记今天开了一个"灵活变通"的口子，这是让自己在法规的标准下，多少让出一块利益。实际上是在拆迁户的顽强抵抗面前，西城区后退了一步。同时也是在警告自己，即使能找到法条依据，如果不能平息拆迁户接二连三的上访，或动粗使野弄出事端，自己在西城区开启掘金之门的钥匙就将被毫不客气地收回。这真是一块烫手的山芋呀。

小六子一边在脑子里飞速地计算着"灵活变通"会割下自己多少肉？一边又掰下一块山芋给张玉龙扔回去，让区委书记看看掰开的山芋里边有多烫手。小六子回敬说，我一定按书记的指示和教导依法拆迁，友情安置。但如果不能在两个月内完成全部居民拆迁，办公大楼国庆节前打不上地基，将会造成整个工期后延，明年9月28日区政府升旗仪式就不能按期在腾飞广场举行。耽误了向国庆献礼，这个责任太重大了，自己实在害怕和承担不起呀。

张玉龙听明白了，自己让开发公司变通让步，而小六子是在拿"钉子户"跟区里讨价还价。就毫不退让地说，该区政府做的事情，区里自然会依法有序地做好，不必企业多操心。

小六子连声说，那是，那是，我一定落实好书记的指示，请书记放心。

从本质上说，头脑活泛的小六子是个精明的商人，而不是慈善家。因此，他开出的"灵活变通"条件与被拆迁户的要求差距，风马牛不相及。于是，我们发现，西城区动迁工作走进了死胡同。

身为腾飞广场综合改造指挥部总指挥的刘玉山，一边看着墙上的工期进度表，一边查着办公桌上的年历，焦躁地催促区城建局长再去找市拆迁办主任，尽快把强迁批件拿下来。

有道是，皇帝不急太监之急。李家娶媳妇张家不会急。山城市房屋拆迁仲裁委员会迟迟开不上会。虽然工期逼得火烧眉毛，但有张玉龙确保稳定的严令，指挥部无论如何不敢动粗。但是，张小六子挺不住了，资金从建行打到自己的账户，迟迟不开工，建筑材料没有按期变成卖钱的房屋，银行利息却按期地每天在无情地吞噬着利润。官员刘玉山当然要听自己的领导张玉龙书记的话，小六子未必全听书记的话。小六子主要是听资本的话，因为钱是小六子的领导。也就是说，张玉龙能让自己赚钱时，小六子当然要听书记的话；张玉龙让自己蚀钱，小六子就一定不听书记的话，当然是背后不听话，表面还会装着听话。

如今，绝大多数房产开发公司都不直接从事房屋拆除工作了，多半是完成了动迁协议之后，将所要开发区域的房屋按值作价，卖给专业拆除公司，拆除公司再分包给几个包工头，包工头实际上是二包、三包。他们把拆下来的门窗木料、暖气片、砖瓦残石分类拆卸整理，再卖到郊区或农村。这里重要的前提，应该是住户已经与开发公司签订完安置补偿协议，且在原住户已经按协议搬迁走人，旧房屋归开发公司所有后，开发公司方有权对旧房进行处置。

被赚钱炽烈欲火炙烤着的小六子，把那些没有签订协议，还未搬家走人的"不合作户"的住房，以不超过10户为单元，零切碎砍，一块一片地分卖给拆除公司。这当然是十分阴损的一招。交了残值费的拆除公司理直气壮地去拆房子，却遇到了住户理直气壮地谴责和集体抵抗，迟迟拆不了房。于是就三天两头设法找住户的麻烦，而且这些拆除公司却深谙以强围弱、先捏软柿子、各个击破的战术，专栋老弱病残户，或者孤寡妇幼户下手。不是晚上扔砖头砸玻璃，就是将电线偷偷剪断，造成孤儿寡母夜晚间房内一片黑暗，悚悚发抖。更有恶作剧地将烟囱堵死，让人家无法生火做饭，熏得咳嗽声一片。

这一天，高老头听说同街东头最边一户张寡妇家的窗玻璃被砸了三次，只好将窗子用木板钉上了，但早早起来却发现窗板上被扎了一把锋利的匕首，吓得浑身筛糠般发抖，收拾细软赶紧跑回了娘家。三天后回来一看，房盖不翼而飞，冰箱门被砸凹走形。看着房子已经没法住人，只好签了协议，搬走了家里算作值钱的破烂。

小六子零切碎砍各个击破的战术取得了明显成效，欣喜之余，更上紧了发条，一边给开发公司拆迁部增加劳务费，一边降低了拆除公司购房残值费，调动其拆房的积极性。不到一个月，只剩下了三十七八家"不合作户"，而其中真正死抗硬顶的中坚骨干，也就是刘老三、孙大个子等五六户。

在张寡妇破烂不堪的房屋跟前，孙大个子对高老头说，让你家姑爷子别太官僚，下来走走看看，管管这些王八蛋，对穷老百姓这样无法无天，还是不是共产党的天下啦？

受到奚落的高老头说，他是他，我是我，我不沾他的光，也管不了他的事，我不是也签了协议吗？一周前，秋莺交了15.5万元扩大面积款，加上原面积折算，签订了回迁安置1套82平方米住房的协议。

孙大个子说，你家两个孩子都有出息，找了好人家，嫁出门就不用管了。我那些个狼崽子，哪个出息？就知道熬耗在我这啃老，我要像你只剩下轻手利脚的老两口，也早就签协议了，省得三天两头被动员，被传唤。

高老头被堵得一句话也说不出，一扭头气哄哄地回了家。

终于闹出了流血事件。

山城市房屋拆迁仲裁委员会批准对刘老三、孙大个子等5户"钉子户"实行行政强迁的申请。周三下午，常务副区长刘玉山主持召开由城建、公安、法院、行政执法等部门参加的协调会，准备在周日早六点实施强迁。因为毕竟是对老百姓动粗，选择在星期日，人们多要补觉，早上人少，影响会小些。会上强调了保密纪律。

但是这个对被拆迁户严格保密的消息，不到一天就传到了拆除公司包工头孙胖子的耳朵里。孙胖子实际上是三包，也就是被拆除公司经理剥了两层皮的农民工头儿。秘密的泄露者仍然是上次风快传播奖励高老头住房消息的那个"薄嘴唇"动迁员。

听到刘老三、孙大个子都将被人民政府实施强迁，孙胖子这个高兴呀，好像肚腹中憋胀了多日的一股恶气，终于一朝痛快施放一般地舒畅。自那日向拆除公司缴了1.5万元残值费后，自己就带着几个农民兄弟多次去了这一片住户家，可在刘老三、孙大个子这两个"死硬分子"带头下，谁也不交房子，每次都受到了百般辱骂和斥责，一些妇女和小孩子甚至讥讽自己为捡食开发公司建筑垃圾吃的"肥蟑螂""臭肥蛆"。自己不就是穿得破点吗？拆砖扒瓦还能穿出什么好衣服。你个刘老三、孙大个子穿得不是跟我一样嘛，你们不就是有他妈的城市户口吗？哈哈，这下子遭报应了吧。孙胖子急不可耐地向"薄嘴唇"询问了这两家门窗、砖瓦、梁柱等情况，当听到孙大个子家有温火炉子带暖气片，刘老三家有预制板房盖时，孙胖子像饥饿多日的乞丐突然发现了一块大面包一样，对跟在自己身后的几个破衣烂衫者叫道，弟兄们，又有好卖钱的东西了，一户起码赚他个三四百元呀。

孙胖子急不可耐了，他感谢政府给了他发财的机会，要主动积极地先于为政府打头阵当先锋，使政府强迁时省些力气，同时自己得以尽快完成这片区域旧房拆除工作，好再争取把下一片拆除任务抢到手。离强迁还有两天的周五早上,还不到5点,孙胖子决定在人们熟睡中突然发起袭击,因为电影上八路军拔据点常用这种战术。孙胖子带着跟自己一块从农村闯入城市的全部人马,十几个人每人手上都拿着镐头、瓦刀、撬棍、大锤等铁器,推拉着两挂架子车,悄悄走近孙大个子家院门前,尔后突发一声喊,拥撞开了孙大个子的院门。

正在院子里捆扎两天前拾捡到的烂铁条、钢筋头的孙大个子一下子愣住了,还没反应过神来,就听孙胖子在扯着嗓子喊,都别睡了,快快起来搬家,我们是代表人民政府对你们进行强迁和专政。随着话音一摆手,十几个人拿撬棍的撬门框摘院门,拿镐头的刨墙启砖,一个人干脆拿起孙大个子正在捆的破铁乱筋,直接往架子车上装。

孙大个子像狂兽一样发出了怪喊,强盗,土匪!猛地扑向孙胖子,还没过上两招,就被众人打翻在地。那边屋里乱成一窝蜂,只听"当啷"一声,拿在孙大个子婆娘手中的淘米盆落在水泥地上,屋里妇女、孩子哭声一片,马上又没有了哭声,是孙大个子的女儿用手使劲捂住了小儿子裂开的嘴,并使劲把儿子往衣柜里藏。孩子惊恐地瞪大了双眼,从未被捂严的嘴里喊,妈妈,我怕,加勒比海盗。

这真是一场久居茅厕之中,为争夺一块果腹粪便的瘦饿老鼠之间的疯狂咬啮,也是争食最后一具腐尸的豺狼之间的生死搏斗。隔壁听到哭闹声的刘老三,带着两个儿子也参加了殴斗。混战中,孙大个子脸面遭到了重击,鼻子往外淌血。刘老三的二儿子被瓦刀劈断了右手小拇指。

这是一场寡不敌众的战斗。被打破了脑袋气急败坏的孙大个子的儿子挣脱了对手，闯进屋里抓起媳妇买西瓜的尖刀，复又冲出门对着孙胖子就刺了过去。只听"哎哟"一声痛苦的惨叫，孙胖子重重倒在地上。其他农民工听到孙胖子的惨叫，像触了电一样一齐都停了手。接着，狼嚎般地发一声喊"杀人了"，"出人命了"。

　　当孙大个子那边院里打成一团时，高老头慌乱地拨打了110报警，高老太太又提醒拨打了120，并给秋莺打电话，让他马上叫醒玉龙，告诉他这边出人命了。

　　等警车和救护车先后赶到现场时，院子里除了孙大个子和孙胖子倒在地上外，其余人都住了手，院外围了满满的人群，都在愤怒地嚷着，骂着。120救护车把孙大个子和孙胖子都抬上了车，打着灯闪急驰而去。孙大个子的儿子被警察塞进了110警车，同时带走的还有刘老三及两个儿子、现场孙胖子带来的十几个人中还没有躲逃走的三个人。

　　孙胖子被扎了个肝破裂，好在多亏肚腹上脂肪深厚，肝脏叶被扎的口子不算太大，紧急进行了手术缝合，没有危及生命。孙大个子鼻梁被砸骨折，头脑被震荡得一阵阵发昏。混战双方均有重伤者。

　　从不干涉女婿工作、不管闲事、与世无争的高老头，这一次破天荒地仗义执言，第一次以普通百姓的名义，亲自给张玉龙打电话，对当官的女婿侃侃而谈，证明自己亲眼所见那些人私闯民宅，拆房抢东西，先动手打人，要求区里一定依法处置，还老百姓一个公道。

张玉龙气得脸色铁青,到区里四年来第一次失态地拍了桌子,当着李玉堂区长的面,严厉批评了腾飞广场综合改造建设工程指挥部和城建局。刘玉山知道,书记实际是在严厉批评自己,只能诚恳检讨自己工作不力。张玉龙提出了两条要求,一是要依法严肃处理,平息民怨,挽回不良影响,二是稳妥化解矛盾,不能因为此事冲击影响了发展大局,干扰了腾飞广场改造工程的进程。

受了批评的刘玉山把小六子叫到办公室痛骂了一顿,并威胁说,振兴房地产开发公司处理不好这件事,就永远滚出西城区。

小六子刚要申辩拆除公司与开发公司不是一家,没有自己的事。刘玉山大手一挥,立马打断了他的话说,别以为我不知道你干的那些下作事,你小六子巴不得闹出点事来,好快些完成拆迁,立马开工建商品房卖钱。你有点小动作,耍点小手段,我们都睁一只眼闭一只眼装不知道,但不能闹出流血事件呀。万幸的是今天没闹出人命,如果出了人命,我首先抓你个唆使纵容罪。不管你用什么办法,必须把两边都安抚好。

挨了骂的小六子把一股窝囊火全撒到薄嘴唇动迁员身上,上次奖励高老头住房一事就让他传得满城风雨;这次好好一件事,再有两天政府就出面强迁,都是他那张把不住门的薄嘴唇,坏了老子的好事,让老子又要破财放血。小六子对薄嘴唇说,你他妈的那张嘴是拉粪的屁眼呀,怎么就把不住门?你是让老子向检察院告你个泄露国家机密和出卖商业机密罪,还是自己夹着尾巴滚蛋?

一级对一级发完了火,出够了气,问题还是要解决的。那边,刘玉山找来了公安局长面授机宜，让其分别找了孙大个子和孙胖子做工作。

公安局长先对孙大个子说，你儿子什么时候从局子里边出来，就在你一句话了。你让一步，人家也让一步；你追究对方对你的重伤害，对方就追究你儿子个重伤害罪。孙大个子摸了摸钻心痛彻的鼻梁骨，实在咽不下这口气，但又想起关押在拘留所的儿子，不知遭了多少罪，给不给吃饭？人能不能挨打？

这边，公安局长又找到面色刷白的孙胖子说，你带人私闯民宅，打家劫舍，造成重伤害，病愈出院公安局将追究你的刑事责任。当然，如果你不过分追究对方对你的伤害，对方也会让你一步，也可以重新酌情考虑对你的定性问题。

在孙大个子和孙胖子眼里，公安局长才是真正的政府。区长虽然也是政府，那只是个代表，也不管警察，不值得害怕，甚至在上访时还可以和他理论几句。但对公安局长却不可顶撞，他有权让警察抓人，想抓谁就抓谁，想什么时候抓就什么时候抓。孙胖子曾因为没有暂住证，就被派出所雇佣的二警察铐在暖气管子上一宿。孙大个子上个月在省政府门前也曾被警察连推带揉硬塞进大客车拉回区里。两人一边惧怕着，一边心里窝着火，却谁也不敢对一句话抓人、一句话放人的公安局长说硬话。

随着强大的公安机关出场之后，小六子披着钱袋马夹隆重登场了。受了刘玉山训导的小六子，在开除了薄嘴唇后，大方地放血了。小六子拿着慰问金，后边跟着提着水果篮子的司机，亲自看望了孙胖子，还让自己那"红嘴唇"小秘书向孙胖子献了花。孙胖子看到平时见了自己眼皮都不抬的张经理送来2万元钱，高兴地笑出了声，以致笑的幅度过大，一下子震扯了刀口。虽然痛得龇牙裂嘴，可是孙胖子感到，这一刀挨得值钱，这笔钱自己累死累活地干上大半年也赚不到。就差没说出来，再有这样的好事，宁愿还挨一刀。于是对扎他一刀的孙大个子儿子半点气也没有了甚至还莫名其妙地产生了些微感激。

接着，小六子又如法隆重看望了孙大个子，当然慰问金象征带了点，表示承担医药费外，还答应在原地给孙大个子增加一个户型予以安置。孙大个子喜出望外，心想，这样自己在原地就可以有两处住房，儿子、姑娘各住一处，谁也不委屈，不争抢了。自己和老伴去西郊住，虽然老两口委屈困难些，但全家的难题都解决了。只是原以为医药费要受伤双方各自掏，孙大个子心疼钱，只在医院住了不满两天，就满脸花地回家养着。现在听说有人负责医药费，觉得自己在医院白床单上住的时间短了，比孙胖子吃了亏，心里稍有一点遗憾。但一想到院子里那么破烂还等着收拾，纸壳子、水泥袋子还没整理，雨淋了不好卖钱，在医院里怎么躺得住？所以，尽管低头干活头昏昏地发沉，脖梗子发硬，但坐在地上不低头还能干活，心里也就释然了。

为了安抚刘老三，小六子又偷偷答应回迁时给刘老三也增加一个户型，但要求不许对外边讲，一讲大家都找，到时候别怪开发公司说话不算数。刘老三自然诺诺答应。

闹出了这桩殴斗流血案，没等实施强迁，带头抵抗的人或躺在床，或被押拘，或被公安警告并记录了殴斗行为在案，一时都偃旗息鼓。刘老三和孙大个子不出头，树倒猢狲散，剩余的三十几户都乖乖签了协议。

腾飞广场拆迁工作势如破竹地顺利推进。一时间，原住户们都卷了破被烂席，小心抱着值钱的黑白电视机，装上陈柜旧床，架子车两三趟，就搬走了全部家当。接着，小六子的铲车一声怒吼，巨大的钢齿铁爪，碰上那些破砖烂瓦，三挑两掘，顷刻间夷为平地。随之，工地上响起了昼夜不停的打桩声。

东城区几个主要领导在赵文虎办公室议完了事儿，李晓文对刚被找进屋的机关局长王力平说，文虎书记问宴请市建委刘主任的事准备得怎么样啦？还没等王力平回答，赵文虎笑着说，这回我们区要让市建委出重血，你们把羊汤熬得地道点，要注意一定把锅刷干净，刘主任是个地道的回族，吃出猪肉味来，小心他不高兴呦。

王力平说，请各位领导放心，厨子是从回族清真馆现请的，主要作料包括孜兰粉都是自带的，做不出膻味，我让人准备点羊的干粪蛋末，偷着往他的锅里一撒，保证他胃口大开地感谢盛情招待。说得众人齐声笑了起来。

就一座城市而言，城区虽然是一级政府，但同独居一隅的县政府相比，自主权限不可同日而语。在县里，书记与县长虽然只是处级干部，实则为一方诸侯，想修哪条路，埋哪根管，拆哪片房屋，不需要哪个上级部门来批准。他们的想法基本就是命令。而在城区，虽然是比县政府还高半格的副厅级政府，从某种意义上说，实际是城市政府的附属政府、助手政府、派出政府，因为城市规划、建设、管理权限，在市里而不在区里。

你想破哪条路，换哪根管子，不仅区人民政府决定不了，就是区人民代表大会也定不了，那需要市建委的市政设施管理处长，甚至不需处长，只需一名科长就能审批。道理很简单，因为一条跨越两三个城区的管道，你城东把管径换细了，改道了，城西的管道没跟着改，水排不下来怎么办？同样的道理，山城市的房地产开发，拆除哪片棚户区，开发多大规模，那是市建委的权力范围；包括用地性质是公建还是住宅，盖多层还是高层，那是市规划局的权力；土地出让还是划拨，审批权力在市土地局手里；还包括立项审批、企业资格审批、拆迁审批，甚至各种配套费用的收缴等等权限，无一不在市里。区里当然也有一块权力，只不过含金量的成色淡了许多，如果市里是999含金量，区里多说是14K金，因为区里只有调查摸底、计划建议、拆迁组织、安置过渡居民等职责。也就是说，审批、收费等有权柄的好活、滋润活均操之于上，得罪人的拆迁、过渡等苦活、累活都在区里。

现今，走遍全国设区的城市可以发现，各城市市区政府之间责任划分有一个通行的体制，叫做"条块结合，以块为主，条条保证，各负其责"。条条指市政府所属部门，块块指城区及其街道办事处。一个有趣的现象是，权柄在市直部门的条条上，城市建设管理的责任却在下边的"块块为主"上，干活的没有权有责任，有权的不干活没责任。这好像有些不讲道理。但是跟下级讲理的还算是上级吗？不为上级负责的还是下级吗？如果下级比上级还有权、还滋润，还会有那么多下级小官绞尽脑汁地挣扎着往上级升大官吗？

山城市建委主任刘大海，原本亮堂的名字被自己特别突出的体型给糟蹋了，因为胸脯下边像扣了一个大锅，比八个月孕妇还大，就被屈称为"刘大肚子"，非公开正式场合，刘大海的名字倒少有人叫了。当然叫刘大肚子仅限于上级或同僚之间，下级断断不敢对位尊权重的建委主任如此不恭的。刘大海性情随和，没有什么官架子，倒也不太在乎别人怎么称呼自己。

赵文虎和高玉林分别打电话诚恳邀请刘大海小聚之后，两人又正式地去面请了一次，刘大海总算答应了下来。

具体时间由常务副区长李晓文负责向刘主任请示沟通。李晓文见赵文虎最近满嘴起大泡，知道书记的胃病又犯了，考虑到刘大海主任海量，喝白酒像灌凉开水，还特爱斗酒，不舍出命陪喝高兴了，还不如不请他，就把原定时间向后拖了一周。不想第三天，赵文虎却追问起怎么还不安排？

李晓文说，高区长滴酒不沾，山城市尽人皆知，刘大肚子不好攀他，还不攀你？我看你嘴上起泡，就安排到下周了。

赵文虎说，棚改方案一天定不下来，我一天都睡不好觉。发昏躲不过死，早晚都是遭罪，就安排周末吧。这几天我先喝点粥养养胃，三天后跟他拼。

刘大海接听李晓文的电话，高兴得直笑说，你们东城区不仅羊汤是全山城市最地道的，而且人实在，不装假，不忸怩，跟你们喝酒，那就一个字，爽！

李晓文知道，刘大海这个"爽"指的是去年区委区政府与市建委领导班子联谊会。

去年年初，市政府开展城区百条人行步道改造会战工程，为调动各城区积极性，规定各城区当年铺装道路所耗的费用，市政府补贴一半。没料到东城区在100条之外又多铺装了40多条，而且多半是居民区内的巷道，超出补贴投资预算400多万元。那次联谊会，酒喝得很凶，八分酣醉时，刘大海摸着又凸起了起码3公分厚的肚腹，一脸坏笑着说，按理说工作干得多，干得好，花出去的费用应当补给你们，但今年我没那么多钱。这样吧，看在你们为老百姓的份上，我按40%补贴。当然，如果赵书记每喝一杯，我还可增加补贴1个百分点，算是对今晚盛情招待的回报，怎么样？

滴酒不沾的高玉林瞅着两眼迷蒙的赵文虎说，老赵，算了，40%补贴份额也够难为刘主任的啦，酒都喝得饱和了，刘主任才出令牌，这是送空头人情呢。

赵文虎看了看桌子上1两3钱的酒杯，又在心里计算了一下，1个百分点约9.5万，挺诱人的，就横了横心说，刘主任吐口唾沫，落地都是钉儿，什么时候送过空头人情？来，满上，莫要辜负了刘主任一片良苦用心。

赵文虎那天晚上喝得惊天动地，喝得胃里装不下，直往上返，怕酒从口而出，紧闭着嘴，逼得酒气从鼻孔窜出来，熏得满眼流泪；苦辣的酒像火、像刀子，烧得食管收缩痉挛得好像扭曲了的皮管，不由自主地发出"呃，呃，呃"一声声痛苦的怪响，难受得不由自主地直翻白眼。当喝到第6杯时，刘大海伸手抢过了赵文虎的酒杯说，不能喝了，再喝把我们市建委的窗户扇拆下来卖了，也给不起你们钱了。再说，把书记大人喝坏了，可不是能随便闹着玩的。

但赵文虎还是在家睡了整整两天。

李晓文在电话中报告说，本次招待酒会，菜蔬都是我们区机关局副食品基地的绿色食品，鸡是笨鸡，蛋是笨蛋，鱼是野生的，羊是当年的，鲜嫩着呢，厨子是山城市地道的清真大师傅。这回保证你喝一碗羊杂汤，三年余香满口。

刘大海说，告诉你们"党政一把"，今年我可没那么多钱给你们呀，两个城市出口、一座高架立交桥，钱花得像流水一样，我穷得怕卖裤子啦。开发银行答应的贷款，至今不到位，我都请他们两回酒了。

李晓文说，刘大主任还有求别人的事？这我倒是孤陋寡闻了，开行建职工宿舍不找建委减免配套费，在山城市谁敢不看您老的脸色行事？

刘大海说，曹雪芹先生说话，大有大的难处。一物降一物，马尾穿豆腐。开行第二轮职工集资房都搞完了。说真的，你告诉你们的赵文虎和高玉林，可不能像上次那样算计我呀。不然就是闻到了羊汤鲜味，馋虫从鼻孔里钻出来，我也不去。

李晓文说，刘大主任呀，你太曲解我们东城区委区政府和55万人民对您老的一片深情厚意了。放宽心，我们今年保证一分钱也不要，就是要向您溜须拍马打进步，让您高兴。我们真要算计了您，以后还咋找您办事呀。

刘大海说，听了你一番热情洋溢的奉承，外加戴高帽子，明知话里掺假，但你这一番"精神贿赂"，听着还是蛮舒服的。跟老弟你说，这么多年，山城市还没有谁能算计了我。不过，对勇于干事的，我一贯大力支持，不然我吃你们的请？告诉你，想请我吃酒的人，队伍都排出三个月开外啦。

李晓文说，要不我们为什么说感谢领导您拨冗光临呢？现在吃请都是负担，能请到领导的客，表明我们在领导那儿有份量，您来就是给我们面子，是您老看得起我们。

刘大海说，你可别再拍了，再拍我的头就晕乎了，不等到喝你们的酒就醉了。

周六晚6时，刘大海带着市建委预算处长、财务处长、开发办主任，会同市规划局长、土地局长，准时来到东城区政府招待所一号雅间。刘大海脸未进屋门，肚子先进了门，与肚子一块飘进门的是那粗声大嗓：这一周没把我累趴下，周末到你们这打扰放松一下。嘿，真香呀，文虎书记，你和玉林区长不是给我设的"鸿门宴"吧？

赵文虎看来了这么多人，高兴地笑着说，我们今天设的是"铜雀宴"。随之朗口吟颂词："青青子衿，悠悠我心，但为君故，沉吟至今。"大海刘公，操劳山城，"慨当以慷，忧思难忘，何以解忧，唯有杜康。"我们今天特意精心安排的薄酒素菜，一洗本周刘主任与诸位的忧思和劳顿。

刘大海高兴地赞道，赵书记不愧是名牌大学中文系的高材生，你用的可是曹操的词来夸刘某？

赵文虎说，刘主任好记性，正是曹操当年在铜雀宴会上《短歌行》中的几句词。用来比喻刘主任也不为过。

刘大海说，那可是惭愧，惭愧。如此说来，今日之宴当为雅宴呀。口说雅宴，眼睛瞅着，鼻子嗅着满桌的菜肴就是不动筷子。扭头对主陪的赵文虎说，先把雅宴的动因说明白，事办完了喝起酒来没有负担，不然好东西吃喝到胃里要不消化的。

赵文虎说，各位领导对我们的人格人品要有信心呗。为表示诚意，我先干一杯。说着，将一两三钱酒杯中的酒一饮而尽，并倒过来照了照杯影说"点滴不剩"。看刘大海还在迟疑，赵文虎让人又倒上一满杯说，好事成双，又一饮而尽。接着，又要人倒第三杯。

刘大海不好意思地说，酒品看人品。对谁有戒心，也不能戒备文虎书记，那可是咱山城市的忠厚长者。来，我跟一杯。众人一起举杯，酒桌气氛活跃起来。

刘大海又扭头问赵文虎：你常说的圣人那句话是怎么说来着？

赵文虎说，那是孔老夫子的话，叫"己所不欲，勿施于人"。就是自己都不能干、不愿干的事，就不要拿来为难别人。

刘大海举着酒杯对众人说，你们大家都看到了，我与文虎书记处得很好、很深，为什么？与他相处有安全感哪。他自己觉得难为的事，从不推出去为难别人。所以，他张口的事，我们一定要尽力而为。

大家边吃边叙，慢慢进入了正题。刘大海说，我知道你们想要什么，不就是要做点房与地的生意，扩大税收来源吗？你看我把开发办主任、规划、土地局长都带来了，要多少开发指标？说吧，别像个女人似的扭扭捏捏，我是真心支持你们这些干事的干部，你不请客我也同样支持。

赵文虎示意高玉林。高玉林说，我们今天一不要钱，二不要房地产开发指标，我们要扩大棚户区改造试点指标 50 万平方米。

刘大海听到这里，右手像触电了一样，已经夹起的一块羊肉，赶紧放回盘里，头摇得象拨浪鼓一样，连说两三声，不行，不行，那可不行。看着赵文虎歉意地说，还是给你们钱吧，你们说要多少？棚改指标太难了，全市才50万平方米，6个城区每区也就十万八万的，哪能都给你们？

李晓文插话说，市里应当增加棚改计划指标，那可是解决老百姓住房的需要呀。

刘大海说，我们当然知道老百姓需要棚改，但要改得起呀。我给你们算两毛账。第一笔是房地产开发账，这应当是目前山城市财政收入重要来源渠道之一：一是关于税收，不仅开发企业的税收很可观，商品房交易过程中的税收也很诱人，房价越高，税收就越多。二是土地出让，我可一次收他四十年、五十年甚至七十年的出让费。土地批租卡得越紧，土地卖的价就越高，特别是实行了"招牌挂"以后，地价成倍蹿高，连闲置多年的烂尾楼茬子、荒成足球场的地都成了抢手货。你们知道不知道，城南区临河的一块底价5.7亿的地块卖了多少钱？最终拍卖了12.6亿元哪。土地出让是咱们的钱串子，不然上哪弄钱修建高架桥、打通城市出入口呀。三是行政收费方面，房地产开发中的配套费、绿化费、消防费、抗震费等等，还有自来水、热力、电力等公用企业的增容费，煤气开栓费。这么说吧，每平方米有三百七八十元钱的收入呀。

李晓文插话说，房地产开发这么多的好处，难怪政研室的一些专家提出要把其作为山城市重要支柱产业来培育发展呢。

刘大海说，山城市每年房地产开发规模计划大致为800万平方米，其中包括经济适用住房、廉租房、单位集资建房，还有棚改房，后边这几项加起来100万平方米；700万左右为房地产开发。

看了看众人都在用心倾听，刘大海接着说，以上是我给你们说的第一笔账。我再说棚改房这第二笔账吧，那是要比经济适用住房还要优惠得多的政策：一是供地方式，棚改房土地全部划拨，全年50万平方米棚改用地，我是一分钱土地出让金也收不到，更别说"招拍挂"卖高价了。大家知道，刘大海说的"招拍挂"是经营性土地出让采取招标、拍卖、挂牌方式的简称。正是这"招拍挂"公开出让方式，使出价高者才能够摘牌，促成了地价的蹿高，增加了政府土地收益。二是配套费方面，房地产开发可以收得每平方米三四百元，在棚改房上，我也一分钱收不到。对棚改区域为平衡资金建的部分商品房，我只能减半收取。但棚改后平地房变成楼房，居住人口密度增加了，用水、用热、用气量加大了，我还要往里搭钱，从热电厂、自来水厂、煤气厂新铺设大口径管道，供热供水供煤气，都要大把往里扔钱哪。三是增加棚改指标就必然削减开发指标，影响商品房的销售，必然连带税收的减少。单从财政收入的经济账上算，那可是"一枪三眼"的赔本买卖呀。

说到这儿，刘大海摇了摇头又接着说，当然，话说回来，房地产开发，特别是商品房开发，主要是解决富人住房问题，或顶多解决部分中产阶级住房问题，多数穷人不会受益太大。我也认为，我们的房地政策应当大力推广廉租房，经济实用住房和棚改房。棚改房实际是把政府应当收缴到财政的钱,让给开发企业,由开发商再转移到老百姓身上。政策是个"万岁"的政策,可我们这个穷财政不是没有这个实力吗?你们跟我要这么个要命的政策,市财政要少收一二个亿呢。你说你们这顿羊汤值多少钱吧。

话唠不到一块,酒喝得就很沉闷。热气腾腾的鲜羊汤上来了,双方想着各自的心事,没有谁去端碗喝汤。就像一场热闹的大戏,开了一个多人群舞的喧腾场子,接下来第二个节目突然发现演员还没到场,舞台冷场得一片尴尬。

赵文虎说,我们也知道此事难为刘主任了,说是要政策,实际就是要钱。可是老百姓住的太可怜了,看看桃花巷老百姓的住房,心里难受得吃啥也不香,觉得自己在失职、渎职。还有东排放沟南洼地居民,一下雨担心得人觉都睡不着。话说得很沉重,一桌人都停了筷儿。

说到桃花巷,刘大海感慨道,是啊,我大姨家就在桃花巷住,头几年还让外甥女找过我这个当大哥、又管住房的建委主任帮忙解决住房。我大姨腿疼早年拄个拐棍还能出屋走两步,这两年拄棍也不能下地了。夏天潮,冬天冷,老寒腿还能不重?我小时候四五岁经常住大姨家,大姨家无男孩,把我当儿子,天冷我坐在饭锅里玩,尿撒到锅里大姨都不拦我。老百姓,包括我亲姨都认为我有多大的权。你们说,除了一肚子酒精,我有多大权敢往自己亲戚身上用?当然也不能说是两袖清风,既不算廉洁,也不敢腐败呀。这两年外甥女也不找我了,逢年过节也不去我家看了。老百姓都说当官的心硬心冷呀,唉,不说咱觉悟有多高,就冲我大姨,我早就想把桃花巷问题解决了,只是棚改政策市财政损失这么多,我不好向市长交代呀。

高玉林说,我们区里研究了一个办法,区财政出4000万元,作为补贴或贷款贴息,同时市政道路、绿化、下水等设施区里负责完成,只请市里能将供热、煤气和自来水管道接过来,所需费用愿意以市里每年拨付我区的城建维护费相抵。

对高玉林的这段话,刘大海一字一句听得十分仔细。听完之后,却一声不吭地沉吟起来。满桌子的人都停了筷,住了嘴,眼睛不眨地一齐盯着刘大海看。屋里静得只听着火锅里煮汤的"嗞嗞"声,空气沉闷得几乎爆炸。

猛然,刘大海眼睛一亮说,肥厚的手用力一拍饭桌子,高声叫道,这就好说了!吓了众人一跳。刘大海激动地说,难为你们一片真心诚意为老百姓着想,我真该好好谢谢你们。有的城区对房地产开发积极,对棚改不积极,怕影响区财政收入,我可以将他们用不完的指标调串一些给你们。当然,房地产开发计划规模你们也象征性地减一点给别人。当然,棚改指标的大头还是由市里解决。你们不要提50万平方米,30多万吧,39.9万平方米与40万也差不多少吧。不过,发改委计划指标可得你们自己做工作呀。

高玉林看着李晓文说,这事包在我们区自己身上。高玉林话说得这么有底气,是他知道李晓文的姐夫是山城市发改委主任。

赵文虎提议,为刘主任如此爱民的精神连干三杯。刘大海说,不能因为我支持了你们就理直气壮欺负你们,我刘大海也不是冷血动物,我支持你们是因为被你们感动了,我要再次感谢你们为山城市解决困难居民住房问题找到了一个好路子。"

好像被围困已久的队伍,忽然找到了突破口,冲出了重围,众人心情舒畅,酒桌上气氛越发热闹起来,众人高兴地齐声叫好,不分层次地你敬我饮,乱成一气。众人如释重负地尽欢而散。

山城市棚户区改造政策研讨会在东城区招待所二楼中会议室举行。

会议是以市建委名义召开,东城区政府志愿申请承担了全部会务服务。参加会议的除了市建委主任刘大海及分管房地产工作的副主任、市房地局、规划局、土地局、法制局相关领导外,还邀请了山城市人大城建委员会的领导。会议侧重研讨了东城区棚改工作方案。说是研讨会,实质是在为山城市政府棚改政策起草文件。会议进行了两天半,基本统一了认识。这天下午,刘大海主任亲自主持研讨会,并邀请东城区党政主要领导到会发表意见。

最棘手的一个问题是无证照房屋和临时建筑住户的安置问题,与现行法规规定产生了冲突。李晓文解释说,按国家现行法律规定,无照房屋和超期的临时建筑,不仅不能得到安置,而且要无条件拆除,可是,在棚户区这种情况比例太大,涉及人数户数太多。

刘大海问,多大比例?

李晓文说,拟拆的50万平方米棚户区中,有证的不足30万平方米,无证或证照不全的有15万平方米,其余5万平方米是临时建筑。这么说吧，近40%住户将被排除在依法安置的范围之外。

高玉林说，法是刚性的，但法不责众呀，再严肃的法规也不能把40%人的栖身之所弄没了。打个不恰当的比喻，就像计划生育一样，无计划违反规定把孩子生了，可是一旦生下来了你就不能不承认，罚了款后，还得给上户口，该上学时还得让进学校。何况有的无证房都住了二十多年。这是现实与法律之间的矛盾碰撞。

市法制局长说，理倒是那么个理，但如果把无证的与有证的一样进行安置，就是让违法与守法的享受一个待遇，客观上是对违法者的鼓励，对守法者的打击。这种政策导向将会对城市管理造成严重后遗症，确实应当慎重对待。

赵文虎说，法应当而且必须得到尊重，居民拆迁总的原则要依法安置，离开依法我们将失去遵循。但是，说到底，法要维护正义与公平，要维护公理，要有利于社会的稳定。因此，法大不过理，我们共产党人最讲实事求是，实事求是就是要承认现实，也就要正视近40%的居民在那里生活了二十多年的这个现实。我们既要尊重法律，又不能拘泥于法条。可不可以变通一下，使法得到尊重与贯彻，使理得到弘扬与实行，与法与理都行得通？说到此，赵文虎打住，眼看着众人，不往下说。

刘大海着急地说，我的书记大人，你就别卖关子了，这也是全山城市悬而未决的一个拆迁安置工作难题。你拿出好办法，也是对全市的贡献，我们大家都会支持的。

赵文虎要的就是这个效果，听话地面对刘大海，也对众人缓缓说出了自己的想法：我们国家城市规划法是1990年4月1日颁布实施的。在此之前盖的房子，由于历史原因和管理不到位，可否对只有一处住房、独立门户，而且是常住人口的，视同于有证住户，给予妥当安置。

赵文虎咬文嚼字地强调说，我说的是"视同"而不是"等于"，不是应该应份同真的有证房那样理直气壮。既然是视同，对现在住房面积就要认真审核。比如门斗、装煤桦的偏厦，多数有照房屋都没有这些，就要掐头去尾，不予面积计算，这样有证的也不会有意见了。

众人听了，都说这个办法说得过去，好，可行。

李晓文说，我们调查了这样性质的住户能占20%多一点。这等于解决了一半问题。可是1990年4月1日以后那一半咋办？

赵文虎接着说，1990年以后的，也不能撵到大街上去。在严格审查评估的基础上，可以进行"照顾"安置。

赵文虎解释说，照顾就是"惠给"的意思，比适当安置要差下一个档次。比如可不可以根据房屋的不同年限折算安置面积：你在那住了10年按50%计算原面积，你有20平方米的面积我算你14平方米或10平方米，比1990年城市规划法正式颁布实施前的住户，你要多掏6米或10米的钱，从而体现出差距来，也体现出照顾来。至于近几年盖的少数违建房，也可以按30%或其他百分比来计算安置面积。但前提是这家只有一处住房、独立门市、本市常住人口。换句话说，把这一处住房拆了，不安置他就要到大街上去住的住户，原则上还要给房。因为住在无证房和临时建筑里的人，多数不是下岗就是没有工作的穷人，富人能有几个住那么破的棚户区？再就是没啥能耐的。像我们在座的这些当官的，不都是在政府机关宿舍或住单位集资建房，谁住在桃花巷？

众人听了都点头说，这一档次的照顾安置也说得过去。

开发办主任插话说，这样分档折算面积缴纳扩大面积款是个好办法，只是那些个要房无房，要钱无钱的住户却也没法解决。

赵文虎说，主任考虑得周到。像老张太太这样的特困户，你给她分一处棚改政策房，她也拿不起扩大面积款，分给她"三气"标准房，她也交不起供暖费，她真是住不起呀，怎么办？就要政府实施福利安置，白拿出一套房子给她住。为防止别人有意见，产权可不给她个人，要算政府的产权，租给她住，每月每平方米交4毛钱的房租，也叫"廉租房"。我同玉林区长商量过，明年我们先建60套，以后逐年增加。以上想法不知可行不可行，请各位提出指导意见。

赵文虎说完了想法，众人一时都陷入了沉思，半晌无人说话。刘大海沉吟了半天后，面色凝重地说，依法安置，妥当安置，照顾安置，福利安置。好个合理、依法、有节、有情的四步安置进行曲。东城区的领导一心为老百姓着想的这份情，让我感动。市里连掏腰包带减免二个来亿，虽然钱大了些，可是能换来成千上万户居民改善住房条件，我们也算积了德。这钱花得值个。此事我已同分管的于副市长打了招呼，获得了基本首肯，但还要经市政府常务会讨论批准，你们准备汇报材料吧。

因拆迁受阻而心情焦躁憋屈了大半年的张玉龙，随着腾飞广场综合改造建设工程的节节顺利,这一段心情越发爽朗激昂,几乎每天或早晨或晚上都要到工地转一趟,不时提出新的要求。

这一日,张玉龙又把区长李玉堂、常务副区长刘玉山以及城建局长、发改委主任、财政局长、机关局长等相关负责人员聚在一起,找来建筑设计院,再一次听取设计方案的汇报。

张玉龙这已经是第三次听汇报并研究会商了。这次起因是三天前在山城市宾馆豪华接待大厅,港商向市长感叹接待大厅装饰的高雅、气派,足显山城市雄厚的经济实力和文化底蕴。受此启发,张玉龙提出,将区贵宾接待室面积再增加40平方米,以后接待外商就不必去山城市宾馆了。同时将180人的会议室扩大到300人,以后召开全区中层以上干部大会,就不必离开机关办公大楼了。

听了张玉龙的意见,李玉堂瞅了一眼刘玉山,刘玉山接过李玉堂的眼神,又转头瞅了一眼机关局长。

机关局长明白,区长瞅副区长是让副区长表态,副区长觉得为难又把球踢给了自己,让自己表态,而自己却无处推让,只能硬着头皮代两位区长回答说,区机关办公大楼是区四大机关合用,各家都要会议室,有效办公面积本来就少,再扩大接待室与会议室面积,恐怕人均面积突破规定,不好向上边交代。

张玉龙毫不客气地说,那是你们的事,人均面积超了当然要由你负责。

区长李玉堂和副区长刘玉山都知道,书记让扩大接待室和会议室面积,又将使一些在外边办公的委办局进不了新建办公大楼。在外边办公的委办局有两种情况:一种情况是,政府自己的房产但已列入出卖变现的范畴，为新办公大楼建设资金。这些委办局进不了大楼，房产不能变现，新办公大楼建设资金缺口就要另想渠道去筹集。另一种情况是，租用社会房产办公，进不了新办公大楼，租金将年年照拿下去，财政年年要列开支科目。内心里不希望再扩大接待室和会议室面积。但又不好当着下属干部的面，直接同书记唱反调，所以区长示意副区长，副区长示意机关局长来回答书记问话。但看到书记的态度这样坚决，区长李玉堂沉吟了半天，咬了咬牙对机关局长说，别叫苦，按玉龙书记的指示意见办吧。

张玉龙当然也知道减少进新办公楼的委办局和扩大接待室、会议室面积要增加投资预算，但他就是要把事情往好了办，而且要办得更好，最好，好到极致。同时，他清楚地知道，机关局长怕人均办公面积超过规定，不过是搪塞自己的一个借口。这样决定，虽然进新办公楼的人员实际上是减少了，但往上边的报表中，原计划进大楼的人会一个不少地仍然记录在册，甚至包括一些委办局下属的这站那所等事业单位人员也会被记录在册，不然超建的1.5万平方米办公楼就不好向上交代。

当然相关上级机关也会心照不宣，只要你的报表符合规定，就会照文批准。因为表是下级呈报的，真要追查责任，上级顶多负个官僚主义责任，主要被查处的，当然是下级呈报机关。在这类问题上，上级是不会跟下级较真的。不过，这种伎俩是不能公开说破的。作为党的书记不能直接要求下属作假违规，下级也不会要求书记在会上公开挑明猫腻。上级与下级、领导与被领导，大家都会心照不宣地做，但都不会公开地去说。虽然大家都说了半截话，像是打哑谜，局外老百姓可能听不懂，但官场局中人都会明白。不然那还叫水平？所以，张玉龙理直气壮地对机关局长说，"那是你的事。"

机关局长只能暗自叫苦，他倒是不怕那些委办局继续在外租房，也不担心计划变现的房产不能变现要另外想法为新办公大楼追加投资，因为，那是书记定了后，区长、常务区长和财政局长的责任。他犯难的是剔除哪个局于新办公大楼之外呢？

住在党校那龇牙裂嘴的破楼里，谁不想进坐落在15万平方米休闲广场边上的现代化办公大楼。各委办局为进新办公大楼已争得头破血流，为此机关局长已得罪了不少人。按理说，要想少得罪人，就要拿人多的局开刀，像财政局，人数比其他小局多三四倍，第一个就不该进大楼。可在实际上必须第一个让财政局进大楼，而且按人头不仅比别的局多要了4间办公室，还多安排了1间会议室。机关局长是哑巴吃黄连，有苦说不出。就算不是哑巴，苦得直吐舌头，也不能喊苦呀，财神爷是可以轻易得罪的？再一个是拿教育局开罪，人多，一个局顶三四个局，得罪他一家，就可少得罪三四家。可是昨天上初中的儿子回家说，班主任让捎信，腾飞广场竣工仪式上学校志愿出乐队和花束队，并说教育局准备在新办公楼大厅内捐放一尊价值10万元的玉石雕塑以示庆贺。儿子当初进这所重点校差18分，是教育局长给送了进去。明年就考高中，关键时刻得罪了教育局和学校，还有儿子的好？那只好忍痛将工会、青年团、妇联剔除楼外。"工青妇"在一个小楼办公，原打算三家进新办公楼后，将小楼收为机关局开个酒楼，或承包出去，每年收入百八十万元，弥补机关食堂、车修油补等。先前,已经请示刘玉山副区长原则同意,现在只好泡汤了。想到此,心情越发不好。

正想着心事,就听刘玉山汇报说,按着玉龙书记关于搞好亮化的意见,我们不仅增加了广场灯盏数量,而且以区机关新办公大楼为重点,把广场周围建筑物、楼型亮化搞了个全盘设计。因为新办公楼是坡屋顶加挑檐,比平屋顶多花费40%的资金,共240万元。说到楼型灯,心情烦闷的机关局长情不自禁地小声嘟囔着,今后仅大楼楼型灯每年的电费就要多支出电费30多万元,将来开支瞧着大吧。

只见张玉龙转过头来瞅了自己一眼,赶紧噤了声,又怕牢骚话不慎从口里钻出来,赶紧用手捂了一下嘴,可能还怕一时把不住口门,从口袋里掏出烟盒,抽出一支塞进嘴里,并习惯地递给烟瘾甚大的区长李玉堂及财政局长;看二人均摆了摆手,未接烟,忽然想起张玉龙最烦吸烟,办公室里烟灰缸都不放。所以,手拿打火机,比划了几下,终于未敢点火。

在西城区几大机关,凡是张玉龙主持的会议,无论大到区常委会议,中到十来个人的汇报会,小到三四个人的碰头会,没有一个人吸烟。官场中人都清楚,"楚王好细腰,湘女多瘦死"。谁也不会拂领导的生活、工作习惯而逆行之,工作干得再好,也会在领导那儿留下不拘小节,不甚谨慎的不良印象记录。

就是张玉龙瞅的那一眼,使机关局长打起精神听取与自己关系不大的广场设计汇报。城建局长汇报说,已按玉龙书记、玉堂区长指示同山区林业部门签订了购树合同,引进黑松30棵,每棵在30-50年以上;考虑松树活不活要三年为期,为防止"一年绿,二年黄,三年见阎王",所以只付了50%款,另一半三年后付清。另外,还引进白桦树200棵,枫树200棵。这样,不仅四季有松树之绿,而且秋季有枫树红叶,冬季有白桦与雪景互为映衬。再就是2万平方米的草坪是国外引进的最好品种,分期付款,专人养护。说到草坪,城建局长大概想起了从来未为买草坪支付过的这么一大笔资金,无意识地评论了一句说,不过,草坪维护费用很贵,不仅喝水甚多,还要定期追加有机肥料,将来城市维护开支将大幅度增加了。

张玉龙开导说,上好的物品都是昂贵的,这符合物有所值的道理。就好比穿上报喜鸟的品牌西服同地下商场买的贴牌西服,给人感觉的形象一定不会一样。我们就是要让山城市最破旧的西北部改换成华丽的盛装。那时,人家就会相信我们的雄厚实力,愿意同我们打交道,做买卖,愿意把项目摆放在我们这儿。

机关局长感觉书记是在批评自己,赶紧附和说,那是,那是,书记说得深刻。

广场效果图看得大家心情越发明朗,一致称好。张玉龙却说,我怎么感觉,广场的绿化、亮化、美化还可以,但文化含量差了一些,可否请国内雕塑大师搞几尊雕塑。

李玉堂拿眼色示意刘玉山说话。其实对广场的美中不足,也可以说是瑕疵,区政府及建设局、规划局等相关领导都发现并议论过,广场面积太大,内部东西太少,只是苦于资金紧张,已超出原设计概算3000多万元,因此一直没有提出改进方案。没成想书记终于发现并指出了这个问题,区长又不好公开场合同书记论理，只好示意常务副区长向书记解释。

刘玉山只好硬着头皮答话说，玉龙书记看问题真是一针见血，一下子就指到了要害。我们对此也研究了两次，一座主题雕塑需200万元，加上请知名雕塑家，每一尊作品需30到40万元，共需要8尊雕塑，共计500万元左右，加上书记上次提出要在广场上设置一座大型电子屏幕，约需200万元，再加上广场灯盏拔高增亮加密，需增加投资200万元左右，我们考虑如果一齐把所有项目上完，工程将超出预算5000万元以上，可否等综合改造工程完工后，两年内填平补齐。

张玉龙听见刘玉山说得如此详细，还连用了两次"我们"这个词，知道这个意见包括区长李玉堂在内，政府是认真研究过了，自己便不好直接表达肯定或者否定的意见，而是先讲了一通重复多次的腾飞广场改造工程的重大意义，尔后严肃地强调说，我同玉堂区长多次讨论，我俩一致意见是，腾飞广场改造工程一定要高标准、高质量，不能瓜菜代，更不能半建而止，半途而废，留下历史的缺憾。我们可以说出千条万条困难的理由，但大不过发展和振兴西城区的理由。因此，我建议你们再好好研究一下，尔后向区委、向我和玉堂区长做出汇报。

明明知道区长不同意上雕塑和电子屏幕，批评分管此事的常务副区长，还表示要与区长一起再听汇报，从而把区长拉向自己一边，给区长留有改变意见的余地和台阶，这就是领导的工作艺术和驾驭水平。如果不是这样表达意见，而是说政府要好好研究，就是连区长也批评了。张玉龙当然清楚，在公开场合，尤其下属面前，暴露党政两个一把手的意见分歧，不仅不利于问题的解决，致使区长坚持己见，而且会闹出领导班子的不团结，这实在是官场之大忌。

踩着张玉龙书记给设置的这个宽大的台阶，区长只能让步了。李玉堂看着刘玉山，对众人说，玉龙书记站得高，想得远，虽然困难很大，我们再认真算一下账，一定认真研究书记的意见。

挨了批评的刘玉山心中暗暗叫苦，书记这一打一拉，年轻的区长缩了回来，可工程又要超概算1000多万元。作为腾飞广场综合改造建设工程指挥部总指挥，刘玉山每次参加张玉龙书记召开的会议，自己都像在受审一样难受。因为每次书记都是在提高着建设标准，完善着锦上添花，而每次都要追加投资。工程还没进行一半，已经比预算超支4000万元，照这个态势发展下去，再加上开发商垫付的五千多万，工程没有上亿元亏空是下不来的，区财政恐怕三年翻不了身。

刘玉山当然明白，让自己担任总指挥，主要是因为自己是常务副区长，不仅主管城建工作，更重要还主管着财政，所以每次追加投资，都要自己费尽心思，绞尽脑汁地拆了东墙来补救西墙。过去有事没事愿往书记跟前凑，积极汇报个工作，谈个问题看法什么的。因为提拔干部的原则是"知人善任"，领导只有知道你、了解你，才能敢于、善于任用你。年轻区长说不定哪天就交流走了，自己当然盼着能接上班。可是这一段怕书记遇到自己突然提出个添花项目来，所以有意无意间到书记那儿跑得稀了。今天开会一见书记的面，书记就笑着说，玉山区长这段时间忙得我都没见着你了。就这一句话，几乎惊出自己一身冷汗来。刚才区长说回去要认真"研究"书记的意见，而没说"落实"二字，刘玉山知道，在书记与自己之间的年轻区长也难，他是要征求自己与财政局长的意见。但就冲着书记那一句笑谈，自己死活也不能不同意追加这笔钱呀。想到此，一股心火窜到头上，牙床肿胀得难受，嗓子一阵发干，抓起矿泉水瓶，一仰脖咕嘟嘟灌了大半瓶。

终于散会了，刘玉山抓起剩下的半瓶水就往外走，还没迈上三两步，只听张玉龙说，两位区长留一下，我们再商量一件小事。

刘玉山浑身不自主地一哆嗦，忐忑不安地又坐回了原座，不知书记又要出什么难题。

众人都离开了房间，房门也关上了，但张玉龙还是习惯地到门口拉了一下房门，看门真的关严了。转身回来，张玉龙走近两位区长背后，伸手分别拍了拍两人肩膀，尔后靠近坐下说，腾飞广场工程难为二位了。我心里是十分明白的，感谢二位的辛苦努力呀。

就这一拍肩膀，一句感谢，使二人特别是刘玉山竟有了十分的感动，觉得这一段累没白挨，罪没白受。刘玉山说，只要书记认可就行，有什么要求请说吧。

张玉龙说，腾飞广场的投入账我心里是有数的，区财政将超支四五千万元，开发商垫支的材料款、人工费也大致这个数。我用"骑虎难下"这个成语来比喻我们现在的态势。许多人都把骑虎难下看成贬义词或恶劣的局面，而我却不这么看。骑虎虽然是恶劣的危险境地，但骑虎者都是勇敢者，能为者，非平常人者，这是其一。其二，骑虎虽有危险，但正所谓"危机"是危险之中有机遇,只有骑虎才能疾步如飞,才可创造骑驴骑牛者不可逾越的高山或鸿沟;只有骑虎才能激发斗志,做骑驴骑牛者做不出的惊天动地的事业来呀。这就是我为什么坚定信心,一定要把腾飞腾飞广场抓出成效的原因。说了一番道理,看二人点头,张玉龙接着说出了自己思谋许久的意见。

张玉龙说,上亿元的超支,当需硬性缺口,光靠区财政还钱,我们二三年内恐怕不好翻身。开发商垫支的钱也不能久拖不还,万一开发商资金链条断裂,闹出拖欠农民工工资事件,我们谁也负不起这个政治责任。我有一个想法,还是做活做足土地这篇大文章。现在我们西城区拆迁破竹的态势已经形成,可否再就势拆个三四万平方米,交给张小六子搞开发,还要以经济适用房名义,想办法帮助他减免部分土地费、配套费,这样既可以以地抵钱,同时还可增加商品房交易的税收,解决这亿元的超支应当不算什么问题。

被资金困扰得焦头烂额的刘玉山听了张玉龙的话,高兴得两眼直放光亮,可又疑惑地问,拆这么一片区域,闹的动静不会小了;再说等市里几个月批下来,现在这拆迁"破竹"之势的热乎劲怕也凉下来了吧?

张玉龙说,拆迁工作我们可以一边上报申请手续,一边就着手进行拆迁。地段就选在紧邻腾飞广场旁边西大洼子片进行,使人容易理解为腾飞广场拆迁的继续。但要注意顺势将西大洼子扩进来几万平方米,借洼地搞一个水平景观和广场喷泉。现今广场光有树,有假山、雕塑、灯光亮化还不够,主要是缺少灵气。只有有了水,才能活泛起来,才会有灵气。这样广场还可增加 1 万平方米，达到 16 万平方米。

李玉堂担心地说，西大洼子可是山城市 10 万吨污水处理厂的规划控制预留地呀，总共 9 万多平方米，我们扩进了将近一半，市里不可能批准吧。

"人往高处走，水往低处流"。这是中国人千百年用来激励人们上进的格言，但其中包含着自然规律的伟大力量。因为水往低处流，所以城市中的净水厂，有条件的无一不建在高岗处，自来水不用电泵，就可自流到低处住宅区；而污水也是往低处流的，因此城市中的污水厂有条件的无一不建在低凹处，以便于居民用过的污水，自流汇集到处理厂，省却大量昂贵的电费。因为用过的污水只能走下水道，是不必再上高楼的，因此，西城区仅有的近 1 平方公里西大洼子，就成了污水处理厂的规划预留地。当然，污水处理厂也可规划在南城区，他们也有洼地，与西大洼子就隔着不大一块岗地，但不知十几年前怎么没有把污水处理厂规划到南城而规划到了西城。对此，西城区几届领导班子成员都憋了一肚子不满，有的甚至公开提过意见说，不就是南城环境好，大机关多，大专院校多，比西城区硬气吗？大机关里的干部和知识分子怕熏，西城区穷老百姓难道就该常年闻臭味吗？

张玉龙说，规划是十年前做的，在没有实施前，规划当然可以调整，就看我们工作的力度和技巧了。张玉龙要求一是动作要快捷，二是措施要稳妥。

刘玉山明白，快捷的意思是，这事办得拖拉了，久攻不下，事没干成，捉不住狐狸还会惹一身骚。稳妥的意思是，不能弄得响动太大,绝不能搞出事来。但官场同僚之间,有些话是不能明说的,"快捷""稳妥"两个词、四个字,就足够明白透彻了,再去解释这两个词的意思,就不仅没有意思了,还没有了水平。

听刘玉山说明了意图,张小六子的嘴、鼻子、眼睛,包括额头的皱纹都挤在一起笑,连带着两个招风耳垂都热情地不停颤抖。扩面拆迁紧贴着腾飞广场南侧西洼地和发动机厂集资楼边进行,不知内情的住户或不掌握拆迁许可的具体工作人员,根本不知道,这些拆迁超出了批件范围。

为了快速取得成效,张小六子给每个被拆迁户规定之外多支付350元过渡费,给动迁公司每户多支付50元劳务费。在不到80天的时间里,小六子以多支付33万多元费用和轻伤4人、重伤1人的微小代价,完成了312户拆迁。当污水处理厂规划预留地上2栋回迁住宅、2栋商住楼、1栋写字楼分别起到3层、4层、3层半时,才被山城市规划设计院一名设计人员在路过时偶然发现。等反馈到院长那儿,院长再汇报到规划局主管副局长、局长,传到建委主任刘大海和主管城建工作的于副市长那儿,已经又过了去了二十天。但是,木已成舟。

得到消息的于副市长当天下午就带着建委主任、规划局长、城管局长等十几个人的队伍赶到了现场,冒雨进行了踏查。于副市长气得七窍生烟,下令立即停工,等候处理。市建委建工处长当场开具了停工通知书。接着,于副市长在西城区政府常务会议室召开会议,听取西城区政府的汇报,追问先斩后奏的原因。

区长李玉堂唯有认真检讨,态度诚恳接受批评,表示愿接受市政府任何处分,却并不解释一句,但却示意副区长刘玉山说话。

刘玉山恭恭敬敬地汇报说,我们已经分别向市规划局、市拆迁办申报了批件,但市里迟迟没有下达批复,也不说同意,也不说不同意。按山城市委市政府关于经济发展环境审批事项有关规定,基层请示件半个月无答复意见就视为同意的规定,我们是一个月之后才开的工。当然,这件事我们完全错了,愿受任何处罚。

于副市长转头盯着规划局长问,你们局怎么回事?

规划局长示意用地处长答话,用地处长嚅嚅地回应说,来之前我查了一下,项目请示审批件确实在规划用地审批处压着。但我们认为西大洼子是污水处理厂的规划预留地,不可能搞房地产开发,所以就没有往局务会上提报讨论;我们觉得那是个笑话式的文件,也就没向西城区回复意见。再者说,西城区也应当来追问一下,全市哪家报审批件申请不是紧追不放,还等着送上门去?

这最后一句话,自然暴露了规划审批部门的衙门作风,规划局长实在听不下去了,大声训斥用地审批处长说,说清楚就完了,你哪那么多没用的废话!吓得用地处长像寒蝉一样立马噤了声。

于副市长又追问拆迁办主任,扩面拆迁是否履行了审批手续?

拆迁办主任解释说,我们这儿发拆迁许可证有四个要件:一是发改委下达的计划批件,二是规划局的规划设计审批许可,三是土地局用地许可，四是拆迁保证金。张小六子公司在上报拆迁申请后，只把拆迁保证金存到了我们的账户，另外几个件除了发改委的计划批件外，其他的都没有。我们让他们补，他们说正在办理，钱都存你们账户了，还能有假？

按职责划分，拆迁办负责无证非法拆迁的查处，可是当小六子把钱存到拆迁办的账户后，拆迁办的稽查人员放松了警惕，使小六子在无监督情况下，实施了无证拆迁。

于副市长听明白了，这事公开出去，真是一大丑闻。西城区有意利用市直城建部门官僚主义作风，抓住市委市政府关于软环境建设有关条文规定，实施了无证拆迁，违规建设，意在造成事实逼市里承认。可气的是，软环境的一些规定登个报，上个墙，做个承诺还行，岂可当真？尽管市直城建口一些部门权大位重，历来不把申请者和被管理者放在眼里，推诿扯皮，办事拖拉，应该下猛药治理，但西城区故意下圈套让市里钻，手段也太刁蛮阴损了。此风断不可长。于副市长在停工待查的处分外，又增加了一条处罚，就是停止受理西城区房地产所有新开项目的审批。

"停工待查""停止受理"简单的8个字，却是对西城区极严厉的处罚，七八月大好施工季节，好不容易从银行贷来了款，人员工资，银行利息，租借的大型设备，流水一样的耗费，每一天得花大把的钱。人们都知道，被停工一个月，可以听得到喊疼声，二个月可以拖黄一个项目，三个月可以停垮一个企业。房地产开发是城区税收的一条主要渠道，停止受理，等于奔涌财政口袋哗啦啦的钱币声戛然而止。但是，面对如此重的处罚，西城区两位区长在只说过了一句"报件一个月没有回音"的稻草救命之后，除了诚恳谦卑地检讨，表示接受市里处罚外，其他表白申辩求情的话一句也不说，这让于副市长心里多少好受了一点儿。

于副市长正欲拂袖而去，房门开了，张玉龙边擦头上的汗，边急匆匆地奔进屋来，边诚恳检讨说，真是犯了错误，光想着发展，没想到给市里添了这么大的麻烦，都是区委没有把好关。我们一定向市政府做出深刻检查，接受一切处罚，想尽办法，挽回损失和影响。恳请于市长能给我们一个改正错误的机会。说着，从口袋里掏出中华烟递给于副市长，并亲自点上火，又给其他人敬烟，自己还拿出一支点燃陪着吸。

烟瘾很大，又发了一通火气的于副市长，突然上了烟瘾，使劲吸了一大口。

张玉龙敬烟点烟熟练程度，好像是抽了多年的老烟客。但随着一阵剧烈的咳嗽和两眼呛出的泪水。于副市长突然想起了西城区的张玉龙不吸烟，会议室从不摆烟灰缸，下属从不在书记面前吸烟，以至于传出了连张玉龙本人也不知自己周边的人，到底谁会谁不会吸烟的故事来。

看着张玉龙被烟呛得狼狈像，于副市长还是多少受了一点感动。再则，话说到这个份上，千恼万怒，市政府对各县区党的书记，一方诸侯，多少还是要给些颜面的。何况事情都是政府惹的，尽管可能有书记主意，但表面上终究是行政上的事。于副市长说，具体意见我已同玉堂、玉山二位区长交换过了，希望区里能够给市政府一个适当的解决意见。

张玉龙连声说，请于市长放心，我们一定尽快提出改正意见。又指着墙上的挂钟说，都晚上 7 点 15 分了，请各位领导留下来吃点便饭，以弥补我们的罪过，千万给个面子。

饭当然是不能吃了，但于副市长还是礼节性地握手道了别。

三天后，西城区委区政府的检讨报告呈上了于副市长的案头，文件是由区委书记张玉龙、区长李玉堂共同签发的，足见对事情的重视与诚恳态度。报告丝毫没有涉及"报件一个月不见回复"字样，没有一点向市直部门推诿责任的意思，全部承担违规责任，检讨法治观念淡薄，痛心造成的损失，恳请处分，接受处罚。于副市长心里又好受了一些，还有了些许感动，自己也在城区干过，城区干部也不容易。

再往下看解决办法，写的是愿意在西城区任何地方另选污水处理厂址，或同南城区各出一半洼地共建污水处理厂。看到这儿，于副市长刚才那一丝感动没有了：这是送空头人情嘛。西大洼子低凹地已被这次违规项目占去1/2，其余都是岗地。即使南城区有一块可以规划成污水处理厂的凹地，那里是一所中直所属科研院，拆迁补偿成本高昂成天文数字。看来只能另选污水处理厂址了。

接着又往下看，写的是恳请市建委、规划局能在百忙中抓紧调查处理违规项目，特别涉及312户动迁户的回迁工程，如不抓紧施工，有可能因超期回迁，给社会安定带来隐患。另外，商住楼是开发商筹集回迁房建设资金的重要途径，长期停工，势必会影响资金回笼及回迁房建设。看到这儿，于副市长真生气了：西城区竟拿居民回迁要挟我，跟我玩阴的，我非治你们个焦头烂额，看你们敢跟市里耍心计。随手把盖有西城区委区政府大红印鉴的文件扔进了废纸篓里。坐在靠背椅上喘了半天粗气。不过，终于还是想明白了，无论如何自己领导的城建口疏于管理，没及时发现问题。假使一点责任也没有，300多户居民到期回迁不了，岂不要闹翻天。就算看在老百姓的面子上，暂且不跟这些年轻干部治气。于是，又去纸篓里捡出文件，批示道，请市建委、规划局组成调查组调查，尽快提出处理意见。

热火朝天的工地因一纸停工通知单，立马沉寂了下来。一周来，工地只见人影晃动，不见一砖上墙。小六子挺不住了，连着找了三趟刘玉山。小六子与这位常务副区长在酒桌上已成了可以拍肩膀的哥们，逼着刘玉山去找张玉龙，让书记同意或默许开工。

这一天，两人堵住了正在工地转悠的张玉龙。三人来到了现场指挥部办公室，张玉龙坐在了二人对面座位上。

虽然对这位刀枪不入的威严书记心底里始终畏惧着，但是被停工处罚折磨得五内俱焚的小六子，还是大胆向张玉龙提出了疑问和请求。小六子说，张书记，这工程要停到什么时候？再不开工，回迁房就不能按时交工。还有停建商住楼直接影响资金回笼，也没钱去买腾飞广场的地面砖呀。要不，我们公司豁出去挨罚，先开工？

张玉龙冷冷地说，张经理，别以为我不知道，你那商品房图纸刚出来，不就炒楼花回笼了70%的资金吗？还有你那栋商住楼不是整体卖给建设银行了吗，不然建行为啥贷给你那么多钱？你还别光讲你的商品房，我不管你商品房有没有钱，但回迁房你差一天完工，老百姓晚一天回迁，区委区政府也拿你是问。

现在区里正在向市里汇报沟通，你再坚持一段，半个月后不开工，你再来找我们。

小六子内疚地争辩道，七八天了，寸瓦未动，干耗着损失，1天就是10多万元呀。再停半个月，那可是一百七八十万元哪。

张玉龙毫不让步地说，西城区人民政府批给你开发项目，就是给你赚钱的机会，不要以为我们都不会算账。这个工程你起码可以赚三四千万元。停工损失的这笔钱，是你必要支付的成本和代价。你要赚大钱，就要大气一点，不要盯着眼前的小利，要往长远看。

因张玉龙用了"我们"这个词，刘玉山听出来了，"我们"是指在场三人中书记本人和自己，不包括小六子。书记是在告诫自己，不要与小六子组成"我们"，要知趣地与自己组成"我们"，一块做小六子的思想工作。

刘玉山听明白了，也想明白了，就立马转变立场对小六子说，书记说得再明白不过了，你小六子赚了多少钱，别以为我们不知道。如果不是在西城区搞开发，你现在能这么大发？在这个问题上，你必须同区委区政府保持高度一致，坚决按玉龙书记要求办，再停一段。说完这席话，借着往杯里续水的机会，坐到了张玉龙旁边，即小六子的对面。

小六子听明白了，西城区正在跟一肚子火气的于副市长和相关部门交涉。此时开工，无疑是火上浇油。如果自己不按区里意见办，另行其是，那今后在西城区发财的路，就此走到了尽头，说不定面前是百尺深涧也不可知。想到此，也算明白了，就拍着胸脯说，我懂了，我保证全力配合，听区里的。

该说的话说完了,小六子还要套近乎,请书记和区长到茶座喝杯茶,休息一下。张玉龙摆了摆手,毫无表情地说,你请回吧,我同玉山区长还要商量点事情。

小六子恭敬不如从命,一连串地动作是躬身点头地说,书记忙,区长忙,我告辞,告辞。

看着小六子走出指挥部办公室,刘玉山知道书记对自己有指示,又从书记的旁边,坐回了书记的对面。

张玉龙说,玉山呀,古语说,壁立千仞,无欲则刚。我们个人对开发商无欲无求,一切按规矩行事,他们就会尊敬我们,服从我们,我们就会不严而威。开发商尊重我们,不是尊重我们个人,是尊重我们手里的权力。我们为人民掌权用权,他们实际上尊重了人民。而如果收了他们的好处,我们就有了短处,就露出了软肋,说话就不硬气,就可能被他们要挟,甚至驱使呀。

刘玉山说,书记的话虽然朴实,但寓意深刻。领导干部必须严格要求自己,不能以权谋私。看书记不转目地看着自己,刘玉山又替自己解释说,有时候为了办成一些难事,比如逼着开发商对老百姓做些让步,也有向他们套近乎,交朋友,吃吃喝喝的情况。无非是给老百姓要点好处,多让他们投点资,出点血。不知情的外人,可能还有怀疑我们得了多少好处呢,有时也觉得有点冤屈。

张玉龙缓缓安抚说,我理解在政府工作同志的苦衷。身正不怕影子斜,只是要防止日久生情。要告诫你所分管的城建系统干部,他们手中批地审房权力很大,寻租的机会也方便,时刻处在企图寻租权力发财的商人包围之中。千万要小心谨慎,凡事有个度。这也是关心爱护我们的干部。

刘玉山说，感谢书记的理解、提醒和关心。我知道你说话办事向来留有余地，刚才听你说，顶多半月就能复工，有什么妙招能与于副市长沟通好。这次他的火气可不是一般的大呀。

张玉龙说，你怎么忘了，不是你给了我一份文件，省里分管的副省长下个月要带着省建设厅、国土厅、发改委等部门到各地检查城建工作，重点查处土地越权批租和违规房地产开发吗？

刘玉山大惊，那我们不是正好撞到检查团的枪口上了？

张玉龙笑道，反向思维一下嘛。如果你是于副市长，在省检查之前发现问题，是予以积极纠正呢，还是等着省里通报批评和处罚？我们这次是属于在城中村未征用的土地上违规搞开发建设，纠正违规变成合规是两条：一条是拆除违法建筑恢复原状，另一条是修改原规划用地性质。如果我们拆完净地之前被市里发现并查处，那只有乖乖交出已拆出的净地，让市里建污水处理厂。而我们是在居民、商住楼分别起到三、四层，已无法纠正还原的情况下被发现并查处的，你作为于副市长怎么办？不修改规划用地性质承认现实，山城市就可能因非法占地、违规开发，被省政府通报批评，并实行区域限批。那样，山城市整个用地审批和房地产开发就可能被叫停。我想，市里再不满意，也会通过调整规划，将我们这片用地变成合法占地，合规开发，而且就在这十天半月之内。不然等副省长率队来了，就不好办了。所以，我估计，问题的解决就在这10日之内。因为市里比我还着急呢。

刘玉山心诚悦服地说，张书记，您的水平就是高。一份省里视察文件放在我那儿,什么也没看出来,您一下子就发现了这么重大问题。我的思维这辈子算是跟不上您的步伐了。

张玉龙说,我这次算是把市政府领导得罪惨了,几年来小心谨慎按章办事的形象毁于一旦。这也是没有办法的选择,为了西城区的发展与腾飞,我们随时都要牺牲个人的名誉、前途,这也是对46万西城人民负责。

二人走出指挥部办公室,张玉龙又交代刘玉山,对市建委、市规划局联合调查组一定要安排好接待。张玉龙说,他们顶多三五天,我陪1天,让玉堂区长再陪1天,你全程陪同。要准备点礼物,针对不同人员分别准备。不要总是羊毛衫、衬衣、皮兜子那一套,谁家没个三五件,挺贵的还不实惠。高档的礼品从山区弄点林蛙或哈蟆油什么的,低档的弄点阳河绿色大米、五谷小杂粮、荞麦面和玉米挂面等。要派人用车给人家拉到家,扛上楼,送进屋,放进储藏室。这些东西花不多少钱,但个人弄起来挺费劲。那些人谁能出那个力气。还有,个别领导要求办的事,只要不出大格,能办的尽量变通办好。市规划局长的妻弟不是要到区环保局吗,那事办得怎么样了?

刘玉山说,环保局有监理编制,有检测编制。我们让他去检测编制,他不愿意去,就拖了下来。

张玉龙说,人家为什么愿意去监理编制,不是监理编制将来有可能转成行政公务员嘛。既然答应人家来,何不办得漂亮点。我听说那个孩子是环保专业大学本科生,正在读硕士研究生。人家又不是素质不行,用谁不是用。我建议赶紧让人按行政监理编制转进来。人家哪个区不能去?拖久了说不定让别的区接收了呢。

刘玉山说，以前人家总说"状元不出门，全知天下事。"西城区什么事都在您心里装着，真让人感动。我一定向玉堂区长汇报您的意见，尽快逐件抓好落实。刘玉山当然知道那句话说"秀才"不出门，全知天下事。但他从心里认为张玉龙的水平岂是一个秀才可比的？所以心诚悦服地改为"状元"。

春来暑去，秋过寒往，转眼间一年就过去了。这一年国庆节前夕，春燕、秋莺姐妹俩事先商量好后，一致要求文虎、玉龙都给自己至少放两天假。

春燕对文虎说，我们学校的好老师都不压堂。文武之道，一张一弛；有松有紧，有节有奏，才能教出好学生，像你们整天加班加点地开会，肯定是低效率，出不了好活计的。

文虎说，不就是9月30日晚上到岳丈老泰山，岳母老泰水家团聚，庆祝乔迁之喜，观赏玉龙的杰作——腾飞广场夜景吗？

春燕说，我怎么听出了有一点酸溜溜的味儿，怕不是妒忌了吧？

文虎说，你怎么能把我的思想水平看得那么没信心？不过，历史上不少辉煌建筑产生于独裁和暴政，而不是民主和仁政。埃及的金字塔，中国的万里长城和故宫，概莫能外。我正有想法要同玉龙好好交流呢。

春燕赶忙叮嘱道，你们兄弟俩PK时可要留点情面哟，别弄得血肉模糊，体无完肤的。春燕知道，文虎、玉龙两人虽非血缘兄弟，但打小的同伴、同学，到大学同室，官场上成为同僚，直到婚姻上的襟裾，感情比血亲兄弟还亲。在分别担任领导干部之后,他们俩有个兄弟密约,依据孔圣人"吾日三省吾身"的法则,每年有1-2次互相剖胸扒心的思想坦白,让对方持解剖刀无情地切割。当然这种思想坦白与剖析,上不告之父母、领导、中不告之妻子、兄弟、同僚、朋友,下不告之子女、部属。只是血亲兄弟间的感情剖割,难免痛彻心脾,偶尔发生懊恼对方解剖得不得法,特痛苦的现象发生。春燕是在一次文虎气白了脸,与玉龙不欢而散中隐约得知二人的秘密的,随后告诉了秋莺。

春燕作为大姐,十分看重一家人的情分,在玉龙与秋莺确定了夫妻关系之后,这位昔日的中文系高材生、现今的高中语文教师,对一个"襟"产生浓厚兴趣,专门搞了一个名词解释,做成卡片4张,包括自己在内,小时候的四个玩伴,现今的两对连襟夫妻,每人一张。文虎看着精美卡片上"襟"的解释是:一件衣服上前胸的两个部分,用纽扣或拉锁连在一起,组成一件完整的前胸;缺一半就是废品,就不成为衣服。

在那次文虎所白了脸后,春燕劝文虎说,"姐妹连襟血缘亲,打着骨头连着筋"。互相帮助找缺点,是为对方好,只有亲密,说话才没有顾忌,不转弯抹角,话才有其力量和价值嘛。没有亲到一定程度,自然婉转曲意表达,隔靴搔痒有什么作用。当然,这个道理文虎、玉龙岂不懂,不过有时太亲近,剖割太狠而呈现一时的"反跳痛"罢了。第二天保证会和好如初。"反跳痛"了两次后,二人就约定,被刺得越痛,痛方越要感谢,礼敬对方一杯酒,不能得了帮助还冷脸相对。

对于春燕的叮嘱,文虎也在语文教师的妻子面前调了一句古文,"子非鱼,安知鱼之乐?"这是庄子与惠子游于濠梁的一段对话。这是惠子接庄子的一句对话,文虎借来比喻自己与玉龙的对剖,也就是春燕说的PK,两人都高兴无比,像鱼游在水里一样快乐。说春燕不在其中,难以领会到对剖的快乐。

腾飞广场综合改造建设工程于一周前竣工。9月28日举行了隆重的竣工庆典大会。省市相关领导,各县(市)区领导来了不少,大家满面笑容地到场热烈祝贺,握住区委书记张玉龙、区长李玉堂等人的手摇晃着,说了不少鼓励夸奖的话,都在迎宾桌上的签名簿上留名;有书法功底的人,特别是一些官阶较高的省市领导,还被强迫留下了墨宝。

在新办公楼前,西城区举行了公务员宣誓仪式,机关干部全体着"正装"。正装是机关内部对干部重大正式场合服装的标准要求,即男公务员一律藏青色西服,打大结领带,着黑色皮鞋,而且皮鞋要求是制式的,不是休闲式的。女公务员职业套装,虽然只是深色即可,但也不许太杂,一个方队就只能同一个颜色。同时,这一天女公务员都不能戴项链、耳环等首饰;也不能化浓妆,包括上眼影、画唇线等,以展现政府公务人员的端庄和俭朴。

广场上彩球悬空飘舞,军乐礼乐悠扬,信鸽凌云飞翔。省市各大媒体,报社、电台、电视台、网络的重量级记者,都被邀莅临现场采访,多家媒体都以山城西部"起宏图""腾飞"等主题,进行了热烈的报道。这正是张玉龙希望看到的效果,而这只是西城区大张旗鼓公开采摘丰收果实连续表演剧中的一幕。

在此前的一个月,各城区竞相争夺的20万台汽车发动机项目揭开谜底,西城区终于如愿以偿。从不愿在热闹场合出头的张玉龙，在项目开工建设奠基仪式上，第一次高兴地发表了热情洋溢的致辞，陪同主管工业的副市长填了第一锹土。连在现场给入会贵宾发放胸花的清洁工小王都发现了，不苟言笑，不事张扬的张玉龙书记，那天终于没有掩饰住从心底里溢出的兴奋与得意。而这性情率真的外露，是张玉龙书记到西城区来四年中的第一次。

的确，张太龙有值得高兴的理由。不仅是腾飞广场项目改变了人们对西城区破烂落后的一贯形象，而且干事的底气强了许多。20万台汽车发动机项目两年内投产后，可给西城区增加1.2亿真金白银的税收。那时，西城区财政收入就可达到6城区的第二位，直逼东城区之项背。而四年前自己刚主政西城区时，全区财政收入为六个城区的末位，倒数第一。

当然，谁也不知道，张玉龙还有一个深藏在心窝底部，从未向任何人说过的目标，那就是财政收入一定要超过多年雄踞首位的东城区。财政收入是什么？是比GDP—国内生产总值实得多的东西，是发展的标志，是实力的象征，是一个干部政绩的体现。东城区把持首位的时间太久了。有志者，有德者，有能者，就必须取而代之。当然这种想法张玉龙不可能告诉"别的"第二个人。现在，也不应该告诉竞争对手和目标的东城区的赵文虎，但张玉龙打算在适当时机将心窝底部的话首先告诉赵文虎。同时，他还要告诉赵文虎，自己要争取先于他再上升一步，当上那个空缺的副市长。因为一直培养并关注他的市委副书记最近策略透话给自己，这使他多少替文虎哥有些惋惜，自己打算要帮文虎哥总结一下发展方式和理念上的问题。因为在这方面，文虎哥有时实在是有些"傻"。从官场上分类，赵文虎是"别的"人，从感情和友谊上，赵文虎是唯一的不属于"别的"人，是可以与自己"剔颈""换心"的血兄弟。

国庆节前夕的30日当晚，腾飞广场涌进了四万多人，除了西城区居民，其他城区的居民也从四面八方来了不少。小燕和晓秋两个孩子，吃过了中午饭，就急匆匆跑到了姥姥家。晓秋带了一双旱溜冰鞋，与小朋友会齐，下午要在腾飞广场溜冰场滑旱冰。小燕则要与同学进枫树林对着红叶拍照片，对着音乐喷泉的水柱抢抓倩影。

一家人好久没在一起团聚了，不是缺文虎，就是缺玉龙，总是文齐武不齐的。这天下午，春燕和秋莺精心准备了一桌好饭菜，一家人终于一个不少地聚在了一起，虽然1室半1厅的房屋，显得窄挤了点，但一大家子亲亲热热坐满了屋子，倒也显得气氛热烈，其乐融融的。晚餐，杯餐碗碟摆了满满一桌子，在两个姑婿恭敬陪伴下，高老爷子还高兴地喝了二两。

从住楼房"一楼脏，二楼乱，三楼四楼住高干，五楼呼哧喘，六楼一身汗"的经验考虑，当初，秋莺给父母提了三楼的申请意见，满肚子歉意的张小六子在三栋回迁楼里选了位置、朝向最好的一套房，恭恭敬敬分给了高老爷子。新房在腾飞广场南侧，与广场只隔一条马路，坐在后窗边上，就能俯视广场风景。

夜幕降临了，春燕、秋莺陪老妈领两个孩子到广场闲逛，感受温馨的热闹，观看广场演出。文虎、玉龙两人说要唠唠，找地方出去了。高老爷子怕人多闹吵，自己躲在房里享受清静。

高海河坐在北阳台的摇椅上，轻轻摇晃着，不时扭头往窗外广场上看。广场上灯火透明，人头攒动，哗声鼎沸，十分热闹。

广场中心舞台上，身着盛装的男女，借着话筒和高度音响，将歌声笑声向四周轰炸般散撒，收获了一阵阵掌声和叫好声。真是好一派升平情景。

高海河像进入梦境一般，落后的西城区真在自己姑婿手里这么快就巨变了？昨天，玉龙还是一个用衣袖擦鼻涕的淘小子呀，时间咋变得这么快，自己真的老了？旋转的绿色灯柱扫射过来，感觉强光刺激，高海河赶紧闭眼转头，目光通过客厅，望向南侧。突然间，发现南侧与北侧反差甚大，南侧的路灯稀疏且昏黄，模模糊糊地一片，像一个大村庄。赶忙擦了擦眼睛，心想莫不是老眼昏花了？擦过之后，看南侧一片，还是不甚明亮。索性起身穿过中厅，走向南窗台边，推开窗户往外仔细观看。可不是，南侧乌突突的一片，还不时传来几声狗吠声。

高老太太说，上帝的公平还体现在人体器官的互补性上。当然，这句理论表述不是老太太的原话。老太太的原话是，腿脚不太灵便的人，脑瓜就会特别好使；不善话语表达的人，手艺往往特别灵巧。高海河眼睛不太明锐，耳朵却出奇地灵敏。高海河不太相信老太太关于上帝公平的说法，而认为是人自身潜能发掘的结果。正因为不善于用口表达意图，才通过手来弥补口拙；也正是因为眼睛功能减弱，必然刺激耳朵功能超常发挥，以弥补眼睛不能有效捕捉目标的缺陷。

因此，这天晚上，高海河老头的耳朵就特别地好使。几十米远处，一辆"倒骑驴"急切而费劲地行走在路上。路是被施工运料车压得凹凸不平的破损土路。耳朵聪灵的高海河清清楚楚听到一对男女的吵闹叫骂声：女的心疼地骂道，你眼瞎了，也不好好看看路,你看这菠萝还咋卖?男的懊恼地反驳道,你她妈骂谁眼瞎?这黑灯瞎火能看清路吗,我乐意翻车呀?

高海河觉得声音特别耳熟。远看昏黄灯柱下瘦高大个子,还有点驼背。莫不是几十年老邻居孙大个子的儿子和儿媳妇。这两口子一定是翻了水果摊床车,心痛得互相埋怨。心想,这一大家子人生活太不易了。赶紧找了手电筒,下楼看能帮上什么忙。

打手电顺着南边凹凸不平的土路走到跟前,一看可不正是孙大个子的儿了和卖水果的媳妇,还有那五六岁的圆脸小孙女。原来是急着赶往腾飞广场,想趁人多卖个好价,没想连着两个坑凹,致使车子一个歪扭,车上的东西全倒翻在马路上。好在除了事先削了皮的四五个菠萝和小半个切开的西瓜,别的还都可以卖,但那也使小两口心痛得够呛。

高海河把手电递给他们,一边弯腰帮助捡拾地上的梨和桔子,一边问,你们咋来这么晚?

孙大个子的儿子说,在广场卖水果,城管和园林的人,谁见谁撵,水果摊床车都被掀翻三回了。上周"倒骑驴"被没收,找人托情,搭了一条红塔山烟,好说歹说水果被没收了,总算把车要回来了,但车座也没有了,车轮被扎了两个洞,车辐条断了3根。今天下午送到西郊,我爸那儿修了老半天。还指望这两天腾飞广场人多好多卖点钱呢,谁知道越着急越不顺利。孙大个子儿子说的"倒骑驴"是一种三轮推车,两轮在前,一轮在后。人骑在车的后半部分,货在车的前半部分。人累得像驴一样使劲,故被人称为倒骑驴。

高海河问,你爸这一段好吗?

孙大个子儿子说，还那样，成天不是这疼，就是那疼，但是一点也没耽误干活。

看着又装好了车子，高海河让他们把手电筒带上，晚上黑灯瞎火照个路。孙大个子儿子儿媳妇扭捏了半天收下并道了谢。又跟小女儿说，跟爷爷再见。小姑娘早就不耐烦了，说了声，爷爷再见，赶紧坐上了车子。

三个人走出了十多米远，就听小姑娘埋怨，你们俩也不小心点，都耽误看节目演出了。

孙大个儿媳妇大概还在心痛那几个菠萝和小半个西瓜，低声骂道，死X，就知道热闹和疯玩，你生在那个有闲时间玩的家了吗？那些个文艺节目是给你演的？小女孩委屈地嘤嘤啜啜哭了起来。

高海河心里一阵难受，心想，玉龙要干的事太多了，是不是有点顾此失彼？回去倒要跟秋莺说说，建议玉龙让人将腾飞广场的灯挪到南边居民区一些，让大家均衡享受一下光亮。广场的灯真不需要这么通亮，又不能天天庆祝国庆节。再就是让他派人把压坏的路快些修好，都坑凹一秋天啦。

十月一日，一家人又聚了半天，主要是文虎、玉龙陪高海河老两口坐着说说闲话。午饭后，老太太对两个姑娘发话，文虎、玉龙事多，你们都忙去吧，把小燕、晓秋留下来就行。

文虎说，我跟春燕正好要走访个朋友。

玉龙说，我要到汽车发动机厂去看看节日加班的工人。

秋莺说，领导慰问一线职工，家属不好随同前往，我还是留在这收拾一下厨房吧，这两天油水挺大的，顺便享受点剩饭剩菜。

文虎听罢后就对春燕说，你与秋莺妹一起动手拾掇完了，咱再去也不迟。

秋莺笑着说，干活正是大好减肥机会，我岂能让给你们。再说，你们不是要急着走亲戚吗？关于认老张太太干亲的事，春燕曾跟秋莺说过。

春燕说，赵文虎就那样不转轴的脑袋，办事凿死卯，给个棒槌就当真（针）。那点活都不够秋莺半小时干的，咱快走吧。一家人说说笑笑各自忙活去了。

文虎、春燕提了两包水果、一个漂亮的布娃娃、一个电动唐老鸭玩具，打出租车来到一处住宅小区。这是一处建在东排放沟南侧的新住宅区。东排放沟里还在流淌着污水，但不走到水沟跟前，不知道那儿正睡卧着一条缓慢流淌的水沟。因为沟边密密实实地移植了一排垂柳，网状交织的树根把沟堤牢牢抓固在地下。一年半前，低矮破旧的棚厦房屋，已经被一排排错落有致的多层楼房所替代。

小区实行封闭管理，有保安在大门口值岗。两人信步向大门走去。走到大门口，还没等打招呼，一个穿灰色保安服的胖子抢先向两人敬了一个礼，并大声问"赵书记好"。

胖子敬礼时先将右腿夸张地向外一撇，尔后使劲地又向直立的左腿"叭"地一个碰响，郑重靠过去，右手掌外翻，直抵大盖帽沿，胖肚鼓挺，肥臀后撅，动作认真十分，却像一个滑稽演员。

赵文虎奇怪胖保安怎么会认识自己？胖保安笑着自我介绍说，赵书记，你不认识我了，我是赵三呀。发大水那天，穿蓝大褂，抓馒头的。说着还用手做了个抓东西的动作。

提起蓝大褂,看着他手的动作,赵文虎猛然对上号了,想起来了手抓三四个馒头的胖子,高兴地说,别说,你换下蓝大褂,穿上这身保安服装蛮精神,像个帅哥,我都认不出你了。干多长时间了,每月挣多少钱?

赵三说,赵书记呀,我那蓝大褂让给俺媳妇穿了,她在小区蔬菜点卖菜呢,不过蓝大褂洗得挺干净。菜都是我起早从菜批发市场进的,从小区完工住户开始入住,我就干上了保安。每月650元工资,挺好的。

赵文虎更加高兴地问,你老父亲干什么,还捡废品卖吗?

赵三说,开始还捡,现在小区内干净了,也没地方放破烂。两个月前摔了一跤,我就看着不让他干了。都七十多岁了,还能活多少年。我们现在钱比过去挣得多了,还能没有他吃喝?可是他闲得难受,天天闹得要找事干。自己去草坪上捡破报纸、废塑料袋,赶撵在树上打悠悠玩的小孩,也没人给钱,就受到了小区主任两次表扬,干得还挺有劲的。

看赵文虎和高春燕向小区里边走去,赵三礼貌地对春燕说,高姨你又去看望老张太太吧,她总对别人说,你和赵叔心眼慈善呢。我说我们姓赵的都是好人。

听到赵三跟自己攀同姓族亲,赵文虎小声对春燕说,看来真得多为老百姓做好事,不做错事,更不能做坏事,不然,赵三怕不要羞于姓赵也难说呢。

二人边走边谈,春燕看到几个老人在一处凉亭里下棋,还有拉胡琴、唱京曲的,心情与文虎一样爽畅,对文虎说,这小区甭道铺得挺平整,不像咱爸家腾飞广场南侧居民住区,走路还得看脚下,这一点你好像比玉龙做得好点。不过玉龙为了提升西城面貌花了大钱,所以一些小事、小地方,一下也照顾不过来。

赵文虎委屈地大叫道,怎么连你这样的大知识分子也不理解我们,老百姓住房走路是小事、小地方?有钱不先可着老百姓用,那事我绝对干不出来。再说,你看这人行步道走路都可以闭眼,你知道我们用的什么材料吗?那是半尺厚的高硬度方砖块子呀。你看这花坛都植得什么花?不是草本花,而是木本花。这不是玫瑰吗?看春燕在沉思点头,文虎接着说,告诉你,这还不是我们最好的居民小区,哪天我领你去桃花巷看看,那保证是全山城市,当然也是全省最好的民居小区,也让夫人亮亮眼,增加点对夫君我的钦佩和成就感。

春燕笑嗔道,看把你能耐的,干点事就怕别人不知道。

文虎说,我不是跟夫人你讲吗,在外边我啥时候不夹着尾巴做人。不过,我们干这点事,按群众需要来说,真差得远呢,我现在恨不得长出三头六臂来使劲扑腾。

走到一处车棚,春燕指着棚里棚外横七竖八的不少手推车、倒骑驴,就挑毛病说,严重的问题是教育小市民,生活环境好了,生活习惯也要改变。你们应当加强教育和管理,这么多杂七杂八的车有什么用,该处理得处理。这与这么漂亮的小区不相称。

赵文虎说,你真是从小没受过太多的苦,虽然生在一般工人家庭,但父母都有固定工作,没有衣食之忧;现在又是官宦人家,高级知识分子,不了解普通下岗百姓生活有多艰难。这里住的许多是下岗职工,这些车都是用来谋生的工具,或做买卖摊床，或做拉脚的人力车。别看他们解决了住的环境和地方，但还要解决住得起的问题。不说别的什么吃穿、看病、学费，就是每年一千多元的供暖费，也得靠这些工具1角1元地辛苦挣出来。这么说你该知道了，他们多数人是在做着贩夫走卒的苦力活呢。一番话说得春燕直点头。

文虎接着说，为什么在城区综合整治中，有人提出要通过区域限制、收费控制，甚至没收等措施，取缔手推车、倒骑驴我没有同意？为什么我宁肯挨批评，不去争什么文明卫生城区，而有计划地在背街小巷开一些早晚市？是因为我们的市场还不完善，如果把所有马路市场都赶尽杀绝，就等于断了这些老百姓的谋生之路。等明、后年，不行，起码得三五年的努力，我们规划的网点市场布局建成了，财政有能力通过补贴把进入市场门槛降低了，流动商贩自动就吸引进去了。那时候，形成了产业化物流系统，他们自己就取缔了这车那车。这可不是政府强迫命令，死压硬打就能解决的。

说着话，二人走到了一栋八成新楼前。熟门熟路的春燕上前按了一楼一户门铃。里边传来脆脆的稚嫩女童声：谁呀？又一个磁性老声传来：快开门，来贵客了。

老张太太衣着整齐，一脸白净，满面春风迎了出来，高兴地说，我就知道准是你们，今早上麻雀在门前树上喳喳喳叫个不停。小女孩的年轻妈妈手忙脚乱地搬凳子，倒开水。

文虎递上了两包水果，春燕递上了布娃娃和电动唐老鸭玩具。老张太太很不过意地说，每次来都不空手，花那么多钱，真不知怎么报答你们。文虎说，我们都攀了亲，晚辈孝敬你老不是天经地义吗？老太太乐得说，我也不知上辈子做了什么好事，得到这么多好的报应。小女孩一手抱着布娃娃，一手拿着玩具唐老鸭，高兴地说，这个唐老鸭的衣服跟电视里那个唐老鸭一模一样。

小女孩妈妈从冰箱里拿出自制的绿豆雪糕，双手恭敬送给文虎和春燕。春燕说，上周不是说冰箱由我买吗，我已经预订了，货还未到。怎么你们自己买上了？

老张太太说，姑娘，我媳妇说电视机是你给换个彩色的，咋还能再让你花钱？不能那么办事。

春燕看了看表面亮漆有些脱落的冰箱问，这是个旧的吧，能用住吗，多少钱？

小女孩妈妈说，在旧物市场买的，380元，挺好的。

老张太太接话说，也没多少东西可冰冻的。顶多夏天用两三个月，给小丫头冻点冰块吃，到冬天就停用。真要是有点怕坏的东西，放在窗外平台上冻就行了，一冬天省不少电钱呢。说着指了指厨房外一个小间说，这房子连储藏间都准备了，多好呀。

春燕所说的那种文虎与玉龙的兄弟PK，自30日晚8点1刻开始，直到次日凌晨差1刻钟2点才结束。地点在一个干净的小饭馆一处安静的小单间里。一盘以粉皮为主的家常凉菜，一盘油炸花生米，一盘小葱拌豆腐，一盘凤爪实际上是清煮鸡爪子。PK进行到3个小时左右，又增加了一盘旱黄瓜，几个西红柿。等二人互相扶着摇摇晃晃走出门，招手打出租车时，从家里带去的两瓶低度茅台酒已所剩无几了。

这可称得上是一次毫不留情的兄弟残酷对剖。初看,像小时候互相咬牙用劲搓去对方后背的污垢,又像长了红肿疖子自己不敢动手而对方毫不留情地剪破疖子的脓头放出脓水;再看,像高考前毫不留情批改对方模拟试卷中数学方程式的错误,又像用伽马刀切割对方大脑中赘生的多余物质。切割时,就像手持锋利薄刃的外科医生,毫不犹豫地剖开对方的身体,翻肠倒肚地查找病灶;被剖者虽然痛彻心脾,但都知道是对自己好,没有埋怨,只有感激。

儿时一起摔泥捉虫、青梅竹马的经历,除了十分特殊而少有的正式场合,例如玉龙与秋莺的婚礼上,他们偶尔以姐夫妹夫相称,其余场合即便是在高海河老夫妇俩前,秋莺照样称"文虎哥",春燕同样称"玉龙弟"。

这天晚上,两人坐定,人手一瓶酒,玉龙看着文虎说,哥,今天弟弟我先浮一大白敬你,请你先。说着,一仰脖,干了一满杯,足有一两半酒。

赵文虎单刀直入地发了问,玉龙,我问你,为什么盖了那么豪华的办公楼,修那么大的休闲广场?你要给我一个合理的解释。

张玉龙回应赵文虎直射过的炯炯目光,说,感谢哥语下留情,没有直接说出我在搞形象工程、政绩工程。可以坦诚地说,对此我没有私心。我这也是为了西城区的长远发展与崛起,是为了发展西城区的市场经济。什么叫市场经济,不就是全球经济一体化,世界上多余的资金向能赚钱的凹地流吗?我们如何能加快发展?俗气点或直接些说,不就是招商引资吗?现在全国、全省、全市、各方各地,哪家不在积极举办这会那展吸引眼球,哪家不在整事弄景制造声响,哪家不把自己最漂亮的脸蛋,最优美的身段展示给外商,不然人家会把资金投给我们这落后的西城区吗?

赵文虎毫不客气地逼问道,你在筹划干这两项工程的时候,财政收入是全市 6 城区的最后,也就是说,你是经济实力最差的城区,但却建设了全市最豪华的办公楼,修了全市最大最气派的广场。

张玉龙回答说,借用一句不当的比喻,矫枉必须过正。龙有龙路,虫有虫道。我就是剑出偏锋,出奇制胜。你是说我可以把办公楼建得与其他五个城区一样,但是外商来时仍然会在我们 6 个城区之间选择。我就是要从头超越,现在 20 万发动机项目就被我西城区招来了。

赵文虎讥讽道,如果你不按成本价把住房给汽车发动机厂,人家去不去西城区还不一定呢。

张玉龙说,可如果汽车发动机厂职工住房不是建在环境优美的休闲广场边上,而是建在环境脏乱差的地方,比如西郊,他们也不会把项目落在西城区。

赵文虎说,可是你好大喜功,超出了现有财政承受能力,真金白银欠了大笔的债呀。

张玉龙说,置之死地而后生,这叫负债经营。什么叫本事?现在能借来钱就是本事;什么叫能耐?能把以后的钱拿到现在来花就是能耐。现在花 1000 万元能干成的事,5 年 10 年或 20 年后,可能就要花费五千万、上亿元,或者数亿元。

赵文虎说,真正有远见的客商未必都看你的大广场、大办公楼才来投资，而是看你的资源市场和亲商体制呀。当然我说的真正客商不单指有资金实力而言，而是综合素质。

张玉龙说，你说的一点不错。但是市场经济大潮滚滚，泥沙俱下，鱼龙混杂，真正有远见的客商有多少？有思想又有实力的客商1/3，不，1/10，实际上，甚至还要少。李嘉诚、比尔盖茨能上我们山城市投资吗？但是，一些人没有思想并不等于没有资金，只要他把钱投进来了，我们关了资金的闸门，不怕他不听我们的。再说了，许多有资金和技术但却没有思想和头脑的客商，不都是奔着大广场、大办公楼的热闹劲来的吗？说到底，我们不就是缺资金、缺技术吗？

赵文虎说，什么都可以理解和原谅，可你损害了老百姓的利益，为了筹集建设资金，为了建阔大广场，把住地一些居民都迁移到西郊，给他们造成生活困难，这怎么解释？

张玉龙被刺得站起来叫道，我以严格的法规规定办事，从未损害居民的利益，对违法建筑难道要予以同情吗？我正要就这个问题向你发问呢。

赵文虎一拍桌子喊道，你一会再审问我，我还没问完你呢。我问你，我们加快发展的目的是什么，不是为了老百姓不断改善生活条件、过好日子吗？你大广场、大办公楼修上了，发动机项目引进了，财政收入上去了，老百姓却搬到西郊去了，你这种发展有什么意义？

张玉龙说，我也知道这样高标准的办公楼应当在二三十年后由我们的儿子、孙子们来建，但我现在建也是给儿孙们留下了财富呀。比如16万平方米的大广场，二三十年后，西城区高楼林立，还能像现在这样拆小平房那样容易，还有能力建这么大个的城市会客厅吗？天安门广场是大是小？故宫占那么一大片地是大是小？是非功过，现在下结论还早吧。

赵文虎也激动地站起来，指点着张玉龙的额头说，我现在知道你好大喜功的思想根源了，你怕不是想着要彪炳青史、万古流芳吧？兄弟呀，这种思想可是很危险哪。

张玉龙使劲拨开赵文虎的手说，别把小弟我看得那么卑鄙下作。为官者谁不想出政绩，谁不想干出一番事业。为官一任，山河依旧，那是从政者的最大耻辱。当然，一定要把握好个人功利的度数。告诉你，我张玉龙功利心是有一些，但绝对会限制在共产党员修养范围之内。我成天着急上火的是什么？不就是西城区的落后吗。不就是着急招商引资，尽快把西城区经济实力搞上去，成天想的是尽早把脏乱差的城区面貌改变一新。说到此，他沉吟了半天，又放低声音说，哥，你说得对，凡事必须量力而行，不可搞大跃进，把子孙后代的事拿到现在来干。这一点，我部分接受批评。为此，敬你一大杯。

赵文虎说，你先别喝，听我讲完，如果有道理，咱们一起喝。谁不想干出政绩，谁不想建功立业？我也想，这里矛盾焦点是为谁出政绩，关键是心里要有老百姓。按理说，领导干部建功立业与给老百姓谋利益不矛盾，但现实是，有时候就是不统一，这同我们一些领导对干部的考核眼光有直接关系。如果对穷人、对普通老百姓有了怜爱心、同情心，怕老百姓受困遭难，个人建功立业心必然就会淡漠下来，想着大广场会损害老百姓的利益，还会去搞吗？

听了赵文虎一席话,张玉龙说,哥你是"些少吾曹州县吏,一枝一叶总关情"呀。郑重拿起酒杯,举过眉心处,诚恳表示恭敬,尔后一饮而尽。

赵文虎说,你拿郑板桥比我,那高抬了许多,哥我可不敢当。

两人重新坐下。张玉龙发问赵文虎说,你说我搞腾飞广场工程心里没想着老百姓,但我严格按着拆迁条例实施,也就是说,我是在法律框架内行政,并没有在条例之外损害老百姓的利益。我倒要问你,为了那些违法建筑户,你竟然搞出了一个什么有情有义的"四步安置进行曲",这算不算变通违法?算不算对严肃法律的偷梁换柱?正是你这样对拆迁法规的公然亵渎,给我们西城区依法拆迁造成了多么大的困难?你知道吗,你今天必须给我一个合理的解释。

赵文虎说,我就知道你一定会就这件事向我兴师问罪。我认为,我们国家的法治建设是个渐进而漫长的发展过程,不可能一蹴而就。一部法律法规的产生,都有其一定的背景,都受一定的历史条件限制,不可能完美无缺。尤其法未包罗的那一部分新情况、新问题,比如在国家"城市规划法"出台之前的一些未办规划手续的住房,至今已经形成了二十多年的现实,你能不承认吗?完全承认不行,完全不承认也不行。那就要在法律的原则框架下承认合理的部分,否认不合理的部分。总之,一个成功的拆迁安置过程,既包含了国家法律法规的原则运用,也包括了政府政策的推动。我那"四步安置法"是在法律框架内,法规与政策结合的综合运用呀。

张玉龙叫道,大哥,你这是强词夺理。法是刚性的,严肃的,有板有眼的，岂可变通？

赵文虎说，法律规定的是原则，法律不可能包罗万象，总有涵盖不到的地方。我认为，与丰富多彩的现实相比，有板有眼的法律法规总是相对滞后的。历史与现实诸多问题告诉我们，一种规则和制度，只有被大多数人认可，并甘愿受其约束时，这些规则和制度才能真正发挥作用。"治世不一道，便国不法古"。借用改革祖师爷商鞅的一句话，要按着原则，灵活地变法与执法呀。万物皆流，法在得到充分尊重的同时，也是可以调整和改变的。如果认识不到这一点，机械、教条地执法，只靠习惯和强力压制，必然造成社会的不安定发生。

说到这儿，赵文虎看张玉龙陷入沉思，举杯说，小弟，我们同饮一杯。

二人同饮了酒，该到张玉龙发问。张玉龙板起脸说，哥，我问你，你带头并号召区领导把灾民往家领，是不是在做秀，在捞政治资本，如果你敢说不是，我就不信你东城区找不出十几间公房安置这十几个老百姓？五六十年代与老百姓同吃同住，发生这种事情，我信服，现在你不是在抢眼球吗？春燕告诉秋莺说你有"天机"，你又不说是什么天机，你的天机不就是一旦出了死人事故，可以用此作为资本来逃避处分吗？谁不知道你的前任就是因为旧沙俄领事馆地下室死的那四口人挨了处分。

赵文虎不服地抗辩说，你别把我说得那么卑鄙，我不象你从小出生副区长官宦人家那么干净，把灾民接回家对我赵文虎根本不算什么，我对工人爹娘也不比他们干净，所以我永远做不出为盖大广场、大办公楼把穷老百姓赶到西郊去。这是我同你的根本出生区别，如果说我做秀，我承认。但我是替老百姓在作秀，是做给于副市长和刘大肚子看，让他们知道，东城区的老百姓住房有多么困难，让他们批给老百姓棚改指标。如果捞资本，我就是要为老百姓捞住房的资本。

张玉龙讥讽说，都说赵文虎是个忠厚君子，没想到你可是老辣和狡猾得狠呐。正可谓，大智若愚，大巧似拙。但你可难为了春燕姐那么老实厚道的人，这种秀，无论如何我张玉龙做不出来的，我也做不了秋莺的主，她跟春燕不一样，厉害着呢。这杯酒应当你敬我。你在东城区桃花巷搞棚户区改造。建设了山城市，不，是全省质量最好、环境最美、配套最齐全的居民小区，不该感谢我一杯？

赵文虎说，这是什么道理？你又没贡献一砖一瓦。

张玉龙笑着说，你们从市建委刘大肚子主任那儿要了40多万平方米的棚改指标，政策优惠2个来亿，岂不是趁机占了其他5个城区的便宜，不然你哪有那么多钱改造桃花巷？

赵文虎说，你要这么说，我真该浮一大白敬你。你不知道，桃花巷小区给居民发钥匙那天，高兴得我喝了一斤二半酒，醉得找不到东南西北，回家推开厨房门找厕所撒尿，被你姐这顿埋汰挖苦呀，可惨啦。说罢，一饮而尽。看着张玉龙却没有同饮，就逼迫道，你也该喝的。

张玉龙说，这杯是你感谢各城区包括我们西城区支持你多拿棚改指标的，我为什么要喝？

赵文虎说，你违反规划多拆占了3万多平方米污水处理厂预留地，逼得污水处理厂不得不另选地址，你西城区得了这么大一个便宜，还不该喝酒？

张玉龙勃然变色道，哥！你要这么说，我还真不喝这杯酒。凭什么污水处理厂就该规划在西城区，当年不就是因为南城区大专院校、科研院所、党政机关多，不好拆迁，怕熏怕臭、怕他们提意见，才规划到西城区吗？不就是看贫穷的西城区干部群众话语权微弱吗？这是对环境脏乱相对贫困的西城区的歧视。

赵文虎也生气地抢白道，我不相信在这个问题上，你没有掺杂一点个人的感情因素。

张玉龙痛苦地喊道，谁不是娘生爹养，如果换了你赶巧主政一方，你能将亲生母亲葬身之地变成污水处理厂，让她的灵魂永远浸泡在最肮脏的地方吗？当然，这在我的决策中，只占了些微因素，我敢说连四分之一都不到。说到此，张玉龙像个孩子一样哭了起来。

赵文虎歉疚地紧紧抓住张玉龙的手说，小弟，哥的话说重了，不该碰你心里的隐痛和创伤，原谅哥。

看到张玉龙慢慢恢复了平静，过了半天，两人接着未完的话题又唠了起来。

赵文虎说，规划一经确定就是法。

张玉龙说，此法不同彼法。规划虽然也有法律效力，但同条文的法律法规终究有所区别，而且相当多的规划，实际上是领导人的意志表现。那些不少墙上挂挂，纸上划划的控制性规划，不是在招商引资重大项目面前纷纷退避三舍了吗？既然十几年前由少数领导人确定的带有歧视性的规划，改正过来就合法了嘛。实际上，多占那3万平方米污水处理厂预留地，已经市政府批准为公益用地和住宅用地，规划的变更调整，使其合法了。

赵文虎感叹道，现在有的时候，在有些问题上，真正是这法、那法，不如领导人的看法、想法。不过今后在城区西部选一处洼地可难了。可是你们西城区、南城区真需要建一座污水处理厂呀。总不能让污水流到城区东部再处理吧？在高岗处建污水处理厂，将来运行成本必然增高。你们西城区局部得了好处，从山城市全局看，可是得不偿失，弊大于利呀。从这一点看，你的全局意识可不怎么样，这事要我可做不出来呀。

张玉龙说，你这就是唱高调了，我不相信咱们山城市市长会为江城市下岗职工吃饭问题忧思忧虑，我也没看到你为我们西城区老百姓住房问题挖空心思争取棚改政策。俗话说，在其位而谋其政，不在其位想别家的事，那不是不务正业吗？现在组织上让我主政西城区，我只能考虑西城区的利益，要让我考虑山城市的全局，那只有让我主政山城市时才有那个觉悟。张玉龙知道，虽然市领导倾向提拔自己为副市长，但是市直机关的干部和群众代表怎么看自己，心里实在没有数，想到这儿，朗声颂道："豪华尽出成功后，逸乐安知与祸双"。唉，我知道这件事对我造成了硬伤，得罪了山城市政府的有关领导和部门同志，但为了西城区的利益，我也顾不了那些个什么好印象、坏印象了。

赵文虎说，你颂的是谁的名句，莫不是王安石的？太悲观了吧。尽心尽力干活，全思全神谋长，哪有什么祸随？是想最近出缺的副市长那个位置了吧？

张玉龙说，当然想，你不想呀？在看到赵文虎点头肯定意见后，张玉龙又说，只要入了官场这个道，没有谁真心不盼着提拔的，说不想升官，那多半虚伪。官当得越大，位置越重要，社会承认度越高，个人成就感越大。但我不会为了当官去投领导所好，为了得选票而不敢坚持原则，不敢得罪人，甚至讨好取悦于人，我凭能力和政绩说话，绝不拉关系。

赵文虎响亮地说，小弟，这话说得硬气，我也愿意得到提拔，更希望你能得到提拔。只有掌握更大的权力，才能干更大的事，才不枉来这世上走一遭。

山城市缺位副市长推荐选拔工作进入实质性操作阶段了。现今，山城市自然条件符合提拔标准要求的干部能达到100人之多。但年龄、性别、文化、职别等自然条件，说到底只是一般条件要求，并不具备特殊性。就像过去天下考进士的举子一样，能最终考上探花、榜眼、状元的，不过是成千上万举子中的三两个人。

符合提拔条件的有两部分人。第一部分是市委市政府所属各委办局主要负责人。尤其是位置重要到人称小政府的发改委，以及经贸委、建设委、农业委主任，还有财政、民政、劳动等大局的局长。一些例如史志办、老龄委、残联等部门领导，大家心照不宣的理由，一般是不会在考虑之列的。还有在理论宣传上说是很重要的人大、政协等一些部门的主要领导，真话实说，那实际上是相对边缘化的一些部门领导。第二部分应当重点考虑的人选是山城市所属各县（市）区委书记、县长，括号里的市是县级市。他们在山城市属号令一方的诸侯，大县（市）有的超百万人口。当然，书记与县（市）区长虽然同为主要领导，但却是领导与被领导关系,有前者在位,后者一般是不能被考虑的。如此算下来,进入视野能够被特殊考虑的将不会超过10个人。也就是说,我们用自然优选法,一下子就淘汰90%的人选。

确定山城市800多万人口的政府领导不是一件小事情。市委书记、市长同时也是市委副书记、市委分管组织干部工作的副书记、市委常委也是组织部长、市委常委也是纪检委书记等人曾私下分析讨论过一次具体人选问题。按惯常,政府副市长出缺,首选是市政府秘书长,现今副市长中的一位就是由秘书长提拔的。但如今的秘书长是刚接任不足一年,资历和经验还不足以服众。而政府各大口及大局的几位主要负责人,不是年龄偏大,就是资历不足。讨论的一致意见,补缺的人选重点在几个县(市)区委书记中进行考虑。

山城市下辖12个县(市)区,其中有6个城区,6个外县(市)。党的书记位置非同一般,上级在选配时,自然将全市最优秀的干部派上用场。目前,12个县(市)区委书记,个个犹如勤奋司晨的高啼雄鸡。外行人一般是难以分出伯仲的。但组织部长说,东城区委书记赵文虎、西城区委书记张玉龙二人为驷中之骏。把12个人往那一排,夸张一点说,这两个人有鹤立鸡群之形象。几个领导赞成副书记眼光。

副书记接着评价说,这两个人我怎么也难以分出高低来。就说赵文虎吧,稳重老练,忠厚扎实,那种爱民惜力,体恤下情,低调而不张扬,把什么担子压给他,都会令人一百个放心。东城区这些年市政建设、卫生绿化、居民住房改善以及扶贫济困,都走在全市前边;尤其是民营经济和第三产业迅速发展,财政收入稳居全市各县（市）区之首。再说张玉龙，精明干练，勤奋务实，干工作敢于担当的那种胆识和魄力，破解难题的能力，从来就没有什么棘手的事能难住他，硬是把6个城区中最脏乱差的城区改造成全市的文明卫生城区，财政收入增长幅度连续三年居全市城区第一位，财政收入总量，由倒数第一位进到仅次于东城区的第二位。说到这儿，副书记感慨地说，真是有了好事也难煞人呀。就是这样两个干部，提拔哪个不应该，不胜任？都应该，都胜任。可空位置只有这么一个，把哪个丢下了，都让人心疼呀。边说边瞅着自己右手的手心和手背，又摇了摇头。

市委书记、市长也有同感。但总要有所割舍，商量的结果，还是看贡献大小和政绩凹凸。西城区短短几年由落后区变成了先进区，张玉龙功不可没。东城区虽然也有长足进步，但政绩上稍逊一等，只能忍痛割爱，先委屈赵文虎。

市纪检委书记说，有个情况报告一下，张玉龙有群众上访信，还不止一封。反映他违反规定建设大广场、盖豪华办公楼。说着，扬了扬手里一份红头文件说，四部委文件要求，各地城市广场规模原则上不得突破小城市1公顷，中等城市2公顷，大城市3公顷，200万人口以上的特大城市5公顷规模……

市长不等纪检委书记说完，就不耐烦地摆了摆手说，我以为是张玉龙有经济问题的举报信呢，你那信我也收到过。如果都按条条框框去办，像张玉龙前任书记那样，西城区还怎么发展？还不照样山河依旧？四部委文件不蠊"原则上"嘛。文件下达后，全国各地各城市有多少家不都还在干吗？我认为，就是要全力保护和大胆启用像张玉龙这样想干事、敢干事、会干事、又能干成事的好干部。我建议,腾飞广场和新办公楼竣工典礼,我们几个一起参加,捧捧场。

纪检委书记说,我也同意几位领导的意见,只不过这里面有个技术操作的问题。

市委书记说,先提拔张玉龙,还有一个用人导向问题。现今经济发展是中心任务,对干部就要以政绩论英雄。哪个干部对山城市发展的贡献大,政绩突出,就提拔重用谁。

最后,市委书记总结说,我们今天只是一个意向,还不能算作是市委的最终意见。此事除了要征求其他副书记和市委常委的意见外,还要广泛听取各级干部和各界群众的意见,根据群众的民主意见,市委再做最后集中,严格按领导干部选拔任用条例规定程序操作。

如果按头些年选拔任用干部的惯常做法,提拔张玉龙为副市长的事情,基本上算是拍板决定了。往下,组织部门将要按着两位主要领导和分管领导的意见开始履行程序了。顶多是到西城区开个座谈会,听取一下所在单位意见,就算是走民主程序了,尔后就非正式向上级汇报沟通。等上级领导和组织部门认可后,再回到山城市走市委书记办公会、市委常委会、市人大常委会等程序。这里边,领导的意见是主要的、决定性的,群众的意见是次要的、象征性的。这种上级领导和组织部门单向选拔任用干部机制的弊端,以及带病提拔、用人失误的案例,时常在媒体上曝光和警示。

可能在哪一天,共产党的上级组织一定是感觉到了,靠少数领导和组织部门识别选拔干部,力量单一和眼光的狭隘。于是，一贯善于打人民战争和靠群众路线起家的共产党组织，又把领导干部选拔任用这个极端重要的事情和一度相对神秘化的工作，放手交给了各级干部和广大人民群众，利用千万只从基层和四面八方照射过来的目光，弥补只从共产党组织上边照射过的单一目光，上下目光的极度融合交汇，使被选拔干部从外到内，通体透明，从而将最健康、最有能力、最对人民有爱心、没有任何疾病的优秀干部选拔到重要领导岗位上来。

如果说我们把以往只靠少数领导和组织部门选拔任用干部叫单向选择的话，我们就可以把领导与组织部门同群众相结合的这种方式称为双向选择。也就是说，历来用人之权操之于上，只要领导同意就行的办法被终止了。今后光领导同意，基层干部和群众不同意，任何干部也是得不到提拔和任用的。我们真该为共产党这种伟大胸襟和发明创造而欢呼雀跃了。因为共产党不仅规定了干部任用走群众路线指导方针，而且规定了具体的民主程序。

对山城市空缺副市长民主选拔程序，仅广泛的推荐就进行了两轮。第一轮是投票推荐，没有任何引导和意向，让推荐人充分表达自己的想法。推荐采用无记名方式，使投票人没有任何思想负担，尽可表达自己的真实心愿。参加投票推荐的范围空前广泛，有市委委员、市纪律检查委员会委员、市级现职和离退休的老领导，市直包括市委、人大、政府、政协四大机关各部门主要负责同志，市辖12个县（市）区和各大经济开发区的党政主要负责同志，各大企事业单位和各大专院校负责人，相当部分人大代表和政协委员。扣除身兼多职的人员，参加投票达260多人。可以说，决定山城市命运的方方面面的人物齐聚一堂。

第二轮是谈话推荐，省委组织部考核组对参加投票的260多人，逐一个别谈话，确认票写的推荐人选。尔后统计出两轮推荐的综合得票数。

正是在这种自上而下，而又自下而上交织目光的透视下，山城市未来政府权柄的拟掌握者，哪怕有任何一点瑕疵，都将暴露无遗。被考核者不亚于太上老君八卦炉内真正受到烟熏火烤的孙行者。也正是这样一种领导与群众紧密结合的选人用人机制，才使我们看到了一场真正意义的兄弟PK。

推荐投票结果出来了，人选分散面达14人之多。最少得票数仅为6票，再多点的是二三十票不等，与几位山城市主要领导掌握和估计的结果一致，果不其然赵文虎与张玉龙以突出的高票遥遥领先于其他人。

不过，与几个市主要领导研究意见相左的是，最高票不是张玉龙，而是赵文虎，共计172票，远高于张玉龙88票，高出幅度达一倍多。

当组织部长将推荐结果呈放在常委会议室等待结果的几位领导桌前时，众人一齐陷入了沉思。

山城市该提拔谁当副市长呢？

是赵文虎，还是张玉龙？

……

草根官司

1

二百元拿到手，刘仲虎感到肚子饿了，这是在信访办喊闹一上午的收获和付出的代价。他要慰劳一下自己，花十二元五角吃一屉龙眼包子。刚出政府大院，埋伏在门口的那个中介便堵住了他，像老师教授小学生那样讲解了一道算术题：交出（减去）二百元，换取（加上）一张图，等于多得二十万。本能上辘辘肠胃在强烈抗议，拖累得鼻子没出息地嗅着空气中都有了包子的香味，但是二十万元与二百元的巨大利润差如同尖锥猛地刺痛了沉睡的理智。刘仲虎毫不犹豫地交出了二百元，双手接过了龙栖庐导示草图。

刘仲虎倒了两趟大巴，坐四站地轻轨，又走三百多米的一段S形便道，望着小平房门楣上"龙栖庐"三个圆润润的字，一股崇敬之情油然而生，仿佛生出了刘玄德往顾茅庐拜诸葛的感觉。生怕惊扰了高人，刘仲虎放轻了脚步，声音不高不低地叫道，有人在家吗？没有回答。推开套间的门，门轴"嘎吱"一声响，一人面墙背门，还是不动不响、不理不睬。刘仲虎抬高声叫，有人在吗？

那人回头，三绺头发鸡毛般勉强覆盖着稀疏见亮的头。刘仲虎大吃一惊：你，怎么会是你？！那人同时认出了对方，猛然站起身来，两只耳塞随着体位升高从耳孔中脱落下来，鹰钩鼻下植栽着两颗焦黄板牙的肉洞发出：你，是你！肉洞里同时喷涌而出的是一团浓烈的蒜臭。

三绺鸡毛式头发，《黑猫警长》中一只老鼠式的大板牙，还有浓烈的蒜臭，这是三个月前邂逅的那个人留给自己的与众不同的印象，万万想不到今天虔诚拜请的人竟然是他！被耳孔意外甩弃的耳机仍然没心没肺地唱着字正腔圆的京腔：我本是卧龙岗上一散淡的人……刘仲虎的心情却如同董卓猛然得知爱妾貂蝉连心带身子一块被吕布偷去了一样恶劣。

2

刘仲虎属虎，在兄弟中排行第二，原本是山城市百里外的虎山屯人，故村人送雅号"二虎"。其实，获此雅号主要原因是其行事风格。十二年前，别人都在犹豫着温室大棚的赔赚得失时，刘仲虎破天荒一次承包了四个大棚，为此卖掉了虎山屯老宅，还向家境较好的两个姐姐一个哥哥借了十万元。不能像哥姐那样进入城市核心，也要在市郊赌上一把。有幸他赌赢了，大棚每年五六万元的进项，证明了刘仲虎的赚钱魄力。刘仲虎的魄力很全面，尤为突出的是花钱魄力总是大于赚钱魄力一个节拍。

这么多年过去了，哥姐的欠债还有八万未还，好在有老娘归自己赡养可搪塞，有四个大棚进项可以指望着。

开发区征地的决定是突然下达的，每个大棚补偿五万元。当初建棚成本三万元，十二年过去了，等于每棚每年补偿不足两千元。刘仲虎傻眼了。最大难题是人上哪住？过去都住大棚工作间，棚没了，周边房价每平方米都超过五千元了，还了债自己那点补偿钱仅能买二十多平方米半套房子，可哪家开发商肯卖半套房？刘仲虎带头抵抗着，并号召大家一起抵抗。另外十八家多数是一个棚，且多是有住房的坐地老户，抵抗的劲头都不如刘仲虎大，但感觉补偿少想多要补偿的念头与刘仲虎一样大。此番征地共要拆掉大棚二十五座，近一公顷土地。而且周围交通便利，紧邻新开住宅小区。西城经济开发区主任崔达山，外号"吹大煽"亲临拆迁现场坐镇指挥。盖着大红公章、限期搬迁否则后果自负的通告粘满了村民的山墙，五六户儿女在公家上班的被安排回家做父母工作，三家开小卖店的分别被工商与税务部门谈了话。不到半个月，十九家大棚户已有十三家签了协议。

对刘仲虎等六户的强拆是一个星期日的早上，名义上强拆六户，实际上只对带头而且棚数最多的刘仲虎一户动手。崔达山的策略是"杀鸡给猴看"，让那五户观摩后回去自己拆！当时，上了一百名头戴钢盔手持盾牌的防暴警察，二百名着装齐整的城管，还有二三十个身着黑衫手持镐把一律剃着平头的壮汉。刘仲虎被四个壮汉像捉猪一样塞进了警车，老婆手持的摄像机像扯肠子一样被拉出了带子。见主人被捉猛扑上来的大黑狗被一镐把打折了腿，瞪着两只绝望的眼儿，惨叫着一歪一拐逃出了院子。铲车巨大的铁铲轻轻一甩，大棚被挑破了肚膛，从未经风的秧苗齐刷刷惊悚悚顿时缩成一团。一只正在下蛋的母鸡惊叫着从窝里窜出来，连跳带飞猛地窜到了一棵树上，屁股底下随着掉出一只带血丝的蛋。蛋在下坠中被枝杈拦磕了一下，接着蛋里流出了半尺长晶莹剔透的清，抖抖颤颤想努力粘在树上别摔下去，仅仅挣扎了一会儿，便耗尽了全部力气，万分绝望地"吧嗒"落到了地上，摔得粉身碎骨。

对自己用的这些强横，刘仲虎勉强能够理解，因为曾两次看过强拆别人的现场，都是一样情形，而至今耿耿不能释怀的是那天对七十八岁老娘的强横。当时，先进屋一个女干部，细语问大娘心脏可好？不好跟我去医院，救护车就在外边。老娘说我除了眼瞎，内脏什么病也不长。女干部说心脏没病就好，给你五百块钱买些营养品吃。老娘欢喜地说好多年没受到政府慰问和救济了，谢谢姑娘家。女干部朝门外一招手，闯进来四五个平头壮汉，把老娘放在一床花被上抬着往外走，稳稳放在柴草垛上。老娘大哭起来，我不要500块钱，我还要老儿子那热炕头，坐草垛我的腿疼呀。

3

刘仲虎一年来就干一件事，上访告状找补偿，结果补偿没找回来，倒搭进去一万多元。处处碰壁，人变得多话起来，周老五形容说"像李寡妇男人死了头两年一样唠叨"。哥姐们几次表示不要借给他的钱了，如果不再闹，不被政府再次拘留，还可出些钱帮他做买卖。刘仲虎觉得自己病了，已不能做买卖。起因是强拆那天心口窝的一股火至今未放出来，硬硬的一个症结，有时堵在血脉里，有时塞在胃肠里，下了胃肠镜却找不到。刘仲虎就要求医生剖腹开腔，许诺割出的东西归医生，并解释说狗有狗蛋，牛有牛黄，人有人宝。医生笑了，还是不给开刀。

刘仲虎症结取不出来，浑身酸痛绵软似感冒一般，于是时常喝酒催发血液快流，走在溜溜光的马路上，腿脚像踩在棉花包上。这天，刘仲虎想先去市信访办看看，尔后去市政府，政府机关食堂的肉包子味道不错，他们不敢不给自己吃，若不给就像上回那样动手去抢，抢了还要满大街叫嚷。想到满大街跳着脚叫嚷的痛快，步伐进一步夸张起来，猛然听到身后传来"别动！别动！"喊声响亮且夹杂着急迫。刘仲虎猛然忆起拦截市长轿车被铐在暖气管上那次，下意识两个脚跟亲密地靠了靠，吓弯了一年的腰象征性地挺了一下。心里正在担心立正动作没到位要遭电棍捅，随着"站住呀！"一声大叫，左腿肚子一阵钻心刺痛，后腰又被猛地一击，人结结实实摔倒在地。天旋地转半晌翻过身来，一辆破自行车压在左腿上，旁边面朝下躺着一个人，身着米色工作服，左肘破了一个洞，脚踏懒汉布鞋，根本不是什么警察。不禁勃然大怒：你喊老子别动、站住，就为了瞄准了再撞是不是？见对方不吭声，爬起身来上去又踢一脚：你撞了老子，还装死？躺着的人不动，伸手去拉，人还是不动，把他使劲翻过身来，只见三绺头发鸡毛般勉强覆盖着稀疏见亮的头，双眼紧闭，无声无息。刘仲虎害怕起来：你千万可别死了，就算让你白撞了一回，咱们也是有缘分的。可你不能让我摊上人命官司呀。你醒过来呀,你撞了我,我都没事,你咋就有事了呢?

你真没事呀?你没事我就没事了。闭着的眼睛开了,声音是鹰钩鼻子下圆圆的肉洞发出的,肉洞上方植栽着两颗焦黄的板牙,肉洞里同时喷涌出浓烈的蒜臭。

你他妈的没事装什么死?撞了人耍赖是不是?这可要好好说道说道。

我怎么没事?只是没有死那样的事,但骨头可能摔断了。

那是你自己摔的,而且撞了我。

是你左摇右晃弄花了我的眼,弄晕了我的头,又阻挡了我的车。

哪有这么不讲理的?我左右摇晃不假,但最后站住了没动。

你违反了国家交通法,人走人行步道,可你走到自行车道上了。

老子不管你什么法不法的,反正是你撞了我,而且我受伤了。

说我撞了你是需要证据的,谁是现场第三者目击证人?

现场没人看见你就要无赖呀,我们找地儿说理去。

找地儿你也占不到便宜,我可以说是你把我推倒的,我比你大二十多岁,你完全有这个能力。我还可以说你是"碰瓷"的。

你他妈的太气人了,撞了人还满口有理,我揍死你。

你揍死我?不可能。刚才你说过不想摊人命官司,我们互相碰撞是一桩案件,你要揍我一顿则是另外发生的一桩案件。打伤我你要出钱看病。这么着吧,我看也别找地儿说理了,你说陌生人相撞是缘分,咱们自行调解怎么样?再说,这桩小事哪有地儿说理。

是呀，上哪说理去？窝儿被拆了的理一年也没说清楚，刘仲虎说，你撞了我，怎么调解吧。

你看你，你违法通行跑到我的行车道上，而且又喝了酒，起码要承担一半的责任。看在互相碰撞你受了伤的份上，我给你50元看病，或者叫精神抚慰费吧。

你哄小孩是吧？怎么也得200元呀。要不你领我看病去，我的左腿要拍一个片，脑袋也要CT一下，医院不宰你1000元你想出门？

既然你认为这是一个200元的纠纷，我就承担100元，但我现在口袋拢共有50元，我可以给你出个50元欠据，明天此时此地一手交钱，一手收回欠据。这是我的身份证，附带说明一下，本人牛云龙，享有中华人民共和国政治权利的合法公民。

不行，100元太少了，不出200元，今儿休想离开此地。

责任对半，就值100元。即使法院判了200元，也要看赔偿方有无偿还能力，本人现在偿付能力只有50元。如果你为100元限制本人离开此处，本人将以无端被人拘禁向法院进行控诉。

被人无端撞了，满身是理却又说不出理，就像被强拆一样，一种从未有过的失败感袭上心头，人走背字喘口气都被西北风呛了气管。刘仲虎长叹一声：碰到你这么个刁钻诡辩的穷酸鬼，算我倒霉，老子不要你那50元欠条，给我50元立马滚蛋，别等我一会儿后悔了跟你真的弄出"另外一桩案件"来。

那天中午刘仲虎大闹市政府机关食堂，当天下午被送进劳教所。公安局长亲自批示教养其半年。两个月后,老娘死了,刘仲虎被提前解教,但没来得及跟老娘说最后一句话。刘仲虎认为自己一系列霉运的始作俑者是两个人,一个是开发区那个"吹大煽"主任,另一个是撞了自己至今记不住名姓善诡辩的家伙。自己接连不断倒霉源于这两个人干的两件事:"吹大煽"决定并组织拆了自己的大棚,而那个家伙则破坏了自己吃肉包子。拆了大棚是霉运的开始,没吃上肉包子是霉运的延续。如果那天不是那个家伙撞了自己,就不会发生两人路上长时间理论是非,也就不会误了市政府机关食堂肉包子出锅时间,自己就不会因没吃上包子心里起火又与管理员理论是非,也就不会因管理员一句"包子不是给你吃的"而火上浇油掀翻了餐桌,餐桌上那一大摞瓷盘子就不会"哗啦啦"粉身碎骨,也就不会在被保卫人员扯住脖领子时操了开发区、西城区、市政府三级机关的祖宗,也就不会被教养,老娘也就不会一股火撒手西去。在劳教所里,刘仲虎后悔自己差了一件事,就是那天没用最臭的抹布塞住那个植栽板牙的肉洞洞,让那家伙刁钻的诡辩一个字也发不出来,同时还能塞住那股从肉洞中喷涌而出的蒜臭,而沾着油污的擦车布就塞在那辆破自行车的坐垫下。

4

刘仲虎此刻的感觉五味杂陈,本想进温香四溢的面包房弄些什么填充饥肠以暖暖身子,却不想突然落入了冰肌刺骨的冷窖,拿不准是转身就走,还是留下来查看或破坏点什么?仅仅三秒钟，牛云龙沉静如山地为来人拉开了一张椅子，亲近的声音温水一般暖暖漫了过来：刘先生，看来我们真的是有缘分呀。

是有缘分，但是恶缘！霉缘！虽然气恼加上厌恶，刘仲虎还是疑惑地问出了那句话：告赢了区政府违法强拆官司的真是你？

被强拆的是在下，赢了官司的仍然是在下。看在缘分上，如果可行，本人将不遗余力为刘先生代理。

万万想不到大师般崇敬的人却是启动自己霉运开关的人，而自己却要依靠那个植栽着板牙喷涌着蒜臭的肉洞吐出祥瑞命运的莲花。刘仲虎气恼地说，别说那些没用的水话，捡干的唠，我的官司能不能赢？

那要等本人听过了情况再看，牛云龙递过了一杯茶说。

接茶杯的手半途缩了回来，厌恶感再度上升，刘仲虎讥讽道，想要咨询费是吧？别忘了，你上次还欠我50元。

本代理人不收咨询费，而且与上次的事无关。

一年来，先后找了大小律师二十多人，凡开一次金口，必须付100元咨询费，咨询时间超过一小时加倍付费。写一张诉状1500—2000元，相当于每字1元。刘仲虎心中仿佛挤进了一丝儿热气，动作略显夸张地从桌子上拿起了茶杯。这是一个修好的表示。

牛云龙问，事发后报告官家没有？

刘仲虎答，没少告呀，写信告，人也去过，西城区、山城市和省政府哪儿都去了，国家信访局还转过要求"认真处理"的信，盖着大红公章，可回到地方就没人管。递到西城区的上访信，都被"吹大煽"扔废纸篓里了。他跟区上有内幕呢。

牛云龙评论道，上访是公民的正当权利，按着属地管理的原则，上级机关一般不直接处理问题，而是批示回地方处理，上级信访办实质是个转办处，类似医院的门诊挂号室。接着问，既然有内幕咋不找记者曝光，记者最喜事大，就怕事小。

刘仲虎答，找了，还是找熟人请的。电视台记者走到半路就被台里叫回去了。报社一个年轻记者看了手机拍的强拆照片，写了挺长一篇稿子，可叫总编卡住没发，说是依法强拆的是阻挠经济发展的钉子户，报纸不能跟政府唱反调。

牛云龙又评论，这么大的强拆举动，一定经过了相关程序，当然这个程序可能合法，也可能不合法。新闻媒体绝不敢同政府唱对台戏，因为不仅报社记者的人头费由政府财政供给，而且主管电视台的广播电视局本身就是政府的一个职能部门。接着问，上访有顶级版本吗？

刘仲虎答，当然有，堵路、拦车、汽油浇身、爬楼登塔都干过，可都没管用呀。

牛云龙再评论，你是做了顶级姿势差最后一根火柴和纵身一跳的伪顶级版本，所以没有成为上级领导关注的极端事件，因此便不会有对下级的"严厉彻查"态度和"限期解决"的结果。当然，我绝不赞成搞顶级版，那样虽然问题可以解决，但当事人的一切都结束了，解决了又有何意义？智者不为极端。从我们相撞那件事上，我看出了你不是一个走极端的人，这增加了我为你代理的两分信心。

刘仲虎不悦地说，是你撞了我，怎么三番五次说"相撞"。

牛云龙笑了：很好，听出了表述的语病。我的信心又增加了两分。明明我撞了你，为什么用"相撞"？因为你跑到了我的道上，阻挡了我依法正常前进，造成了两人碰撞在一起，简称相撞。官司就要这么打，明白我的意思了吗？

刘仲虎不耐烦地说，费劲巴拉唠叨的这些没有一个管用，还是讲正题怎么打官司吧。

牛云龙高兴地说，太好了。我跟你耗时费力回顾往史，就是让你明白，上告、闹访、新闻曝光都不会管用，最终解决问题只能走诉讼的路子，别无他途。不管诉讼过程有多曲折，无论别人吹什么冷风，即使打个一年两载，七审八判，也绝不放弃，你能坚持吗？

刘仲虎说，能有地方讲话，让我出这口窝囊气，我凭什么半途而废？

牛云龙说，好哇，我的信心再增加两分。现在先让我来歌颂一下《中华人民共和国行政诉讼法》，这部法之所以伟大，是因为开了几千年官民平等关系的先河。几千年来，民告官就是违法，藐视犯上，一定告官怎么办，先要滚钉板，看过"杨乃武与小白菜"没有，讲的就是此事。"行政诉讼法"专门是为民告官制定的，在法律天平上，你同西城区区长平起平坐，开发区崔达山都没有资格。在法庭的平台上，你尽管可以依法论理。

刘仲虎叫道，可是我找不到律师呀。现在一些律师要起钱来像喝老农的血，代理一场官司收费两万，而且明码实价，交钱在先，代理在后，不包输赢。也行，谁让咱老农有理不会说呢，只要律师尽了力，砸锅卖铁也认下了。四五个有名的律师听了情况后，没有一个接手，好容易谈妥了一个，两万元都放人家办公桌上，正要签委托协议。人家接了一个电话，说啥也不收钱，任怎么叩头作揖都不行。律师牌位没有一个是为农民设的。

牛云龙说，律师都归各律师事务所管，各律师所又归司法局管。你请律师告区长、市长，就是告司法局长的顶头上司。司法局不说没收律师证，就在年审时晚上两个月，你这个律师就一个官司接不上手。还有，你这个律师给律师所添了大堵，所长不开了你？所以即使眼馋得两眼冒火，律师们绝不敢收那两万元。因为他们有证，国家登记的在册律师，官职在身，当然是另外一种有话语权的官。而我没有证，当了代理人虽然有了话语权，但我是布衣，所以我就敢收钱。但我声明，如果代理你的官司，我绝不先收钱，也不收那么多钱，打输了一分钱不要，打赢了你看着给。

刘仲虎大为感动：输赢我都要付你钱的。不怕牛先生笑话，我现在手里真的没钱，但赢了官司补了钱我一准付你两万。我跟那18户也谈好了，有肯代理的律师每户出2000元，一并都给你。

5

牛云龙说，你觉得自己真的占理吗，有何证据可凭？

刘仲虎说，我有与村里签订的土地承包经营合同，盖着村委会大红公章。

牛云龙说，对方如何解释？

刘仲虎说，他们说你那个章是不假，但跟开发区和政府的公章比起来，那就是个母章。小小的村委会算哪级？难道还让区政府改变决策来将就它不成？我说上级嘴大可以多吃，但也该让小老百姓有饭吃呀。凡事都有个先来后到，我承包合同是30年不变，还差18年，开发区庙大也不能坏了老规矩呀。他们说什么都僵化不变，还要改革干什么？就是要改变阻碍经济快速发展的陈规旧制。农民个人私利要服从国家公共利益。我说补偿太低了。他们说你一个外户比起那些没有大棚一分补偿也没有的本地村民白占了12年便宜。而且建棚成本之外不是又补了你一大块吗，你要多少合适？我说老家回不去了，我又不是外国人，当初我也是你们批准来的，你们总要让我有地儿住呀。

牛云龙说，你觉得这样讲理能讲赢吗？

刘仲虎说，我这不是专程来请牛先生出山了嘛。

牛云龙说，天下熙熙皆为利来，天下攘攘皆为利往。从某种意义上讲，社会是一个利益争夺场，站在各自不同角度，人们会产生不同利益诉求，争论在所难免，为了防止因利益争夺激化矛盾，破坏社会秩序，就做出了若干规定。当然这些规定制定的过程也是各方利益代表或集团斗争的结果，但规定出台的程序是公认的。这些规定就是法律，即社会成员和团体必须遵守的行为规范。谁符合这些规定谁就合法有理，谁背离这些规定谁就是违法无理。你告西城区政府违法，就要找出他们违反了哪一条法律。打官司就是打这个，而不是你上边说的那样离开法律框架去讲理。

刘仲虎说，我明白了，但还是想问一个最关心的问题，你认为我这官司究竟能赢不能赢？

牛云龙说，本人初步认为你是有理的。代理人当然重要，但赢输的关键主要在你而不在我。有的时候有理未必赢得了官司，还取决于当事人的心理素质与精神耐力。刚才我累计了一下信心指数，只有六分，咱们PK一下，我当被告，如果你能让我的信心指数达到八分，我就能帮你打赢这场官司，开始吧。

刘（原告）：开发区为了占好地搞开发，伙同村委会单方中止承包合同，强拆我的大棚四座和工作间，造成我财产损失，人没地方住，生活无出路。

牛（被告）：本开发区按城市发展计划实行征地拆迁，依据规划进行建设，并对原告进行了补偿。

刘（原告）：每个大棚补5万元太低了，要求法院判处开发区提高补偿标准。

牛（被告）：补偿标准是由合法资质评估公司做出的，70%的被拆迁户都签字认可。原告狮子大开口，借机要挟政府。

刘（原告）：……

停，停，牛云龙说，你不能张口闭口就要补偿，而且官司从头到尾都不要向法庭主张补偿的权利。

刘仲虎说，你说不要补偿？不要补偿我打哪门子官司，我出两万元请你，就为赢一个理，拿来一张纸，能当钱花吗？我精神病呀。

牛云龙说，要补偿反而得不到补偿，不要补偿对方会上赶着给你送补偿，你不信？既然不信，只好继续PK，你主张吧。

刘（原告）：我要求在现今基础上翻一倍，每个大棚补10万元，请法庭支持。

牛（被告）：原告补偿要求标准高得离谱。请法庭驳回其无理主张。

法官问：被告是否同意调解？牛（被告）说，同意。考虑原告实际困难可稍微上调补偿标准。法官问：原告同意调解吗？刘（原告）说，既然他说我的要求离谱，我不同意，任凭法官公正判决。法官说，既然有一方不同意调解，法庭将择日进行宣判。

牛云龙：这个时候，决定权已交到法官手上了。

刘仲虎瞪大了期待的眼神：判多少补偿？

牛云龙：法庭判定每个大棚补偿6万元。

刘仲虎大叫：我不同意！

牛云龙：你同意不同意，法院一审已经宣判并结案了。

刘仲虎：不服，不服，我要上诉！

牛云龙：可以呀，再拿两万元律师诉讼费来。

刘仲虎跳起来：砸锅卖铁我也要争出理来！

牛云龙再传达结果：二审判决三个月后下来了，维持原判。

刘仲虎一屁股坐回到椅子上：看来我这是个癌案了。

牛云龙点上了一支烟递过去，刘仲虎摆了摆手，胸腔像一个鼓足了气的风箱。牛云龙悠闲地吸了一口烟说，看来需要一个故事来舒缓一下紧张的气氛。刘先生一定听说过《希腊神话》"阿喀琉斯之踵"的故事吧。大英雄阿喀琉斯力大无穷，天下无敌，创造了辉煌战绩，最终却败在一个弱小的对手上。原因是对手抓住了他的命门，一箭射中他的脚后跟并将其毙命。知道这里有什么意义吗？

刘仲虎不高兴地说，我不知道国外什么姓阿的神话，只知道中国《西游记》里孙悟空是个大英雄，敢造玉皇大帝的反。

牛云龙说，知道中国的神话也好哇，我们不说外国的，就说大闹天宫降妖捉怪的英雄孙悟空，为什么偏偏害怕手无缚鸡之力、见了妖怪就发抖的唐三藏？就是因为唐僧会念紧箍咒呀。

刘仲虎越发不耐烦：我来之前已经打听清楚了，知道你是"文化大革命"前南京大学哲学系的高才生，善于"筷子不灭"的辩证论和"白马非马"的诡辩术，但我不知道你讲的两个故事对官司有什么用？

牛云龙说，刘先生少安毋躁，请听牛某慢慢道来。任何强大的对手都有其弱点，就像阿喀琉斯的"脚后跟"和孙悟空的"金箍"一样，是他们的致命软肋。问一句，知道什么是你的被告西城区政府官员的软肋？

刘仲虎说，当官的事老百姓咋能知道？

牛云龙说，不知道你就会输官司。官员最怕被认定为违法行政。所以你只要求法院判处对方行政违法，补偿的话一个字也不要提。法院一旦做出判决，你就拿着判决书向西城区的上级政府、纪检监察部门访告。想想看，那将是什么效果。政府官员一旦被判行政违法，就会在其政绩效能考评中涂上污点，涉事官员的先进、晋级将因此一票否决，甚至重要的提拔路口都将亮起红灯。

刘仲虎一拍大腿：对呀，我只惦记着补偿多少，没想到先争出个是非里表来。是该先定他们个行政违法。

牛云龙说，我想，人家一定不容许你走到那一步，一定会千方百计抚平你躁动的情绪。世间的理只有一个，因此理也最值钱，官司赢了就握在你手里了。而官员最怕的是没有理，一定会舍得花钱从你手里买回理来。到了那时，你还怕得不到应有的补偿？

刘仲虎高兴起来：官司打到尾巴时也不提补偿吗？

牛云龙说，一定记住，从头到尾不要一句补偿的主张，就是对方主动要求补偿，法官建议补偿也不能松口，否则官司必入歧途。

刘仲虎说，你的官司就是这么赢的吗？

牛云龙笑而不答。

刘仲虎问，我的官司多长时间能打下来？牛云龙说，这也正是我要问你的一个问题，你做了多长时间打算？刘仲虎说，只要能赢，熬上半年我也认。牛云龙说，半年不行，需要一个诉讼周期三个月翻倍再翻，一年时间基本见亮。当然我们可以争取尽量缩短。刘仲虎不甘地说，时间太长了吧，我快熬不下去了。牛云龙不容置疑地说，民告官，如爬山，丝丝缕缕，缠绕万般，少一年断然弄不下来，否则另请高明吧。刘仲虎咬了咬牙说，我听你的。牛云龙说，好，我有八分信心啦。

刘仲虎说，我请你吃肉包子去。

牛云龙说，算了，抵偿我欠你那50元吧。我们两清了。

6

西城区法院一年前通过转置从城中心搬到了山城市西郊，

虽然稍显僻远，但希腊式廊柱支撑起来的六层大楼却一览众屋小，镇压得周边越发显得清寂。大院内停放的黑亮、银灰、宝蓝等各色轿车、越野车，进一步佐证了这是一个掌管着相当的社会资源、重要人脉与权力的大衙门口。

走在前边的刘仲虎怀揣着希望和些许激动，脚步有些急切与夸张。这种状态也是牛云龙所希望的，但自己的脚步冷静沉稳。就在将要迈进大厅的一刻，刘仲虎似乎被什么绊了一下脚，两手不由自主地摸了一下手腕，低声说：牛大哥，你前边走。牛云龙顺着刘仲虎畏缩的视线瞄过去，把门验证的是着警服的人。便不容置疑地说，这不是公安局和劳教所，是给你讲理的法院，讲对讲错都没人铐你。这一关你必须过，否则往下官司没个打。硬推着刘仲虎继续走前头。

接待大厅如同五星级宾馆的接待大堂，透空层玻璃屋顶与胭脂红大理石地面上下竞相争辉，显得厅堂越发明亮。大厅里人挺多，但因为宽敞又消化了人多。左边忙碌，右边清静。左边忙而不乱，来人都在有序排队，右边安静得无一丝声响，反倒映衬出一番左右对应的井然秩序来。

左边接待区域有一排座椅供来人休息，边上设有免费饮水处。一溜受理窗口像大医院的挂号处，按不同性质案件窗口分别注明刑事、民事、行政等字样。民事窗口人最多，四五个人聚在一堆一块交头接耳，刑事窗口人不多，行政窗口半天无人问津。

右边的清静是左边忙碌比较的结果。能到右边办公区里边谈事的人比左边少了许多，而且先要从左边领个批条或某个文件,才如获至宝地大步奔向右边,递给守门的法警验看后方可进去。当然也有不拿条子和文件的,那要左边窗口里边的人出来,远远地向法警喊一声:里边说好了,让他进去,只进一个人。法警会"噢"的一声,放一个人进去。

刘仲虎欣喜地发现挂在大厅里的一条醒目的横幅标语:"进门有人引,材料有人收,疑问有人答,困难有人帮,事情有人办。"牛云龙则冷静发现案件受理窗口与医院挂号窗口最大的一个不同,那就是这里窗口都设有不锈钢栏杆,把窗口内外的人斩钉截铁地割裂开来,可能是防备窗口内外哪一方有人一旦情绪失控而伤了另一方。

行政诉讼受理窗口内一个年轻女孩,公示签上的名字是邢丽娜,正在聚精会神看手机,也可能是玩一种游戏,一副陶醉的可爱模样。已从畏惧中走出来的刘仲虎心里盛满了那条标语的温暖风帆,想亲切呼一声"姑娘"似乎觉得尽管女孩同女儿一般大,此刻自己也不应充大,努力在干瘦的语汇口袋里摸索了半天,终于吐出了一个文雅的称呼:邢小姐,我要立案。

会不会说话呀?陶醉的脸色立马冷了下来:这里只有国家公职人员,没有小姐。立案到隔壁窗口去!

被兜头浇了一瓢"不会说话"的冷水,刘仲虎退却了。牛云龙说,邢法官,我的当事人要求法院受理行政案件。这是诉状,这是身份证明。入耳的话虽然规范而无可挑剔,但同时侵犯到鼻腔的是一股浓烈的蒜臭。邢丽娜皱了一下眉头却未发作,显然把办事员抬举到端坐靠背高椅的法官位置非常令人受用,折抵了鼻腔遭受的无端袭扰和被打断手机画面的不快。

确认了"真的是行政案件？！"后，邢丽娜认真办起了已久违的一件事。受了抢白的刘仲虎长出了一口气问，姑娘，立案费50元吧，我这就交去，什么时候开庭呀？邢丽娜冷冷地说，还没立案交哪门子费？回去等通知吧。牛云龙说，我们七天后来。邢丽娜说，七个工作日。牛云龙没有吭声。

出了大门，刘仲虎说，那女孩好像对我有成见，说话总呛我的气管。牛云龙说，一般生意场合叫"小姐"，熟悉的晚辈叫"姑娘"都算尊称。在公检法司系统小姐、姑娘是扫黄对象，她岂能不恼？你起码应当叫"女士"。从今日始，除了法官、院长、书记员、庭长等标准称呼外，其余称呼不要再出现。刘仲虎说，不就是一个叫法嘛，大嫂说到天也是个母的，再不高兴还能把黑的说成白的？牛云龙说，面对一个精通法律的对手，任何法官都不轻视，官司可以少走若干弯路呢。

刘仲虎说，我听你的就是了，咱们七天后再去追问。牛云龙又一次没有吭声，今天给刘仲虎灌输的够多了，他需要消化一阵子。有些小的过节不宜全对他说，免得分散他的精力和信心，或者到了时段与现场再对他说，让他一下子就能听懂。

7

刘仲虎打电话说，牛大哥，明天是第七天了，我们去法院吧。牛云龙说，晚去两天吧，我这儿有个事脱不开身。刘仲虎不情愿地说，那我们大后天一早西城法院会齐。

刘仲虎对着窗口露着讨好的笑：邢法官，我的案子哪天开庭呀？邢丽娜说，案还未立上，咋就急着开庭呢？刘仲虎说，咋还不立案？大老远的路，我都跑两趟了。邢丽娜说，这才几天呀，那么多打官司的，哪个像你这么着急的，不是告诉你等电话通知吗？

看刘仲虎语塞，牛云龙说，邢法官，法律规定人民法院接到诉状应当在七日内立案或做出不予立案的裁定并说明理由。本来我们打算在两天前来听取答复，可为了尊重邢法官在法律规定之外自行做主的"工作日"（扣除周六、周日）规定，我们第九天才来。既然不予立案，请将法院的裁定给我的当事人。

邢丽娜起身转笑脸说，牛先生，立不立案不归窗口管，我当天就将您当事人的诉状交给了吕庭长，可是庭长至今未回话。刘仲虎得理地说，你现在就给问庭长去。邢丽娜说，庭长去外县出差了。刘仲虎说，那你告诉我庭长的电话。邢丽娜说，山区信号不好，新换的号码我还不知道。吕庭长三天就回来。看刘仲虎刚要发作，牛云龙拉住他的手腕说，既然如此，不难为邢法官，我们三天后再来。

出了大厅，刘仲虎埋怨说，牛大哥，你不应该太好说话，凭啥又要等三天？牛云龙说，法院对状告本地政府的案子，能够不立的就不立。拖，则是不受理的头一个策略。我们将要经历起诉——立案——审理——宣判——执行等若干环节，以及办事员——审判员——庭长——分管院长——院长——甚至审判委员会等诸多层次官员，可谓五关六将，要逐级攻克与收服。打官司是急不得的一件事呢。

刘仲虎说，那也该让她知道我们的严肃态度。牛云龙说，在官司进程中，表示激愤的态度是需要的，但不是开初就浪费在办事员的小环节上，到时候我自然会告诉你怎么发态度。我估计，一直轻视我们的邢丽娜，今天一定会十分重视地把我们的意见转达上去。

又三天，牛云龙在刘仲虎之前到了西城区法院大院，见一个司机在爱惜地擦拭奥迪 A6 轿车，就凑过去递了一支烟：德国车的烤漆就是好，能当镜子用。故意赞赏他人心爱之物是一种精神贿赂，往往会收到设计中的理想回馈。果然，司机自豪地说，那当然了。来办事？牛云龙说，是行政庭吕庭长约来的，也不知她到了没有？司机指着一台宝石蓝色的别克轿车说，刚进去。看，那不是她的车？

刘仲虎的肥硕脑袋刚一出现在窗口，邢丽娜便满面笑容地站起身来：我正要挂电话给二位，吕庭长说还要等几天。真对不起，又让你们跑冤枉路了，都怪我电话挂晚了。说着夸张地举着茶叶桶，让两人进屋里喝茶，却不把茶叶往杯子里边放。笑言暖语堵塞得刘仲虎一肚子焦急言语抛不出来，委屈地放了一个长长的响屁。

牛云龙说，立案的事为难你了，让我们直接找吕庭长吧。邢丽娜说，吕庭长又出去办案了。刘仲虎说，邢法官现在该知道吕庭长的手机号了吧。邢丽娜立马把笑脸换成了歉意：刘老伯，我只能说不知道，您老就当我不知道好了，我这里多谢了。刘仲虎说，吕庭长真的不在办公室？我咋听说她的别克轿车还在大院里。邢丽娜说，她大概是坐别人的车出去的，不信可以往她办公室打电话。不过，求您老别在我这儿打，大厅外信访接待室墙上公示着各位院长、庭长的办公电话。

刘仲虎拉着牛云龙去信访室给吕庭长挂电话，按着公示号码拨过去，通了，嘀、嘀、嘀……九声嘀后转为短促忙音。重拨，嘀、嘀……牛云龙伸手按住了电话键子。电话来电显示最有意义的功能是不想联系的人就不接电话。当然，从邢丽娜办公桌上打过来的电话吕庭长是一定要接的，但邢丽娜不让用。

要求邢丽娜顺利接状填表不刁难，及时转递不扣压已经达到了目的，下一步直接面见吕庭长是官司推进的首要之举，再要求玲珑剔透的邢丽娜帮忙显然是得陇望蜀。刘仲虎畏缩目光望着右侧办公区守门的法警焦急地问，怎么进去？

牛云龙却答非所问，知道月全食是什么现象吗？在一个自然变化周期里，一定运转角度上，圆月会被地球完全遮蔽，本该荧荧闪亮的夜晚那一刻变得漆黑一片。你说黑夜是不是可以掩隐许多事情？刘仲虎不满地说，你可真有闲心，这时候还研究天体？牛云龙好像陷入深思不能自拔：毛主席对立统一辩证哲学告诉我们，凡运行在同一体中相互关联的两个物件，不论其运转周期有多长，一定会有相互交会的时点。比如钟表，无论时、分、秒三针各自以不同速度转自己的圈，但每个小时三针必有相会一次的概率，尽管相会的长度仅有一秒。你看那一边……

随着牛云龙目光的指示，刘仲虎发现，左侧接待区最里侧有一扇上锁的角门间有时会打开，里边出来人送个材料什么的再转身回去，就不必绕行右侧办公区的大弯。偶尔有人图方便不关门，三五分钟回去就省却了"摸口袋、掏钥匙、插锁眼、转手腕"一系列烦琐的开门程序，而三五分钟可溜进办公区三五拨人。刘仲虎心中一个欢喜，转头向右看，禁不住又一个恐惧：右边法警的视线如探照灯一样明亮，时不时扫射过来。而牛云龙说的那个"月全食"应当是角门开启而法警视线扫在别处的时刻，但法警视线扫射的频率几乎等于钟表时、分、秒相会那么短暂。刘仲虎从希望的巅峰"忽地"跌入失望的谷底：十几天了，庭长又见不到；要闹，你又觉得不是时候。咋办呀？牛云龙拍拍刘仲虎的肩膀缓声解释道，自然界月全食非人力所能为，但钟表是人制造的嘛。

8

这一天，左侧接待区里侧的角门又打开了，守候在大厅门口附近的周老五、李寡妇等人看见刘仲虎摘下了帽子，七八个一齐儿嚷喊着涌向门口。守门的法警急忙招手把办公区的法警喊过去帮忙，两人手忙脚乱一边叱喝着众人"不要拥挤，排好队一个一个进"，一边逐个人验看身份证并做登记。偏偏李寡妇"忘记了"带身份证来，却扯着喇叭嗓门非要随众人一齐进去不可……

刘仲虎与牛云龙悄然溜进了角门，上了三楼，推开了挂着行政庭长门牌的房间。未等性急的刘仲虎开口，一向慢吞吞的牛云龙抢步上前：吕庭长，刘仲虎诉讼西城区政府的诉状从受理之日到现在已经半月时间，超过了法定立案或裁定驳回一周时间，不知有什么原因？

你们找行政庭的吕庭长，认识她吗？办公桌后面坐着的人一副质疑诘问的语气。

就找您。吕庭长本人比信访接待室公示板上的相片还要俊秀。牛云龙一副不容置疑的语气。

我是行政庭长吕秀兰。我对案件拖期向你们道歉，同时也恳请能给予理解。"行政诉讼法"颁布有一段时间了，但实质性诉讼不多，没有成功的案例可借鉴。立不立案？不立如何驳回？立了如何审理？我正在向院里请示。没有及时回话是不知道怎么答复你们。希望二位也别误解邢丽娜，她是按我的意思办的。

牛云龙说，感谢吕庭长的坦诚，不过我们今天面见吕庭长主要是为说明，我当事人的诉讼案由完全符合行政诉讼法的相关规定，贵庭没有理由不予立案。

吕秀兰说，我个人同意你的意见，也在积极争取帮你们立上案。

刘仲虎说，那总要有个时限吧，再说我们见你一次太难了……

吕秀兰笑了：亲身领教了牛先生的调虎离山之计，我更不敢任意曲解法律拂逆民意了。请再给我10天时间怎么样？当然我这是请你们帮助。

牛云龙说，我听明白了，关于立案的事的确使吕庭长为难了。既然如此，我们是否可以见一下你们院长……牛云龙省略话语的意思是，尽管见院长不需要吕秀兰批准，但见不见，什么时候见，则在征求她的意见。时机不对非但起不到向院长施压的目的，而且会形成告行政庭状的结果。

吕秀兰说，今天没必要见院长。我会把二位的意思和案情向院领导转达清楚。这是我的手机号码，如果约定时间没给你们打电话，立案的事我就无能为力了。那时你们可以打电话给我，我会把你们约进来再谈。

牛云龙愉快地说，我代表我的当事人谢谢您。看得出吕庭长是一位关心普通百姓的好法官。

刘仲虎却不以为然，边下楼梯边不高兴地说，这一支又是10天，既然无能为力了，再约谈咱们有什么用，那不是送空头人情？

牛云龙解释说，信访接待室公示板上标着院长们都在四楼办公，她以约谈名义把咱们领进三楼咱不就可以从她那儿直接上四楼了吗？

刘仲虎不满地说，我看不出今天就找院长和10天后找有什么不同？咱们也没必要怕得罪她，该有态度的时候就要表现出来……刘仲虎省略的潜台词是，你牛云龙思想虽然缜密周到，但为人太圆滑，缺乏魄力，谁都不想得罪。

牛云龙当然嗅出了刘仲虎省略语的酸味，也不高兴地回敬道，我开始就说过了，此案需要一个诉讼周期翻倍再翻倍时间，我们有言在先的。

刘仲虎说，我们闹她一下子总可以吧。大闹一下子，看给不给立案？

牛云龙冷冷地说，你如果实在想闹，可在10天后做个闹的姿态，就怕人家未必容你闹得起来。球还未开踢，先得罪裁判？要知道，裁判有权力对藐视的球员予以红牌罚下！

对被强迁击倒在地并重折了精神筋骨的刘仲虎来说，此时的牛云龙就是他重新爬起来走路的双拐，他只能不吭声了。不吭声也可以理解为一种默认。

于副院长终于明确了对刘仲虎案的意见：秀兰，不要立案了，否则大当家会很为难。不瞒你说，咱这新办公楼尾欠的2600万元工程费和材料款，区政府答应年末财政决算后分期拨付。

吕秀兰知道，为工程尾欠为难的除了大当家的院长，还包括分管法院基建的于副院长，尾欠造成四次农民工集体上访，弄得他几近崩溃。但吕秀兰不甘心：开发区违法征地我们可以装糊涂，但他们自己应当把事压下呀，就为了维护区政府一贯正确的面子却要让法院为他们的行政错误佐证法律依据？

于副院长说，面子问题实际上涉及了行政权威，让一级政府认错一般很难。但我认为面子这不是主要的，主要的是纠错成本问题。一般不涉及全局的小案子，被判败就败了，而刘仲虎的案子非同一般，表面上是一个人诉讼，实际上连带了19户。更为深层的是其外延可延至之前的若干批19户，补得起吗？还有以后的若干批19户，都提高了标准，今后城市发展的速度为几何？所以，干脆以诉讼主体错误驳回吧。

吕秀兰理解院里的难处，但不认同院里的态度：法律明确规定，诉讼主体不当，法院有责任告知原告应当起诉谁。对方代理人是个司法通，没有正当理由驳回，会酿成直接针对我们法院的集体上访，而且他们向上访告的部门不仅仅是信访办，还将增加纪检委与检察院。吕秀兰深谙同时分管法院信访工作的顶头上司最怕的是什么。

于副院长果然中计，焦躁地说，案情我们都碰过两回了，此案若立，政府必败诉；此案若驳，又要闹上访。咋办？咋办？真难办。作为西城区的人民法院总不能从我们嘴里宣判自己的政府违法败诉吧，那我们还能在司法界混饭吃吗？

吕秀兰不徐不缓地说，于院长，我倒有个两全的方案，我们可以依据行政诉讼法"本辖区内重大、复杂""基层人民法院不适宜"审理的案件为由，提报山城市中级人民法院予以审理。

于副院长愣了一下，随后击节道，好主意呀。烫手山芋，推出拉倒。只是人家中法能愿意接手咱们的"鸡肋"？经济纠纷官司按诉讼标准收费，法院往往会收个盆满钵满。行政诉讼官司从头至尾只能收入50元立案费，弄不好还要得罪手握实权的政府官员，在法院内部有"鸡肋官司"之比喻。

吕秀兰要的就是这个出口：如果院里同意，我负责做中法立案处的工作。

秀兰呀，若是做通了中院的工作，我们就免受夹板罪了，大当家那儿我去说。于副院长深信吕秀兰一定会做通中院的工作。不是因为这样做合法合规，也不是自己的下属多么善做工作，而是因为吕秀兰的丈夫是山城市政法委副书记。

9

刘仲虎度日如年地在家数着日头，就好像在拘留所里巴望着警察那句"你可以出去了"的赦令一样，好不容易熬到第七天仍未接到法院的电话通知，一边在心里谴责着牛云龙的圆滑软弱误了自己对法院访闹施压，一边气恼地组织人手筹谋着10日后大闹一场的计划。第八天，突然接了邢丽娜电话，让第二天去法院。刘仲虎急问案子立上了没有？电话那头"咯咯"笑了两声：暂时保密，明天一切都知道了。刘仲虎仍不死心：好邢法官，大伯急着呢。透一点口风，就一小丝儿，明儿给你从树上现摘挂着霜的甜李子，吃了保你更漂亮。"咯咯、咯咯"邢丽娜又多笑了两声：那你要多带呀，偷偷塞给我。明天嘛，明天于副院长同你们谈，就你同代理两个来哟。刘仲虎心悬到了喉咙，不想使自己的组织天才浪费于摇篮之中，遂不听邢丽娜"不许多人来"的要求，让周老五、李寡妇联系19户每家出一人，最终十四五个人浩浩荡荡赶去西城区法院，一群人齐伙涌进了接待大厅。

邢丽娜当时便气白了粉脸：来这么多人是我没通知清楚，还是你的故意？说着，一包黄澄澄的大李子从窗口飞了出来，骨碌碌滚了一地。有那熟透了的，被摔得开膛破肚，眼仁一样的内核挂满了浓浓的泪水。刘仲虎说，不是我让的，19户家家要求来人，我还撵回去四五个呢。邢丽娜说，来了也不行，只准你跟代理人进去，其余人或是回去，或是老实待在大厅里等候结果！李寡妇不干了，扯开了大喇叭嗓子喊，大老远倒了两趟车，你说不让进就不进？我们不是听信来了，是有意见向院长讲呢。周老五也叫道，院长有什么了不起，怕老百姓咋的，市长还亲自接待上访呢。众人一齐哄喊，大厅里吵闹一片。邢丽娜终究年轻怕事，慌忙给吕秀兰电话报告，得到答复：来人可以都进去,但要进行安检。

按着法警要求,众人排成一溜长队逐个接受检查。拿包的一律打开,倾肠翻胃全倒进一个方盘逐件验看。指甲刀允许带,水果刀无论多小也不许带;挖耳屎勺允许带,螺丝刀即使拧眼镜螺丝般小的也不许带;烟卷和烟荷包都允许带,打火机一律不许带。周老五不满地说,不让带火光带烟有什么用?"当啷"把烟斗扔进盘里。法警似未听到,捡出火机扔在一边。水是允许带的,但一律让开盖喝一口。青皮后生口饮得小了点,被要求再喝一大口。后生说别人喝一口,为啥我喝两口?法警说你水的颜色为啥发黄?后生说你不如直接说我这是汽油好了,就算是汽油没有火也点不着呀,哪条法律规定水不好喝不许掺橘子汁?法警接过瓶来嗅了一嗅,便允许带进去。

验完包和掏空口袋的人逐个过一个带灯的铁门框,凡身上发出响声的就要接受仪器周身扫描。李寡妇见法警持着一圆头带柄的器物在众人身上探来测去,不时发出"吱吱"声响,害怕电着自己,遂表示不进去了。刘仲虎做着示范解释说,是身上铁器声响,半点不电人,指望你进去讲话呢。李寡妇还是忐忑不前,被周老五后边用力一推,踉跄进门,好在未出响声,遂获大赦般声明:我身上没带铁器,别拿那东西电我。二十多分钟后,总算都通过了安检。邢丽娜带领众人鱼贯进入五楼会议室。

果然,法院领导已事先等候着了。众人见被称为于院长的富态男人,身着笔挺深蓝色工作装,脖系醒目浅色领带,端坐一溜靠椅最中央,不苟不言,肃面目视众人邋遢进门,左右各有两人陪坐。除了闹访的刘仲虎见到过一个信访副局长,众人见到最大官儿是乡长,多半是在台下仰视着,而且一二年难得仰视一次,猛然见到比乡长大若干的官就坐自己对面,遂畏惧着争往人后躲,推搡着刘仲虎、牛云龙、周老五、李寡妇四人坐了院长对面第一排,其余人在后排散坐。坐定后一看,对面加上后入座负责记录的邢丽娜已达六人,谈判桌上的比例为6∶4,而且对面的人背靠着坚固的墙壁,己面的人背对着空洞的房门。

于副院长先讲了一长段行政诉讼的程序,半个多小时说的都是能听懂的中国话,但众人听得似懂非懂,没懂的主要是许多高深语词。勉强懂了的意思是,打行政官司耗时间挺长,半年以上难出结果,还是双方商量来得快,只要提个数,法院给予协调。

李寡妇忍不住问,什么叫协调?于副院长解释说,就是协助调解嘛。李寡妇还是没懂,什么叫调解?于副院长说,调解就是调和商量,解开疙瘩。协调就是法院代替大家出头跟区政府商量。周老五问,你们法院大楼看着是比政府的新,但地点没政府的好,楼也没政府的大,政府能听你们的?我们都知道政府权最大。于副院长说,政府权大不假,但只有行政权,没有司法权。司法裁判权法院独有,可以评判政府行政对错,不然你们为啥上我们这儿告状?只要大家提的合理,一万两万都行,法院负责出头协调政府接受。

后排座摇动起来,相互低声商量着:有法院帮着出头找政府,已经签完了协议的还能意外增加一两万,谁还打那望不到边头、看不清结果的官司?

刘仲虎清了一下嗓子说,我还是要求立案,就相信法律,不调解。于副院长说,你打官司不就是要补偿钱吗?刘仲虎说,我打官司不要钱,就要理。不主张开发区补偿,要求判决政府拆迁违法。于副院长说,行政诉讼当然是你的权利,但打官司不一定赢,如果输了岂不是连有望增加的补偿款也得不到?刘仲虎说,愿赌服输。我就要拿法律来赌一把,但凭法院公正判决。

后座上低声交谈变成了大声插话:不要补偿打哪门子官司?我们不打官司了,请法院帮助调解吧。刘仲虎一拍桌子:打官司的是我刘仲虎一人,你们是跟着坐车捎脚的,不随我的,现在就出去。众人便一齐噤了声。

于副院长无奈摇了摇头,既然你不理解法院的好意,我也没办法。一直未吭声的牛云龙说,我代表我的当事人重复强调两点意见:第一,行政诉讼法规定,法院从接到诉状之日起,应当在七日内立案或做出不予立案的裁定。我的当事人递诉状至今已超过了一个月。对此,我特别提醒法院予以注意。第二,人民法院应当充分尊重当事人的意见,立案不立案,完全是公民自主权利,任何法院都无权干涉,或额外做当事人取消诉讼权力的思想工作。于副院长冷冷地说,话既然谈到这个份上,你们回去等通知吧。一周内法院给予你们正式的答复。

散去的村人分成了两拨,没签协议的几户远远落在了后边。李寡妇说,刘老二上访这一年是不是在劳教所关傻了,哪有魔怔到花钱请人打官司不要钱的。青皮后生说,我看是让那个牛云龙巧嘴簧舌给哄骗了。姓牛的想挣他的代理费,使劲撺掇刘仲虎跟政府对着干。周老五说，走着看吧，到了坎劲关头，要私下提醒提醒刘二虎。

五天后，刘仲虎接到邢丽娜的通知，让递交一份"变更管辖申请书"给山城市中级人民法院，说明西城区法院"不适当"审理本区政府的行政诉讼案件，申请变更管辖权，指定其他法院受理或由中院直接审理。刘仲虎一掼帽子叫喊道，他妈的不适当审理早点说呀，吞吞吐吐、磨磨叽叽拖了一个多月，绕了一个没用的空头圈子，连法庭庭长什么样都没看到，就把老子推出了法院大门？牛云龙却高兴地说，你没弄明白，这回案子有人受理了。

10

东城区法院行政庭庭长冷玉凤人称冷面美人，除了姓冷字中名有个玉字且人长得冰肌玉骨外，办事如破碎冰块般"咔嚓"利落，较起真来则如冰一样毫无通融。

变更管辖申请递上半个多月了仍如泥牛入海，刘仲虎对官司已不抱有任何希望了。这一天，却突然接到了一个陌生女人的电话，自称是东城区法院行政庭庭长，负责受理刘仲虎诉西城区政府强拆案，约定见面时间与地点。电话如一剂强心注射剂，心冰意冷躺在床上的刘仲虎，身子钢簧般从床上弹了起来，禁不住一股热流涌进心田。

会见是在两天后的一个下午。冷玉凤庭长珍珠落盘般悦耳的声调夹杂着冰球式的话语，刘仲虎一字不漏收入耳孔。两天来心旮旯里的那股暖流冲抵殆尽，禁不住打了一个冷战：

你这件民告官的案子不是马路小警察错罚了司机二百元钱，城管没收了小商贩不该没收的水果，就是说不是政府某个局部或个人的行政行为，而是属于对社会有"重大"影响的"复杂"案件，也可以说是山城市征地拆迁第一案。没有人愿意第一个蹚地雷，哪家法院都不想审。所以西城区法院推给了山城市中级人民法院，市中法又推给了我们东城区法院。说心里话，我也不愿审，可是上边交下来了又没法不审。你们别不高兴，谁守着孔雀愿意拔刺猬毛？这是我向你们说的第一点，即我对案子的态度。我这人从不隐瞒自己的观点，那样活着太累。第二，我向你们交代一下案子的安排问题。案子是上周才转来的。今儿是12月6日，元旦前肯定审不完，可若是现在就为你们立案，将会影响我们东城区法院全年结案率，所以我"不能"给你们立案。过了元旦不到一个月就是春节，都在忙活置办过年，就是我想审，别人愿不愿意，有没有心思？所以在那个时节我"不想"给你立案。这么着，过了春节初八上班拜年、打扫卫生，初九开柜展卷、领办公用品，初十一早你们来正式立案。

刘仲虎如同被人硬灌着喝了一口浓浓的辣椒水，呛得一个咳嗽，脑门、脸颊连同脖子一齐涨红起来，真正是饱女不知饿汉饥。你们捧着旱涝保收铁饭碗，还要拿一个月往碗里置办年货，可我的泥饭碗被人砸得八瓣破碎，全家人等着赢官司找米下锅呢……不待发作的话出口，手腕子猛地被人拉住并使劲攥了一把，刘仲虎惊惧得一个激灵，哈欠式地喘出了挤压在腔中的一口粗气。牛云龙的话抢先出口了：就按冷庭长说的办。不过,我们这可是说定了的呀。冷玉凤斩钉截铁地说:我说过的话,向来算数!

被攥着手腕拉出门的刘仲虎使劲甩脱了手:以后你别再攥我的手腕子,不知我最害怕吗?这小娘们也太他妈的狠了,一句话就支出一个半月。可你倒好说话,张口就答应,敢情不是你家房子被扒。你也不算一算,从递状子到答应立案,都超过一个诉讼周期了,官司猴年马月才能完?

牛云龙毫不让步:别忘了,你答应过我一年为期的,刚开头就耐不住了。法院为什么推三阻四不立案?如果政府有理赢官司,人家不早把案立上了。因此,只要我们立上案,官司便有了七分胜算。滴水所以穿石,全在耐力与坚持。

冷玉凤果然言行必果,大年初九打来了提醒电话,初十上班就利索办完了立案手续。尔后通知双方,择定下个周五下午两点准时开庭。

刘仲虎如同熬煎了一年的新郎,好不容易盼来了迎娶新娘子回家的一天,生怕女方家长变卦,周五下午一行人早早来到东城区法院。不料,审判庭却不开门。一看表还不到一点,只好怀揣万般无奈再等,一分一秒熬到一点半,大门总算打开了,众人挤挤搡搡通过安检,抢步进入法庭,在规定的旁听席位坐好。落座后眼睛便好奇地不够用了:审判台上醒目地摆放三个金黄牌签,审判长居中,陪在两边的是审判员与人民陪审员。牌签对应的是三个高背靠椅,椅背一律高出头领一尺有余。周老五说,我看像体育比赛颁奖台,中间椅背高出两边三四寸还多。正说着,一个高挑的冷艳美女身着宽大法袍,高视阔步,旁若无人地走上台来，于中间高背椅上端然落座。两人紧随其后，按先右后左顺序两侧陪同。一时间众人收回目光，法庭内寂然无声。爱打乒乓球的青皮后生小声议论：这可比拿比赛冠军风光多了，冠军是站在台上，还要把头低下来让人往脖上挂奖牌，你看人家那坐相派头，简直美死了。李寡妇慨叹：我要能这样风光一回，拿10年寿命来换，也算值了。

冷玉凤瞄了一眼台前那柄枣红色木质法槌，优雅的玉手并未伸过去，面无表情地先朗声宣布了法庭纪律：不许录音摄拍，不许喧哗鼓掌，不许人格侮辱等若干条。接下来开始第二个程序，确认双方当事人和代理人合法身份。众人明白了，不敲法槌还不算正式开庭，以上两道程序是为开庭做准备。

先确认了双方当事人身份，查看了相关证件，双方均表示无疑义，再确定双方代理人资格。被告辩护人是山城市司法界享有名气的大牌律师吴文英，顺利通过确认后却对原告代理人牛云龙身份提出质疑：一不是国家律师；二不是当事人的近亲属；三虽有委托代理书却未经国家司法管理部门审查登记。根据省司法厅关于代理人辩护人资格的若干规定，该人应即刻从原告代理人座位席上离开。

牛云龙对案情准备了多种答辩方案，独独没有对自己进行准备。好比针对女子跆拳道对手的套路千百次演练过应对招式，可不等开打对方便指证自己为男扮女装者，根本不与你过招。一向自负的牛云龙脸红脖赤，头上"忽地"出了虚汗，倒也急中生智，三十六计，走为上；走之前回首反咬一口：被告没有提前将答辩状提供给我方，使我方今天无法进行法庭辩论，请求休庭。

哪条法律规定必须把答辩状交给你原告看？冷玉凤毫不客气地刺了一句。决定今天开庭的是自己，绝不允许任何人挑战审判长的权威。牛云龙头上的虚汗连成了串，肆无忌惮地滚到了脸颊上：我、我先前看到过的，记、记不起来了。冷玉凤宣布：既然如此，暂时休庭，下周三此时再次开庭。原告代理人必须补办司法审查登记手续，否则取消其代理资格。

刘仲虎使劲瞪了牛云龙一眼，一句话未说，转身出了法庭。周老五追上说，你这个代理人太差劲了，苦熬了三个月，还未交手就被人家撵下了台，赶紧换个正牌律师呀。李寡妇说，你看他腰弯得像只虾，眼珠近视得像个瞎子，满嘴喷射蒜臭味，能吐出什么金言玉语？我看在台下玩玩诡辩术，唬骗咱小老百姓行，上台跟政府打正经官司，铁定得输。你看人家那个女律师，说话"嘎嘎"的。刘仲虎泄气地说，我倒想找个对方那样的正牌律师，掏两万元不包输赢也没人干哪。死马当活马医吧，都走到这一步了，好歹凑合着上去比划比划，顶多赔50元立案费。唉！牛云龙用衣袖抹了一下满脸的臭汗，拿着法律读本去找冷玉凤理论：我找到了，行政诉讼法规定"人民法院在立案之日起5日内，将起诉状副本发送被告之后，被告应当在收到起诉状副本之日起10日内向人民法院提交做出具体行政行为的有关材料，并提出答辩状（人民法院应当在收到答辩状之日起5日内，将答辩状副本发送原告）"。冷玉凤漫不经心地说，噢，我让他们尽快给你。心里却得意万分：要连这一点都不知道，我就白吃这碗饭了。就是要当众挫损你的锐气！

牛云龙又跑去找吴文英请问：吴律师，你那份省司法厅关于代理人资格的文件能否借我看一看？吴文英讥笑着说，自己上网查吧。顺便忠告一句，医生看病不能总带着书本现翻现查。当律师是挺赚钱的，但也要自己掂量一下能力水平，是否对得起当事人付的血汗钱。但愿下周三我们能够在这儿见上面。

牛云龙低头无语，感觉像被人当众宣布为一个阳痿的男人，而自己又没法当场面众自证雄硕。

11

法庭大门口，牛云龙与刘仲虎紧张地计算着时间，去掉周六周日政府机关休息日，下周三下午开庭留给自己办理司法代理登记时间只剩两天半。当然，此刻到机关五点下班还有一个半小时，是应该抓紧利用的宝贵时间。两人满头大汗赶到西城区司法局，四点十五分，谢天谢地，离政府送班大巴发车还剩35分钟。牛云龙攥着牛喘的刘仲虎的手腕，连拉带扯爬上四楼，往走廊里一瞅，不禁像泄了气的皮球，一屁股坐在了地上：有车的吴文英律师捷足先登，办完了事正顺另一侧楼道往下走。喘了五分钟气，牛云龙说，别指望西城区了，咱们也走吧。刘仲虎底气不足地争辩道，跑了一身汗，行不行也要试一把，死马当作活马医吧。果然，负责登记的后生态度十分热情，事情却办得十分冷硬：按规定，官司在哪打，就要上哪个区登记。刘仲虎还要争辩，被牛云龙攥起手腕拉着就走。

熬过了周六、周日，周一一大早，两人赶到东城区司法局，一个俊俏的女孩子办事倒也爽快，居然当即开了证明。牛云龙惊喜地双手去接，手伸出了半截，又缩了回来，证明被人家顺手放进了抽屉。女孩子眼瞅着三绺鸡毛覆盖的稀疏脑壳，耳听着栽植着两颗焦黄板牙的圆圆肉洞发出"谢谢"的声音，小鼻孔嗅着奔涌而来的一股蒜臭，想象着与影视上的歹人形象一般无二的此刻此人，即刻改变了主意：你要拿出公安部门开具的无前科劣迹的证明再来换取。

两人挣命式从东城区急火火赶往西城区常住户口所在地，横跨山城市东西两极，到达派出所已是中午十一点半。听说管户民警出去吃午饭了，两人才想起肚子饿了，刘仲虎提议到小吃店每人吃一屉包子。刚好十二点，赶回派出所再等，一直到两点半总算等来了管片民警，赶紧说明了情况。管片瘦民警问，你认识我吗？牛云龙说，不敢认识。瘦民警说，我也不认识你。知道什么原因吗？是你没在这儿住！牛云龙说，我户口在这儿，房子也在这儿。瘦民警说，这都不假，但我们规定人不在这儿住，要在派出所做登记。你登了吗？牛云龙说，我现在就登记，说着上二楼按要求填了登记表，说明了事由，报了新住址，留下了联系电话，返身下楼双手递给瘦民警。瘦民警看也未看：我需要一周时间核实你登记的内容。牛云龙着急了：我后天下午就出庭，来不及呀。瘦民警面无表情地说，那是你自己的事，与我无关。

白白浪费了一天，牛云龙垂头丧气。刘仲虎说，反正你是无前科劣迹的良民，不如造个假。找居委会开个证明，就说你是我亲姐夫。法律规定近亲属受委托代理当事人，不履行司法审查登记手续。牛云龙摇着双手说，不行，绝对不行。查出我老婆不姓刘，凭这一条法警就会驱逐我出法庭，公安部门就会将我终生打入造假刁民的档册。只能到我现住地碰一碰运气了。

周二,又是一大早。东城区现住地管片是一个胖民警,看过了诉讼状、委托书、开庭通知等一干文件,顺手放到桌上,一声未吭。刘仲虎小心地递了一根中华香烟,并将一包放在了桌上。胖民警把烟往回推了一尺,自己从口袋里掏出根烟点上,还是不吭声。刘仲虎彻底凉了心,义愤无比地讲起了拆迁,又讲起了案情,还讲起了一年来的遭遇。越讲声调越高,索性站了起来,挥舞着手臂讲。胖民警眯起了双眼,似听似睡,间或摇了摇头,待刘仲虎讲到两个嘴角吐出了白沫子,胖民警把一干书件递给牛云龙说,你收好吧,我不给你开。刘仲虎说,我知道你们公安和司法都归政府管,纪律连着一家人的饭碗呢。虽然你不给开,但耐心听我讲了一个多钟头,我这心里痛快了许多,也得说声谢。胖民警说,你们别急着走呀,我不开是不知道怎么写,出了大门左边有个打字社,你们自己开,想怎么写就怎么写,我给你盖章就是了。刘仲虎似跋涉于千里戈壁饥渴待毙的迷路旅者,一转头猛然发现了救援车队正向自己奔驰而来,一时竟有些悲喜交集:这社会还是好人多哇!

下午一上班,两人赶到东城区司法局,不料又出了岔口。女孩摇头说,我还要请示一下。牛云龙心里一个抖颤:万一司法局同法院沟通,先前的一切努力必将落花流水,便指着墙上"优质服务,马上就办,办就办好,保您满意"的标语佯怒道:你说有公安部门的法纪情况证明就给登记,我们跑了一天半拿来了证明,你又说不行,因此我对你的服务不满意,我们现在就到软环境建设办公室投诉你们司法局。女孩子到底还是年轻,经不住恐吓，聪明的脑袋马上权衡了利弊：登记可能会出一点小误差，因为爱开会、爱指示的科长昨天下班前强调过要谨慎办公，自己也未弄明白是什么意思，回家问官场行走多年的老爸，得到的答复是，多请示，不擅专。当然也可能出不了误差，因为以前只要有了公安部门担保证明一律予以登记的。即使真出现了科长有点不高兴的后果，远不会大于司法局受到投诉软办的后果严重。于是乎，抽屉里那份盖着"公民代理审查专用章"的司法登记终于被牛云龙抓到了手里。

真巧了。出了司法局的门，刘仲虎的手机响了，来电显示是冷玉凤。赶紧问牛云龙：她能说什么，我怎么回答？牛云龙说，这个时候，肯定是司法登记和开庭的事，你就说登记未办下来，开庭可以照常。果然，冷玉凤问，代理人司法审查登记办下来没有？刘仲虎说，西城区也不给办呀。这不正犯愁呢。冷玉凤说，办不办下来，明天下午都照常开庭吧？刘仲虎说，开庭就开庭吧，我也拖不起了。就我那个律师，有没有都那么回事，我可就仰靠着冷庭长您秉公审理了。牛云龙满意地伸了大拇指。

刘仲虎问，我不明白冷庭为啥给我打电话？牛云龙说，法律规定，遇有不可抗拒因素，双方当事人都有权利申请休庭。例如当事人生病不能到庭或代理人缺位都是不可抗拒原因。人家跟你说"照常开庭吧？"是在你有了不可抗拒理由前提下确认开庭时间。明天你若当庭提出代理人没办完登记手续，人家就会说昨天电话已经征得你同意"照常开庭"。

刘仲虎问，代理人司法登记已经办完了，为什么不告诉她？牛云龙笑着反问：你打牌的时候，自己的底牌随便给人家看吗？

12

　　法律规定，法官审理案件必须保持中立，不得偏向任何一方。如果与本案有直接利益关系则应当予以回避。冷玉凤庭长与吴文英律师是大学法律系的同学，不是法律概念上的姐妹关系，但亲密关系一点也不逊于亲姐妹。虽然法律规定姐妹属于应当回避的近亲属，但并未规定比亲姐妹还亲的闺中密友应当回避。大概是为了防止上述问题出现，法律又规定，法官在案件审理过程中不得事先接触任何一方，单独接触当事人就是构成回避的理由。但法律未规定老同学不可以见面，尤其在周末共度一个温馨的夜晚。

　　坐在听雨轩，喝了一口苦咖啡的吴文英蹙着眉头说，冷姐，我们区长又找我们司法局局长了，说无论如何也不能出岔呀。望着窗外飘洒的晶莹雪花，心情颇佳的冷玉凤说，巧了，我们院长也找我了，说是你们区长找了我们区长，我们区长就向我们院长打了招呼。吴文英说，最省事的办法是釜底抽薪，让那头"牛"出不了"庭"院。冷玉凤说，你也太高看他了，瞧他那个猥琐窝囊劲，基本法律条文都记不住，我简直想象不出他会有什么表现，闻名山城的吴大律师难道怕一个土得掉渣的草根代理不成？吴文英说，上次他自家小卖店被拆案，弄得区里十分被动，原计划要把那8排16栋楼房的附属房全扒净，让他一个诉讼，剩那7排14栋一年过去了，城管、规划没有一家敢上手的。冷玉凤说，哪有你们区那么蛮干的，也不查人家是否有规划批件？区长坐在车上走马观花一看，附属房不顺眼，街面不敞亮,一句话城管局长就上铲车,那还不输?这回案卷我都看了,你们规划批件虽然勉强些,但终究算是有,又是建设公益项目,大不了走调解的路子,你们多出些补偿钱呗。吴文英说,那个牛云龙刁钻、狡诈,善诡辩,不按常理出牌,上回对他被误拆的小卖店双倍补偿也不干,非打到市中法判了区政府败诉,我担心他故伎重演。冷玉凤说,放心吧,我们区民告官的案子不是归你们区审理嘛。我判西城区政府输官司,你们那个吕庭长还不回敬我们东城区政府输官司,我在这儿还能有好果子吃?

说到果子,冷玉凤一阵喜悦袭上心头。自己原本是热门的民事庭长,多年主审经济官司政绩斐然,给法院收进了大把的钱。院里忍痛将自己调任行政庭长,是有深刻用意的:在经济上能大把为院里进钱当然重要,但官场中人更重要的是从政治上考虑问题。这是一个能替院里抵挡难题的关键岗位。当然,善于奔驰的马儿都要予以好饲料。冷玉凤所以欣然就任这个油水不旺的职务,因为这是通往院级领导台阶的一条便捷通道。院长谈话时说院政治部主任明年6月份就退休了。这是心照不宣的暗示。

吴玉英还是眉黛横锁,冷玉凤有些感动:老同学,如今像你这样责任心强的律师少见了。我们说点儿高兴事,别破坏了美好夜晚的氛围。此刻,吴文英也有一丝喜悦浸入心头,赏罚分明的开发区崔达山主任私下许诺,只要赢了官司或者打个平手,一笔不菲的钱便会打入自己的牡丹卡。当然,与老同学的城府一样,多年的诉场生涯告诉自己,即便是万般要好的姐妹,藏在心旮旯儿的一些东西也是不能走光的:看我,再跟冷姐说官司,就让您违法了,我敬姐一杯。

牛云龙还是坐在原告代理人席位上。吴文英明显觉察到,对自己上一次的"突然袭击"对方毫不客气地回敬了一个"出其不意"。吴文英不甘心,率先扣响了将牛云龙逐出法庭的扳机:审判长,本辩护人仍然认为原告代理人资格有问题。诉讼西城区的案子却在东城区审查登记,这不符合法律回避原则。牛云龙回应说,状告西城区政府不让西城区政府的司法局审查登记完全符合法律利害回避的原则,正如同西城区政府的案子转到东城区来审理一样道理。吴文英说,西城区居民的品行让东城区政府部门进行评价,犹如张家把种子下了地却让李家猜测地下是什么种子一样荒谬。牛云龙说,审判长,对方律师关于种子与土地的不当比喻与本案无关,法律并未规定公民代理审查登记必需的区域,只规定了经国有行政司法部门审查登记即可。

冷玉凤裁决道:既然被告辩护律师提出疑义,暂时休庭。法庭将会同司法部门进一步沟通协商。牛云龙大声说,本代理人抗议。冷玉凤说,原告代理人抗议无效。

刘仲虎紧张地站起身来:司法局如果撤回登记文件就完了。牛云龙却胸有成竹:子弹已经出膛,扣错了火也不能自己说错。何况那是司法局的职权,岂容法院评头品足。更重要的是,司法局绝不会为了将就他人的意愿,无端引来上告本部门"出尔反尔,胡乱行政"的上访者。

半小时后,冷玉凤纤长的玉手再次优雅地伸向了法槌,还未握到手,吴文英不高兴地要求陈述意见:本律师将上诉山城市司法局取消原告代理人诉讼资格,届时本次庭审结果应当宣布为无效。冷玉凤也被传染上了不高兴,心里说,你要干司法界闻所未闻的荒唐事也不能拎上我当垫背呀?出口的话便有了寒冷:上不上诉是你的事,本庭是在依法进行审理!说着,"当"一声,敲响了开庭法槌。

13

双方在宣读起诉状、答辩状后法庭进行调查举证。吴文英果然了得,共举证了规划批件、拆迁通告、建设图纸等10份红头文件类证据,洋洋洒洒且言之凿凿。刘仲虎边听边冒出了虚汗,用力捅了牛云龙一下:咱也举证呀。牛云龙说,咱在起诉状中已附带证据了。

冷玉凤高声指令,原告应当庭举证。牛云龙回答:第一,我们有西城区派出机构开发区的拆迁公告,并附有大棚被强拆前后照片各一张。第二,有我们与村里签订的承包合同。冷玉凤说,呈上来,并给被告过目确认。原告代理人应当像被告那样一件一件详细举证。牛云龙说,没有了。冷玉凤说,既然不肯向法庭提供,原告是要放弃法庭举证吗?刘仲虎气恼地猛踢了牛云龙一脚,随着一声"哎哟"的痛呼,旁听席上李寡妇同时高声呼应了一句"完了"!人家10份红头文件,我们一份白头也没有,铁输了。

冷玉凤优雅的玉手"当"敲了一记法槌:肃静!注意法庭纪律。再问一句,原告代理人是否放弃法庭逐件举证,请回答!牛云龙回答:放弃。冷玉凤宣布,请书记员记录在案。本审判长提醒原告代理人注意，第一，不许在法庭上发出高声怪叫，扰乱法庭秩序。第二，规范法庭用语，不要总是"我，我们"，而要说"本代理人，我的当事人"。

旁听席上"嗡嗡嗡"一片不满夹杂着失望与低骂，突然，牛云龙脑门上的三绺头发公鸡羽毛般竖起来：我声明，不，本代理人郑重向法庭做两点声明：第一，法律规定人民法院要在收到答辩状5日内将其副本发送原告，本代理人曾在上次开庭时向法院正式提出要求。遗憾的是至今仍未收到被告答辩状，不知是法院疏忽还是有人故意对我的当事人正当权利的蔑视！第二，根据"行政诉讼法"举证责任倒置的特殊规定，我的当事人只负责提供被行政侵害的事实证明。我的当事人的起诉状中已经向法院提供仅有的原件，故再无证据可出示。本代理人要求法庭公示并记录在案，其余行政行为的举证责任法庭应责成由被告西城区政府承担！

刹那间，法庭静了下来，静得可听到针儿的落地声。高座审判长席上人的粉脸如涂了胭脂，"忽地"红了起来，一直红到天鹅般细的脖颈上，又似饮了酒般伴一点儿晕。毕竟久历讼场，很快镇定下来的冷玉凤朗声宣布：原告代理人声明有效。书记员将起诉状所附带原件给被告过目，并列入法庭证据记录在案。不过，本审判长提醒原告代理人要规范陈述意见，不得藐视法庭。

14

吴文英大概是用惯了釜底抽薪战术，法庭辩论一开始，便先发制人：这是村委会提供的一份书证，同时附有该村八个村民共同签名。证明原告刘仲虎原本不是该村村民，是不具备享有本村集体经济组织利益的外来人员。因此原告并不具备该村土地承包资格，也不应具有诉讼资格。

牛云龙反驳：本代理人反对被告辩护律师偷换诉讼概念的做法，不应当将诉讼方向转移到我的当事人承包行为是否合法上。对方仅仅有权对强拆行政行为进行辩护。退一步说，假设我的当事人承包行为有瑕疵，也应是另案处理。

冷玉凤面无表情地说，原告代理人反对无效。原告回答，你是否如被告律师所诉的外来人员？刘仲虎说，我媳妇是这个村的，我女儿也出生在这个村。冷玉凤紧逼一句：对外来人员问题原告要直接回答是，或不是。刘仲虎支吾道，我倒插门后承包本村土地建了大棚，这都过去十二年了……吴文英乘隙又刺一矛：原告系依附于妻子与女儿的外来人口，不应具有本村土地承包经营资格的事实，本辩护人请求法庭记录在案。

牛云龙急了：你有什么依据说外来人口不能进行土地承包经营？吴文英反唇回击：原告代理人又有什么依据说外来人口可以进行土地承包经营？冷玉凤抬高声音说，本庭警告双方辩护人、代理人，不得自行互相攻讦提问，主张应向法庭提出，由本庭决定是否由一方回答。听清楚了吗？见双方均无声响地默认，又将头转向牛云龙：原告代理人正面回答，原告承包经营该村土地有什么依据？

牛云龙不满地说，按举证倒置原则，该问题应由被告提供辩护依据。既然审判长决定由本代理人代劳，我就宣读一下《中华人民共和国土地管理法》第十五条之规定："农民集体所有的土地，可以由本集体经济组织以外的单位或者个人承包经营"。因此，我的当事人是否是本村村民，都具有法律赋予的土地承包经营权，其在承包过程中受到任何侵害，都应受到法律保护。

吴文英说，即使原告取得了土地承包经营权，但在国家依据规划进行建设需要时，应无条件予以服从。这是西城开发区规划局规划并经山城市规划局备案同意的建设项目批准书，这是开发区发布的土地征用拆迁公告及乡村征地领导小组会议纪要，这是对19家大棚动迁户进行的66次走访记录。以上书证充分说明了开发区与乡村三级组织和干部做了大量细致思想工作，可谓仁至义尽。但原告带头抗法，拒不配合，为保证国家规划和建设项目按计划实施，被告在无奈之下依法对原告进行了强迁。

牛云龙辩论道，应当说明，规划行为是一种人为的行政行为，因此不是所有规划行为都是合法的，只有经过法定程序批准的规划才是合法的。对水资源进行的规划要符合国家水法，在山林中进行的规划要符合国家林地法。同样，在土地上进行的规划当然要符合国家土地法之各项规定。正如国家土地管理法第四十三条所述："任何单位和个人进行建设，需要使用土地的，必须依法申请使用国有土地"。那么建设项目需要占地怎么办？该法第四十四条又规定，"涉及农用地转为建设用地的应当办理农用地审批手续"。众所周知，我的当事人承包经营的是农用地，未曾办理农用地转用审批手续，便进行规划并实施项目建设，这种行为不是违法是什么？难道国家土地管理法规定的"任何单位和个人"不包括西城区政府及其开发区吗？本代理人认为，这种行政行为不是低素质法盲所为，就是对国家土地法的公然破坏。

底气涨上来的刘仲虎低声问，你昨天教我那句"皮啊、毛呀"的话怎么说了？牛云龙小声说："皮之不存，毛将焉附。"刘仲虎复又高声说，对了，你开发区拿了我的皮袄，拔掉了皮上的毛，硬往皮上栽稻草，不是违法越权行政是什么？冷玉凤用劲敲了一记法槌：原告及其代理人，注意自己的陈诉语言，不许向对方进行侮辱性人身攻击，否则按严重违反法庭纪律论处。

牛云龙说，请原谅，本代理人心情激愤，有感而发，接受警告。下面，我还要对西城开发区系列的强迁行为陈诉评价意见。国家土地法第二十五条规定，"征用农村土地应当由市、县人民政府土地主管行政部门组织实施"，而我们从头到尾未见到一个土地部门的工作人员参与工作，从头到尾如被告辩护律师所自证的是开发区、乡、村三级在越俎代庖。请问被告，开发区有什么权力发布土地征用拆迁公告？乡、村两级有什么权力参与征地并发布会议纪要？遍贴于该村大墙上"若不服从，后果自负"极具威胁性的布告究竟依据什么授权？至于被告自我标榜的66次走访的细致工作，莫不如说成66次违法，走访越多，越权越甚，背法越远。

吴文英说，审判长，本辩护律师提请法庭注意，我的当事人是在原告拆迁地块上建设城市发展和居民生活急需的公益项目——二次变电站的事实，这是开发区与省送变电公司签订的合同，这是变电站设计图纸与西城区发改委批准的项目计划书。正是由于原告不顾国家经济发展大局，拒绝动迁，使项目拖期半年之久才落地，由此严重影响了园区招商引资工作。牛云龙说，审判长，本代理人抗议被告辩护律师再次转移庭审主题。按行政诉讼法规定，法院只能对行政行为的合法性进行审查，无权对行政行为的合理性或适当性进行审查。冷玉凤说，抗议无效。原告代理人就上述问题陈述辩论意见。

刘仲虎气呼呼地说，你们开发区变电站是我耽误的吗？纯粹是睁着眼睛说瞎话。你们建变电站是不假，但需要耳朵眼小点的地儿你们却征了整个脸盘大的地。我那大棚地上你们不是盖商品房了吗？说我承包经营大棚违法，你们建商品房咋就不违法？征我的地每米补二百元，你们转手卖给开发商每米一千元，开发商又建商品房卖四千多元。你们串通一气，只许区官放火，不许农民点灯，还让不让小老百姓活了？

冷玉凤连敲两记法槌，厉声警告：原告已经违犯法庭纪律，立即停止对被告的不当语言伤害，否则取消发言权！此外，原告要依法条辩论行为，主张意见，与本案无关的观点和事情不要在法庭上陈诉。牛云龙急忙攥住了刘仲虎的手腕，可他似乎未听到警告，未感觉手腕被攥，情绪越发激动：你开发区借口公益项目就可以胡乱来，我刘仲虎还想去天安门广场建个厕所，让大家随便去拉屎撒尿，不仅免费拉撒还无偿提供手纸，那也是利国利民的公益项目，能行吗？牛云龙高声抢过话头：本代理人阐述一下我的当事人的真正意思，即使建设公益事业也要符合国家法律规定，也要经过法定的程序审批。

吴文英拿出了最后的撒手锏：原告被拆除地块是山城市土地利用总体规划六年前早已确定的建设用地范围，开发区按年度发展计划需要分批办理征地手续。请看西城开发区发展远景规划图。在对方凌厉攻势下，吴文英只能舍车马保将帅，以小败求大胜。这是一个佐证拆迁站得住脚的理由，虽然拆迁的过程违法，但拆迁决定本身符合法律规定。如果法庭确认刘仲虎的大棚在其范围之内，牛云龙此前的数轮拼力进攻就会在即将攻克山头的最后一刻功亏一篑。

旁听席上的人都听明白了。周老五说，费了九牛二虎之力生了个孩子，最后一不小心让猫叼跑了。刘仲虎显然也没料到吴文英以退为进，使出了如此厉害的拖刀之计，紧张地盯着牛云龙。偏偏牛云龙一声不吭，低头翻看什么材料。冷玉凤紧逼上去，原告方陈诉辩论意见。

半晌，牛云龙说，本代理人要求被告方当庭出示国务院批准的用地文件。吴文英说，西城开发区经省人民政府批准授权享有地市级行政审批权力。国家土地法第四十四条规定"在已批准用地转用范围内，具体建设项目用地可以由市、县人民政府批准"，因此西城开发区有权办理三十五公顷以内用地手续。

旁听席上又一阵骚动，嗡嗡嗡交头接耳。李寡妇说，人家县政府就能批，咱的律师却扯到国务院那儿了，八竿子打不着边哇。冷玉凤似乎透出了一口气，出语的态度温和了许多：保持肃静，请原告方抓紧发表辩论意见。

一直低着头的牛云龙显然是在筹措话语，听到冷玉凤催促，猛地将头向上一仰，三绺头发公鸡羽毛般飞扬起来：本代理人十分欣喜地看到被告的态度正在向国家土地法规靠拢，但我认为还不够坚决彻底，看来本代理人有必要继续宣读原告辩护律师没有接续往下宣读的土地法第四十五条："征用下列土地的由国务院批准：（一）基本农田（二）基本农田以外的耕地超过三十五公顷以上的……征用前款规定以外的土地的，由省、自治区、直辖市人民政府批准，并报国务院备案"。换言之，征用基本农田一分一厘，都需要国务院审批。我的当事人温室大棚为地道的基本农田，既然省级政府无权审批，省政府授权享受地、市级行政审批权的西城开发区竟敢冒天下之大不韪，公然置国家土地大法于不顾？至于被告辩护律师陈述西城区三十五公顷以内的审批权限，本代理人妄加猜测，不过是在采取化整为零的办法，分期分批蚕食三十五公顷以上的法律规定而打的违法擦边球。

好哇，好哇，牛律师牛哇，牛哇，请大家热烈鼓掌。旁听席上的青皮后生从座位上一下子跳了起来，涨红了粉脸的冷玉凤一面敲响了法槌，一面责令喧哗后生"离开法庭"！法警去旁听席扯起了后生的衣袖。青皮后生边往外走，边对冷玉凤扮了一个亵渎鬼脸。

15

冷玉凤面无表情地宣布：法庭辩论告一段落，被告是否同意调解？入庭后坐在被告席上一直无半言句语的西城开发区王姓副主任说，政府一直奉行和谐理念，考虑被拆迁户实际困难，开发区将尽最大努力克服困难增加补偿，万元上下都可以商量，非常同意在法庭主持下调解。冷玉凤又问，原告是否也同意调解？刘仲虎说，不同意。冷玉凤问，是因为开发区增加补偿基点低吗？你可以提出一个数，本庭长为你公道调解。刘仲虎说，不调解与补偿多少无关，我只要求法院判处被告行政行为违法。冷玉凤耐心地说，判定被告违法最终不还是落实到补偿上？

牛云龙接话答复：我的当事人要求法院判处被告行政违法并依法纠正过错，冷玉凤极其耐心地说，诉讼双方都要面对现实，原告大棚被拆迁地块已盖起了变电站和楼房还怎么纠错？牛云龙高声回答：国家土地管理法第七十三条早已明确规定："擅自将农用地改为建设用地的，限期拆除在非法转让的土地上新建的建筑物和其他设施，恢复土地原状。"刚才被告律师指责我的当事人拖延项目落地半年，我想声明的是，正是由于我的当事人依法抵抗拖延了被告非法强迁才免除给国家财产造成更大的损失。至于强迁后实施的非法建设项目，应记为被告违法行政给国家造成损失的耻辱簿册。说到调解，本代理人认为与本次庭审无关。

受了抢白的冷玉凤失去了最后一丝耐心，出口的话语刀子一样锋利：本庭长审案多年，今天还是第一次开眼，一次庭审能解决的问题为什么非要分割为两次？难道代理人的报酬是依着开庭次数结算吗？

牛云龙显然被激怒了：审判长，本代理人绝不容许对我道德品格的无端猜疑与指责，同时郑重声明，根据行政诉讼法，人民法院审理行政案件不适用调解之原则，我的当事人绝不接受法庭的违法调解。也请法庭依法收回调解的主张。

法庭内所有人都明白了，建起的变电站和商品楼当然是拆不了的，土地也无法恢复原判，而原告坚持不调解，不要补偿的背后，将跟随着大笔的补偿。

法庭内的胜诉已无悬念，法庭外的角力紧锣密鼓。开庭一周后，骑虎难下的冷玉凤邀请衣着邋遢的牛云龙到自己洁净的行政庭长办公室谈话，不仅屈尊亲手泡了一杯龙井茶，还破例为牛云龙摆上了一只烟灰缸。冷玉凤的话推心置腹，为牛云龙往后的代理、辩护生涯铺设了锦绣捷径：牛先生虽非科班出身，比众多正牌律师水平高出若干层次。但代理案件的选择方向不对。民告官行政案件能有几个钱，同时又要得罪一些什么人物？今后我们建立合作关系，我负责介绍经济诉讼案件给你代理，一个好标的案件你就能收入几十万。我还能帮你在司法局办理律师证书。冷玉凤的交换条件很简单，必须让刘仲虎撤诉。

交换撤诉条件优惠得无可挑剔，对在任何国家单位花名册都无法找到名字的牛云龙来说，后半生的生计的确锦绣而便捷。而牛云龙目前的确需要钱，为了刘仲虎的官司已经辞掉山东一家酒厂6000元的销售经理职位，还不包括承包销售提成。妻子的小卖店是够两人生活开销，但自己的科研项目需要注入资金。石膏切割机已面临失败的结局，近几个月来头脑里酒曲比料配方全被法规替代，致使浆汁米酒研究走入死胡同。但是，牛云龙太想赢这场官司了。为什么要赢？是在佐证自己能力的成就感？与官员平起平坐于法庭那一刻的尊严？对某些官员胡乱行政的不满？对刘仲虎等19户拆迁户遭遇的同情？都理不清楚。牛云龙明白一点，在冷玉凤铺就的锦绣捷径与自己急等钱用的情况下坚持不撤诉，自己选择并不理智，他感到自己从骨子里没救了，随之又安慰自我，这或许是读书人应当始终坚持的一种风骨。锦绣捷径被逐出了心房，牛云龙打着哈哈，表示了感谢与抬爱后，又推脱刘仲虎不一定听自己的劝告。

冷玉凤明白，离了牛云龙这副拐，早已伤及精神筋骨的刘仲虎别说上阵较力，就连站都休想站起来，既然对方不接自己的橄榄枝，那只有回敬带刺的荆棘了。看着烟灰缸里已躺了三个烟屁股的牛云龙又点上第四支烟，冷玉凤笑了：案子宣判可能会无限期拖下去。正如在我这禁烟办公室，牛先生不是照样置女士的感受于不顾，畅快无比地吞云驾雾吗？特殊情况下，什么都是可以破例的。

法律规定，对于行政诉讼官司法院自立案之日起，三个月内必须做出一审判决，特殊情况延长需要经过省高级人民法院批准。牛云龙心里清楚，冷玉凤有拖期立案一个半月的魄力，就有让省高级法院延期判决三个月的能力。不过，三个月后再往下延，自己就有理由让冷玉凤当被告。好在刘仲虎已在收钱了，听周老五等五六户说，他们2000元代理费已交给了刘仲虎，刘仲虎也表示把18户收齐了，加上自己的两万元共五万六千元，一并付给牛大哥。牛云龙打算接受这笔钱，当然要在官司宣判后，尽管自己说过赢了官司后凭人家看着给，但九个月自己干别的怎么也会挣七八万。

16

胜了庭审的刘仲虎再次亮底牌：5万补偿要翻倍，每座棚补到10万元。牛云龙认为这个数额是适当的，但要有极大的耐心与坚持：开发区公开亮牌增补的数是1万，翻5倍需要再等五个月。听到"五个月"刘仲虎牙痛似的裂了嘴。不待他的话出口，牛云龙抢先堵了回去：我们原定一年为期，看来可以提前三四个月，九个月足矣。

牛云龙不知道，刘仲虎别说是再等五个月，就是五天也等不下去了。一切恶劣后果皆因于将带来好运的那天庭辩，大胜的庭辩首先导致他精神亢奋，继而诱惑他洗手一年多的赌瘾猛然发作，接着促使他连着赌了三个通宵。虽然从头到尾都未让青皮后生看过底牌，最终收获的是将哥哥不久前送他那台五成新柴油货车以6万元扣押到青皮后生手里，而五天后哥哥将带他去给一个雇主家为自己的加工厂拉货。

此时，与刘仲虎同样焦急的还有一个人，强迁的始作俑者开发区主任崔达山。诉讼官司的导火索是自己点燃的，当被告的却是自己的顶头上司西城区区长，更为严重的后果是还要让区长替自己戴上一顶违法行政的帽子，尽管自己特别愿意替区长当被告，无奈不够级别。

两个乌眼鸡般矛盾的人因为同样心焦如火，急急火火凑到了一块，曾被崔达山鄙视为"不服从圈养的一头野猪"的刘仲虎便成了座上宾。杯盏交错之后，崔达山亲热无比抱住了"野猪"肥硕的脑袋，暖心的话语附耳送了过去：5万就5万。这是刘仲虎一年多来奔波上访告状甚至拘留教养也痴心不改的底牌，更令其欢天喜地的是不必再等上五个月。但崔达山又补充一句"你对外只能按打折一半说"的话，使刘仲虎的欢天喜地立马打了五折：加补5万元的一半是2.5万，自己四个大棚为10万，这不能公开讲的10万元应当是封口费，不算低。可刘仲虎还是感觉吃了"吹大煽"的哑巴亏：除了自己外的18户还有20个大棚，每个2.5万，就是50万。由于自己的不说，"吹大煽"便省下了。这50万里有自己背叛18个同伙的贡献。按意外之财分赃原则应当"见一面、分一半"。考虑"吹大煽"是出钱东家份上，也不应低于三分之一。最重要的是官司的走向变了，自己撤诉后，西城区长就不必再戴行政违法的败诉帽子、实质上成了最大赢家。

崔达山说，不想让你正在实习的女儿留下来吗？女儿大学毕业后，正在开发区注册的一家效益很好的企业里实习。这是伸过来的一枝美丽玫瑰，但带着刺，刘仲虎不买账：我女儿很优秀，靠自己能留下。崔达山说，我认为，优秀只是留下的一个条件，而且不是主要条件。刘仲虎只能屈服了：你要保证让我女儿留下来，老农民不怕撕破脸皮鱼死网破。对以揭开内幕交易要挟的警告，崔达山笑了：政府是最讲信用的。将其女儿留在自己管辖地盘的企业里，等于给刘仲虎上了一根皮脖套，松紧的绳索则抓在自己手里。

刘仲虎理直气壮地要求：我急需10万元，今天就要用！10万元的用项除了6万元赎车，3万元给李寡妇那个长相越来越像自己急等择校费上初中的宝贝儿子外，还要给自己留1万。崔达山痛快地说，没问题，就算作刘大哥撤诉的定金。有四个大棚补偿押在那儿，当然不怕刘仲虎拿着10万跑了。

三天后，刘仲虎一个人偷偷跑去东城区法院找冷玉凤。冷玉凤半小时之内就为其办完了撤诉手续，一切都静悄悄的。牛云龙是一周后才知道消息的，而且是从冷玉凤那儿知道的。冷玉凤在电话中说，我知道你还不知道刘仲虎撤诉的事，但我说过的话仍然算数，你想代理或辩护案件尽管来找我，没别的意思，我不想让你的诉讼天才白白浪费。牛云龙说，谢谢冷庭长的好意，容我考虑一下。

得知刘仲虎收了大家的钱一分未给牛云龙就偷着跑了，周老五气愤地说，去公安局举报他诈骗钱财、携款潜逃。我联络18户共同为你作证。牛云龙淡然地说，多谢您的好意，我有言在先，让人家"看着给"。既然人家不给，我没有理由再张嘴。

17

案件虽然没有最终宣判，牛云龙的名声却传出来了。这段时间请他做代理的案子已有九件。其中包括两件经济案件，一件刑事案件。牛云龙在六件民告官的行政诉讼案中寻找，看有没有东城与西城两区之外的案子，自己便可以陌生的面孔重新出庭。同时，他准备集中一段精力把浆汁米酒的实验搞出成果。万一下一个代理的当事人仍然是"刘仲虎第二"，便可以此弥补经济上的损失。

牛云龙想创造一件有正式宣判并记录在册的完胜的行政诉讼代理案例。

较　劲

1

李文化在提拔的当口与刘彪较上了劲。

这个当口是在自己提拔国土资源局副局长的动议进入了组织运作程序，且已完成了推荐、测评、考核一系列程序，市委组织部部务会形成意见，即将提请中共江城市委常委会讨论通过的节骨眼上。按着通行的经验，这个时候，拟提拔的当事人一定要保持低调，绝对不能树立对立面，即使以往有了磕碰的对方，也要铩羽闪避。悄无声息地蛰伏起来，在公众场合消失，使人们暂时忘记自己的存在当属最佳状态。这样，一是防备被人（嫉妒者，主要是竞争对手）用似有似无的问题告个没完没了，组织上一时难以查清只能"暂时"搁浅；二是不怕常委们不了解，就怕似是而非的了解，从而提出似是而非的疑问，也可能在最后一刻搁浅"待查"。

老谋深算的张成龙局长做了一个决定，把局办公室副主任张长生调任监察支队副支队长，这样不仅使李文化相对撤至二线，而且一旦提拔为副局长，张长生即可接替，不至于出现主将空虚。毕竟国土监察支队太重要了，尤其在房地产开发热潮滚滚的当前。

李文化原本打算按着张成龙的安排顺利完成提拔程序的，在空降任职频繁的情况下，从本局提拔一个副局长实属不易，不能辜负了领导的一片良苦用心，更主要的是谁人不想得到职务提升？但好事拧上了岔道，偏偏就跟刘彪较上了劲，而且置张成龙一番良苦用心于不顾，使出了全身蛮力，终于把自己推到了众人瞩目的风口浪尖上。

2

紧邻东湖度假村的15亩擅自占地1/3是基本农田，发了停工通知单，对方却泥牛入海。两天前，大李子和小王每天都去查看一次，人去了施工就停，第二天再去，地基又挖深了小半米。张长生决定亲自出马。

工地添了人手，二十四五个人干得热火朝天。张长生不待汽车停稳，拉开车门急火火跳下去，怎么还干？没见到停工通知吗？停下，快停下！正在指挥上砂浆的一个高个子听到喊话转过头来说，为什么不让干？有手续呢。张长生说，你是哪一方的？有建设用地批准书吗？高个子说，我是南方的。张长生说，什么南方的，我问你是甲方还是乙方？旁边几个人笑着附和道，一点不假，他是南方人，大号丁大宝，做了上门女婿，晚上跪搓衣板给老婆倒尿罐子呢。张长生哭笑不得，我问你是投资方还是施工方。懂不懂？雇主还是雇工？上门女婿丁大宝听懂了，不好意思地说，我哪是雇主老板方，我是雇工干活方。旁边人又附和道，他是我们的大师匠，泥瓦、钣金、水暖活都会，手巧着呢。

张长生说，知不知道，不经批准占用耕地建设是违法行为？我要求你们立即停工，等候处理。丁大宝说，你莫要吓唬我们，批准手续我看过，盖着村里大红印章呢。我们干活赚钱吃饭，求人托情好不容易揽到这个活计，人都找来了，一人一天45元，不让干你包赔钱呀？张长生说，违法建筑早晚都要拆掉，到时候东家赔得一塌糊涂，拿什么支付工资给你们。我劝你们现在住手，把人打发走。丁大宝执拗地说，不能凭你说违法就违法，半年没弄到活计了。我们只管干活，别的不管。说着，高声吆喝众人，都别停，接着干。

贮满一肚子气的大李子早已憋不住了，抓起一根木杠就插进了运料车的轮子里，我看今天谁还敢接着干！丁大宝一脸不屑地走过来，紧攥着拳头，阴沉着脸说，怎么，当官的真要砸农民的饭碗？随着话音，七八个人一脸木然，一声不吭地把三人围在中间。还是张长生冷静，拉着大李子的衣袖，也是说给围着的人听，跟他们没关系，我们找甲方当事人去。听了"没关系"的话，一脸阴沉的丁大宝闪了一下身子，让出一条缝儿。三人狼狈逃离了现场。

军人出身的李文化听了汇报，不由自主地引用军事术语说，正面强攻受阻，我们采取迂回战术，从后路包抄上去。这个违法项目不是在土台子村地界吗？明天我们找刘彪大先生去。张长生赶紧说，成龙局长有明确要求，这一个月内，凡查处违法对象一律由我对外处理，你只管对内与对上有关事宜，这可是正副支队长工作分工的一条纪律呀。李文化说，监督政府工作的人大代表不是我们上级嘛，我这是去向上级汇报工作呀。

3

刘彪，江城名人，东城区东湖镇土台子村党支部书记兼村主任、东湖度假村董事长兼总经理、省政协委员、市人大代表，还有优秀农民企业家、特等劳动模范等一大堆荣誉称号。

李文化一行来到刘彪办公室时，他正拿着放大镜看墙上的一幅全国地图，听到门响和脚步声转过身来。李文化眼前是一个标准的东北大汉，一米八的个头，不胖不瘦，吊眉凹眼，扁口隼鼻，一双硕大招风薄耳，全身透着特别的精明。

刘彪抢步上前，与李文化四人分别握手，连声说欢迎李大支队长光临小村检查指导工作，一边把众人热情往中套间办公室让，一边伸手从大班台拿出一桶茶，让一年轻后生去烧开水，不要用饮水机里的水。李文化知道，对刘彪来说，这是待客的重礼了。刘彪多半在外套间会客，很少往中套间领人。当然，礼数越是恭敬，被恭敬的一方倒要越加小心。

刘彪请李文化检查自己的办公室。三套间有200平方米，头道门开处，迎面一个锦绣屏风，客气挡住了通向室内的视线。转过屏风，豁然开朗的是办公室外套间。外套间会客兼小会议室，墙上挂满了各种锦旗、奖状、牌匾,以及省市领导题词。中套间墙上多半是刘彪个人与省、市领导的合影,其中与市长马占山的合影被放大有2平方米,很是醒目。中套间右侧墙壁很特别地开了一扇门。看大李子紧盯那扇门,刘彪解释,那是自己的小休息室,晚上开会晚了就睡在那儿。陋室烂床,也没收拾打扫,怕污了各位领导的眼,就不敢请李支队长检查了。

李文化说,领情、领情。刘董事长是江城的大名人,办公室与您的事业一样漂亮,今天算是开了沌眼。刘彪说,什么名人,说到底不过是个农民、一个村干部嘛。现今中国还有比村干部小的官了吗?越是基层,干起事来困难越多。因为底气不足,弄套摆设不过虚张声势给自己壮胆罢了。打一个不恰当的比喻,打鬼还要借助钟馗嘛。李文化指着满墙刘彪与省市领导的大幅合影笑着说,不知今日刘董事长要请出哪尊佛像做钟馗呀?刘彪笑道,李大支队长,开起玩笑来这么幽默,听着让人心里温暖。

说话间,年轻后生把茶水端了上来,果然好茶。闻着香气扑鼻,入口沁入脾脏。李文化道一声谢,言归正传说,今天不得已打扰刘董事长的是一桩严重土地违法案件,在您领导的土台子村,有人不经批准擅占耕地约15亩盖房子、挖鱼塘,而且对我支队依法下达的责令停工通知书置若罔闻,不理不睬,继续违法活动不停止。我们三次约见和传唤,甲方当事人拒而不见。据现场受雇施工方说,此事经村委会批准了。我不相信刘董事长能批准这事。

刘彪大叫,李支队长,谢谢您信任我,这可太冤枉了。我怎么会批准违法破坏耕地搞建设?这与土台子村一贯忠实执行党的方针政策和国家法律的优良传统不相符嘛。李文化不动声色地听着，眼光透出分明是要对方解释的要求，逼着刘彪又说出一番话来：不过，我倒想起来了，村民刘伯虎曾提出过，要摸石头蹚河水，率先为全村农业结构调整蹚路子。村委会集体研究决定，将村里约10亩机动地交给他租赁经营。这是目前农民增收的一条重要渠道呀。说着从抽屉里拿出盖着村委会公章的一份文件，递给李文化。

李文化看过之后，仍然是一副不动声色的表情，转手交给众人传看。性急的张长生说，刘董事长，农民履行批准手续在一般农田上搞养殖业，只能盖简易畜棚禽舍，不能搞永久性建筑，更不能破坏耕地挖鱼塘，刘伯虎不仅挖了鱼塘，盖了永久性住房，而且砌石一米深，是盖楼的地基嘛。

望着毫无表情的李文化，刘彪生气地说，这就不应该了，这是改变用地性质嘛。不过，承包合同有规定，村里也不能干涉呀。当然，他不经批准擅占耕地建房违反政府规定，村里应该管。只是我们没有强制管理手段，只能批评教育。

李文化说，刘书记，不好意思，更正您一个说法，刘伯虎不是"违反政府规定"，而是"违反国家法律"。正如您说的，土台子村一贯忠实执行党的方针政策和国家法律，是江城市一面旗帜，同样一贯吸引新闻眼球。如果这件事被新闻媒体曝光，影响可就大了。大家都有责任，不能让土台子村成为反面典型呀。

一些发达起来的人，都愿意把职务称呼搞得光环和炫目。明明没有下属子公司，偏要给自己封个总经理或总裁的头衔。叫了一段不过瘾，又把总经理改为董事长，或者两个官帽一人戴。

刘彪是江城市人大代表，对市政府及其组成部门有法律规定的监督权力，又是省政协委员，对政府有参政议政的权力。换言之，可以直接对国土资源局的工作进行监督和评价，受到政府官员的尊重是情理之中的事。而刘彪的人大代表和政协委员的职务都是由企业成功带来的，所以从见面那一刻起，李文化一直尊称刘彪为刘董事长，因为叫"刘代表"和"刘委员"不如"董事长"好听。李文化突然把"刘董事长"换成了"刘书记"，则是提醒刘彪，尽管你是可以对我们进行监督批评的人大代表和政协委员，但你也是中国共产党基层组织的书记，同样有着党赋予守土有责的义务。

刘彪立马明白了李文化潜台词的含义，对方是在警告自己不要只戴企业"董事长"一顶帽子，还要戴共产党"书记"的官帽子，不仅要为企业利益负责，更要为共产党的国家法律负责。否则"书记"这顶红色官帽就会成为孙悟空头上的紧箍，国土资源局随时会对自己念紧箍咒语。刘彪心里合计，真不能小瞧了这个文质彬彬的小官员，李支队长呀，我没说不管哪，是说不好管呀。现今的村民是"种地不用再找你，吃酒就不再请你，有事要办来找你，办不成事就骂你"。不过您说得对，作为共产党的一级组织要守土有责，我一定尽快找到他，尽量做好工作。

李文化笑着说，那就麻烦刘书记通知贵村村民刘伯虎，停止实施违法毁地的建设行为，两天内到市国土局监察支队，接受调查处理。以威严善治而享誉江城的刘书记，这点小事不为难您吧？刘彪连连摆手说，什么威严善治，都是误传、谬褒。我一定亲自通知刘伯虎按时到贵支队报到。

一行四人坐在回走的车里，大李子说，跟有身份的名人打交道真累，有话不能直说，拐着弯地绕来绕去，五分钟的事，整整费了两个多小时。

李文化说，美国著名学者卡耐基在《人性的弱点》中阐述，人都有与生俱来的劣根性。名人也是人。名人比一般人更爱惜自己的名声。不把他抬举到他自以为应当登上的高度，或戴上足够让人瞧得见的漂亮高帽子，他就站不到带头遵纪守法的高台子上。而他一旦把自己当成名人站到高台上，高处不胜寒，不管他心里怎么想，甚至违法占地想法本来就在心里生存着，也不敢公开在台上讲出来。

大李子说，什么一贯忠实执行党的方针政策和国家法律，他们当年在建度假村时还少违法占地啦，不全依仗马市长让上下变通，连罚款带调规划才勉强过关？现在胡吹牛，我就是不服气这种人。

李文化说，按一般规律，社会往往势利地承认成功者。在后来的辉煌光环中，成功者的原过甚至是原罪，往往被忽视而受不到追究，所以要以平常心态对待不平常事。查处违法用地，工作节奏急些行，但心态不能急。

4

东城区区长高大山板着面孔，一脸严肃地跟区土地局局长范晓河谈话。高大山一米八二个头，膀阔背挺，紫膛面色，显得办公桌对面不足一米六五个头的范晓河越发矮小。高大山话语虽低，却字字透着冷峻，像"嗖、嗖、嗖"的子弹，毫不客气地射进范晓河的耳孔。范晓河紧张而谦恭地仰着一张娃娃脸。两个耳孔同时灌进去的子弹，进入脑海就在里头响亮的碰撞，震荡得大脑细胞惊慌失措向外逃窜，只好不停抓起桌上的湿毛巾，反复擦拭着从额头和脖颈不停流淌出的汗水。从门口往里看，画面就像家长在教训一个不听话的孩子。高大山说，范局长，区政府对你们的工作很不满意。这两年，特别是今年以来，土地局的工作力度越来越疲软，完全跟不上区政府的工作节奏。你回去开个检讨会，好好研究一下，不要再拖东城区经济发展的后腿。

高大山认为，作为区政府的职能部门，应当像四肢一样，大脑想到哪，手脚就要动到哪，自己当年当局长就是这样为区政府负责的。现今这个土地局长，一锥子扎不出血，慢吞吞，黏糊糊，滞扭扭，肉筋筋，该申请的用地指标迟迟批不下来，该弄平乎的占地诉责又压不下来。近日最令高大山不满的两件事，一件是东城区东湖度假村上风头100公顷绿化防风林带项目，迟迟办不下用地批件。现今树苗子都定好了，如果入冬前不能植上这片防护林，度假村周边土地升值的势头就将锐减下来，不仅影响全区招商引资，而且影响区财政收入指标完成。另一件是区工业园区150公顷用地指标也未办下批件。这更是一件急火上房的工作。25万台发动机项目，江城市六个城区都在争，明里暗里都使出了吃奶的劲儿。汽车发动机厂本身就坐落在东城区，天然的地缘优势，谁也比不了，加上区工业园区紧邻高速公路，只要扒一个口子通上去，发动机厂就可以实现一个半小时物流供货圈。区政府已经同汽车发动机厂达成了初步协议：鉴于现今不允许实行"零地价"出让，区政府将通过奖励或税后财政补贴形式，把土地出让金分批返还回去。

嘴上说着批评的话，心里想着这两件天大的事，眼睛瞅着年轻下属的尴尬，高大山心有不忍，放缓了口气，像老师对一个弄不懂方程式的学生耐心解释道，政府要运转，教师要开支，敬老院要翻修，马路要铺边石，哪里来钱？不就靠靠招商引资吗。靠什么引进项目？不就靠脚下的土地吗。土地是什么？土地就是项目，是GDP，是财政收入呀。渐进式连串提问加解答后总结说，范晓河，区委区政府把这么重要的岗位交给你，够信任了吧，你要使真劲呀。

高大山当政期间一项突出政绩是创建了东城东湖度假村，使东城区一举改变了旅游经济默默无闻的落后局面，同时促进了招商引资，缓解了财政捉襟见肘状态。现年54岁的高大山，是东城区土生土长的干部，从科员一直干到区长，东城区区长任上已经干了6年。这在江城市县区党政主要领导岗位上，不仅是少有的年龄大者，而且是鲜有未执行领导干部属地任职回避制度的个例。对东城区一往情深的高大山深知，再有两年本届政府就到了换届期，自己这个年龄是不会再留任主要领导岗位了。作为东城区的传家子弟，他现在比任何时候都着急，昼思夜想要把事关东城区发展的几件大事，在两年宝贵时间里完成。

范晓河一阵感动，一阵惶恐，站起身连声表示，请区长放心，我一定使劲干，抓紧把这两件大事办好。高大山是个砸钉到铆的领导，凡事不光听下属表态，就接着范晓河的话头追问，你怎么才能让我放心？打算采取什么措施？到底什么时候才能完成审批手续？一连串的追问，范晓河心里直发毛。他十分清楚地知道，工业园区的150公顷土地通过调整用地规划或许可以解决，而度假村上风头绿化防风林带的100公顷地，大部分是基本农田，根本没有半点通融余地。心虚地支吾道，我回去一定研究，抓紧办理。

高大山不高兴了，研究什么？吞吞吐吐像个娘们。范晓河，你今天说句痛快话，这个土地局长到底还能不能干？我今天给你撂下话，如果这两件事两个月内还办不下来批件，我就向区委刘书记建议换人，请你另谋高就。说完"另谋高就"，高大山脑袋立马裂了一道光窍，突然紧闭上口，两眼不错珠地死盯着范晓河，凛凛的目光像要透视到他的五脏六腑。范晓河被冷森森的目光刺得要哭出来了，心惊胆战地说，区长，你咋用这种眼神看我，怪吓人的。

高大山一字一顿地说，我要看看你小子的心是什么颜色。我问你，你是不是听说土地部门体制要垂直了，不归区里管就生二心了？我说你这一段工作咋这么不得力。

范晓河连声叫屈，高区长，这都哪和哪的话呀，我是那种当叛徒的人吗？再说，我媳妇还在区教育局；我爸妈都住咱们区职工宿舍，都在区里领退休工资，我敢不为区政府负责，不听区长您的话吗？

高大山目光缓和了，这样想就好，你要敢跟区委区政府离心离德，在管理体制垂直之际我也能把你这个土地局长撸了，要不就把你留下来,调到区残联或史志办去,看不管死你!可能感觉这一早上话太重了些,高大山上前拍了拍范晓河的肩膀说,晓河呀,你要体谅区政府的难处呀。范晓河说,他十分理解区长的难处,请区长放心,自己就是犯错误,挨处分,蜕掉一层皮,也把这两件大事办好。

5

刘伯虎总算到土地执法监察支队来了。人未进门,大嗓粗声先灌满了走廊,继而透过门缝霸道地灌进各办公室:我找李支队,张支队。多大个事呀,还要找电视台曝光,欺负老农民呀。

刘伯虎人高马大,一米八十以上个头,不胖不瘦,吊眉凹眼,扁口隼鼻,特别那一对硕大的招风薄耳,随着激动的话语,透明度几乎从前看到后。大李子刚要说,刘……彪字还未出口,被小王从办公桌下踢了一脚,再擦睛细看,怎么看怎么像刘彪。如果不是同刘彪那不紧不慢、柔中带刚、语音低沉、极有分寸的沉稳劲儿形成极大反差,大李子真会把来人当成刘彪。

张长生问,怎么找了几次,你也不来人?刘伯虎说,我这几天正忙着进建筑材料呢。张长生问,不知道占用耕地搞建设要办手续,不经批准是违法行为吗?刘伯虎说,当然知道要办手续了,可是我们报了手续,你们迟迟不批准呀。土台子村又没有私下找你们的人通关节。张长生说,你啥时候报的批件?

小王在一边插嘴说,宋大姐去用地审批处查了,确实有报件。两个月前,是以东湖镇土台子村村委会名义报的,用地处说不符合规定，没有批准。

刘伯虎说，看看，看看，用土台子村的名义报件，在我们自己的土地上建设，你们都不批。我们土台子村是江城市一面旗帜，报申请你们都能卡住，别人可想而知了。你们的软环境不好呢。你们政府就能卡我们老百姓，说土地是集体的，可我们农民什么时候说了算过？用自己的一分一亩，你们不批准就算违法。我看是你们政府要留着自己用。你们商品大楼一栋又一栋起，大饭店、桑拿浴一处一处盖，不都是我们农民的土地？所以，你们不批，我们就硬建，谁先抢到手算谁的。

张长生说，这么说，你讲得好像有些道理。听说刘老伯在土台子村是最善讲道理的"铁嘴"，晚辈今天倒是有些粗理求教。我们先空谈一番大理论如何？刘伯虎说，好哇，我这人一辈子就愿意跟人谈天论理，在我们村从未遇到过对手，你娃子先说吧。

张长生说，承让了。请问您占地建设那些场馆干什么用？刘伯虎说，本人历来光明正大，建设休闲馆好让你们城里人来这儿钓鱼、游泳、打麻将、打健身球。我知道市里也有这些玩意儿，但没有我那儿吃得好呀。吃喝是人生的顶头事儿，最勾人赚钱。张长生说，你们那儿有什么好吃喝？刘伯虎说，我让你们城里人在我这儿吃农家菜，小葱拌豆腐、鲇鱼炖茄子、倭瓜烀豆角、新鲜的黏玉米，还有杀猪菜、白肉血肠、五花里脊。我用好吃好喝加好玩的，把城里人勾来住下，我就收他们房钱、饭钱，钓一斤鱼收他50元。再找丫头给他们踩背、按头、捏脚，我再收他们服务费。凭什么你们城市人能开店赚大钱，我们就不能，农民也要赚钱呢。我这是新型农民敢闯敢试带头蹚河水呢。

张长生问，不知你的黏玉米、小豆腐、土豆、茄子从哪里得来？也不知你从哪儿弄粮食喂肥你的猪？刘伯虎应声答道，靠田地里种呀。张长生反诘道，土地都被你一块一块占用没了，开了休闲馆，你在哪种粮种菜，你靠什么给去玩耍的城里人吃农家饭、杀猪菜？刘伯虎说，你娃子呆呀，我从别人家里去买呀。别人家地里有呀。张长生讥讽道，土台子村是江城市的典型，你又是土台子村敢闯敢试带头致富的典型，全江城市各村屯、各家农户还不蜂拥向你们学习？刘伯虎骄傲地说，全市当然要向我们学习啦。张长生冷冷地说，如果全市各村各户都学习你们滥占耕地，大家一股脑随便占地建房，全市土地都成了休闲馆，不知那个时候哪村哪户能有土地给你们种粮种菜？

一句话封堵得刘伯虎张口结舌答不上话来，半晌才说，小娃子你别绕我进圈套。反正这个项目是村里批准的，是东湖度假村的配套项目，我们区领导都同意了呢。

按程序规定，凡立案查处违法用地，必须事实清楚，证据确凿，立案时除了相关踏查记录、用地档案、实地图影等相关资料外，最主要的就是当事人书证，证明该地块是其占用而非他人，否则请求公安部门与法院介入都不会得到批准。即使勉强通融立了案，事主一旦较起真来，土地、公安部门与法院都将成为违法行政的被告，市软环境办公室就会出面查处你"胡卡、乱查、滥罚"的问题，相关人员有可能受到查处。李文化特殊交代，刘伯虎的后边是刘彪，刘彪的背后是否有人我们还不得而知。这个案办得要砸钉凿铆，无懈可击。找刘伯虎来，就要取他的笔录。

盛气十足的刘伯虎不配合，张长生只好连唬带骗，土台子村是全市的典型，有刘彪董事长的面子，只要大体说得过去，我们都会变通支持的，但办审批手续总得把有关情况弄清楚呀。一番敬烟倒茶，软硬兼施，总算把刘伯虎哄得入了道，费了两个多小时，几个人弄了一脑门子汗，好歹算把需要的东西都取了。张长生对刘伯虎说，您老从头到尾看一遍，是不是如您说的那样，如果没出入，您老在第一页您的大名上面按个手印，在最后一页写上"属实"两字，并签上您的大名。我知道您老敢作敢为。

刘伯虎认得一些字，看了小王工整的字体，称赞了一句，小娃子字写得不错嘛。遂按了手押。本想先写名字，后写"属实"二字，拿起笔写了个"刘"字，突然转头问张长生，到底罚多少钱哪？意思再明白不过，他已经帮支队取完了调查（询问）笔录，有这个人情在，如果罚款过多，这个字是不能签的。

大李子胸腔憋了两个多小时的怒气终于爆发了，还想少罚款？做梦吧。按照国家规定，你这处违法占地在罚款的同时，必须限期恢复原状。

刘伯虎大怒，一上午你们几个小崽子玩我呀？还他妈的让我签名押手印。我都花了50多万，你们罚款了还要恢复原状。滚一边去吧。一把摔了笔，顺手把那几页纸划拉到地下，抬脚就踩。张长生眼明手快，一把抓在手里。刘伯虎边骂边往外走，把门摔得"哐当"一声脆响。看着小王责备的目光，大李子懊悔地打了自己一个嘴巴。

6

几个人待了半天闷气无处发，再看刘伯虎留下的两份用地合同，不禁倒吸一口凉气。按照规定，非法占用毁坏基本农田达到5亩即3333平方米，或者一般耕地达到10亩6666平方米，就可以交由公安部门以涉嫌国土资源犯罪予以立案查处。而这块违法占地面积计算得非常精巧，基本农田占用了3220平方米，一般耕地占用了6500平方米，离涉嫌犯罪杠分别差了113平方米和166平方米。公安机关介入不了，就不能采取强制手段，国土部门自身办案力度将大打折扣。

大李子泄气地说，刘彪擦边球打得太精巧了，也够不上动用警察的杠杠，刘伯虎又不配合，这回没法办呀。张长生狡黠地小声说，谁说用不上警察？他刘彪破了杠杠违法占地，我当然也可以破一下杠杠，出了事我兜着。只是你们嘴都得严点，谁也不许告诉支队长。这个时候事要办，但不能给他惹麻烦。

张长生去找市公安局经侦处二科副科长大梁子，两人是大学同学，关系很好。以前遇到无赖难缠又不够公安介入的，也找大梁子配合过，让他们穿着警服，跟着一起出现场。大梁子他们先是两眼不错眼珠地盯着被调查（询问）者直到对方软下来，乖乖地接受张长生他们做调查（询问）笔录。大梁子他们则坐在一边喝茶，实际是拉大旗，做虎皮，吓唬当事人，不能真正参与办案。因为那是越权执法,一旦明白内情的当事人上告,市公安局政治部、局纪检组和市软环境办公室查起来,就是了不得的问题。但七八次配合下来,真没出过什么说道和纰漏。

张长生约大梁子头天晚上在一个小酒馆谈的这事,但没说被查人的姓名和单位。那晚上每人喝了两瓶雪花啤酒。临分手时大梁子说,明天上午处里研究一起我经手的案子,科里小于、小张跟你们去。你们中午管顿饭,但不能喝酒。张长生说,你咋那么能装呢?帮着跑了一上午不喝几杯,那够意思吗?大梁子说,不行就是不行,过意不去你给几盒烟,我啥时候跟你客气过。现在公安部发了"五条禁令",厉害着呢。上班时间抓着谁喝酒,轻则停职处分,重者把警服都能扒掉。要不是你上学考试时让我打小抄帮过我,我才不担着犯越权执法错误替你添政绩呢。大梁子人长得帅气,脑瓜却不帅气,上大学时,每次考试都欢眉笑脸请张长生帮忙,有时甚至让作弊替考。

张长生笑着挖苦道,你儿子长得与你一样帅气,可脑袋瓜子被你遗传得一样不帅气。老实交代,与你媳妇干好事时,是不是喝酒了?大梁子一边笑骂,放你个狗屁,一边照着张长生软肋上就是一指,疼得张长生大叫,你们警察打人怎么净是阴损招儿,看似一个指头,比打一拳还疼呢。你他妈还让不让我帮你说话,让你那乖儿子上一中啦?大梁子的儿子脑瓜子一般,学习中等,心气却不中等。现正念初三,通过张长生找李文化,让刘梅帮忙中考后上江城市第一中学呢。大梁子说,你敢不帮忙?看我还点你。张长生笑着告饶说,我服,我服还不行吗。张长生告诉大梁子,送他儿子上一中的事李文化比他还上心,早就跟妻子刘梅说好了,凭刘梅在一中的为人,是不会有问题的,只是达不到规定分数线,议价生的1.8万元大梁子要认掏。

第二天早上八点半,小于和小张果然按时到了监察支队。张长生叫上大李子、小王,一车人说笑着欢喜上路。车走出不远,小于问,张支队,今儿上哪去,你们国土监察动辄罚款多少万元,权力那么大,收拾哪个毛贼还用得上我们?没等张长生说话,大李子又快嘴,去土台子村,找刘彪他哥刘伯虎,外号"刘大白话"。小王急得要踢大李子的脚还没来得及伸出去,大李子的话已冒出去了。大李子嘴唇张合的动作,比小王伸腿踢脚的动作快上许多。

大李子说完这句话,车里立马静了下来。张长生不说话了,小王不说话,小张也不说话。小于却掏出了手机来打,要通了,是大梁子在接。小于说,梁科长,我们正往土台子村去,找刘彪的哥哥刘伯虎,不知您还有什么指示?小于手机音响挺大,一车人就听大梁子在电话那头喊,你说什么?上土台子村?刘彪?张长生没跟我说呀。这不是帮别人捅马蜂窝吗?你们不要去了,把手机给张长生。小于把手机递给了张长生,又传来大梁子不满的声音:张长生,你他妈的太不够哥们了,唬唬一般老百姓、小毛贼行,刘彪是可以随便惹的吗?随意传唤人大代表,那就是违法,你懂不懂?你今儿不放我的人回来,我立马同你绝交!

张长生说,大梁子,你听我解释,不是去找刘彪,是找刘彪他哥刘伯虎。大梁子吼道,与刘彪沾一点边都不行,何况还是他亲大哥。现在市局政治部正在对我进行考核,准备提拔当科长，这时候你给我找这烂眼子事？你扪心自问，还够不够二十多年的哥们？不等张长生再说话，那边"咔嚓"挂了电话。张长生摇了摇头，苦笑着说，我们回去吧。

小于歉意地说，张支队，不好意思，你得体谅我们的难处呀。张长生说，体谅，体谅。这事怪我，改天我请二位喝啤酒，青岛纯生的，赔罪。

7

原打算拉来"公安介入"的门就能进得屋去，不料横在眼前的却是画在厚厚墙壁上的一道假门，硬要往里闯就会撞得口鼻出血。李文化每天一趟法院，连着跑了三天，行政强制拆除申请总算立上了案。

李文化找的是江城市中级人民法院立案庭庭长宋玉山。宋玉山也是部队转业干部。军转办组织培训学习，两人分一个班，座挨着座。一来二去，由战友、学友、酒友而成了朋友。

宋玉山说，老李，立案的第一要件是当事人的口供，也就是自己承认的事实，以调查（询问）笔录形式出现。你这份立案申请既没有当事人亲笔写的"属实"二字，也没有当事人的签名。严格说，是一份不合法的文件。当事人可以以不是自己认可的事实否认它，这个案子不好立呀。

李文化说，老宋，你别"严格"呀。虽说本人没签"属实"二字，但他在每页都按了手印，那可是货真价实当事人的右手食指印呀。至于没有签名，一是他可能没有文化，只会写自己的姓；二是虽然没签名，但在第一页被调查（询问）人姓名刘伯虎上面按了自己的手印呀。应该解释得通。

宋玉山说，现在全市狠抓经济发展软环境，特别强调依法办案，实行规范化管理，各级抓得太紧，不是昨天查档，就是今天调卷，不规范和有问题的案卷，全部在法院内部展览曝光，我不敢稍有差错。

李文化说，你这规范、那管理，最主要还不是以事实为依据。他自己盖手印画押承认的事实总不能有假吧。过去黑包公判案对不识字、不会写名的，不都是盖手印画押，怎么我们现在连封建社会的法官也不如？

宋玉山说，你这不是耍无赖吗？抬出黑包公用激将法来刺激我？真有你的。

李文化说，不是我激将你，我们都是从部队下来的，多少总要留些军人的担当吧，别学得那么城府。反正今天你必须给我立案，不然我就坐你这儿不走，你还得管我饭，请我喝啤酒。

宋玉山说，罢了，罢了，怕你了，给你立案，行了吧。但你可要按着规定程序，依法进行操作。

李文化大叫，那这个案立不立有什么用？我是急着拿你那尚方宝剑当灭火器去救火。等你像个小脚娘们一步三晃地走下来，不仅违法房屋建成了，恐怕在违法房里造弄孩子都出来了。

按违法用地处罚程序规定，市、县政府申请法院对违法用地者采取行政强制措施，应事先告知被处罚的当事人。当事人接受并服从处罚的，法院即可组织法警予以执行。现实是，100个被处罚者有99个以上不会服从。不服从的当事人在接到处罚决定之日起,可于3个月内直接向法院提出行政诉讼;法院则应当在立案之日起3个月内做出一审判决。当事人如果还不服法院一审判决的,有权在15日内向上一级法院提起上诉;上级法院在收到上诉状之日起,两个月内做出终审判决。

李文化搬弄着手指头说,我要是被处罚的当事人,为拖延时间,一定会在2个月零29天的时候再提出上诉,这样3个月诉讼期,加上3个月审判期,再加上15天上诉期,还加上2个月上级法院终审期,共计8个半月,整整255天呀。黄花菜不都凉了?你说你们法院这个工作效率,实际上啥用也不顶呀。

宋玉山说,那你还来立这个案?我本来就不愿给你立案,反正也没用,干脆算了,不立了,我也省事。

李文化说,老宋,别介呀,你别挑我的理。我这不是被事逼到胡同里了吗?落水之人抓根稻草虽不能救命,他多少也是个抓手呀。当然,你不是稻草,而是棵大树,我还就赖上、靠上你了。立了案后,你还要帮我协调,抓紧时间快审快判,就像上次南城区江河镇玉盛村那两起违法占地那样,法警出面,铲车一上,"咔嚓"一声,就解决问题。

宋玉山说,老李,真叫我拿你没办法,那种超常规办法能常用吗?那是要有条件的:一是被处理的都是些普通老百姓,或没啥背景的小单位;二是要有市委领导讲话。市领导做出的决定和要求,即使有点出入和毛病,软环境办、监察局,包括我们法院监察处都不会吭声。上回要不是市政法委田书记发话,谁敢不按规定程序来?

李文化说,这不就结了。老宋我跟你交流个体会,这地方上的事，上下左右、各个部门都有规定，你要是较起真来，按条条框框凿死铆，自己就把自己捆死了，还就什么事也办不成。所以，要善于变通呀。感谢你给我变通立案，哪天我请你，找几个战友，一醉方休。

宋玉山说，别给我戴高帽了，案子我可以变通立上，执行我可不敢变通。市委领导那儿你自己找人疏通吧，不然这件涉及刘彪的案子，在我们法院是执行不下去的。

8

张成龙对李文化说，前天你向我说那休闲馆的事，我已经让于文学市长跟市政法委田书记打过电话了，约在后天下午向田书记汇报。李文化说，工地添了人手，进展太快，急着呢。是否双管齐下，找东城区政府自行纠正。张成龙就让副局长王志学和李文化一块找东城区土地局长范晓河谈话。

王志学对范晓河说，听说土地系统垂直管理精神了吧，用不了几个月，你将不再由东城区委任免，而改由市国土局党组任免。你现在要还是脚踏两只船，左右摇摆玩心眼，到时候吃亏的是你自己。

范晓河哭丧着脸说，那是，那是。我巴不得上级明天就下文明确体制与交接，省得这样不上不下、不左不右地活受罪。说句不好听的话，现在最难的是我，市国土局和区政府都是钢板，我是夹在中间的豆饼，有两个意见相左的爹，哪个都不敢得罪，结果两个爹都不满意，成了谁都不喜欢的坏儿子。

王志学说，想两面都讨好做不到，你只有按照原则行事，自然得到公道对待。我问你，土台子村违法建休闲馆，区土地局怎么局外人一样？依据有关规定，县、区人民政府应责令停止建设，限期恢复原状；逾期不改的，依法拆除。你准备何时动手？是不是区政府暗中支持呀。

范晓河哪敢说区政府支持，更不敢说出自己曾陪着高大山勘察过现场，并在刘彪那宽大办公室的中套间一起研究过设计图纸，只好期期艾艾地说，这个项目的确错在没有履行完批准手续就先斩后奏，我们局正按照区政府的要求，抓紧调整全区土地利用总体规划，把此项目用地列入调整范畴。

李文化说，范局长，对基本农田改建设用地，地方政府已经没有审批了，你们怎么办手续呀？

范晓河说，土台子村属于东湖镇管辖，东湖镇是省级十强镇。根据省、市政府简政放权精神，1997年我们就将审批权下放给了东湖镇，使其享受县级管理权限，自然也包括用地审批权限了。

李文化诘问道，如果我记得不错的话，今天是公元2003年4月2日，国家规定从1999年1月起，全国的基本农田审批权全部上收国务院，连省政府都无权审批。刘伯虎那近5亩的基本农田不会是5年前审批的吧。

看着范晓河一脸尴尬、委屈和无奈状，王志学不忍心再逼他，摆摆手说，你回去立即向区政府汇报，就说市国土局要求东城区政府于10个工作日内，解决土台子村违法占地建设休闲馆问题。也请你好自为之吧。

看着范晓河心情沉重地走出房门，李文化说，一天不把人家的座椅搬过来,人家一天也不会真心听指挥的,毕竟屁股指挥脑袋。看来这件事是指望不上东城区了。

但大大出乎李文化意料的是,王志学却说出了另一番话语,文化,你也是即将当副局长的人了,我今天以大哥的身份推心置腹的向你说点"另类的话"。我听说休闲馆那个规划设计大市长看过,是去东湖度假村视察时刘彪呈上的图纸。咱们张局长凡事较真,对一些问题把得太死,已引起了一些领导的看法。类似休闲馆这类事情,可左可右坏不了多大局面,要尽量少往他那儿汇报。你们主要任务是看住工业开发区、防林带等几十公顷大的违法项目。

李文化说,休闲馆项目明目张胆地违法,而且占用了基本农田,不纠正说不过去呀。目前全市近百起违法占地,加起来也有几十公顷呀,大片耕地都是这样被蚕食掉的。

王志学笑了,老弟呀,你还年轻。抓工作不都是按书本、文件去干的,要善于变通呀。这个休闲馆占地,纠正了当然有利于生态,但纠正过程中的磕碰冲撞,即政治上的损失也要考虑在内呀。休闲馆说破天不就那么一块地,对江城市有多大生态影响?但是把矛盾闹大了,对谁都不好。尤其是你在这个关键时刻,尽量少捅马蜂窝。

李文化想,对谁都不好的"谁"字,除了张成龙局长和直接抓这件事的自己,还应当包括分管的王志学副局长。休闲馆一块地确实坏不了全市的生态大局,但一个普通农民违法只会影响一个居民小组或一个屯,而一个全市先进典型干出了违法事,其恶劣的榜样效应则是全市。因此,这个尖必须掐,不管代价有多大。当然，对王志学的提醒，自己不好当面驳回去。

王志学望着默不作声的李文化，轻轻叹了一口气，又不易察觉地摇了摇头。

9

不知市政法委书记如何跟市中级人民法院打的招呼，一周过去了，宋玉山那儿还是没有批准强制拆除的消息。李文化又找范晓河，对方支吾着说正在纠正。但休闲馆工地添了人手，有四十多人，还是上门女婿领头，凭张长生磨破嘴皮子，大李子喊哑了嗓子，丁大宝既不吭一声，更不停止手里的活计。逼到急处顶多回一句，你们政府当官的和村干部之间的事，莫要跟小百姓说，我们只管干活挣钱。这不，每人一天工资涨到60元，求兄弟你莫要耽误我们赚钱吃饭哪。

尽管有王志学的提醒，张长生的阻拦，李文化还是出手了。出手之前，让小王去土台子村找刘彪，通知将要对其新闻曝光，也算善意告诫，巴望着刘彪或许在最后一刻罢手。

还是那个泡茶的年轻后生，贵宾般把小王让进刘彪阔大的办公室中套间，一边张罗着泡茶，一边解释说，刘彪董事长三天前去了南方考察投资项目，大约还得小半个月才有可能回来，没办法联系到他。生气不打笑脸人。李文化进一步领教了刘彪的确不是等闲之辈，连自己要找他，都算计在胸，事先安排了热情的"伏兵"。

李文化向秘书科长李玉山交代，你跟新闻单位有关系，从明天开始,我们连续组织三天实地采访。他刘彪不是玩失踪吗,三天新闻轰炸,看他能否匿得住?反正我们光脚不怕穿鞋的,名人既然不爱惜自己的声誉,那就怪不得我们了。

李玉山疑问,曝刘彪的光?他是先进典型,可是要请示市委宣传部的,要不报告王志学局长?李玉山的意思很明白,李文化在这个提拔的当口不应惹是生非,尤其是跟刘彪这样重量级的人物做对头。实在要惹,也要找个比自己大的主管领导点头,以后要是出了说道,王志学就能替他承担责任。

李文化当然希望有人帮自己承担责任,但一想到王志学在约谈范晓河那天跟自己谈的话,怕请示了反而被制止了。就说,请示了要给王局长找责任呢。这事我决定了,你嘴风严实些,下去落实吧。

第二天早上,十几家新闻媒体齐聚监察支队。领头的有江城日报、电视台、电台等主流媒体,还有新都市报、街巷报等社会媒体,分别拿着采访录音机,扛着摄像机,挎着照相机,坐了大半屋子。李文化让李玉山详细介绍了违法占地情况,发了相关文字材料,并附上一些图表、照片。

新闻记者最喜眼球事件,不愿事少,只愿事多,不怕事大,只怕事小,各地名人最是新闻爆料抢眼的佳品,尤其像土台子村刘彪这样的名人,负面消息一般不上版面。如今听了介绍,个个精神振奋,一行人乘着一台中客车、一台面包车,在打着灯闪、车体写着"土地执法监察"字样的吉普车引领下,浩浩荡荡开赴土台子村休闲馆工地。到了现场,一群人拥出车门,抢进工地,长短不一的照相机"咔嚓、咔嚓"一通拍照,摄像机像火箭筒一样对着工地和人群拍摄。丁大宝等人看呆了,先是不知所措,等看到虽被拍照拍摄,并未阻止干活,反而放下心来,记者上前采访,一律问啥说啥。只是不忘提醒众人:别光抢镜头免费上电视。动嘴皮子不是跟媳妇困觉,又不影响你手使劲,莫要停下来偷懒,都使劲干活。

李文化特意早回家,看晚上6点30分江城电视台新闻联播。心里一阵高兴,手指夸张地打开电视,正襟端坐在沙发上要看曝光的效果。出乎意料的是,报道中从头到尾没有一句批评的话语,虽然把工地占地场景播了10秒钟,并没点名批评是哪家何人所为。导语平淡无奇:我市出现一违法占地建设工程,市国土监察支队发出停工通知,此事正在调查处理中。

李文化大失所望,好比"咔嚓、咔嚓"拍了一卷照片,没等拿到暗室冲洗,半路被人截住扯出胶卷泄了光。"啪"地关闭了电视,气恼地抓起电话给李玉山打,电话中传来李玉山泄气的声音,我刚给电视台打了电话,记者说,值班台长接到市委宣传部新闻处电话通知,临时改了报道基调。他们也想发一件轰动性稿件,但台长不让,只好改成这样了。李文化明白,一定是有人釜底抽薪,做了手脚,明天见报的稿件可想而知了。果然,第二天江城日报和江城晚报各自发了豆腐块消息,与电视台一样没有点名道姓,而且发在了二版社会新闻栏目里。倒是新都市报、街巷报两家社会媒体各发了千字文,点名道姓对土台子村休闲馆违法占地进行了批评。虽然没点刘彪的名,但尽人皆知土台子村与刘彪的关系,也算揭了他一次短。

李玉山告诉李文化,听市委宣传部一个哥们儿说,组织采访的当天下午，有人找到市委宣传部，主管新闻宣传的副部长跟新闻处长说，人家土台子村休闲馆用地手续正在办理过程中，对全市有影响的典型负面宣传要严格把关，拿不准的稿件要经市委宣传部审批后再发。曾去土台子村送新闻曝光消息而遭遇"伏兵"的小王说，"有人"一定是刘彪，土台子村别的人怎么能够得上市委宣传部的领导？

报纸捅出了休闲馆违法占地后，国土监察支队与土台子村双方由暗中较劲，变得似明似暗半公开化了。就像一台拳击赛，双方先是在台下打斗，现在跳到了台上。

10

新闻曝光流产了，不甘心的李文化又找张成龙追问市政法委田书记协调中法的结果。张成龙说，法院提出申请强制拆除材料有疑点，处罚对象认为休闲馆占的是荒废了三年的弃耕地。张长生说，土地登记台账标注的是基本农田，咋就成了弃耕地？张成龙说，人家说土地台账握在土地局手里，你们要怎么写就怎么写。张长生说，法院要是不想得罪刘彪就不要找借口，他咋不看一下发放种粮补贴的证明？不就是法院一些人在土台子村搞商品房团购了嘛。李文化制止张长生的牢骚，团购的话上不了台面。跟刘彪这类背景深厚的社会名流打交道，我们的材料要做到天衣无缝，让他丝毫挑不出病来。

小王喊上大李子，带上支队那架最好的相机去土台子村，要把耕地上尚未整掉的苞米茬子拍照下来。

新闻报道后也就一天,整个工地被砖石、铁板围了个严丝合缝,唯一的进出口是2米高的两扇栅栏铁门,被小拇指粗细的铁链紧紧锁牢。气性本来就大的大李子气恼更添了十分,边砸门边喊,你们也太过分了,这儿是不是共产党的地盘?还有没有王法?任凭喊破嗓子,里边的人该干啥还干啥,像没听到一样。大李子远远地对上门女婿喊,丁大宝,把门打开,放我们进去。丁大宝说,东家不让放人,里边有狗,进来要后悔的。

小王说对大李子说,我个小人灵活,翻栅栏进去。看见铁栅栏门上边是一排尖角,大李子提醒说,小心扎着肉。话没等说完,小王早已猴子一样轻盈落地,从栅栏空当伸手向大李子要相机。还没等把相机接过来,耳旁听见"汪、汪、汪"一阵狗叫,一条1米多长、半人高的黄狗咆哮着逼了过来。小王知道"狗怕弯腰,狼怕棒",小时候在农村对付咬人的恶狗,有一套顽劣的手段,对上门女婿的警告根本没往心里去。大黄狗扑来时,小王夸张地做了一个弯腰下蹲的动作,黄狗以为小王要捡石块击打它,遂一个噤声站住,龇牙咧嘴地干号却不敢上前半步。小王得意地笑骂道,你个畜生,就这点能耐。不料高兴得太早了,忘了"叫唤的狗不咬人,咬人的狗不叫唤",只觉得右下肢一股钻心刺痛传到大脑,大叫一声,"不好"。回头一看,一条花斑黑狗正叼着臭烘烘的大口,紧盯着自己的脖项逼上前来。这一惊吓,小王出了一身冷汗,虚晃了一下捡石击打的动作,趁这条咬人不叫的狼狗腾跃的空当,连拉带蹬窜上了铁栅门的顶沿。大李子赶紧上前接住,连抱带托地把人抢过来。小王躺在地上,捂着右小腿疼得直哈冷气,直骂没想到还有一条外国畜生。

丁大宝见狗咬伤了政府干部，吃了一惊，赶紧跑过来，连咋带赶，撵走了还在狂吠的两个畜生，歉疚地说，我告诉你们了，东家有安排，不让你们进来。你看，这事弄得多不好。不要怕疼，忍着先把脏血挤出来，再用大蒜泥使劲搓抹。狗嘴臭，有毒，可不是闹着玩的。

接了电话，张长生吓得心里忽悠一悬，不待大李子说完，就高声喊道，别的什么也不要管，直接把车开到生物制品所。边喊边从屋里跑跳着上车，打着灯闪，一路鸣笛，赶了过去。待到了生物制品所门诊部，小王已经注射了狂犬疫苗，正在接受医嘱，确定第二次注射时间。看到小王腿上缠着白纱布，痛得紧锁眉眼，也不管医生在场，张长生咬牙切齿地骂起来，刘彪你个王八蛋，老子宁肯犯错误，也要出这口恶气。不是李支队长拦着，我早给他动武了。刘彪这号人，你越敬他、畏他，他就越觉得自己是一尊佛，越他妈上脸。大李子更是气不打一处来，早就该上铲车了。鸡巴名人，你不×他妈，他就不管你叫爹。

张长生不放心地说，是否得住院观察？小王说，小时候在农村，哪年不被狗咬两回，还有条件住院？没那么娇惯，回家躺两天就可以了。医生也说，吃点抗生素消炎，按时来注射狂犬疫苗，不住院也可以。张长生与大李子就送小王回家。小王家住在四楼。大李连背带抱，张长生在后连托带扶，总算把小王弄进了屋。

小王生怕两人做出什么不理智的事来，一边强笑着安抚张长生说，也怪我麻痹大意，往里翻爬时，上门女婿提醒过我，里边有狗，我没往心里去，这不"玩了半辈子狗儿，倒叫狗儿咬了手"。一边生气大李子不该在张支队的火上再浇汽油,忍不住伸腿又要去踢他,却忘了不该伸右腿,人没踢着,倒把自己疼得"哎哟"一声。

随着小王一声"哎哟",张长生胸腔里的火苗子,一下子窜到了头顶上。出了小王家门,还没到楼下,张长生就掏出手机,接通了行政执法局直属监察支队副支队长王大龙的电话。

王大龙是张长生打小光屁股的玩伴,接电话时正憋着一肚子气。缘由是两天前支队在清理一家占道经营业户时双方发生了肢体冲撞。那几天,省创建文明卫生城市暗访组来江城市,城管对占道经营的弓弦比往常紧了好几扣。这个业户一车西瓜三天只卖了半车,心情不太好,城管几次也未撵走。收缴西瓜的混战中,一个整西瓜砸在了年轻队员小吕头上,业户婆娘又窜上前搔了几把,把小吕抓了个满脸花。半车西瓜连砸带抢所剩无几,双方可谓打了个平手。不料,半路杀出个为民请命的街巷报,批评城管支队野蛮执法,并以"如此野蛮执法,谁给的权力?""瓜农生计在哪儿"为题,连续跟踪报道,弄得行政执法局十分被动。张长生打电话时,王大龙正在接待市软环境办公室来人的调查。因此气很冲,话茬子很硬:我现在正忙急要事,没工夫给你办事。你张长生有什么急要事,莫非爹死娘嫁人?王大龙知道张长生父母双亡,虽然话损了一点,也不算犯忌。

张长生没有像往常那样反唇回骂,而是严肃地说,大龙,你必须给我办。今天,不,就现在,马上就办。此事不亚于死老子。王大龙听出张长生与平时不一样,确有急事,对软环境办的人抱歉地笑笑,到走廊里接听张长生的电话。张长生扼要讲了土台子村违法毁占耕地建休闲馆，以及几次制止不听，尤其今天竟然放出两条恶狗将执法人员咬伤。张长生要求王大龙立即调一台铲车给自己，为保证铲车和司机在执行任务时不受攻击，还要同时派出10个城管队员保驾。张长生说，我知道你们手里有现成的铲车。到建筑工地租铲车要预约，起码三四天，我一天也等不了啦，一分钟也等不下去了。张长生特别强调，江城市现在行政执法环境太差了，软绵绵像个没有牙口的小脚老太太。这程序，那环节，把我们都框成了软柿子，致使违法行为满天飞。

如果没有张长生最后强调的这句说到王大龙心坎里的话，如果王大龙不是正在憋气地接受调查，可能不会痛快答应张长生的要求。但有了两个"如果"，王大龙就像后背钻心地刺痒，自己怎么也够不着，恰巧被张长生抓搔了几把；也像是在40度高温下跋涉了大半天的山路，突然喝了一瓶冰镇啤酒；痛快，爽死了。想也没想就说，长生，你等我1分钟。王大龙只用了1分钟就调度了一台大马力铲车，并派出了一台11个座位的面包车。尔后给张长生打电话说，你去东出城口接车接人吧。不到27分钟，张长生就在东出城口接到了铲车和坐了满满一车身着城管执法人员的面包车，一行气势汹汹直扑土台子村休闲馆工地。张长生用话筒喊话，里边施工的人都听清楚了，请你们立即撤离现场，我们将依法拆除违法占地工程，恢复耕地原状。请你们务必配合，立即离开，以免伤着自己。

一定是每天45元涨到60元的收入支撑了上门女婿，或者习惯了连日来土地监察"干打雷，不下雨"的处事方式。丁大宝看看外边，与平日没有变化，又看看渐渐起高的砖墙，还是没有停下手里的活计。大师匠不停手别人也跟着继续不停手。却没料到张长生右手臂使劲一挥,铲车强壮铁臂支撑着满是尖齿的巨大铁铲,一下子就把栅栏铁门挑翻在地,紧接着又横着一扫,铁皮围栏豁了一个窟窿。一黄一黑两条大狗咆哮着扑了过来,但看到两米直径的轮胎支撑着足以装满几十只同类的巨型铁铲,只在原地虚张声势地干号和吠叫,却也不敢近前半步。干活的人呆住了,全部停下了手的动作。但铲车没停止动作,迅捷地奔着大墙驶去。在场的人都自动跑跳着逃闪开了,只有丁大宝心痛披星戴月所创造的成果,也可能怕从刘伯虎那儿算不来工钱,徒劳地挡在铲车前,使劲地摆着双手,不要推房,不要撞墙。

张长生像没听到没看见一样,铲车灵活地一个转弯,向着无人的空档里冲撞而去,半米多高的大墙应声坍塌在地,变成了一堆砖石垃圾。企图用肢体语言制止铲车对其劳动成果破坏的丁大宝,看到张长生这回动了真格,却也惜命,下意识往旁边一个跳闪。其实他不躲闪,张长生指挥的铲车也碰不到他;而他匆忙中一个闪身,反而把脸碰到搭架跳板的一根横木杠上,鼻孔立即出了血。用手一抹,半手鲜红,心中一慌,脚下不稳,右脚又踏踩在一块木板上,而这块木板上恰好有一个尖头向上的钉子。丁大宝痛苦地发出了小王被狗咬伤时同样的一声"哎哟"。但这一声"哎哟"被淹没在铲车巨大的轰鸣声中。

张长生本想把砌起的砖墙全部夷为平地,看到丁大宝鼻子流出了血,立马指挥停了车,蹦跳着跑到跟前急切问伤,并使劲扯下了自己的半片衬衫,替丁大宝塞住流血的鼻孔;再看脚伤,还好扎得不重,一扁指深。挥手叫大李子把吉普车开进来,要拉丁大宝去医院看伤。丁大宝苦笑着说,农民哪有那么娇惯?说着脱下伤脚的那只鞋,翻过脚心,"叭、叭、叭"用鞋底一阵猛打,脚心打得紫红,指着流出的一点脏污血水说,这回没事了。为了表示所言不虚,还一歪一拐走了几步。张长生老大不过意,掏出200元钱硬塞过去说,你买点消炎药吃,别感染了。

丁大宝乐了,这可够我挣三天的钱了,你开铲车让我再碰扎一次吧。你们的人被狗咬了,我们的人被碰扎伤了,算是扯平了,大家谁也不欠谁的。

张长生诚恳地说,老丁,不能再干了,市里的决心你也看到了,再干还将强力拆除。你找东家算账要钱吧。现在钱少还能要出来,等东家把钱都投入进去,想给钱也没有了。丁大宝说,白瞎这好活计呀,你这是断了俺挣钱的路子啦。

11

早上一上班,张长生赶紧找李文化汇报小王被狗咬伤和铲了休闲馆的事。李文化听说小王被狗咬伤了,大吃一惊,咱俩现在马上去小王家。疯狗咬伤感染了狂犬病,弄不好会死人的。你昨晚上就该告诉我。张长生说,这么闹心的事我告诉你一晚上甭睡觉了。三步并作两步下到一楼,只见院子里哭天响地一片吵闹,七八个农村妇女,扶搡着一个悲痛得撕心裂肺的胖女人。听到哭喊声,局办公楼上的窗户像接到通知,一扇接一扇打开了,两三颗头挤在一块往下瞅。胖女人看见人多,索性一屁股坐在地上,双手使劲拍着地面,越发哭得来劲儿:"我——的——

大——宝——呀,你一句话也不能跟我说啦。""你大脑震荡傻了,腿脚残废了,我和孩子可咋过呀"。

听话语张长生知道了,这是上门女婿的老婆找上来了,生气地说,人昨天还好好地跟我说话,咋睡一觉就成了病人?想赖上谁怎么的?胖女人听了张长生的话,心知就是指挥铲车推工地的人,像弹簧一样"腾"地从地上跳起来,奔着张长生就扑了过去,是你害了我家大宝,连抓带掐。张长生哪里防着这手,慌忙后退,脸上还是被抓了三四道血印子,气得浑身发抖,脸色惨白,紧攥双拳,红着双眼,一副拼命架势。李文化连拉带拽地劝说,长生,长生呀,别跟她们一般计较。好男不跟女斗。这里有蹊跷,冷静,千万冷静。恰巧局办公室于主任领了几个人过来,李文化示意他赶紧上人拉走了张长生。

几个女人见李文化人高马大像个负责干部,七嘴八舌补充说,昨天丁大宝被你们撞伤后,晚上回家迷糊恶心呕吐,吃不下丁点东西,脚腿痛得睡不着觉,连夜送去住了院。医院让送押金1万元,说今天上午不送到,就撵出医院。住院费得你们出。

老于说,你家男人阻止国家公职人员依法执行公务,自己不小心碰了鼻子、扎了脚,为什么让公家出医药费?再说,我们还没有追究你男人放狗咬伤国家公职人员、妨碍公务的责任呢?

胖婆娘说,狗不是我家男人放在那儿的,咬伤人跟我没有关系。是不是阻碍公家事务,是你们官家和村的事。我们就是雇工干活。你们要是不上铲车,我家大宝不会慌躲中受伤。因此医药费得你们出。

李文化说,如果没有你们说的那么严重,不需要住院而住了院，医药费就该住院者自己负担，这你们清楚吧。

胖婆娘犹豫了一下，我们村干部说了，有医院检查和用药单据就算合理住院，就能报销，我们大宝不怕没有公家给出钱。

李文化和老于对视了一下，心里都明镜一样清楚，这群毫无城府的女人背后，一定有人在出主意、支歪招，连住院医药费都有人给兜底了，这群女人岂能不大胆地闹。李文化手里没钱，眼瞅着老于。老于当然不想出钱，出了钱就等于承认国土局把人撞进了医院，就吓唬说，你们知不知道，国家的钱不是那么好花的，不该花而诈骗花了，那是犯罪！

听了老于的话，胖婆娘又大哭起来。一边哭着也吓唬老于说，在你们这儿说不出理来，我们就上市政府找市长，闹个天翻地覆，看谁受得了。我们还要找记者，让你们上电视、报纸现丑露光。

双方僵持着，谁也不让步。早有人把情况报告了张成龙。张成龙派人下来对老于耳语了几句，老于立马转变了态度：你们别闹了，1万元医疗费我们先替你们垫上，你们都走吧。胖婆娘莫名其妙地说，给，给钱？真给了？好像事先准备十分充足的悲哭炸弹未倾泻完对方就答应了条件，只好赶紧收缩住泛滥的悲哭的神经，讪讪地出了院子。李文化同样莫名其妙，局长说了什么，你这么痛快就出钱了？老于笑着说，局长给了我8个字："避其锋芒，以退为进"。李文化狐疑地自语，退是对的，但退得太快，未必就好。李文化不知道，张成龙告诉老于的还有一句话是，"关键当口，控制事态"，但这句话老于没法告诉李文化。

胖婆娘的大闹拿钱控制住了，不过，应了李文化那句狐疑的自语，退让并未使对手停止进攻。可令人莫名其妙的是，事主不出头，与此事没有干系的媒体却主动发难了。

这一次，市委宣传部管理的江城日报、电视台、电台等主流媒体仍然袖手作壁上观，首先跳出来发难的是新都市报。第一天以"耍野蛮、不守执法程序，上铲车、撞伤无辜民工"为题进行了报道，说是该老实农民既伤头又伤脚，躺在医院痛苦接受救治。国土局自知理亏，送去1万元钱。关于小王被狗咬伤一事，只在结尾处简单敷衍而过，说在执法检查中，国土局一工作人员不慎被狗咬伤，经检查无大碍，现在家休息，不日即可痊愈。张长生气恼地说，这是歪着嘴说"一边倒"的胡话。不料，第二天新都市报又以"越权、城管强拆集体土地建设项目，愧疚、领导亲临医院探望受伤民工"再次进行了报道。在这天的一沓报纸中，同时刊登了整版介绍东湖度假村的大型广告。张长生反倒气得笑了起来，真看不出，还有如此卑鄙堕落的媒体。

倒是街巷报还算公允，以"违法项目屡禁不止放狗咬伤执法者，情急之中动用铲车不慎碰伤施工人"为题，对两起事件进行了客观报道，多少替国土监察支队挽回了一点面子。可惜只报道了一次，便无声无息了。新都市报伴随着每天一整版东湖度假村的大型广告，不停歇发了八次接续报道。而且两次配发了上门女婿愁眉苦脸以及其胖婆娘汪汪泪眼的照片，起到了很强的渲染效果。全市舆论开始一边倒，人们纷纷指责国土局监察支队野蛮执法，欺负老实农民。还有的指责国土局领导思想保守僵化，不善变通，阻碍江城市经济发展。新都市报已如洛阳纸贵，大街报亭上有时竟出现了排队争购的热闹场面。该报又以"全市关注铲车伤人事件，群众纷纷抢读新都市报"为题，加温加热再次爆炒。

那些天，新都市报的近视眼总编一直乐得合不拢嘴，给首先发现该新闻并写第一篇报道的记者重奖2000元。

同时获利的还有东城区人民医院。上门女婿丁大宝穿着干净的白衬衣，躺在单人病房雪白的床单上挂着吊瓶。"一痛二迷糊，神医查不清"。入院以来，丁大宝先后做了CT、B超、彩超、肝功两对半，数不过来的各种检查，三天就花去了九千多元。凡是医院能做的检验无一漏项，连上门女婿是否得过梅毒病菌感染，都做了化验。

12

这天，局办公室主任老于接到市政府值班室紧急电话，说土台子村五十个上访村民，一股脑涌进市政府大院，并强行闯入了三楼办公区。让国土局立即派人去接访。三楼是各位市长、秘书长、办公厅部分要害处室办公区域，属于江城市行政首脑最核心的部位，诸多重大决策在此楼层谋定，诸多行政命令在此间发出。这处最要害最敏感的大脑神经鲜有受到冲击的历史纪录。

三楼入口处常年有四五个武警战士站岗，看到几十个农民呼喊着口号闯上来，恰巧碰上班长带班。这个老兵马上指挥战士关严了铁门并上了大锁。犹如一路汹涌而来的海潮突然撞击到岩壁上，立即激起了门外一片愤怒的吼声。一个人用力地挥手喊一声："一、二"，许多人跟着齐声吼道："开、门"；那个人再喊："一、二、三"，其他人齐声吼道："见、市、长"。喊过了"开门"和"见市长"，那人再喊一声"人民市长人民选"，其他人跟着齐声吼道，"人民要见马市长"。门厅本来不宽敞，房屋举架也不太高，五十多人的吼声震荡得人心房慌慌地狂跳，恨不得从嗓子里窜出来，赶紧逃离这喧闹的空间。

此时，市长马占山正在主持市长办公会，研究招商项目落地问题，听到外边一阵吵嚷，皱着眉头问坐在后排的办公厅主任，外边怎么回事？办公厅主任赶紧跑到隔壁房间给大门外的值班室主任打电话。值班室主任说，上访的是土台子村村民，说是村里建设社会主义新农村，村民把钱都交给了村里，可房子盖了不到1米高，就被国土局的执法监察支队以违法建设项目给拆毁了。村民们居无定所，上市政府讨公道，要求市政府纠正国土局的野蛮行为，允许开工建设。

马占山听了办公厅主任的汇报，转头问坐在旁边的主管副市长于文学是怎么回事？于文学大致介绍了毁占耕地建休闲馆的情况，并说上访人无理取闹，是在给市政府施加压力。马占山却不以为然地嘟囔道，张成龙怎么年纪越大越死性，坚持原则是对的，谁也没让他违法行政，但不能凿死铆，遇事也要灵活点，善于变通化解矛盾嘛。

正说着，外边又响起"哐、哐、哐"的铁门撞击声伴随着激愤的呐喊声，巨大的噪声顺着门窗缝隙昂然灌进会议室，霸道地射入每个人的耳孔，毫不客气地噬咬着室内之人原本焦躁的神经，马占山终于失去了最后的耐心，抬高了声音说，今天是市政府领导班子会议，各位市长都在，关起门来我要说一点触杠的"家里话"。作为一名领导干部，一定要心怀大局，不能自己管哪方面的工作，哪方面就重要，也要替别的行业想一想。

像东城区，要工业没规模，要商业没人流，要市容没基础，实现快速发展，GDP、财政收入、固定资产各项指标搞上去，靠什么？除了在土地上做点文章，还能有其他办法吗？有些占地可能有不那么规范的问题，你把它变通了，手续完善了，就不是问题了嘛。没必要搞得那么严肃，鸡飞狗跳墙的。要教育我们的干部学会算账，一亩地种粮能收多少钱，几百元嘛，变为工业、商业那就可能上万元呀。当然，我们要按国家要求守住耕地的红线，这是土地局一项重要任务，但土地局还有另一项重要的任务是确保经济发展，特别是招商引资指标的需求，因此要增强工作力度，向国家和省多多争取江城市的用地指标。关起门来算自家账，改革开放之初，南方人可劲占地开工厂，等到全国耕地紧张了，国家提出了18亿土地警戒红线。可人家工厂已成了规模，早就发了大财。国家这一刀，人家切在了尾巴上，我们却切在了腰上，改革开放比人家晚三秋呀。总体上看，我们并不存在耕地不足问题，严守耕地红线的应当是耕地稀少且富起来的南方城市。对这一点，我们在座的各位市政府领导要心中有数，并要让我们的相关干部，特别是土地部门的干部都明白。当然，我们不能蛮干和瞎整，要讲究政策和工作方法，要善于灵活变通，把中央的精神和我们的实际结合起来。闯红灯当然不行，但在黄灯闪烁时，是不是要大胆地闯一下子？

13

市软环境办公室与市监察局都收到了上告信，状告国土监察支队野蛮执法，打伤普通农民。开始，市软环境办和监察局只是把上告信转到市国土局纪委，请他们将调查及处理结果报告上来。过了一周，两个部门态度较真了，组成联合调查组到国土局督查，要求对相关人员提出处理意见。因为一位省领导看了新都市报的报道，在报纸上做了一大段批示，要求江城市认真开展调查，如果情况属实，必须对有关人员严肃处理，以警示所有执法部门的干部。再过了两天，又传来消息，省政协将对江城市土地执法情况进行视察。

在手忙脚乱的迎检准备中，令人不安的消息接踵而来。一向密切配合的城管监察支队打了退堂鼓。王大龙给张长生打来电话，情绪相当沮丧：长生，你那天让我给局里惹了一个祸，有人把我们城管局告到市软环境办和市监察局，说我们城管监察支队越权执法，拆违建拆到农村集体土地上去了。责令我们局做出说明，并要在全市通报。按规定我是越了管理权限，可拆的是违法建筑呀。不看事物本质抓住形式不放，这上哪儿说理去呀。哥们，铲车和人不能给你再用了，局里不让出，请理解呀。张长生说，让你跟着我们"吃锅烙"，我还过意不去呢。改天我们文化支队长要当面感谢你哪。

李文化对张长生说，不按规定程序执法，一次是错，十次还是错，反正不能让刘伯虎再动一锹一土。张长生说，他要再敢动一砖头，我把整个工地全都铲平。新都市报那篇"越权，城管强拆集体土地建设项目"报道出来后，李文化又对张长生说，不能再给大龙找麻烦了。咱们赶快租铲车。三天后，王大龙的铲车和人都被调了回去，租的铲车正好接上茬，只是没了城管人员跟随，就如一辆没有步兵保护的孤独坦克，怕一旦被鲁莽的刘伯虎给砸了，只能每天虚张声势地上午、下午各去展示一趟，就赶紧开回来。

堂堂政府管理部门与红顶企业家之间闹得不可开交，实际上是权力和资本在较劲，自然引起社会各界人士的关注。有人总结这十几天来双方的斗法形势，表面看，土台子村占了上风，尤其在舆论上把国土局及监察支队搞得灰头土脸；实际上，明眼人都看清楚了，土台子村还是被压在了下风。国土监察支队重型铲车每天两趟巡视，尽管虚张声势，还是起到了威慑作用，刘伯虎真就一锹土也没敢再动。当然，不管是上风还是下风，双方谁也没有占尽风头。因为较劲的双方手里都还有风，目前谁也没赢谁。双方就这样靠着、顶着、拖着、耗着，都在咬紧牙关比着毅力和耐心。

性急的大李子带着铲车度日如年般熬过了一周，首先耐不住了：每天这样拉剧熬煎着，到啥时才出头呀，干脆我把铲车开进去荡平它算了，让刘彪彻底绝了念想。李文化赶紧制止说，铲车费我们已付了两个月，工地上他那四五十人能挺两个月？不要着急，不出半个月，保证他们先"出叫"。

李文化不着急，局长张成龙着急了。半个月后的市委常委会将有人事议题。李文化的提拔动议这回再提不上会，不知将拖到什么时候。

前一段，市直十多个部门都收到了上告李文化支队野蛮执法的信件。张成龙往返于市纪检委、监察局、软环境办公室等部门，一家一家进行耐心解释，总算让人家听明白了：是对方违法占地施工放狗咬伤执法人员在先，己方无奈强力制止违法在后等事实真相。张成龙说，如果追究具体责任人，那也是副队长张长生决定的，李文化并不知情；如果要承担领导责任，那首先应当是我。我曾有过对严重违法占地又拒不停工的单位，可以便宜行事，包括强制拆除的指示要求。

市委组织部指出，现在毕竟对方人还躺在医院里，你说对方无病赖医，得有确凿证据才行。如果能证明对方并无伤病，我们对监察支队的行为也可以理解为敢抓敢管，工作有魄力，原则性强。毕竟监察支队的支队长是李文化，不是张长生，即使没有直接责任，也有间接领导责任。

14

此时，刘彪也着急。但他从不把急躁写在脸上，哪怕胸中已是熊熊烈火，恼恨得牙根痛痒难耐，面上仍然是几十年一贯制的笑容。当然也不大笑，多半是微微的。刘彪行事风格从面皮上你什么也看不出来，但在风平浪静的面皮底下，汹涌的暗流早已渗入到它想要达到的任何部位。

这天晚上，李文化捧着一本书斜靠在床上想心事，妻子刘梅洗抹得香喷喷地凑过来，娇媚地说，哎，你猜今天谁找我了？李文化说，何等要人找你了这么高兴，不会是赵公元帅吧？刘梅说，告诉你吧，我们校长。给我让了座，还拿出观音王给我泡了一杯。江城市第一高中校长杨雄是全市有名的"洋凶"校长，以铁腕严管著称全省教育界。治下的一中校风严谨，秩序井然，高考升学率一直居全省之首。

李文化奇怪地问，就你们那位迎面见了署下挺胸凸肚、目不斜视的胖子校长？刘梅说，不是杨校长是哪个？校办主任来叫我去他办公室时，我还心怦怦跳呢，还不是借了你的光，候补李副局长。李文化说，什么候补副局长，你别那么俗好不好，一个中学校长就把你吓得那样，腰杆就不能硬点。说着把手掌放在刘梅的腰上轻轻地揉着。刘梅有很重的腰椎间盘突出症。

刘梅说，我一个普通教师，本是一个俗民，不俗才怪呢。能见到的官除了教学组长，不就是校长吗。教育局长一年也难得见一回，还是在台下向台上仰视着。哪像你们政府官员，见局长、市长跟吃饭一样容易。不过，市长、局长我们只能在电视上见面，官再大与我们平民百姓有啥关系？我们才不怕呢。校长可不同，至少我的饭碗在他手里拿捏着。俗话说："不怕官，只怕管"。人家杨校长还答应考虑我不再带毕业班的要求呢。带毕业班有高考升学率硬指标高高悬挂着，不使出浑身解数反复蹦高是够不着的。刘梅身体不太好，每年送走学生离校都大病一场，提过几次申请杨校长一直不同意，这回却主动提出"考虑"。

李文化顿生警惕，原本轻柔的手掌不自主握成了拳头，捅了刘梅一下，没有什么交换条件，你们那个"洋凶"可不是随便发善心的人。

刘梅疼得"哎哟"一声，轻点呀。你说你想哪去了，人家杨校长是受人之托向你解释个误会，就是你们监察支队与土台子村在报纸上闹得沸沸扬扬那件事……

李文化生气地打断了刘梅的话头，你知不知道，刘彪违法占用基本农田，放恶狗咬伤人，到处递送诬告信，还收买媒体歪曲事实误导舆论。

刘梅也高声说，是的，他的这些手段很下作，还耽误了我老公提拔副局长，我也很不高兴。但你们查处的是否就有道理？就你那个凡事钻牛角尖的劲头，我都怀疑你们是不是情况没弄准，又不听人家好好解释明白。

李文化喊道，党纪国法明晃晃在那摆着，违法就是违法，有什么好解释的。

刘梅说，你这人真犟，你看看这个，说着拿出一张照片。人家马市长都没认为违法，就你李文化水平高？李文化接过来一看，可不正是马占山市长在聚精会神看一幅图纸，图纸上边写的是"东湖度假村休闲馆平面设计图"字样。照片上刘彪手指着图纸，满脸谦恭地望着马市长并解说着什么。马市长旁边站着东城区区长高大山。

李文化说，即便是马市长看了图纸也未必就同意呀。再说了，我们行事不能只看谁同意不同意，一切要以党纪国法为准则，要凭良心办事。他刘彪的公司凭什么把村民那么好的苞米地据为己有。

刘梅说，我就不信江城市只有你李文化懂政策，讲法规，连我这个普通老百姓都听说了，你们马占山大市长一年好几趟去东湖度假村视察。他已经看过了休闲馆的图纸，如果不同意，刘彪就敢动工，不怕受马市长责处。既然马市长都同意了，你还坚持个什么劲？杨校长告诉我传的信是，你把铲车撤了，人家对方一从软环境办、纪检委和组织部撤回告状信，二让上门女婿出院，三在报纸上登表扬你们支队的稿子。对头冤家化解掉，你就能顺利当副局长。多好的事呀。这种掏心窝子的俗话，只有真心对你好的老婆才能讲。我就想不明白，放着好道你不走，专干得罪人的事，究竟图个啥？

李文化说，江山易改，本性难移。若让我违背原则靠揣摩领导心思干活，这个副局长我宁肯不当。我李文化虽然水平不高，但办事从来凭良心，我不想给自己干净了半辈子的心旮旯里塞上脏东西。刘梅，这件事我们今天晚上谈不清，还是遵守"夫妻和谐守则"，谁也不要把单位的闹心事带到家里来，好不好？

刘梅气恼地叫道，李文化，你高尚，你原则，行了吧！不把单位事带到家，你咋还让我替梁公安儿子办入学？一甩身，把个脊背扔给了李文化。

李文化知道刘梅真生了气，赶紧搬她的肩头，我那不是实在没有办法嘛，工作上求公安局的事太多了，对不起，下不为例。刘梅使劲把肩头一抖，你没办法找我就行，我没办法找你咋就不行了。说着嘤嘤啜啜哭泣起来。李文化知道，刘梅委屈，不仅不带毕业班的愿望泡汤了，更为难的是明天见了"洋凶"校长将如何交差。

15

东湖度假村上风头绿化防风林带项目申请件三个多月批复不下来，眼瞅着要进入深秋，再不秋植就晚了。高大山对范晓河拍了桌子，范晓河只好说了实话：这种占用耕地植树的项目，省国土厅根本就不受理，何况上百公顷的硕大面积。情急之下，高大山动员了区直机关、街道、区属中学，组织了千人植树会战，仅用了周六周日两天，就在东湖度假村上风头密密实实种植了一条绿化防风林带。树苗子都选一人多高、胳膊粗细的。等李文化支队巡查小分队三天后发现时，木已成林，统计占用农田达100公顷。

张成龙接到紧急报告，一边赶紧向副市长于文学报告，一边以市国土资源局名义向东城区政府发出限期整改通知书。同时对东城区启动"区域限批"措施，停止办理该区所有用地审批文件。

高大山着急起来，问范晓河，市土地局做得不妥吧？东城工业园区所征用的土地，原则上并未违反土地利用总体规划，只是管委会办公楼在手续没下来之前先动了工，那也是为了对外招商树立形象呀。

范晓河说，省国土厅规定，如果一个地区对违法用地没有纠正，又出现新的严重违法行为，国土部门就可以对该地区进行区域限批，以促其尽快纠正违法行为。

高大山说，那可不得了！25万台汽车发动机项目一期投产后，仅税收就增加三个多亿，牵一发而动全身，直接关系东城区能否翻身，能否实现崛起的目标呀！可是汽车发动机项目为中外合资，外国人都"一根筋"地较真，绝不会把项目落在没有土地证的地儿上，不然我早给他们建厂房了。如今张成龙"区域限批"，不是逼赶着他们往别的城区跑吗？怎么办，怎么办？

高大山搓着一双大手在办公室里直打转转。一会儿，转过身对范晓河说，你赶快去约张成龙，就说我想请他吃饭，有要事当面汇报。范晓河答应，我马上就去。还未等他走出房间，又被高大山叫回来说，我让李区长跟你一块儿去。

李区长是东城区分管城建和土地的副区长。高大山抓起电话同李区长说了打算，又找来区政府办公室主任，交代他安排宴请地点，指示要安排在大都会。大都会是江城市最高档的酒店，鱼翅做得十分地道。

接到邀请，张成龙欣然答应，好啊，我也正想同高区长聚一聚，就一些问题好好交换一下意见，大家想到一起了。

晚上五点半，一行人准时来到大都会总统一包。主请方为东城区高大山区长、李副区长、国土局范晓河局长。受请客方也来了三个人，市国土局张成龙局长、王志学副局长、监察支队长李文化。三三对等总共六个人，礼节不差；人数不多不少，方便聊天谈事。

按规矩礼节，高大山站在主请席位上，目视客人都落了座自己方才落座。落座时还歉意地说，按理讲，今天不是官方正式宴会，纯是朋友感情交流，应该谁年纪大谁坐主席位，我抢先后才发现坐得不对，心里不自在呢。说着又请教张成龙详细出生年月。

张成龙说，自己属牛，一辈子犟牛脾气，总拗着领导行事，没出息。属于那种被领导凑合将就使用的干部。高大山说，自己属虎，在家排行老二，小时候总被哥哥称为"二虎"。现在想来，哥哥说得也不错，自己就是虎了吧唧的干部，比凑合将就使用的差远了。众人一齐笑说，二位领导这般谦虚比喻自己，我们可都是傻子一类的干部了。

拿自己开过了玩笑，高大山站起来敬酒，我这人喜欢痛快，韩国人说话，祝酒词要像女人的裙子一样越短越好。我先干为敬，请局长大哥自便。说着满满一杯有一两酒，一饮而尽。张成龙早就听说，高大山心脏不好，且伴有高血压，一般场合极少喝酒。今天如此放量，足见其诚意；或是借酒盖脸，把自己伏低做矮，提出平日不好说出口的要求。遂爽快回应道，年长岂是充大的理由？感谢区长老弟盛情。也一口干了下去。众人见两位主要领导豪爽干杯，加之高大山只说了张成龙年长可以自便，自己年不长自然不好自便，也随着干了杯中酒。而后双方边吃边聊闲嗑，谨慎着不直接往正题上说，但都绕着正题在寻找话头。

高大山说，像我这把年纪还当着政府主官，在江城全市是个独一无二的特例，自己都不好意思占着年轻人的位置。张成龙说，我比你还大着一岁呢。小外孙都过周岁了，当然我只混了个副爷级。高大山说，我虽然任爷级三年半了，但感觉越发降了级别。我的体会是，有了儿子自己就是儿子，有了孙子自己就是孙子。肩上的担子倒越来越重了。所以急着抓紧在岗不多的时日，为东城区再拉几车好活儿，让孙子们有钱花，有好学校上。可你看我们区那个穷财政，没有工业利税大户呀。局长大哥，你可要支持我呀，多批些地给我，现在只有做地的文章才来钱快啊。

张成龙说，支持，当然要支持。不过，我今天倒要讲点歪理，别看你东城区财政收入少，但你留给子孙的财富多呀。高大山说，我哪有什么财富可留，穷得叮当乱响。张成龙说，你留的土地多呀！土地是什么？比黄金还值钱。少占就是多留，多留就是功德。省却半亩田，留与子孙耕。这也叫无为而治。你对后代有贡献呢！

高大山说，这个道理小弟我就不明白了，不趁着国家改革开放外商纷纷涌入的大好时机，多建几个赚钱的工厂，多搞一些商品房开发，财政哪来钱给子孙们建好学校？张成龙说，敢问区长老弟，东城区财政收入中，土地收益能占多大比例？高大山说，大约占百分之四十七八，比那几个城区的百分之六十五六，差十六七个百分点呢，要不东城区咋这般困难。

张成龙说，南方人为啥到我们北方来建厂？不就是因为我们这儿有地而他们土地都占完了吗。别看其他城区现在有钱，但他们的土地在逐渐减少，你们东城区财政虽然钱少，土地却比那几个城区多，有长远发展后劲呀。看高大山不解的目光，张成龙把筷子倒过来，蘸着杯里的酒，在桌上写了40、50、70三个数，接着说，这是目前土地出让的三个年份数，每出让一块土地，当年一次就收了若干年的出让金，实际等于预支了40年、50年甚至70年的土地收益。不仅把儿子孙子的钱花了，连孙子的儿子，甚至孙子的孙子的钱也预支完了。这对我们的子孙合理吗？我们这些为爷的是在对子孙负责吗？我重复的观点是，少占就是多留，多留就是功德。当然，这是个人的歪理，怪论，当不得真。

高大山说，局长大哥的话好像有些道理。但是，不当家不知柴米贵。再有道理的思想也抵挡不住现实的拷问哪。别的城区都发展那么快,我如果无为而治,岂不是穷上加穷。对东城区的老百姓我无法交代呀。作为国土局长,主要任务是守住18亿亩红线。可作为区长,全区的老少都在跟我要钱开工资呀,可我又是江城市城区中最穷的一个。改变落后只能上大项目,上大项目只能在土地上做文章。所以恳请局长大哥能保证我们加快发展工业项目用地指标呀。

张成龙说,虽然是各有职守,虽然占有基本农田审批项目很困难,但对于你们有市场前途的工业项目,用地还是要保证的。包括你们25万台发动机项目用地,我将亲自去省国土厅汇报,申请用地指标批件。

听了张成龙后一句话,高大山忽地站起来,恭敬举着满满一杯酒说,我高大山明人不做暗事,向来襟怀坦白。但今天请局长大哥吃席,就是揣着25万台发动机用地指标这个不良用心。感谢张大哥如此体谅基层城区的难处,我再敬一杯。这已经是高大山的第五杯酒了,张成龙怕他喝出个好歹来,赶紧上去阻拦,高大山已一口灌了下去,呛得两眼直淌泪水。

张成龙赶紧跟了一杯,埋怨道,我知道你的诚意了,心脏不好不能逞强,我能挑你喝多少酒?你也太性急了,不待听明白话就喝酒,逼得我只好跟一杯。25万台发动机项目我一定支持,但有两个前提条件:一是取消休闲馆项目,恢复耕地原状。因为其不符合节约用地原则,而且在全市造成了很不好的影响。还没等张成龙说"二是",性急的高大山抢着说,没问题,我答应你的这个条件。张成龙接着说,二是,东湖度假村上风头绿化防风林带必须取消,恢复100公顷耕地原状。否则东城工业园区征地申请包括25万发动机项目用地，市国土局将不予受理。

话不投机，酒桌上一时冷了场，众人都停了筷，谁也不知说些什么好，不说些什么又不好。李副区长赶紧圆场说，好事多磨，再商量；我们喝酒，喝酒。

半晌儿，高大山艰难筹措着话语，张局长，我知道东城区给国土局特别是监察支队李支队长添了很多麻烦，我也严厉批评了刘彪，就在今天来这之前，我已通知刘彪着手休闲馆工地恢复原状工作。这是否可以看作东城区在以实际行动纠正错误。但东湖度假村上风头的绿化防风林带，直接关系度假村能不能晋升AAAA级风景旅游区。我知道先斩后奏是错误的，我诚恳向老哥、向国土局赔罪，我还准备向市纪检委，监察局申请处分。

张成龙说，大山老弟，你的话让我感动，现在还有你这样一心为了工作而甘冒纪律处分的干部。我理解你的迫切心情。但你的要求超出了我的权力范围。国家严禁在耕地上建设防护林，占用这么大面积的耕地，是需要省政府审批并上报国务院的。这片防护林有60多公顷是基本农田哪，经验告诉我这是不可能被批准的。

高大山绝望地说，那只有我个人来承担这个责任了。我高大山生在东城，长在东城，东城区的父老乡亲对我天高地厚。说真心话，真要把绿化防风林带保下来，给我降职、降级、降工资、退休回家，我都认。

张成龙说，这可不是你个人受不受处分的事。你能为东城区负责，但你能为江城全市负责吗。如果你坚持错误不纠正，江城市就会因为100公顷违法占地受到省的区域限批制裁。江城市所有用地申请，都将被停止受理，所有市场前景好的工、商业项目都将落实不了用地。你能负得起这个巨大政治责任吗？

高大山无力地辩解道，实话跟你说局长大哥，绿化防风林带效果图，马占山市长都审看过了，他也认为很好。省国土厅坐在上头不了解基层的情况，实际上我们真是需要这条防风林带呀。

听了这段话，张成龙张了张口，又把要说的话憋了回去。半响，拉过高大山，附耳低声说了一段话。在座的其他4个人，谁也不知道张成龙说了什么？只见高大山听了这段话后，一脸惨白，一声不吭，一屁股瘫软在椅子上。张长龙那段话是：你不是说马市长看过并肯定过了吗？马市长明年将提拔到省里当副省长，这时候弄出了这么大面积的违法占地案件，党纪国法摆在那儿，你这不是在给马市长添事故和错误，拖他的后腿不让他当这个副省长吗？

请席的第二天，高大山再次组织全区千人大会战。这次不是植树，而是拔树。仅一天时间，东湖度假村上风头100公顷绿化防风林带一棵不剩。当晚，高大山顺着被拔光的林带，从南走到北，再从北走到南，从东走到西，再从西回到东。最后，蹲在被拔掉树木的一个土坑前，久久不语，任谁劝也不回家。一直延耗到晚上10点多钟，人仍然蹲在那儿，泥塑一般，众人都慌得没了主意。还是范晓河急中生智，从被窝里抱出高大山三岁半的小孙子赶到现场。小孙子拉着高大山的手，连声央求和呼喊,爷爷回家,爷爷回家吧。高大山握着孙子的小手,像个孩子似的大哭起来,任凭谁也劝不住。在小孙子的不停呼唤中,被李副区长、范晓河等人连拉带哄,强行弄进了汽车。

16

刘彪口是心非地敷衍着区长高大山,休闲馆工地清除恢复工作如同一只睡着了的蜗牛。这毕竟是个赚钱的好项目,况且已搭进去了50多万元。更重要的是,与国土局及监察支队闹腾得天翻地覆,就此罢手实在心有不甘,因为自己从来没有如此被动地失过手。刘彪是一个毅力超强的人,越是强劲的对手,越能激起斗志。刘彪现今的辉煌业绩,多半是在与强劲对手的拼杀中创造的。他思想着,日理万机的高大山很快就会忘了此事,自己还要同国土监察支队撒欢地周旋几个回合。

张成龙急得火上房了,因为离市委常委会只剩一周了,遂对王志学说,那个丁大宝不能住在医院赖着不走。你替我去找公安局,请他们帮我们把这事办好。市公安局也该做点贡献了。如果他们还是事不关己,做"壁上观",公安干警宿舍今年别想让我批1米地。你原话实传,就说国土局老张头说的。

张长生又去医院看望上门女婿了。捧着一个西瓜和一盒鲜樱桃,还带了成箱的八宝粥、方便面、牛奶和杏仁露。病房里只有丁大宝一人,看见张长生大包小裹的,老大过意不去,领导又来看我,还拿这么多东西。张长生问,怎么样?好点没有?丁大宝说,浑身紧巴巴的难受,长这么大也没吃这么多药,打这么多针。张长生说,听专家说,有病打针吃药杀体内的病菌,没病针药进去杀体内好细胞,药用多了容易得难治的大病呢。你没看见住院的人都不长寿,五六十岁就死了。农村人小病挺着不吃药,感冒发烧喝碗姜汤就好了,所以七八十岁的长寿老人多的是。丁大宝说,你说的真有道理,给多少钱我也不住了,明天就跟他们要求出院。张长生笑笑未吭声,坐了一会儿就走了。满脸歉意的丁大宝一直送到房门口。

过了10分钟,病房里突然进来一胖一瘦两个警察。从未同警察打过交道的丁大宝不禁浑身一哆嗦,被两个来人完全抓到了眼里。

胖警察说,我们是市公安局刑警队的,今天依法找你核实休闲馆工地伤人事件,故意伤害你的人将被依法追究法律责任,你的供词将作为其定罪的证据。但作为当事人你必须如实回答问题。如果出假证,就是诬陷罪,同样也要坐牢的。以前可能有不少部门找你了解过情况,那不过是些一般行政单位,跟我们公安局可不一样。俗话说,打架无好话,以往双方可能拣有劲的话说。今天你必须有一说一,有二说二。听清楚吗?丁大宝慌慌地说,听清了,我听清了。

惯常询问了姓名、年龄、家庭住址等情况,瘦警察拿笔逐项做了记录,胖警察又发问,那天你是被对方有意撞伤的,还是在躲闪中自己不慎碰伤的?丁大宝想,自己的证词将要把几次拿好东西看望自己的张长生追究法律责任,心里老大不忍。又觉得做假证丧良心,死后下到地狱被小鬼割舌头。心里头害怕遭报应,口头上话答得就吞吞吐吐,那个,那个,好像是……胖警察厉声说，什么好像是？一就是一，二就是二，你说的每句话都连着法律责任呢。开口之前要先想想清楚。丁大宝小声说，是我躲闪时不小心碰伤了鼻子，出了鼻血，慌乱中又扎伤了脚。胖警察问，这么说，不是对方有意撞你的啦？以前怎么说是对方故意开车撞你呀？丁大宝说，我一直没那么说。那是婆娘和村里干部说的。胖警察问，你婆娘当时在现场吗？丁大宝说，没在现场。

瘦警察停了笔，冷不丁插话说，没在现场就乱说，不知涉及法律责任？你碰破了鼻血，脚被钉子扎了一下就住十几天院，还花1万多元，将来不怕让你自家掏医药费？丁大宝急得直摆双手说，自家掏可不行，不行！我原先根本没想住院，村上说了，只管去住，只要有医药费收据，将来国土局不给报销，村里就给报销。1万多块钱哪，不能让我自己掏呀。我一年也赚不到手的。警察同志，你们可不能不让给报销，我婆娘会把我的脸皮都挠下来呀。

胖警察说，你莫要光想好事儿呀。丁大宝说，村里一定会给报的。我住院一天，村里还按两个工日算账，一个工日60元，每天给我120元，已经预支了半月的钱呢，都在我婆娘那儿。胖警察一拍桌子大声喝道，你老实点，站起来，站直了。开头我就告诉你了，在你面前的不是一般行政机关，是国家公安机关的人民警察。找你核实问题，是要给你个改正错误的机会。我们不但要找你调查，我们还要找相关人员和你的婆娘，一次可以连续讯问23小时零59秒。哪个不说真话，第二天还可以再来一个回合。你现在说实话算是主动承认，等其他人先说了，把问题都核实明白了,你就是抗拒交代。懂不懂?

丁大宝像个孩子一样哭了起来,我说了真话,警察可要保护我回村不挨打,也不能审问我婆娘23小时59秒。她还要给娃儿做饭吃,一天三遍给鸡鸭猪狗喂食呢。丁大宝说,自己碰出了鼻血、脚扎了一下本来没什么事儿。可当晚刘伯虎找到家,非要我装脑震荡呕吐迷糊。说休闲馆现在停工损失太大,工钱不能给我们支付。如果抓住监察支队撞伤人到市里去告状,让报纸曝光,把监察支队搞得疲软下来,不敢再来叫停工,活还给我们干。我说,住院耽误我干活挣钱。刘伯虎说住一天院算两个日工,当时就拿出1800元,说是刘彪书记批准预支半个月的住院劳务费。我那婆娘当时就红了眼,一把抓过钱,硬逼我住的院。

当张长生把两个警察对丁大宝调查的结果告诉王大龙时,王大龙兴奋地捣了张长生一拳,哥们,这个成果太伟大了,我们要充分运用一下,狠狠整治那些刀笔斜才和歪嘴喇叭,可把我们害惨了。王大龙故意找熟人透话给新都市报近视眼总编,说公安部门已拿到确凿证据,土台子村的农民装病作假骗取上万元医药费,国土局将向法院起诉新都市报置国家18亿亩土地红线大局于不顾,为拉广告制发虚假报道,干扰依法查处违法占地毁地行为,诬陷执法人员破坏执法环境问题。新都市报总编慌了神,通过关系找到李文化要请酒席。李文化不想得罪这家无主管的社会媒体,在新都市报答应再发两篇正面报道后,遂顺坡下驴,表示不再上法院起诉。

王大龙觉得李文化太好说话,太过宽容。遂通知6个城区的城管监察大队,凡楼道里设有新都市报报箱的,不问青红皂白,一律拆除,一个不留,不许那黄色的报箱妨碍市容观瞻。新都市报自知前一段做得太过,对此未敢吭气一声。

17

随着丁大宝的出院,负责休闲馆清除恢复的那只睡着了的蜗牛睁开了眼睛并有了挪动的迹象。市法院也在这个当口上批准了国土局强制拆除土台子村休闲馆违建工地的申请,宋玉山特意到国土局送了批件,同时转达了主管副院长老郑的意见:在强制执行前,先对双方进行调解。老宋说,自己按郑副院长意见,已经找刘彪进行了沟通。刘彪的态度很好,表示要无条件拆除休闲馆已建工程。还特别表示说,前一段给国土局和法院添了不少麻烦,要做东请席道个过。

李文化说,老宋,吃刘彪的饭?他可是监察支队查处对象,这对我们不妥呀。让谁再告我们一下,可是犯不上。

宋玉山说,是对你们支队不妥还是对你李文化个人不妥?不就是下周市委常委会讨论提拔你当副局长嘛。现在谁还把吃顿饭当回事,一次吃请就不廉洁啦? 用得上这么小心谨慎?何况刘彪是市人大代表,我们都是人家监督的对象。你们做对头这长时间,借此机会把话说开了,矛盾化解开有什么不好。

李文化说,我这不是"一朝被蛇咬,十年怕井绳"嘛。你没同刘彪打过交道,此人的心机深不可测。我怕不小心再落入"窠臼"。为了让宋玉山高兴,李文化卖弄了一个生涩的词语,借喻刘彪此举有什么"埋伏"。

宋玉山真的不高兴了,吃饭这事可是郑副院长的意思,不是我宋玉山的意思。他可是我的顶头上司,拂逆了他的面子,以后你们在法院的事,你别让我再去找他。

老宋的话真把李文化叫住了,今后打官司告状、调解强制执行,等等,需要请法院介入支持的事太多了,此衙门万万不敢得罪。咬咬牙说,恭敬不如从命,就听你的安排。老宋鼻子"哼"了一声,你这个人哪,敬酒不吃吃罚酒,帮你办事还这么挑剔。

请席地点在大都会,恰巧是上一次高大山与张成龙等人聚会的总统一包。五点半,聚会的主宾陆续到齐。法院方面有郑副院长、宋玉山庭长,东城区有土地局局长范晓河、上台子村村支书刘彪,加上国土局李文化共五个人。

郑副院长很胖,除了头大脸肥,胖的突出标志是肚子超常规地大,鼓鼓凸凸像有八个月身孕,坐在宽大沙发的中间费劲地呼喘,不说自己太胖,而是埋怨屁股底下的沙发软得太窝肚子。刘彪赶紧随和,是太软了,坐着累腰。郑院长,要不咱们到餐桌椅子上坐?郑副院长摆摆手说,别急,趁一位重要人物未到,大家先唠几句心里话。李支队长与刘董事长都是干事业的人,由于各自站的角度不同,前段出现了一点小矛盾,都是为了工作,没有半点个人恩怨。大家都是男人,既是对手,也能成为朋友,何况现在达成了一致认识。作为大哥,我要求兄弟们谁也不许小肚鸡肠地记仇。要宽容大度,互相理解,肚量要像我的肚皮一样大。说着夸张地拍了拍自己的肚子。

刘彪抢着说,郑院长,您讲得太对了,太好了,真是深刻得很哪。和李支队长的一点小误会,哪能记仇呢?何况主要原因是我没管好,给李支队长添了许多麻烦。今天我就是赔罪,保证按李支队长的要求,尽快纠正错误。李文化听了也高兴地说,刘董事长的胸怀和友善令人感动。今后,我们将主动向刘代表汇报工作,还请对我们土地工作多多监督指导呀。刘彪满面兴奋地说,能认识李支队长是刘某的高攀,岂敢谬谈什么监督?说着上前抓住李文化的双手,使劲儿摇晃个不停。

郑副院长说,今天我这个"说和中人"任务完成了,刘董事长,把佳人请出来吧,我们好入席呀。李文化原以为就五个人吃席,听郑副院长说未到的是"一位重要人物",正思想着,门厅敞开处,一个年轻俊俏的女子飘然而入。郑副院长一声欢呼,我们的美女终于来了。李文化也不禁眼前一亮,这位30岁左右的靓丽女子,一双微微上挑的丹凤眼,忽闪忽闪,晃闪得人心里一忽一悠的。

女子先是满面笑容对着李文化问,其他领导我都认识,这位想必是国土局的李支队长吧?说着,伸出纤纤嫩手,想不到李支队如此的帅气英俊。郑副院长夸张地说,真是"美女爱帅哥,官大也白扯"。这屋里我官最大,可没有李支帅呆,美女进屋直奔帅哥,我好受冷落呀。

刘彪给两人互相介绍说,这是东湖度假村集团公司的副董事长郑小雯,我的副手。这位正是国土局李支队长。郑小雯复又上前握住李文化的手说,幸会李支队长,刘董事长多次提起您,说您有魄力有水平,小女子仰慕已久,今天有幸相会于此。

郑副院长又对郑小雯打趣道,你看看,抓机会"第二次握手"

了不是。今天我做主，你就坐在李支队旁边。这屋里的人只有你们两个长相般配，俊男美女，天造地设的一双。郑副院长口无遮拦地打趣，郑小雯高兴得满面光亮，反倒是男女交往一向传统的李文化不太自在。

郑副院长海量，自己提过了酒，就让李文化和刘彪感谢自己这个"说和中人"，每人都要敬酒，而且敬一杯不行，必须好事成双。刘彪更是海量，敬过郑副院长，立马到李文化座前，恭恭敬敬喝了三杯赔罪酒。李文化只好陪着喝了三杯。

再以后，酒桌个别交流。李文化与宋玉山、范晓河、郑小雯，分别你敬我一杯，我也回敬你一杯。想着休闲馆违建占地即将恢复原状，就应该与刘彪这位市人大代表恢复正常关系；想着今后找法院立案有了郑副院长这个热情的熟人，就应该与法院把关系拉近套牢；想着酒桌上讲究酒品即人品，喝酒耍滑而不实在的人，办事必不实在和牢靠；再加上宋玉山又当众揭露李文化有一斤的酒量；李文化自己主动，同席人积极，几轮下来就成了众人轮番敬酒的主角。喝到看人有些模糊的时候，李文化对敬酒来者不拒了。

郑小雯恰当其时地出了手，给了李文化最后的沉重一击。郑小雯优雅站起来，双手各端着一杯酒，两片红润鲜艳的嘴唇轻轻启合道，各位领导，我这是葡萄酒杯，但里边装的是白酒。民女感谢李支队长对东湖度假村民营企业的关照，小杯敬酒已不足以表达我对李支队长的敬意，不知李支队长能否赏小女子这点薄面？如果李支队长实在为难，民女就替您喝下去。看着两眼迷蒙的李文化，宋玉山担心地说，这杯里有二两半酒呀，文化是个实在人，今天可喝了不少啦。

郑副院长不满地说，我替我们老郑家妹子说句话，小雯不是随便什么人就敬酒的，看得起的、够档次的人才能有机会得到我郑妹妹双手捧杯敬酒。因此，这杯酒是男人就得喝。我建议，还要喝"交杯酒"。

李文化酒壮英雄胆，我李文化再怎么熊，喝趴下，也不能让女同志替喝呀。两人在众人起哄中交杯饮了杯中酒，郑小雯顺势在李文化腮边轻轻亲了一口。醉酒的李文化一点没有感觉，但腮边隐约可见的唇红清楚记录了一切。

李文化醉了，摇摇晃晃被人搀扶进了大都会506套房，和衣睡在宽大的席梦思床上。迷迷糊糊中，觉得有人在解自己的衬衣纽扣，捧着脸又亲又揉，细嫩的身子趴在胸前又蹭又挤，还把手伸进自己的两腿之间又摸又弄。李文化浑身发热，裆间物件猛地硬了起来，含糊不清地说，梅，这多年你从来没主动过。今天，你怎么这么火热，还趴到身上来弄，我都受不了啦。身上滑腻的肉体轻声说，帅哥哥，我不是你的梅，我是你的雯。雯比梅使你销魂万分。就这一句话，李文化耳朵里"咔嚓"响起一声炸雷，浑身一个哆嗦，裆间物件立马软下去，身子像突然遭了电击，抖成一截干硬的木头，猛地掀掉身上的肉体，忽地挺起身来，厉声喝道，你是谁！郑小雯欲火中烧，喘着粗气，张合着干渴的双唇，挺着两座饱满的乳峰，又扑上来，紧紧抱着李文化不松手，喃喃地说，你不知道自己有多么英俊，多么帅气，我真喜欢不够呀。不要离开我，千万不要离开我。李文化猛地一用力，再次甩开郑小雯，高喊道，无耻。以军人紧急集合的动作，穿上裤子，抓起衬衣，拉开房门，冲了出去。边走边气恼地骂道，无耻之极，把我李文化当成什么人啦！

506房间传出了女人一阵嘤嘤嗳嚅的羞愧哭声和恨恨的叫骂声，还没有哪个男人拒绝过我，你他妈的竟然瞧不起老娘，老娘我还不侍奉你呢。李文化狂怒地冲了出去，没关房门。左边504与右边508两个房间，都有人伸出头来，将男人的狂怒神态和呵斥声以及女人的哭声和叫骂声，听得一清二楚。

18

两天后，一封署名"知情者"的举报信寄送到了江城市纪检委，举报市国土局监察支队长李文化生活腐化、道德败坏，利用查案借机谋色，与东湖度假村女干部郑××发生不正当两性关系；但在玩弄女性后，仍然恶劣地不放过休闲馆建设项目……江城市委组织部、市软环境办公室、市监察局，包括市国土局党组都收到了同样的信件。

一句玩笑的"窠臼"竟成了应验的咒语。原以为艰难启动的提拔航船顺风顺水，眼瞅着抵达向往已久的目的地。却不料就在要靠近彼岸时，突然触上了人家早已悄悄布设在水底下的巨型钢铁尖锥。而自己对人家面带笑容的热情呼唤，竟毫无防备地伸出了响应的双手。李文化像一头突然掉进了猎人精心设计的陷阱中的困兽，面对猎人报复性挑逗戏弄，愤怒不已却无可奈何。

关于是否接受被监察方的性贿赂，或者逼迫与请托人发生性关系，郑小雯在接受纪检人员调查时，既不肯定，也不否定，一副满面羞愧和委屈无言状，使办案人员越发产生同情，加深了对李文化的满腹猜疑。事发506房间左右隔壁的当日房客，一个是早已离开江城的外地客人，另一对是正在外地旅游的退休夫妻，尚不知何日回来。

李文化认为，提不提拔无所谓，但一个人的操守名节比副局长官帽要金贵百倍。可是却百口莫辩，无法洗刷自己的清白。感觉就像一件雪白衬衣，被人恶作剧地泼上了墨水，若要洗涤干净，必须用强力洗衣粉和碱皂浸泡后，再下气力搓揉；等到费劲洗净了黑墨，雪白挺括的衬衫早就断纤折维，皱成破衣烂衫了。

尽管被大都会506房间满城风雨的桃色事件闹得焦头烂额、狼狈不堪，李文化庆幸在受到攻击时，有刘梅一个平静的家庭港湾让自己舔伤休养，以躲避凌厉的攻击锋芒。但攻击者越发抓住有利战机，毫不留情地抄了他的"后路"。李文化被纪检人员调查一周后，刘梅所在学校，包括刘梅本人收到了同样内容的信件。面对同事投来的异样的目光，刘梅心里像被浇上了油火，"腾"地窜上了头顶。

寂寂的夜晚，静静的小巢，突然掀起轩然怒火。刘梅把信件往桌子上一摔，大声说，李文化，你给我一个合理的解释。李文化大呼冤枉，有人设计下套陷害，外人不相信我，二十多年的夫妻你还信不过我？刘梅说，就算我愿意相信有人设套陷害你，但你与那个女人喝"交杯酒"怎么解释？她还当众亲了你一口，想起来我就恶心。告诉你，李文化，这辈子你只有权同我一个人交杯。如果你想同她交杯，明确说一声，我绝不耽误你，现在就给你签字。李文化说，喝交杯酒是我在喝醉情况下被众人起哄硬逼的，也可以解释为逢场作戏。至于她当众亲我一口，我根本就不记得有这事。刘梅说，想不到你们官场如此腐败，喝交杯酒这种丑事竟能说是逢场作戏？至于你说不知道她当众亲了你一口，我认为你根本是在跟我说假话。李文化说，刘梅，我以一个男人的人格和丈夫对妻子的良心发誓，绝对没有做出对你不忠不贞的苟且之事。不然，就不得好死。恳请你相信我。刘梅说，你让我相信你的起誓，你的组织不也没相信你吗，三天前市委常委会讨论人事咋没提拔你为副局长？你让我怎么相信你。李文化悲哀地叹息道，刘梅，既然说起这事，虽然我满肚子委屈，但无话可说。

　　李文化感到自己已经被组织"挂"了起来：这个干部究竟是不是生活腐化，道德败坏？现在还不能肯定，也不能否定；起码在目前，还不能得到完全信任和重用提拔，需要列入甄别的"待查"干部行列。就像一株不能断定是否被虫蛀了的秧苗，如果实在检查不清楚，最后只能从土里拔出根须进行检查。当然，连根拔出的代价将是极其痛苦和危险的，如果不是既能耐渴又能抵抗住根须损伤的好苗子，在审查的过程中就可能身殆命殒。更可堪忧的是，审查的过程将是漫长而无限期的，谁也不知道506左右房间的人，什么时候才能找到，找到了会说些什么？

　　一天晚上睡觉前，刘梅精心梳理打扮一番，穿着半透明的粉纱睡衣问李文化，我好看吗？忧郁中的李文化惊喜地说，真好看，并挪身到刘梅跟前。不料刘梅又接着问，我比那个年轻女人如何？

她的皮肤没我细嫩吧。这话就像一瓢兜头冷水，瞬间将欲火变成了滚滚浓烟：刘梅，你怎么又来了？刘梅同样被染上了气恼，李文化，我就知道你对我不感兴趣了。别过来，你想碰我，我还嫌你脏呢。李文化悟出了一个深刻道理，夫妻之间凡爱之愈深者，必恨之愈切。再聪明贤惠的女人，一旦面对另一个同性，尤其比自己年轻的女人的入侵，都会嫉妒得失去理智。

19

吃了暗算的国土局长张成龙对东城区较真得丁是丁、卯是卯，区长高大山严令督促，刘彪终于把土台子村休闲馆违建项目拆除干净了。张成龙果然不负前言，先后两次到省国土厅汇报，最后又拉着副市长于文学跑了一趟，省国土厅终于同意用异地置换办法，为东城工业园区增加150公顷扩容指标。同时附加了一个前提条件：对该区追究先斩后奏、不经批准擅自占地的违纪责任，给相关责任人以纪律处分，否则用地指标文件绝不下达。

市委常委、纪检委书记拿着拟处分方案，个别征求市委副书记马占山市长的意见，马占山说，处分高大山，不妥吧？区长一把，千刀万剐，肩上担着多大的责任，再说了，现在市场经济还不成熟，法规政策又不完善，想干成事业，必须敢闯敢试，哪能不破点条条框框，不触碰点红杠杠？各级政府一把手，哪个不是时常在违法违规的边缘徘徊？我建议，你们重新拿个方案。市纪检委书记说，这件事，我们拿不准才事先听取您的意见。我们按马市长的指示，重新搞个方案，再来向您汇报。

高大山听到拟处分分管土地工作的李副区长的意见时,明确表示了反对意见:处分李副区长,不妥当吧?工业园区先行占地建设是我拍板同意的,李副区长只是协助我工作,这样处分不公道嘛。我是东城区一把手,我不同意,他能办成?再说李副区长还那么年轻,我都这么大岁数了,这个责任哪能让他担。高大山亲笔给市纪检委写了信,说明了决策经过,自己把严重警告处分领了下来。

越往下处分得越重。因为上边负的是领导责任,下边承担具体责任。土地局局长范晓河被处以降职降级处分。

区委组织部长找区委副书记高大山区长征求安排范晓河新工作岗位意见时,高大山不高兴了:我说你们组织部门思想咋就这么左,对犯错误干部就不能温暖点,非一棒子打死才证明你们立场坚定,原则性强?我的意见,范晓河仍在土地局,以副局长主持工作,不派党委书记。他又不是行贿受贿、贪污腐化,且不说对东城区发展有贡献,起码是为了工作才犯的错误,总得给他留点机会吧。下面的话高大山没有说出口,他打算在政府换届自己下台前,把范晓河官复原职。实在办不到,弄到一个不太热门的局,例如史志办、老龄委或残联当一把手,无论如何也得设法把正局职务给他恢复了。

到基层具体单位处分最重。土台子村刘彪被撸了党支部书记和村主任职务。但村民都议论说,刘彪其实并没有多大损失,他还任着东湖度假村集团公司董事长职务,那是一个实缺、肥缺。刘彪仅凭占有的 75% 股份,就可以名正言顺将集团公司 3/4 的红利揣进个人腰包。

20

　　三个月后，大都会 506 房间左侧那对老夫妻终于结束了漫长的旅游行程，李文化以权谋色的问题总算得以洗白。

　　三个月来，江城市国土系统官场发生了重大人事变动。局长兼党委书记张成龙调任市政府副秘书长，新岗位名义上要比以前尊贵，但张成龙的名号从江城市人民政府组成人员中撤换了下来，空缺由新提拔的局长兼党委书记王志学顶替。此后，李文化任副局长的动议再也没有被提起。王志学是刚上任忙不过来暂时不提起，还是长期不提起？

　　业余组织部长们茶余饭后进行过热烈讨论，一致意见是，起码一个阶段不会再提起了。证据是精明能干的张长生又被调回了局办公室，因为支队长的位置一直由李文化占着。究竟"一个阶段"是多长时间？谁也说不好。

还 居

一

张玉兰与吕桂花为谁先进于海洋的办公室在门口较着劲。

张玉兰扯着尖厉的嗓子喊,吕桂花,你个臭不要脸的偏房,想抢春香老娘我的先?你躲开,躲开!

被骂作"偏房"的吕桂花也不还口,木棒一般结实的胳膊连带着铁耙子一样的手爪,一下子就把自称"春香"的张玉兰扒拉到身后边。显然,肢体语言比声音语言实际且有力得多。气急而无奈的张玉兰,只能发挥声音语言的优势予以反击,你个偏房,二奶,小老婆,就是抢先了,房子也轮不到你头上。

吕桂花对自己声音语言的劣势显然有自知之明,在继续发挥肢体语言优势并把张玉兰又使劲推后半米的同时,也沉闷地憋出了一句:偏房也是奶奶,比你个下贱的丫鬟强。我就占先了,气死你!

张玉兰说,丫鬟嫁给穷种菜的,在家也掌着钱柜钥匙,就是家里的主子。

吕桂花咬牙切齿地说，死了男人才把钥匙当掌柜！

说到"死了男人"，一下子勾起了张玉兰的伤心处，"哇"地哭了起来，我苦命的孩他爹呀，一边哭，一边还不忘了还口骂，你个丧良心的偏房，你搂着一个棺材瓢子男人睡，守活寡！

"守活寡"深深刺痛了吕桂花心底的伤疤，无奈口舌木讷，半天回应不出一句有攻击力的话来，气恼地一把将张玉兰推倒在地，还上去踢了一脚。张玉兰双手拍地，放开喉咙，继续着怨恼的哭骂。

据说，吕桂花在家里最终大权独揽来自于一个早晨。因为头天晚上那个原本形象猥琐的男人阳痿了，正当壮年的吕桂花多余的精力火气夜间无处释放，便从那个早晨开始摔东西。自此，这个家庭便彻底阴盛阳衰了。

早上，张玉兰与吕桂花是一齐进的拆迁办小院落，只不过一个走到院门口，一个走到了楼门口。眼尖的吕桂花见张玉兰缓步进了楼门，自己便小跑起来。当吕桂花迈上二楼第一步台阶时，张玉兰已经迈上了三楼第二步台阶，二人整整差了15步台阶。待张玉兰喘着粗气迈完三楼最后一步台阶时，吕桂花只落后两步台阶。待走到离楼梯15米远的于海洋办公室门口，两人的先后距离发生了变化，吕桂花已抢先了两步。

张玉兰不干了。不甘居人后的原因是自己为10年访龄的老户，而偏房才5年访龄不到，资历差1倍，而且自己比她大20岁，在省、市信访局，自己受到的接待历来是优先的。更主要的是，偏房在与自己走平行即将到于主任门口时，用那指甲盖里满是污垢的脏爪子，使劲扒拉了自己一下，才抢到前边去的。

听到哭闹声，急开房门的于海洋不知所措，看着坐在地上鼻涕一把、眼泪一把的白发老太太，于海洋试探着问挡在门口的年轻力壮的吕桂花，要不，你谦让一下，她是老人？

吕桂花听了于海洋的话，没有吭声，但肢体语言传达了不容置疑的强烈信号，双臂伸开大"十"字状，两手死死扣住两边门框，仰起头，眼睛直盯住于海洋。此状无声胜有声。你于主任虽然有权决定先听谁诉冤情，但也要遵循祖上传下来的老规矩：先来后到！

被法规处长老黄扶起来的张玉兰直往门口撞：主任官，我先到的，是她把我扒拉到后边的，你处事可不能有偏向，要公平呀。

看两人这架势，好像那儿正有一套大房子在候着，谁先诉了冤情，那房就给谁，而后来的连个门板也捞不着。

看着于海洋茫然不知所措，老黄笑着说，春香奶奶，要不你跟吕大姐奶奶抓一下阄，谁手气好，谁先跟于主任谈？

抓什么阄？先谈不一定得到房，后谈不一定没有房，关键是谁能跟于主任谈出道理来，副主任何玉升闻声从隔壁推门而出，跑过去拿衣袖擦张玉兰脑门上的汗，又不停替她拍打屁股上的尘土，嘴里喊道，大李子，快拿毛巾，打盆温热水，让春香奶奶洗把脸，看一大早走的这身汗，真够奶奶呛的。见张玉兰止住了哭声，又哄劝道，让吕大姐先谈，你上我屋，我给你泡一壶茉莉花茶，你把嗓子润好了，汗也消退了，跟于主任也能谈好呀。尔后，附耳小声对张玉兰说，让偏房先谈，谈她个口干舌燥、思想混乱。于主任那屋里只有白开水，没有茉莉花。

张玉兰的脾气原本像小孩的脸，恼来得快，走得也快，遂高兴地说，小升子，多给奶奶我放几朵花，要用你那紫砂壶给我泡。尔后在何玉升与大李子左右搀扶下，转身去何玉升办公室，走了两步，突然想起了什么，回头对于海洋喊，主任官，别听那个偏房瞎胡咧，她没有手续，一会儿我给你拿手续看。

吕桂花听了一声也不吭，"咳"，一口浓痰便迎声喷射了过去。由于气恼得脸扭曲着，出腔的痰偏离了攻击目标，没吐到张玉兰，反倒吐到大李子挺括的西裤上。大李子笑笑，没关系，没关系的。吕桂花也不道歉，一扭头，仰着脸进了于海洋办公室。

"春香"与"偏房"的称谓源于二人讨房上访均涉及的房照手续问题。

张玉兰之所以被称为"春香"，是因为她要求补偿的房屋没有房产与土地部门颁发的正式证照，但是有村里盖章和乡里相关领导批条。"偏房"是因为在有正式证照的房边盖了一个无证的偏厦子。两个人被拆的房子，就像大户人家的二房或丫鬟一样，得不到正式名分，也就分不到房子，自然得不到与大奶奶一样的主子待遇。

张玉兰的"春香姑娘"指代，是由"村（春）乡（香）"手续谐音演变而来的，取材于"唐伯虎点秋香"的故事。该故事中的丫鬟春香年轻、聪明、漂亮，故此被张玉兰所认可。考虑到69岁的张玉兰与春香的巨大年龄差距，在春香姑娘之外，也有叫春香姑姑、春香奶奶的。反正只要是叫"春香"，张玉兰一概喜欢应承，因为春香的背后指代着聪明、漂亮，当然年轻除外。

而"偏房"的称呼却历来被吕桂花深恶痛绝。从市信访局到市建委,再到拆迁办,没人敢公开称呼。刚才,吕桂花之所以对春香动了手,原因就在于此。如果像老黄刚才那样叫"吕大姐奶奶",虽然也隐含着类似二奶、偏房的意思,却可以接受。

吕桂花的话,金贵且极少,也不称呼于海洋"主任"官职,上来就提两条要求:一是要一层房;二是必须给两套房。为了佐证自己的理由,她拿出了纸包纸裹的一份协议,"安置回迁房两套""住宅一层安置",尔后便不吭声了。看于海洋疑问的目光,半天又补了两句话,一句是指着协议上的圆公章说,公家说话不能不算数;另一句是,我那房虽然盖在楼边也是正向房,我姑娘、小子都在那屋里出生。

于海洋说,吕大姐,你能不能详细说说,太简单了我听不明白。

吕桂花说,黄处长知道。尔后就盯着老黄,那意思是,你帮我说给于主任听明白。

老黄说,上访哪有你这么摆谱的?你自个说,慢慢说。

吕桂花说,我找你六次了,你不解决,你就应当告诉于主任给解决。

老黄不满地说,你的事如果能解决,我还让你磨缠我六次?一次我都不想跟你磨牙。好了,我服你了,我的吕大姐奶奶。

老黄像个陪同上访的家人,一番夹叙夹议,加上巧妙借代,因为有些话没法明说,终于使于海洋听明白了缘由。

农村大龄女子吕桂花直到30岁才把自己嫁出去,嫁给了大自己13岁有铁饭碗的城里的木器厂工人。对这对男女结合,当时人们普遍看法是，两厢将就。吕桂花成为超大龄剩女除了因为1.54米的个头外，据传被村主任提前破了瓜是个重要因素。而木器厂的工人除了斑秃外，个头比吕桂花高不了几厘米，但有工资和铁饭碗，一俊遮了百丑。当时吕桂花就如同小媳妇嫁与了大户人家，尤其头胎生了个女儿，在家里的地位更是下落了两个台阶。家中掌权的实际是那个从不给她好脸色看的干瘦婆婆。日转星移，丈夫的木器厂垮了，只好用倒骑驴车打零工，为人运送家具赚点零钱。吕桂花的小卖店却成了家庭主要经济来源，加上二胎争气地生了个儿子，在家里的地位便如日中天升腾起来。

  获得吕桂花家周边区域开发权的是达奇房地产开发公司，经理的名字就叫任达奇，是那一届山城市人大代表，当时的事业也如日中天般升腾。受雇的拆迁公司动迁员已经五次去吕桂花家了。头两次开出的条件是那套有房证的给1套有房证的标准房，那套没有房证的自行拆除。吕桂花的条件是，我原先两套，你还要补偿两套，我不管什么证不证的，而且必须有1套是一层的。第五次，动迁员开出的条件是，1套有证的给房，没证的那套给2万元，如果不接受，将断水断电，强制迁出。动迁员为了表示说到做到，第六次，俊男靓女来了五六个。吕桂花不等对方重申完前一次的意见，操起了菜刀先是一刀斩断了一只鸡脖子，尔后血淋淋提在左手上，右手握着滴血的菜刀指着众人说，哪个要断水断电，先把老娘的脖子斩断，来呀！吓得众人一溜烟逃了个干净。吕桂花以1只不下蛋的鸡的生命，换来了1份自己满意的回迁补偿协议，协议中最重要的两条：一是两年之内在原地"住宅一层"予以回迁安置；二是回迁安置两套标准户型房屋。

拿到协议以后的几年是吕桂花一家吃尽苦头的日月。没有了小卖店，失去了每月五六百元的收入，五口人一日三餐，两个上中小学孩子的费用，像一座山压得吕桂花喘不过气来。丈夫送货拉脚收入累累减少，吕桂花索性从丈夫手里夺过了家中唯一值钱且能赚钱的倒骑驴车，走街串巷卖起了水果。人少的地方不好卖，人多的地方不让卖。多少次与城管撕扯抢夺，彼此知了根底和厉害。太敏感的日子、太扎眼的地方，吕桂花不去。同时，不是太说不过去，吕桂花的摊床，城管一般不去管、不愿管。除去时常争抢和滞销的损失，出水果摊床的收入与小卖店相差不多，当然不包括风餐雨淋的若干辛苦。吕桂花已经无数次见到了自己回迁到一楼的房屋，开起了比过去还大些的卖店，但醒来的是一场又一场美梦。

两年回迁期总算熬过去了，传来的消息却是回迁房还要一年才能完工。吕桂花口讷说不出话，拿着片刀把半个没卖出去的西瓜剁了个稀巴烂，心里骂了一百遍达奇公司干活不用力，但全部被拆迁户都在忍熬，她自然也没办法。一天，报纸上终于公布了回迁公告，通知回迁户于某月某日前去某处抽签选号，过期视为自动放弃。吕桂花高兴而去，败兴而归。令其愤怒的是回迁房虽为"住宅一层"，但不是一楼。因为1—4层是商铺房，住宅一层实为5楼；而更可气恼的是原承诺的两套房变成了一套，理由是无证房屋，应依法自行拆除，不予安置。

吕桂花像一个突然被引爆的火药桶，不仅大闹了分房现场，而且像一头疯牛,不顾一切地冲撞进达奇开发公司。但她根本见不到任达奇经理,强壮如牛的保安像抓猪一样把她扭送着推出门外。任达奇的解释是,当时答应给两套房的是拆迁公司,而不是开发公司。拆迁公司与本公司是两个不同的法人单位。拆迁公司违法答应安置无照房屋,吕桂花就应当去找拆迁公司,而不是我们开发公司。吕桂花仔细看了协议上的公章,可不是只有拆迁公司的圆章,开发公司那几个字上边空空如也,哪有人家的圆章?三年的美梦今朝醒来,方才明白是钻进了人家一个精心设计的圈套。

吕桂花闹到了拆迁办,那是老张主任执政的后期,当时何玉升还是个处长,老张责成副主任高玉田处理。高玉田的解释是,该楼为商住混建,没有一间住宅是一楼的,当初签字住宅一层——现今安排五楼,开发公司并未违背协议;无证房屋按法规是不能安置的,当初拆迁公司违法答应的事,应该找他们问话和负责。于是,让小王找拆迁公司来人。半个小时后,小王找的结果是,当初的拆迁公司早已拿钱走人,拆迁办年审登记表明,该拆迁公司因诸项条件不符,已于一年前被取消拆迁资质。高玉田对吕桂花说,那我就没办法了。吕桂花说,你没办法不行,反正我是不上五楼,那一套不给也不行。高玉田说,那你就等着吧。高玉田说过让"等",就算完成了接访任务。而吕桂花的理解是,高主任让等,是人家在为自己办理,便实在地等了下去。哪知道半年后,赚了大钱的任达奇也如当初那家拆迁公司一样杳杳无踪,据说去南方发展了。但在走之前,把包括已分配给吕桂花住宅一层——现金安排五楼的那套房和其他所有能换成钱币的房屋都变现殆尽，秋风扫落叶般席卷而去。

听到这儿，于海洋急了，吕大姐，你应当把五楼那套房占下了，再去找另外的补偿；现在倒好，弄得一处也没有了。

吕桂花说，我婆婆年岁大，坐电梯迷糊。

老黄说，吕大姐奶奶，你也学会讲假话了，别说自己对婆婆有多孝敬才要一楼的，你不就是想要一楼开个小卖店吗？你以为自己不要五楼那一套，就会逼着开发商给自己一套一楼的房，天下有那么好心的开发商吗？现在倒好，弄得鸡飞蛋打，空空如也。你说，让我们咋给你解决吧。

吕桂花说，我不管，反正政府该给解决，政府有责任呢。

老黄说，拆迁公司假合同骗了你，开发公司卷走了你的房，跟政府有什么关系？

令于海洋惊奇的是，一向口舌木讷的吕桂花倒说出了一番道理来：拆迁公司、开发公司都是你们政府批的。拆迁公司造假文件骗我，是拆迁办没管好；开发公司卷跑了我的房，政府有责任帮老百姓追回来。

老黄说，吕大姐奶奶，上访三年水平提高了呀，别说还有点道理。我们帮你找回一套是应该的，但那套没证照的，法规规定就是要无条件拆除，我们想解决也没有法规依据呀。

吕桂花说，我不懂什么法呀规呀的，原先我有两套房，就应当还我两套。我姑娘、小子都在那屋生的，我的房比你们法规的时间还长。我也没都要有证的，拆了有证的还我有证的，拆了没证的就要还我没证的。一家五口子，姑娘、小子都十四五岁，不能在一个屋里睡。

于海洋说，你说的有一定道理，也有实际困难，不过法规就是那么定的，我们没办法违规办事呀。

吕桂花说，你们那法规都是有文化的人、当官的人定的。有文化和当官的人有好房大房，都有正式房证，所以不管穷人住房有没有证。

于海洋叹了一口气说，你说的我都记下了，给我们半个月时间研究，半个月后答复你个意见。

送走了吕桂花，于海洋对老黄说，这一家子，一个下岗的，一个没工作的，两个上学的孩子，一个八九十岁的老人，还要长年在外租房，咋生活吧？想想都替他们犯愁。你明天，不，今天下午就组织人找房子。最好是大点的，可以一套顶两套面积的，条件差点没关系，但要一楼的，可以开个小门市的临街房。这事就落你头上，要抓紧办。钱，由我找肖秘书长解决。

老黄说，当年也找了，想用分给他那套五楼房换地房，找了两处，她都不满意。后来，五楼那套房没了，也就没再找。

于海洋说，那这次就多找两处供她选嘛。选好之后让我先看看。

"一套顶两套"是于海洋想规避吕桂花那套无证房的一个权宜之策。但于海洋没有明说，老黄也就不好说破。

二

张玉兰与吕桂花上访表现形态彻底相左。偏房吕桂花三四个小时有时最多说上三四句话，表达意愿的方式主要靠肢体语言。用大李子的话说,偏房是"哑然无声,胜于有声"。小王说,你是没有被春香奶奶轰炸过,她属于狂躁型,可谓"一鸦入林,万鸟皆喑"。不然咱俩就换着接待试试。

春香张玉兰可以连续三四个小时不停地说话,随着情绪的间歇波动,喊骂倾诉,抑扬顿挫,高、中、低档语调一应俱全。三四个小时里可以不吃,但必须有水,以保持声带的滋润与响亮。拆迁办、信访局及市建委各办公室的水杯几乎都被她抓过。一些爱干净的大姑娘、小媳妇听说春香进院了,不是赶快锁紧房门,就是慌忙把自己的水杯藏起来。因为春香不情绪亢奋演讲到两个嘴角冒出白沫子,不鼻涕一把、泪一把地发泄个够是不会离开的。办公室里的听众,除了耳膜要无数次接受同样内容的重复轰鸣,自己的水杯同样要遭受满是白沫子嘴唇无数次吮吸,有时还要接受浑浊泪水和肮脏鼻涕的洗礼与浇灌。

张玉兰原在城乡接合部城中村有两套房屋,1套有正式房照的是184平方米,1套无正式房照的也是184平方米。后者为同一张图纸、间隔两年的翻版。拆迁前,1套居住,1套开豆腐房和季节性粉房。丈夫于大虎有买卖头脑,与乡、村干部关系密切,日子殷实。张玉兰那一片被拆迁,是西城区要发展工业集中区。有正式房照的那套补偿35万元,没有房照的被要求无条件拆除。

于大虎说,我这套有村里批准的手续,盖着村委会的大红公章,还有乡里干部在村手续上签的"同意"。

拆迁人员说,没有政府发的正式房照就是无照房屋,乡与村的手续不好使。

于大虎说，我的手续正在办理中，会办下来的。

拆迁人员说，这片区域已经冻结了户口，执照、房照等各种手续一律停办，一切建设活动都叫停了，你办哪门子手续？

于大虎说，你们刚冻结两个月，我的房子两年前就盖好了，只是没及时跑手续。实际情况是，当年签字的副乡长调走了，新的人脉关系还未建立起来，手续办得不顺利。但这个"实际情况"于大虎当然不能说。

拆迁人员说，没有规划部门批件就建房，属于先斩后奏的城市违法建筑，早该列入拆除之列。你已经非法使用了两年，占了国家两年便宜。按规定一是自行拆除并接受罚款；二是管理部门出人拆除，以料抵偿拆除人工费。照顾你，你自己拆吧，我们也不罚款啦。

于大虎说，我盖房的时候这是农村，不是城市。农村盖房，村、乡批准就行，你们半年前才将这块儿列入城区，就拿城市管理办法管农村老百姓。我不服气，我不同意，坚决不同意！

拆迁人员说，农村盖房也要先拿到乡的正式手续，起码要有乡城建的公章，不是领导签个字就行的。再说，为什么给你家批两套宅基地？不可能。

于大虎说，乡城建不也归乡长领导？你说不可能不算数，事实是已经批了两套宅基地给我。

拆迁纠纷从西城区一直打到市拆迁办。经过了协调、听证、裁决、复议、法庭判决，几个月轰轰烈烈的争斗，最后走了依法强迁程序。强迁那天，张玉兰从铲车巨大的铁铲中被强行拉出来。于大虎用木棒砸断了一名协警的小腿，以伤害罪被判了两年半。不过,不到两年就被放了出来。出来时人成了脸色蜡黄的虚胖子。又过了半年多,在刑期刚满不久的时候,死于肝癌。

从于大虎进监狱的那天起,一向怯于出头露脸和不善交往的张玉兰就像变了一个人。越大的衙门越成为她重点攻访的目标。夏天,白衬衫后背上红色"冤"字有尺许见方;冬天,则剪下来缝到棉袄上。早上,省委书记、省长或市委书记、市长的门口,时不时就听到一声声的长嚎:"青天大老爷呀""百姓冤枉哪",以致公安局不得不派出警察长年在领导驻地巡逻。尤其在于大虎死后,张玉兰时常抱着黑框相片,轮番到市委、市政府,省委、省政府大门前长跪不起。各级领导深以为扰。经过研究,以家庭生活困难名义,一次性补助了张玉兰10万元,并让她写出息访保证书。果然有效,人们很久见不到张玉兰了。当初提建议的高玉田把这个成绩写进了拆迁办的年终总结并上报了市建委,并在市信访局上报省信访局的简报上发了信息。

正当大家在全市信访排查会上重温这件息访案例正确举措的经验时,传来了张玉兰又出现在市政府大厅里的消息。全市信访排查会是为山城市每年例行的人大、政协两会保持稳定提前召开的。会上,高玉田信誓旦旦保证张玉兰绝不会再上访,汇报之人一定是看走了眼。但一周后,张玉兰等于当众扇了高玉田一记响亮的耳光。

人代会开幕的当天早晨,代表们满怀喜悦心情迈入会场,将要听取市长作政府工作报告时,礼堂大墙外传来了一声高亢的嚎叫"冤—枉—呀"!尽管喊叫者被几十名民警中的两名迅速捂着嘴带离了现场,但那拉着尖厉长音的三个字,还是深深印在了代表们的脑海里。甚至或多或少影响了代表们的情绪，以致有代表针对警察对待一个老太婆粗鲁的行为，激昂地提出了批评。

半年后，重新出山的老访客张玉兰恢复了以往的常态，没有人再敢提给钱的事了，但不给钱张玉兰便不离开访区。每个月起码有一次需要拿点零花钱才能走人。谁也没有什么办法能让张玉兰息访，或者起码不要闹得太凶、太出格。那两年，负责信访的高玉田副主任，一听说张玉兰进了院子，保证立马结束正在召开的会议，不管会议的事有多么重要。等张玉兰从右侧门进了楼，自己赶紧从左侧门溜出院子。

今天，何玉升不知使了什么手腕，哄得了张玉兰开心起来，往于海洋办公室走来时，还能听到她在走廊的笑声。张玉兰进门时，何玉升跟在后边，像个屁颠屁颠的跟班，手里捧着一个半杯水的茶杯，里边果然黄乎乎浮了一层茉莉花瓣。老黄赶紧起身，又往茶杯里续了水。于海洋则把一张靠背软椅拉到她的身后边，扶着她舒服坐下。

望着走出房门的何玉升，张玉兰笑着吆喝道，小升子，一会儿我谈完了，给你送茶杯，你等着我，不许走。

何玉升笑着答道，春香奶奶，我不走，等你。少说两句就过来，时间长了我可就走了。何玉升是怕张玉兰磨缠于海洋太长时间。

张玉兰说，你敢走！要走你把信封里的茉莉花茶先给我拿过来。

关上门，屋里剩三个人时，满脸笑容的张玉兰一秒钟内陡然冷了脸问于海洋，你就是新来的主任官？

于海洋笑脸还未退下去，赶紧回答，我是新来的拆迁办主任于海洋。紧随着"于海洋"三个字出口，张玉兰"噢"的一声高亢的尖叫，放声大哭起来，两眼的泪水像断线的珠子，瞬间滚过鼻翼、两腮、脖凹，边哭边双手拍打着桌子边不停地叙说，我那苦命的夫呀，我那崭新的家呀，都毁了。我的冤比海深哪。没人理没人管哪。我活着干受精神折磨呀，真不如死了好哇。说到死字，便把头使劲往桌子上"咚、咚、咚"磕碰个不停。

于海洋好像被人猝不及防射中了一箭，一下子从椅子上跳起来：你别哭，别这样。又赶紧递过一条毛巾，慌乱用手去拦挡她磕碰向桌子上的额头。越拦张玉兰越使劲。于海洋垫在桌面上的手被磕碰得通红，疼得龇牙咧嘴，却怎么也劝不住。情急之中，觉得老黄在扯自己的衣服后襟，还在向自己摇头使眼色，明白是让自己别管别拦。但眼见张玉兰通红的额头，终是不忍心缩回手，于是抓起腰后靠垫替换下了自己的手掌。

软软的靠垫铺在桌面上，剧烈的磕碰动作像打在棉花包上，没了"咚、咚、咚"的声响，也失去了对于海洋手掌的攻击——心理感化的效果。张玉兰抬起头来，立马停住了哭泣，其关闭泪腺的速度如同拉电闸断电一般迅捷，几秒钟前倾盆如注的雷雨天，突然云开日出了：我不哭了，咱们说正事吧。

老黄一旁讥讽道，我说春香姑娘，你是不是有自虐癖呀，就像按摩惯了的人，定期找人掐捏敲打、拔罐松皮才舒服？你看你松自己头皮不打紧，把于主任的手指头都磕肿了。

张玉兰说，老黄你放屁，奶奶我心里不是憋屈得慌吗，哭一哭，这心里就痛快了嘛。那个，新主任官姓什么？姓于？姓于好哇,这回我估摸能解决了,咱们可是一家子。

不等于海洋发问,张玉兰开始进入了"说正事"。说上了正事就不容许别人插嘴,一说就说了两个小时,间或夹杂了哭、骂、喊和跺脚、拍桌子、吐唾沫等动作。中间,老黄试图打断,春香,你简单点,那些情况于主任都知道,这材料上都有。张玉兰不满地说,奶奶我说话,你别打岔,于主任还没拦我话呢,你让我说完。老黄说,春香,你啰唆时间长了,何主任就走了,你还要不要那袋茉莉花茶了?张玉兰说,小升子从不拦我话,早晚他都能给我留着。老黄你给我出去,你别听。

墙上的石英钟指向 11 点 45 分,张玉兰终于结束了冗长的倾诉。老黄算了一下时间,加上在何玉升办公室那的一个半小时,张玉兰已经诉说了近四个小时。老黄知道,她今天的诉说即将告一段落。故意问,你还有什么跟于主任没说全的,再说说,别丢落些啥。

张玉兰说,没落下什么,不说了。尔后,目不转睛地盯着于海洋:于主任,该轮到你说了。

老黄说,春香,你说了一上午,也没向于主任提具体上访要求,让于主任说啥?

张玉兰说,我都说 100 遍了,还让我说,你告诉于主任。

老黄说,好,我服你了春香姑奶奶,你是不是还要求把那套无证房当有证房补偿 35 万元,要不就给两套 60 平方米的房子?

张玉兰说,你说的不对,当时那套房给了 5 万,后来又给了 10 万,还差 20 万。这都过 10 年了,钱都涨毛楞了。我还要加10万，再给30万就行。

老黄说，春香，银行是你家开的呀？一年就涨1万，太出格了吧，姑奶奶。

张玉兰说，20万元一年利息5000元，10年就5万。这多吗？还有我上访打车、坐大巴车钱，误工费用，我都10年没做买卖了，以前我哪年不挣个万八千，也能挣五六千元。就算不给车脚钱、误工钱，我的精神损失给5万也不多吧。

于海洋接话说，张奶奶，如果政府真欠了你35万元，你这么算账似乎也有些道理，但是按法规规定，您那是违法建筑，是不该补偿的。也就是说，从根上这35万元是站不住脚或不该发生的，何况还给了你5万元。

张玉兰说，主任官，你怎么跟省里市里信访局的人一样口气说话？和我们同一天挂红布、放鞭炮上梁的老赵家也是第二套房，咋就办下手续了？还不是因为老赵家的儿子在乡里当民政助理，管困难救济款发放？也怪我那死鬼老头，当年我让他给新乡长和土地所长送礼，他说不着急。我们当初多说是少花了几千元礼钱，也不能就给5万，一下子扣我们30万哪。

于海洋说，你也知道，你这事经过了协商会、听证会、仲裁会，省市信访局都有书面结论。没有充分理由和新的证据，我也没有办法支持你的意见呀。

张玉兰说，你们的这个会、那个会，参加的人大代表、政协委员、城建、房产、信访都是公家的人，都穿西服扎领带，连电视台、报社记者大姑娘小伙子都是你们政府找来的。农民就我一个，我们家就我一个，你们一大群人都说一个理，我当然弄不赢你们公家啦。

于海洋说，既然对政府行政处理有意见，我是政府下属部门咋好改变政府决定？你可以到法院起诉，我帮你请个好律师，替你出诉讼费。有理咱们到法庭上讲，怎么样？

张玉兰双手乱摇，主任官，你可别提打官司。奶奶我告诉你，衙门口朝南开，有理无钱别进来。从古到今老百姓就不打官司，没有老百姓能打过当官的。我家房子就是西城区法院判强拆的，强迁出的地儿给区里开工厂，说收税翻个儿多。我那死鬼老头也是他们判的刑。每年什么两会，区长和法院院长都坐一块开会呢。法院比政府还黑，说话从来不算数。

老黄讽刺道，有钱跟在后边，说话当然不算数，你春香姑奶奶见了10万元不是也写了息访保证书存档，但也止不住你又来上访呀。

张玉兰恼怒地说，我那不是死鬼老头脑血栓、肝癌要用钱吗？不急等钱救命，我写屁保证书？像黄世仁逼杨白劳卖喜儿，还让我签名按手印，复印身份证。现在可倒好，命没救回来，钱也没有了。我人财两空，亏死了。我拼了老命也要找回来，我那老头是睁着眼死的呀。说着又放声哭了起来。

于海洋示意老黄不要用话语刺激张玉兰，去墙边脸盆里洗涮了一条毛巾，递给了有些气梗着的张玉兰，又拍了拍她的肩膀和后背，一声不吭地坐回到椅子上，静等张玉兰情绪平复过来。

只一小会儿，张玉兰便恢复了常态，对于海洋说，主任官，我看你跟有些当官的不一样，不向老百姓发态度。你是姓于的主任，我那死鬼丈夫也姓于，一家人你可得帮我。我下午就去大庙找人算一卦，看往哪个方向使劲，回来我就告诉你，你帮奶奶我把这个难题解决了，我往大庙里进一炷高香，保你再官升一级，烧香时念叨让你孩子考上好学校。

于海洋耐心地说，政府部门要按规定规矩来办，就是报纸电视上说的依法行政，你这事法上就是那么规定的。你让我们上哪儿弄30万补给你，想办也办不成呀。

张玉兰说，弄不出钱来给房也行，奶奶我讲理。现在这钱毛了不值钱，房子可是值钱了。10年前我就要两套60平方米的，现在还不变，1米不多要，不过你要给有证的。

老黄欲言又止，但没憋住的话是，春香，你是越来越会算账了，原先拆迁的房没证，现在却要有证的，真是上访成精了。

张玉兰说，我10年前要是有证能闹得家破人亡？你们钱给不了，又要给我没证的，说不准哪天又被拆迁了呢，我不干。

于海洋无可奈何地摇了摇头，张奶奶，我不能骗你，就目前这些证据，不仅正式房给不了你，没证的房我也没办法给你。尽管我很同情你，但这的确超出了我的权力范围，拆迁办的权力只有在法律、法规的框架之内才有效。因为这部拆迁条例是山城市最高权力机关人大常委会制定的，我必须服从。

张玉兰说，所以我这两年不找你们拆迁办，你们官小，说了不算。今天是刘大平让我来的。以后我就找省长、市长，他们权大，能管制定法规的人。奶奶今天我知道新主任是个好脾气的官，对我老太太好，我再不找你了。明天我就去找李业君大市长，我非让他把规定替老百姓改了不可，要不就不饶他。我不仅让他帮我把房子要回来，我还要让他发话，把我那死鬼老头被"熟锅盔"骗的材料款要回来。

三

太阳像一个熊熊燃烧的火球悬吊在半空中，炙烤得路面丝丝缕缕升腾着热气。大地像一个蒸笼，一丝儿风也没有，往日葱绿的树叶蔫卷得无精打采。马路上行人明显减少。

在拆迁办会议室被围了一上午的于海洋，T恤衫早已粘贴到了后背上。煎熬到1点多钟，好不容易把人都打发走了，进屋抓起凉水一顿猛灌，尔后坐在椅子上长喘了一口粗气，瞅着桌子上的盒饭，一点胃口也没有了。考虑下午碰头会还要不停地讨论、研究、说话和伤脑筋，还是掀开了盒饭盖，一口饭在嘴里如同嚼蜡，怎么也咽不下去，抓起水杯刚要往嘴里倒，房门没敲就被推开了。秘书处长急闯进来说，接市政府值班室电话通知，一个八九十岁的老太太躺在政府大院，因回迁安置的事要自杀，任谁也劝也不走。值班主任要求拆迁办领导必须立即赶到现场处理。我已经通知刘大平赶往市政府，特向主任报告一声。

于海洋"噗"的吐出了嘴里还未咽下去的那口饭，对秘书处长说，叫小高，快跟我走。秘书处长说，于主任，我也跟你去。于海洋说，你在家通知相关的人，下午的碰头会推迟到3点以后开。小高是于海洋的司机。

进了市政府大院,小广场旗杆前边围了十来个人。小高直接开车到人群跟前。"嘎",一声刺耳刹车声响的同时,从车里窜出了于海洋。只见信访接待处处长刘大平光着膀子,衬衫被两三个人扯着遮挡在一个干瘦的老太太头上,正在口干舌燥地劝说着,让老太太不要躺在烫手的水泥地面上。老太太像耳聋一样,任谁怎么劝也不动身,右手握着一把水果刀,刀锋紧挨着自己脖凹处筋突的血管。血管随着心脏"扑通""扑通"的跳,刀锋被顶处,一起一伏地上下波动。老太太头脑还算清醒,有气无力地说,谁也不许动我,谁动我就一刀抹下去。吓得众人心惊肉跳,手脚都不敢动弹半分。

于海洋说,您老把刀子给我,有话咱们好好谈。有什么要求都可以提,这太危险了。

老太太说,反正也没法活了,死了眼不见、心不烦,倒也干净。

于海洋说,我是市政府拆迁办主任,专门解决居民回迁问题。你别在这儿躺着,咱们进楼里去谈,这么大岁数,晒坏了可是了不得呀。

老太太大概晒得也受不了了,叹口气说,她不说话,我也不敢挪窝。不然,回去不给饭吃,还打我儿子,又咬又掐的。

于海洋抬头四处张望,三十多米外的广场树荫下蹲着一个人,一边吸烟一边往这边张望。于海洋明白了,毒太阳下躺在水泥地上的老太太不过是个木偶道具,握棍提线的主角却是树荫下的纳凉人。于海洋三步五步跑窜过去,果然是吕桂花,拿着一个破纸板在扇着风,脚旁边一个脏兮兮的瓶子里有喝剩下的半瓶水,遂怒气冲冲地吼道,吕桂花,你这是人干的事吗?

我不是已经答应给你答复意见了吗？再怎么也不能拿老太太的命来胡闹吧？

吕桂花轻蔑地说，我这辈子就没见过有一个当官的说话算数。你于主任想当个说话算数的官，就该先把自己的记性弄好。

什么记性，说话算数？这跟你的房……于海洋猛然想起曾约定半个月给吕桂花答复意见，而今已过去二十多天了。遂说道，即便我不应该拖期了一周答复你，你可以来找我呀，对老太太犯得上下手这么狠？

吕桂花说，我一个小老百姓那么好找你，赶巧命好找到了，谁知道你会不会也像高玉田那样让我等，一直把房等没了。

于海洋吼道，你让老太太先进楼，咱们下午就去看房。不，现在就去看。说着一把抓过吕桂花正要喝的那瓶水，恨恨地训斥道，你想让老太太渴死吗？

众人看吕桂花若无其事地走过来，纷纷指责、议论道：这肯定不是你的亲娘，要不下不了这狠手；她就是存心要弄死婆婆；老太太儿子也不是个好东西，就让她把亲娘弄在毒日头下晒？吕桂花充耳不闻，不吭一声，弯腰猛地一把抓过老太太手里的水果刀，吐出了两个字：行了！

随着"行了"的指令下达，老太太震得浑身一哆嗦，一直绷紧的神经立马松弛下来，人也随着垮了下来，头一歪，迷糊过去了。吓得于海洋等人手忙脚乱地往她口里灌水，却不见有吞咽的动作。众人又掐人中，又捏合谷，还有大小伙子使劲抠脚心。好在卫生所杜医生及时赶了过来，先摸了一下脉，又测了一下血压，猛丁地向老太太脸上喷了两口水，指挥众人赶紧把人抬进了楼里的卫生所。

老太太挂上了吊瓶,点滴生理盐水和葡萄糖时,眼角流出了几滴浑浊的泪。

于海洋怕吕桂花再出幺蛾子,转身要刘大平找老黄领着去看房,回头一看,不见了吕桂花,慌慌地问,她人呢?

答话的却是老黄,偏房又回树荫下乘凉了。等咱们领她看房呢。老黄在办里听说市政府这边闹事的是吕桂花,急忙赶了过来;后悔自己忘了提醒于海洋按商定的时间答复吕桂花,遂检讨道,于主任,都怪我,差点闹出人命来。

于海洋说,不怪你,这个丧良心的女人,来这一手。

杜医生说,别看这老太太八十九岁了,干瘦干瘦的,但内脏零件好着呢。不过,这大热天晒下去可是危险,年轻人也挺不住呢。

于海洋见老太太已无大碍,让刘大平回办里,告诉秘书处长,通知取消下午碰头会,自己与老黄领着吕桂花去看房。

有了以往的经验,老黄侧重选一层的房子,在房地产周报上面登出的几百条售房屋信息中,先遴选出七八套,再逐家逐户去看房,最后选定了3套,但彼此离得远远的,都不在一处。老黄知道,于海洋只从肖玉亮那儿弄到了15万元,1套房起码得十万八万,两套房钱就不够了,要可汤吃面。吕桂花要房的条件是两套在一起,起码不能离得太远,而初步选定的这3套不在一块,她就不会张口一次要两套。

1套二楼的标准房,吕桂花根本就没看,另两套都是一层房,其中1套58平方米的"四通"标准房,只是偏在胡同里边一些；另 1 套 29.6 平方米，只有水、电、气三通，暖气不通，自然也没有水冲厕所，要到 50 多米开外去方便。于海洋建议吕桂花选 58 平方米的标准房。吕桂花却毫不犹豫地定了 29.6 平方米的那套。

老黄明白，吕桂花之所以选定非标准房是因为这套房临着小街路，可以开个小卖店，而且比起原拆掉的房子，卖店的面积能大出一倍。当然，老黄没有想到的原因还有，没有暖气的房屋，每年可省交供暖费七八百元。不过，这个"好处"吕桂花是不能让官家人知道的。现今城里到处拔烟囱，取消小锅炉，找一处不交暖气费的房子很不容易。

吕桂花说，我要了这 1 套，那 1 套也要给。

老黄说，我们回去再研究。这 1 套挺好的，开个小卖店，日杂之外，还可以卖点菜，每月七八百元能赚。你过了这个村，就没有这个店了。老黄以如此"挺好的"诱惑吕桂花快下决心。怕她再以"要给就两套一齐给，不然我 1 套也不要"相要挟。

吕桂花虽然被老黄的诱惑所打动，当然，有了前车之鉴，就是老黄不提醒，她再也不会干"两套一齐要"的傻事了，但还是逼问了一句，你说的再研究，就是说不是给了这 1 套就完事，是不是？

老黄语塞，这套房加上过户手续、纳税，统共得七八万元，剩下七万多元，标准楼房多说能买半套。答不上问话，只好把无奈的目光投向于海洋。

于海洋考虑，按当年拆迁政策，无论如何应当补吕桂花家一套 52 平方米或上靠一个户型为 58 平方米的标准住房，这也是刚才动员吕桂花要那套58平方米住房的原因。既然吕桂花只选了不足30平方米非标房,那就还有补偿的空间。于是接过话头答复说,这1套房不算补偿完事,还有商量的余地,改天我们商量好了给你答复意见。

吕桂花紧逼一句,于主任,这可是你亲口说的,黄处长做证。

于海洋想起中午晒老太太的场景,又见吕桂花越发逼迫得紧,不禁恼火道,吕桂花,我于海洋凡事说到做到,我答应的事,如果没做到,你自个尽管闹翻天,但有一条,今后绝不允许你绑架年迈的婆婆闹事。再扯上你婆婆,该管的我绝对不管。希望今天、现在、你也亲口对我做个承诺。

大概是闹访五六年,第一次为自己真正解决了问题,吕桂花认为,可以接受不扯上婆婆闹访的条件,算对今天解决问题的回报。就回复道,我答应,下次我不扯拉上婆婆一起上访。

老黄生气地说,吕桂花,你还有下次?不像话吧。

受了训斥的吕桂花既不生气,也不解释,但在心里说道,反正老娘我闹访的招法有的是,如果不继续解决那1套的话,哼!

考虑到老太太要抬要背,市政府值班室主任让机关保卫处派两个人一齐陪同于海洋送老太太回家。面包车开了50多分钟,到了城乡接合部一片城中村,又七拐八弯颠簸了老半天,一个满是废品破烂的小院子映入眼帘。

吕桂花那个矮矬的丈夫,正在捆一叠脏兮兮的纸壳,看见面包车上下来的除了老娘、老婆,另外四五个人中还有两个穿警服的,当时就吓黄了脸,腰弯成了大虾状,手抖抖地打开了院门,就一声不响地紧靠到院墙边上立着,双眼惊恐地瞅着老婆。

吕桂花瞅都不瞅靠院墙立着的丈夫,就好似那是靠在墙边上一个只会喘气的物件,也不招呼众人进屋,也不管众人怎样费力背抬着婆婆。自顾自进了屋,用瓢在水缸舀了水咕嘟嘟喝了个饱,尔后坐在屋里唯一一张弹簧破革沙发上吸烟。

这是一处1间半的下井房,屋里窗台几乎与院子地面一般高,地上砖砌的煤炉子里有半坑水,白墙已成了黄褐色,棚角处一片连一片黑色的霉斑。木框窗户上6块玻璃仅剩了1块,另5块用塑料布封钉着。大概是某一天猛然一股风刮摔了窗扇,仅存的那块玻璃因腻子完好而免遭粉身碎骨。半晌,于海洋眼睛适应了矮屋里的灰暗,先看向光的一面,房门是薄木板的,锁与不锁对"梁上君子"毫无意义。

屋子里实在找不出一件值得伸手的东西。一张大床是用砖垛垫起的床板,上边铺了乱糟糟的两个草垫子,几床破被褥上撂放了三个脏枕头。一张短了一截腿的破圆桌用砖头和木板垫着,上边一张油乎乎的报纸盖了装剩菜饭的几个盘碗,引诱了十数只苍蝇"嗡、嗡、嗡"地飞来飞去,或贪婪地叮着沾了渗过油腥的报纸不走。于海洋认为,吃剩的饭菜大夏天应当放在冰箱里,可寻遍了全屋也没有冰箱,连洗衣机也没有。电视倒有一台,18英寸的,老旧得很,不知是哪个年月出厂的。旁边半间小屋里还有一张火炕,窄得不能再窄了,上边铺了硬纸壳,堆了一堆破棉絮,应当是老太太住的。于海洋想,如果不是一个半死的老人在睡,年轻人一个翻身就会掉到地下。这个家最值钱的恐怕就是小院里那个倒骑驴车了。

看完了这一切，于海洋心里的恼怒一丝儿也没有了，代替的是有一些酸楚、难受，还有一些儿歉意。摸摸口袋里还有182元，其中包括两枚1元的硬币，又向老黄伸手，老黄把口袋翻过来才52元零点，机关保卫处两个干部见状也都把手伸向自己口袋，无奈大夏天衣服换得频，谁也没多带钱，四五个人共掏出了356元钱，全部放到那张圆桌上。

回来的路上，于海洋对老黄说，这个家也叫家？屋里屋外加起来多算值三四千块钱，卖破烂都没有人收。里屋床上三个枕头，小屋住老太太，也不知姑娘、儿子哪个长年在外找宿住。老黄你赶紧再帮她找1套房，要"四通"的标准住房。

老黄说，给偏房找房难为死人了，主要是她非要在今天定下那套房附近找，不一定有52—58平方米户型的不说，即使真能找到，就她家那个穷劲，肯定交不起三四万元扩大面积款。

于海洋说，钱的问题我来想办法，你只管快些找合适的房子。

老黄说，即便不差钱，太顺利地为她解决了，怕要惹出攀比的风波来。

于海洋说，像吕桂花家这样的特困户就应当特殊照顾，有谁能跟她攀比，那就先比一下穷困程度！

老黄说，借攀别人只是个由头，达到自己获得补偿的意图。这样的人起码有一打。头一个就是春香，第12个就是汪贵芳，中间的10个人，个个是因为证照的问题。这些人可不管别人穷困不穷困。如果给了别个，没什么名气，我们可以偷着办。偏房的名气在山城市可谓如雷贯耳。我是怕发了善心，烧香引出了鬼，众访客群起而攻之，我们可就惨了。

于海洋说，车到山前必有路，既然认准了是该办的事，该给人家吕桂花房子，我们就别那么些顾虑。当然，到时候要研究个万全之策。

四

九月，秋高气爽，是山城市一年当中最好的时候。长江以南酷暑难耐，北方的山城市不冷不热。满街的树，从春季的淡绿，夏季的翠绿，转为成熟为墨绿。满园红、粉、黄、紫、蓝色的鲜花，妖冶张狂地暴露着各自的蕊儿，逗引得蜜蜂、蝴蝶、蜻蜓成群结伙像醉了酒般扑向花蕊。从城市周边田地里涌进的香瓜、水蜜桃、脆枣、西瓜，以及满脸透红的西红柿、顶花带刺的黄瓜，徐风一吹，满街巷都飘浮着一股醉人的味儿，甜丝丝的一直沁到人们的心底里。

九月，是山城市人群爆城的时节。聪明的市长们把一年的展览会、交易会、研讨会……汽车展、雕塑展、服装展……反正是数不清的活动都集中往九月安排。市长们是想让大个子与小个子、大鼻子与小鼻子、黑眼睛与蓝眼睛、直头发与卷头发的中外来人，都住山城市的旅馆，都吃山城市的饭菜，都买山城市的商品，都坐山城市的汽车，都逛山城市的景点。尔后，把各自兜里粉色的、蓝色的、绿色的、黄色的各种票子都留给山城市，让山城市的老百姓的腰包都鼓起来。当然，如果不想走的，觉得家乡没有山城好的，想在山城开商店办工厂的，一律给予热情关照。

九月，也是城市社会秩序的最佳稳定期。表现出人们安居乐业的一片大好形势，让想在这儿开商店、办工厂的人认清山城市是大治大安的城市。各大宾馆、夜总会都被公安在上个月过了两三遍筛子，严肃处理一批涉赌涉黄涉毒的案件。据传说，坐台的姑娘虽然还有，但对自己的眉眼下手都比平时轻了许多；平时眼睛不描成熊猫状，嘴唇不涂抹得似秋后的辣椒色是绝不松手的。还有传说，洗浴中心楼上包房的麻将声虽然有所减弱，但对外来人搓麻，只要不弄出太大响亮，警察也一般会装着没听见。但有一件事货真价实的不是传说，九月是信访，尤其是集体上访，老缠个防的严控月份。

肖玉亮已经主持开过两次排查会了，一次是建口包括房产、土地、规划、公用等局领导会议，是以市政府副秘书长名义召开的。一次是建委各处室、各直属单位领导会议，是以建委主任名义召开的。在建口会上，肖玉亮对各局局长说，我不管你们采用什么办法，是忍着肚子疼给人家在8月31日前解决问题，还是其他什么花招，反正九月的30天里，各局都不能闹出一点事来。于海洋知道，肖玉亮说的"花招"，是指给一点小钱、领出门旅游、天天派人死看、找访客儿女施压，陪吃陪喝陪玩，等等。于海洋不想这样做。他认为，这是解决一时的镇痛药方，长远还需要找准病症，动刀子彻底切除。于海洋八月的后半月一直在做这件事。记不清开过几次会了，重点访客都逐件排查并落实到人头。

本来何玉升同张玉兰说妥帖了，九月里不去市里闹访。张玉兰拿了钱，高兴地说，就冲你小升子包保我，我也不去市里找，不能给你脸上不好看。但你要抓紧把杯子给我弄来,奶奶我的牙都嚼不动花生了。"

两个人说得很高兴,张玉兰"咯、咯、咯"地一阵阵笑。何玉升答应给张玉兰弄一个不锈钢的"高能健齿杯",并且说这个杯子含有纳米能量,具有负电位、负离子、高纯含氧量,特别有健齿等8项特别功效。用这种杯子泡茶,有延年益寿的神奇作用,最适合春香奶奶这个年龄段的老人使用。不过要从北京一家科技公司淘弄,一个月后能捎到山城。其实,这个杯子已经躺在何玉升办公桌抽屉里两个多月了。同张玉兰打了多年交道的何玉升深知她的秉性脾气。现在何玉升是两边瞒,一头瞒着张玉兰,不让知道是于海洋负责包保她;另一头瞒着于海洋,偷着给张玉兰塞了400元钱,并许诺了一个月期限的愿。

何玉升诱惑张玉兰具有纳米能量的愿望,只坚持了19天,距离三周差两天,距离当初预定目标差11天。在九月的第19天里,张玉兰像一支满蓄在强弩上的带火响箭,"嗖"的一下子,猛地射向了市政府满是五颜六色彩旗、彩球的大院门口,"忽"地燃起了刺目的烟火。而在其发射时,张玉兰根本没告诉何玉升。因为突然发生的嫉妒怒火烧昏了张玉兰的头脑,使之忘记了九月末还有一个高能量健齿杯在等着自己。

以前,除了头疼脑热之外,张玉兰每周都要到省、市信访局、市建委或拆迁办上访。上访的主要程序就是连续不断说上三四个小时,如果因故被打断没有说满三个小时,这一周可能再来一次从头说一遍。只要达到四个小时以上,一周内一般不会再来第二次。当然,每月不弄上个两三百元钱,重要活动期间,例如九月或两会前,就得增加到四五百元,逢年过节,特别是春节前,没有千八百元的休想打发她安生。

第一周,张玉兰没有地方说,没有机会喊,心里便有些发空,觉得缺了一点什么。抓一把花生咀嚼着,想着何玉升答应的"高能健齿杯",勉强挨过了一周。第二周,还是没有地方说,没有机会喊。身体内积蓄了半月的泪水没有释放,看哪儿都不顺眼,就对儿媳发了恼火:你花生炒得这么过火,干巴巴的像硬石头子,想要硌掉老娘的牙,干噎死我呀?

儿媳本来是孝顺的,本村女孩,还多少带点远亲,平时婆媳关系好着呢。但前天出摊卖水果被城管掀了摊台,100多元的水果被没收了,四轮小车和秤也未讨回来,正憋着恼气。两恼相交,便擦出了火,遂反唇相讥:嫌硬自己炒呀,整天没正事干,吃现成的还挑毛病。

就这一句"整天没正事干",勾起了张玉兰满腔的委屈,一屁股坐在地上,双手拍地,号啕大哭:我整天没正事?我这不是去找被骗的钱,被抢的房吗?我还能活几天?我这大热天,挤公交车,一身臭汗,去跟人家又喊又叫,我当刁妇放泼,把自己的脸皮揭下来让人家当鞋垫踩,不都是为了你们吗?你这没良心的,外人欺负我没办法,家里人也欺负我,我活着还有什么意思。我那死鬼的夫呀,你一去了脱了清静,让我一个人在这阳间受罪呀。

一顿痛快淋漓的哭闹,惊恐的媳妇咋哄咋劝也不停,只好给丈夫打了电话。丈夫进门就给了媳妇一个耳光,当然手举得很高,掌贴脸的速度,尤其是贴上脸的一瞬间极其缓慢,但还是有了响声。就这些微响声被张玉兰抓到了耳孔里,立马打住了哭声,爬起身来,对着儿子一个耳光打过去,谁让你打我儿媳妇啦?是我自己想哭的,娘我哭过心里才痛快。打过了儿子遂过去摸儿媳的脸,姑娘,打疼了吧,别哭了,谁抢了你的车和秤,娘跟你要回来,走!边走边硬塞给儿媳妇200元钱说,糟蹋的水果钱娘给你。回头瞪着莫名其妙的儿子喊,你那死鬼老爸一辈子没碰过我一指头,你小子敢打媳妇,看我回来怎么收拾你。

整个第二周,张玉兰心情舒畅,一句是谁踢我春香奶奶的水果摊床,滚出来!"春香"的名字使西城区城管队长想起了遥远的传闻。儿媳妇不仅顺利拿回了小车和秤,还拿回一车不是自己的、城管队员刚没收的水果,使她在儿媳妇面前出尽了彩头。

第三周熬到第四天,没机会哭闹又使张玉兰胸腔中逐渐集满了气恼。像一只充满氧气的球,在屋里东一头西一头地游荡不止,眼见中午了,儿媳妇快回家了。张玉兰生怕像上周那样无端与儿媳妇起恼火,上哪去?摸摸口袋里还有100元钱,那是何玉升的400元钱剩下的一小部分,由这一小部分又联想到那只还没有到手的高能健齿杯。于是,就把目标瞄向了拆迁办何玉升的办公室,看小升子在干什么?高能健齿杯是不是提前到了?

拆迁办比往日清静了不少,何玉升办公室锁着门,于海洋办公室也锁着门。再往里是高玉田的办公室,张玉兰没有兴趣去看,因为高主任对自己历来是不阴不阳的,从他眼睛里从来看不到一丝儿同情的目光。接着，下二楼去看哪间房未上锁，二楼是处级干部办公室区。张玉兰想找刘大平或老黄等人，实在不行，就下一楼找小王或大李子泡上半天。

老黄的房门未上锁，而且半开着门，从屋里传出一个女人的质问声：偏房也没有房证，她能给房，我为什么不能给房？老黄说，没说不给你住房呀，你那"住宅兼营业房"不能安置门市房，只能安置住宅房屋。女声反问道，为什么偏房家住宅兼营小卖店，你们又给了门市房？老黄说，她还是住宅兼卖店嘛。

听到偏房得了房，而且已经开了业，张玉兰胸腔中如一个蓄满了液化气的气瓶，突然遇上了火星子，"嘣"，一下子爆炸了。她一脚踢开了那扇半开的门，高声喊道，偏房能给，我那没证的也要给，立马就给！进屋见与老黄说话的是汪贵芳，又补了一句，汪汤馆也该给。汪贵芳上访找的是被拆的羊汤馆。

"咣当"，一声房门响，吓了屋里两人一大跳。汪贵芳见春香替自己说了话，也就没计较被惊吓。老黄却不满地说，进门先吱一声，哑巴门也是公家的不是？再说人家偏房那套房，五六年了一套没得着，还不该给一套房？你们不都得到一套了嘛。偏房那套房不仅连标准户型52平方米都没有达到，而且连暖气都没有，你们有什么理由攀比？

老黄说话气粗糙，但理不糙。张玉兰与汪贵芳出了院子，不约而同心里产生了一个共同的愿望，到偏房那儿去看一看，验证一下老黄的话真假。上访找房人的心理有时犹如买彩票，同样是买，有人中了彩，嫉妒的同时都会凑上来，看看人家中的是什么彩、几等奖、能得多少钱。

偏房干得热火朝天，在油盐酱醋之外，又添加了几样蔫巴的蔬菜。见两个同类上访户进门，反而闲下了正在忙活的手，坐在一张旧塑料方凳上，对那个猥琐的男人开始指手画脚起来。一会儿你拿这个，一会儿你挪那个，一会儿这不对了，一会儿那应当这般了，俨然一个叱咤商海的女老板。可自两人进屋门的一个小时里，没有一个人来买走一样货。

张玉兰说，渴了，给点水喝。

偏房骄傲地从架子上摸出一瓶娃哈哈矿泉水递过去，也不吭声，等张玉兰拧开了瓶盖，咕嘟咕嘟一气灌，才慢悠悠地吐出一句话，卖给别人3元，你给两块八就得了。

听说要钱，张玉兰含在嘴里的半口水，"噗"的一下吐到地上，气恼地说，还要钱哪？

偏房脸一仰，怎么，没有钱？没有钱别要水喝呀？我可少收了你两毛钱呀。

张玉兰先是气恼之极，心想，要钱就应当到水缸里给自己舀半瓢凉水来，不该拿瓶装的；拿了瓶装的，就应当事先说明不要钱，不该在拧开盖子喝了好几口之后再提钱。可一见偏房把钱字咬得那么重，又明白了，肯定小卖店生意清淡，才故意耍手腕卖给自己一瓶水，就骄傲地说，我张玉兰见过花过的钱，说出来吓死你，不就一瓶水吗？3元钱1分不少，给你！为了难为吕桂花，张玉兰把伸进上衣装零钱的手又转向裤兜里，拿出一张100元的大票，"叭"，往桌子上一拍说，找零吧。

还真把吕桂花难住了，在一个装鞋的纸壳盒里翻了半天，也没凑够97元，遂木着脸跑出了门外，到不远处一家水果店，换了零钱递给了张玉兰。张玉兰得意地对汪贵芳说,我当是个啥了不起的大买卖,不就是个卖鸡零狗碎的杂货铺嘛。

受了奚落的吕桂花说,杂货铺也是房呀,咱不流一滴眼泪,照样得房,除了这1套,以后还有1套。有的人哭呀喊呀,眼泪费了一大盆子,照样房毛也没捞到。

汪贵芳说,吕桂花,你没发烧说胡话吧,就你,两套?

吕桂花自豪地说,当然两套啦。于主任说了,我家距离标准安置户型还有补偿空间。干气那个老不死的猴儿。

这句话入耳,张玉兰心尖像被钢针刺了一下,脸痛苦地扭曲着。所有上访老户对拆迁安置法规的熟悉与领会深度,一点不逊于甚至超过了不少拆迁管理部门和拆迁公司的工作人员。张玉兰知道,偏房没有说假话,因为于海洋主任说的"补偿空间"符合偏房的情况。同时,张玉兰又不明白,为什么冤情最大的自己,浪费了10年的泪水没有得到补偿,而一滴眼泪也未曾流过且处处与自己作对的可恨偏房,却抢了自己的先?这个世道太不公平了。张玉兰发誓,就凭那瓶收了3元钱的娃哈哈矿泉水,自己也要誓死讨回公道。

五

等于海洋得到了消息,张玉兰已经躺在了山城市医院516号病房里。

516号病房在副局级以上领导干部医疗区,每间房两张床,只躺了张玉兰一个人。以张玉兰的身份,只能住普通疗区8—10

人的大病房，但普通病房人满为患，不可能将8—10人现清出去给她一个人住。更重要的一点是，越是人多，张玉兰谈兴越浓；额角与手上的伤和血渍，不知会使她说出何等爆炸性新闻出来。

从吕桂花的小卖店出来，张玉兰每走一步，都呈现着差错的体征失衡。这种失衡主要反映在呼吸上，每一次吸进肺里的气儿，都是足足的，而每一次呼出的气儿都残留一部分。等回到家，胸腔里的气儿已蓄得满满的，人像个漂游的囊袋，东摇西晃万般难受，躺在床上几乎一夜没有合眼。

第二天一大早，主管城建的汪文学副市长家楼前响起高亢哀惨的哭嚎声。虽然后半夜因天凉都关上了窗户，但"汪青天哪""我冤枉呀""救救老百姓吧"的尖厉声音，仍然毫不客气地透过门窗的缝隙，昂然而入并霸道地射进汪文学的妻子张老师和女儿汪丹的耳孔。不巧的是，几天前汪文学副市长恰好在外地公出。眼瞅着到了自己带女儿上班上学的时间，汪丹拉着妈妈的衣襟，死活不敢出门。张老师慌忙拨通了市政府值班室的电话，值班主任立马给公安指挥中心通报，公安指挥中心电话再打到驻地派出所，等警察赶到劝阻时，张玉兰已经喊叫了30多分钟。

警察给喊累了的张玉兰买来了豆腐脑、大果子，奶奶长、奶奶短一阵哄劝。张玉兰表示，为了这顿饭，今天就不再上访了，但出了派出所，没有往家的方向走而是拐向了北边。北边是市政府方向。事后，何玉升分析，一定是30分钟的喊叫时间不够长，没有使春香奶奶胸腔中的气恼全部释放干净，所以不回家，而去了市政府。于海洋的比喻，则含着军事术语特点：张玉兰表示愤怨的噪声炸弹投向了汪文学家，本来期望能收获成效，起码能使攻击目标汪市长跑出门来亲自接待，而以往这类情况已经重复了好几次。但这次打在了空无一人的城堡里，等于放了空炮，于是选择了新的攻击目标——市政府。

有多年上访经验的张玉兰，深谙隐藏接近目标，突然发起攻击是截获大领导的最佳方式。她先从无人把守的小角门溜进了市政府后院，而后静悄悄地躲在一棵大树后边，眼睛一动不动地盯着右侧门前那台锃亮的黑色加长红旗轿车。她知道，这一定是一位副市长或者正秘书长的车。因为除了正副市长和秘书长那八九辆车，市政府副秘书长以下干部的车，都不许停在这个门口。为了一会儿能有力气快速接近那辆轿车，张玉兰坐在大树后边使劲运蓄着力气。

过了大约半个钟头，据保卫处大黑子后来回忆说是 8 点 03 分。一个大个子在五六个人的簇拥下，从右侧楼门口走了出来，边走边讲着什么，边讲边用手比画着。这时候，张玉兰就如一条发疯的老狗，蹒跚而又急切、连跑而又带颠地奔了过去。当她赶到轿车前 5 米远的时候，大个子市长李业君已经坐进了轿车里，尔后进车的是政府秘书长，再后是李业君的秘书。在李业君进车之前，秘书先给市长打开了车门；秘书虽然没有给秘书长开车门，但在秘书长进轿车时，立在一旁礼貌地注视着；等秘书长进了轿车，并关上了车门，秘书才打开司机右侧的车门，坐到了副驾驶的位置上，然后关上了车门。正是这一连串"必需的"礼貌进车程序，给张玉兰赢得了宝贵的时间。在司机打火启动、轿车屁股后刚刚冒出一缕青烟的当口，张玉兰像一个长着四肢的麻包,"吧唧",一下子就趴在了轿车风挡前的机器盖子上。接着,车里的四个人,一齐儿看到了披头散发下一张扭曲哀痛的老脸。

跟随李业君市长出楼门的还有机关保卫处夜班值守干部大黑子和政府办公厅一位副主任。看见有人扑向了市长的车,顿感失察失职的大黑子慌忙赶上去,抓住了机器盖子上的人,企图将人一把拖下来。人被提起来了,但藤条一般的手爪却死死抓住了风挡玻璃上的雨刷器。大黑子本可轻易拉下人来,但抓雨刷器的手必然破皮流血,大黑子有力的手便软怯了。秘书与司机抢出了车门,接着秘书长和李业君也出了车门。秘书和司机用手使劲掰扯着那双枯藤一般的老手,终于把人与机器盖子脱离开来。

看到张玉兰的右手被划破出血,李业君赶紧拉下了秘书的领带去包缠。秘书长怕耽误了正事时间,抢上去要替换市长,被李业君一把推开。没料想,张玉兰"扑通"跪在了地上,顺势抱住了李业君的大腿,两只手臂紧随着像麻花一般缠绕住,肮脏的鼻涕眼泪把李业君笔挺的黑西裤弄得一塌糊涂。任众人如何解释说李市长有急事要走,张玉兰死活也不放手。焦急中的秘书长对大黑子和办公厅副主任喝道,强行带离!气恼为自己惹了祸的大黑子,稍一用劲,就把张玉兰从李业君市长身边拉开。李业君说了声,不许为难她,就一声不吭地黑着脸,自己拉开车门坐了进去。汽车像野马一样,"忽"地一下子,窜出了市政府大门。

但是,山城市市长李业君,会见外宾的活动还是迟到了7

分钟。按着活动方案安排，农博会开幕式在当天上午9点举行，开幕前半小时的8点30分，山城市市长李业君会见参会的数国外交使节。按外交礼仪惯例，8点25分，李业君市长要迎候在会见大厅的门口，与来出席开幕式的外国来宾逐一握手，尔后看着各国来宾一一落座后，自己最后落座，再进行会谈。那天早上，司机一路狂奔，李业君迈进会见大厅时，时间已经是8点32分。只好在外办主任陪同下，逐一到已经落座的各国大使或参赞前握手问好，不时尴尬地说上一句：SORRY。这个场面，连同李业君皱褶的西裤，被参加会议的几十家媒体记者都摄进了镜头。

如果事情到此为止，也算勉强对付过去，偏偏被邀的一家小报记者，因生活组不细心少发了1天餐券，又被安排在众多大报记者之后的二排，心中陡然起了不满。离开的当天便在自家小报登出了一篇题为"从市长外事活动迟到，看山城市投资环境之优劣"的稿件，文章说该市一位七十多岁老人因向市长反映房屋被开发商无理强迁，遭到市政府机关保卫人员残暴对待，多处受伤，目前仍在医院治疗中。好事不出门，坏事传千里。尽管有几十家大小新闻媒体一片赞歌，但这则消息就如在一锅肥鱼鲜汤中，混进了几颗老鼠屎。

望着李业君市长的汽车绝尘而去，张玉兰既气恼又绝望，把所有的怨气全部撒向了大黑子，躺在地上滚来滚去，抱住大黑子的腿又掐又咬。大黑子气恼万分，但李业君"不许为难她"的话使大黑子不敢有半点过分动作，只能使劲地从地上把人抱起来。张玉兰又顺势把大黑子的胸脯、脖梗子抓挠出一道道血印子。众人费了好大劲儿，才把发了疯的张玉兰弄进了保卫处。大黑子用自己的大口水杯给张玉兰倒了一杯水，放在她面前的桌子上。张玉兰看杯子里一丁点茶叶也没有，顿时火起，不说没有茶叶，而是说用这破杯子给我倒水？！随着话音，手一扒拉，杯子倒了，顺着桌子坡度向桌沿滚动，"啪啦"，掉在了水泥地面上。

正在墙角盆架边给张玉兰涮毛巾的大黑子听到了响声赶紧回头，晚了，杯子碎了。大黑子火了，你凭什么摔破我的杯子？

张玉兰说，摔碎你个破杯子怎么的，你们政府把我家房子都拆没了，你把房子还给我，我赔你10个杯子。

大黑子说，你这么大岁数了，我们让你、敬你，我奶奶从来不舍得动我一指头，你这样打我掐我挠我，你太过分了！你房子没了跟我有啥关系？大黑子心疼那个杯子，那不是什么好杯子，但东西用久了都会使人生出感情。那个玻璃杯子外边的套儿，是当年自己当省职业篮球队长的时候一个女队员现今的妻子，用塑料绳一扣一环精心编织的，再加上这个水杯比一般水杯容量大1倍，所以一直没舍得扔。

张玉兰说，你敢训我？这么多年我还没遇到过像你这样的生荒子、生瓜蛋子对我下狠手，我的房子咋跟你没有关系？今天早上若不是你，李市长他能逃走吗？你个狗腿子！我今天也不活了，跟你拼了。说着，跳起来用头使劲撞向大黑子。

大黑心中胆怯，怕她碰到桌角和墙壁上再伤着，一边伸开双手拦挡着她，一边气恼地喊，你老太太别撒泼呀，慌乱中顾了眼前，忘了身后，一把椅子被自己撞翻了个，同时也把自己绊倒在地。张玉兰一个冷不防，到底把头砸到了一把木椅子腿上，椅子腿上有一个固定的铁栓螺丝，正好结实碰在了左额角上，立马磕破皮并出了血。张玉兰连累带气，一下子昏了过去。

大黑子的黑脸一下子吓白了，杀猪一样喊叫，快来人哪，快来人，快来，快！

卫生所跑来了小护士，杜医生还没来班上，赶紧叫了120，七手八脚把人抬上救护车，拉到了市医院。人倒没什么大碍，只是面相很不好看，头上包着纱布块，右手上缠着纱布条。

于海洋等人赶来时，一切麻烦均已铸成。何玉升说，住哪个房间不好，偏住516，明明是造反派房间嘛，这回可有大闹的根基啦。

于海洋问，人都住院了，是不是该通知她家里人哪。

张玉兰说，不用，我儿子开出租车还得上夜班，我儿媳妇还得卖水果呢。你们把我弄坏了，就得你们侍奉我。

大黑子说，就听奶奶您的，我整天侍奉您，黑白都不回家。大黑子像个犯了法处于可捕不捕之间戴罪立功的嫌犯，恨不得跪下叫张玉兰八辈祖奶奶，甘心当八辈子三孙子，更怕人家儿子来找算账。

张玉兰除了让人黑白侍奉陪床，还要求对自己全面检查一下身体。大黑子是万不敢让走的，但一个人黑天白天24小时滚也不行。于海洋把小王和大李子派来，配合大黑子，保证每班有两人，换着吃饭和睡觉，轮流做张玉兰的忠实听众。

一住就是5天。中间，张玉兰的儿子和媳妇分别来了两次，看望并劝她回家，张玉兰头摇得像拨浪鼓似的。检查费花了 4000 多块，在公家账上倒也算不了多少钱，只是住院时间越长，证明伤的越重，对李业君市长和市政府机关的影响就越大。肖玉亮已经打过两次电话询问了。

何玉升说，不给足补养费她是不会走的。这句话是在走廊里说的。于海洋从兜里掏出了 2000 元钱，何玉升上手抽出了一半说，价码别抬得太高，打五折吧。

张玉兰笑容满面的接了钱，说，那我就回家养着吧。但我还有一个条件，答应了奶奶，我立马就走；不答应，我就一直住下去，反正我手上的伤痂疤还没掉呢。

何玉升说，春香奶奶，你有什么条件尽管说，但不能带"房"字，只要我们能办到的。房子的事于主任不是答应慢慢想办法帮你研究嘛。

张玉兰说，这一回我不说我的房子，我说偏房的房子，只能给她一套，如果你们敢给她两套，我就上李业君市长家去吃、去住！要不然，你们也把我那一套痛快给我，我不能事事让她占我的先。

于海洋刚想解释，何玉升赶忙抢过话头说，春香奶奶，我当是什么了不起的条件。我答应你就是了。不过，我也有个条件，这可是咱俩的秘密。说着"秘密"，把嘴贴着张玉兰耳朵小声说，我的条件是，我不给偏房第二套房，你不能告诉她；咱让她吃个"哑巴亏"。说着伸出了小拇指，拉钩，怎么样？

张玉兰眉开眼笑地也伸出了小拇指头，勾住了何玉升伸过来的小拇指头，还是小升子真心对我好。走，送奶奶我出院，回家。我也想我那大孙子了。

六

　　随着一阵阵烤苞米的香味飘进大街小巷，街路行道树上墨绿色的叶子，隔三岔五地零星有些变淡，或稍许泛点褐色，这时离偏房曝晒婆婆已过去三个月了。

　　这三个月，偏房可是一次也没来过，我估摸着快了，小王对大李子说。说这句话是周六的中午，小王在灌了一大口冰镇凉水后，用轻松的语调说的这句话。

　　大李子说，这三个月，那个小卖店还不忙她个脚打后脑勺，不会来了吧？

　　真是犹如编鬼狐故事，过了不到半小时，门口伸进一个蓬乱头发包着的脏脸——可不是吕桂花？只是人瘦了一圈，望见屋里只有小王和大李子，那个乱蓬蓬的头脸又缩了回去。

　　小王对大李子伸了一下舌头，真是禁不住念叨，说曹操立马来了个白脸，好戏又要开场了。

　　大李子说，这是嫌咱俩官小，上楼找大官去了。都怪你个乌鸦嘴，说谁不好，偏想念起她了。

　　吕桂花真是奔二楼去了。老黄的房门开着，正坐在椅子上看报纸。吕桂花站在门口问，于主任在不在？

　　老黄冷冷地说，于主任不在，找于主任改天再来。

　　吕桂花进屋就说，我那套房你们啥时候给？

　　老黄说，你不是要找于主任吗？你问他去呀。

　　吕桂花又说，我那套房你们啥时候给？

　　老黄说，你这个人就是谁官大你闹谁。于主任不在，你才来找我,对不对?

吕桂花还说,我那套房你们啥时候给?

老黄本来想挑她一个毛病,在气势上先镇压住对方,这是长久接待上访老缠户的一个经验,但是同样的话,10个字加上一个问号,偏房连着重复了三次,对老黄的质问一句也不解释,在这种执拗的顽固面前,老黄只能屈服了。叹了口气的老黄说,找了两套回迁户型,都是52平方米的,你要准备好扩大面积款,大约得3万元。

吕桂花说,我说过,我没有钱。你给我找小的,要不就还我原先那18平方米的。

老黄心里镜子一样明亮,真若给了18平方米,她肯定不干,明知中国男女生不出黑孩子就偏要黑孩子。老黄想说,你这不是跟大姑娘要孩子吗?而出口的话却是,你要求的那个地段都改造完了,最小的户型都是52或58平方米,除非市郊才有18平方米的房子。

吕桂花说,我不去市郊,别的地方再好我也不去,我就要小卖店那片地儿的房子。

老黄说,那你还得等一段时间,我们再设法找一下,你要求的条件太苛刻。

吕桂花说,一段时间是多长?

老黄说,一个多月,不超过两个月吧。

其实房子已经找好了,只是差钱,手续还未办。更主要的原因是担心春香借此为由攀比再闹事,全市类似无证或者证照不全的老缠访户有十七八户,只要张玉兰一挑头,势必闹出通天的麻烦来。

吕桂花说，这可是你说的。

老黄恼火地说，我说你，你跟谁咋都用一种威胁的腔调说话？

吕桂花也不说话，扭头走出屋去。

人们都说苦日子难熬，好日子过得快。于海洋觉得，忙日子过得更快。事儿一个接一个垒成了乱麻堆，解决起来就如从一大堆乱麻中一根一根理出一盘一盘可以上织机的线，要多难有多难。看不出成效，就感觉时间溜得快，太快，飞快，恨不得一天当三天使。

坐在车里，于海洋突然发现，街路行道树的叶子几乎掉光了，只剩下光秃秃的枝杈，无声地刺向天空，仿佛在提问着什么。问什么？于海洋觉得满街的大树都在问自己，那些个超期回迁户什么时候能回去？那些个几乎磨断神经搅和到一锅煮汤圆般的老缠户问题，怎么能一个一个剥离破解开来？于海洋感到憋闷得喘不上气儿来，按下了半扇车窗，随着"热乎的烤地瓜哩"的叫唤声，仿佛有一股诱人的地瓜香味飘进鼻腔，赶紧让小高停车，自己奔着50米开外路边烤地瓜炉子跑去。小高要把车开过去，被于海洋用手势制止了。小高清楚，于主任不愿让卖烤地瓜的人看见自己坐轿车。

又香又甜的地瓜入口，立即反刺到大脑的兴奋神经，继而反馈到心脏，于海洋觉得，天是那么辽阔，太阳是那么温柔，街路楼房是那么好看，连刚刚还在刺向天空方向的枝杈也变得柔软起来。吃烤地瓜使于海洋感到愉悦，这种愉悦从何而来？想起来了，那是在转业不久的市公积金管理办公室的日子。那段时间，于海洋与妻子小菊、女儿晓雪每周都要两次以上兴高采烈地去吃烤地瓜。那段从容、悠闲的日子，至今已离去三年之久了。不过，此时此刻的于海洋觉得，那段时日尽管很开心、很舒服，但对于人生与岁月来说，毕竟是有些奢侈与浪费。

来电话了，一看是刘大平的，于海洋刚才还从容的神经，立马像使足了全力的弓，弦紧绷的"铮儿""铮儿"响。刘大平报告说，偏房一大早就背着行李，拿着饭碗闯进了二政府。

于海洋急忙问：带没带老太太来？

刘大平说，老太太倒是没带来，她丈夫一起跟来了。

于海洋放了一半心，只要不带那个随时会断气的婆婆，她也闹不出什么花样来，何况这既不是九月会展期，离两会还老远，又不是在大街当院，无非是在走廊躺几天。遂对刘大平说，你先去做工作，最好劝她到拆迁办来。实在劝不回来，想办法把他们弄到四楼以上，尔后让小王和大李子轮流陪耗着，我到办里研究她的问题如何解决。

二政府是相对于山城市政府办公大楼而言，政府办公大楼为一政府，是市长、秘书长和政府办公厅、机关事务管理局以及各综合口部门，例如，发改委、经贸委、建委、教委等办公场所。二政府也叫山城市政务中心。为了方便招商引资，简化审批办事手续，四年前，山城市把各委办局具有审批职能的部门全部集中到一起，实行一条龙审批。政务中心的一至三层设若干窗口和办事大厅，来办事的，只要符合办证照条件，在三楼以下便可办完全部手续。平时，楼外车水马龙，楼内一至三层人声鼎沸，四楼以上是各委局办公区。所以于海洋指示刘大平把偏房夫妻设法弄到四楼以上，以免造成不好的社会舆论和影响。

刘大平劝不住吕桂花，又把她弄不上四楼，就对她的丈夫使劲。吕桂花的丈夫嘴里应承着"好吧"，眼睛却偷着瞄看妻子。吕桂花自打进二政府再到三楼城建口审批大厅，就一个字也没有说，听到好吧两个字，眼光却似射出的箭，"嗖"，射向发出声音的方向。立时那个矮矬男人，就像摘蟠桃的仙女被孙悟空施了定身法术，腿脚半点也不会动了。

于海洋一边气恼着吕桂花不通情达理，上次明明说好有什么事尽管找自己，这次竟然又不宣而闹到审批大厅，一边喊老黄来问找房的情况。待到老黄说完，特别是提到了两个月前吕桂花曾来问过一次的情况，于海洋对吕桂花没有了气恼，而且自责起来。

老黄说，这种人就不该可怜，我们绞尽脑汁，费了九九八十一难为她解决难题，怎么就不理解呢？不就是过了三天嘛，值当往审批大厅里闹？

于海洋说，普通老百姓，尤其这类受过伤害的群众，把承诺和约定看得比天大、比地重。把老太太搬上大街和弄进政府是她的一张王牌。我们要求她以后上访不许带老太太，她遵守了约定。她守约定的目的是要求或逼迫我们也守约定。约定期是一个多月，不超过两个月。我相信在这两个月里，他们一定是盼星星、盼月亮般万分焦急，盼望着我们能在一个多月、不超过两个月里，早日给他们一个关于房子的消息，而这个房子又未必是他们满意的。他们不满意，我们就有理由再拖他们"一个多月，不超过两个月"。而我们的拖，尽管他们不高兴，但我们拖的理由冠冕堂皇，"是你们不满意嘛"。我相信，在两个月的最后一天，他们一定是从早上太阳升起的时候，就忐忑地开始等待、盼望，可是一直到天黑，也没有等来我们的消息。于是他们认为，我们并没有遵守约定，可能并不打算帮他们解决那第二套房子。于是他们就丢开了我们，去找我们的上级机关，以他们特有的闹访方式去夺回自己的房子。

老黄说，于主任，听你这么一分析，将心比心，这错还真在我这儿。房子其实已经在那儿了，我们是不敢给她，想拖一段嘛。不给房应当在两个月内再给她个信，哄骗说还得一段，让她知道咱正在替她忙活，就不会闹了。

于海洋说，你不过是我犯错误的重复，上次曝晒老太太不就是因为答应她半个月给信，结果拖延一周才引起的嘛。刘大平刚才来电话说，吕桂花这次不仅守约没带老太太来，而且把我们上回给的356元钱，原封不动地都带回来了，连壹元的两个硬币都没有动。你知道这是什么意思吗？

老黄问，上次给的356元一分没花？偏房啥意思？挺有骨气呀。

于海洋说，人家就是要表明，尽管我们没有遵守承诺，人家还是要遵守约定来促进我们不要再违背承诺。人家还表示，不收咱们一分钱，所以我们"为人家找房子是应该应分的"，是职责所在，而不是情分。由此看来，我们对老百姓必须承诺为金、言出必行哪。改天让工会主席安排个会,将这两件事对全办人员详细讲一讲,让大家都提高一下认识。

老黄说,理是这么个理,但是偏房一闹,咱立马就看房,传出去众老缠户一拥而上,咱可就惨了。错是错了,但就错下台阶太陡呀,总得找个坡儿吧。

于海洋说,我也在考虑这个问题,事应该咋办,还要给她办到位。反正在政府楼里,也闹不到大街上去,索性熬耗三五天,刹一刹她的锐气。让老缠户都看看,偏房闹到了这个程度,该不给房的,我们仍然没有给,从而避免引起群起而效仿的后果。我估摸着,她如今还不能长时间离开那个刚开张的小卖店。

吕桂花和丈夫在二政府轰轰烈烈闹了三天。吕桂花果然惦记着那个小卖店,耗到第三天下午就回去了,但把矮矬丈夫留下继续坚守着。如果不是那个男人晚间冻得感冒、发高烧、浑身打哆嗦,吕桂花一定会让他坚守一两个月也说不准。

二政府有机关干部在形容这对善闹夫妻时,除了用了"轰轰烈烈"之外,还用了"惊心动魄"。这主要形容他们在职工食堂里的表现。中午11点半,不待机关干部走进饭厅,门口左右两个衣衫褴褛、蓬头垢面的男女就迎候在那儿。有机关干部打了饭菜,坐到了餐桌旁,两人便随着跟了进来,一声不响站在人家背后,眼巴巴地瞅着,不时咽着口水。待有的人去盛汤或添一个馒头或加一勺菜离开饭桌的当口,不锈钢餐盘里未吃完的或饭或菜,便被两人迅速倒进自己脏兮兮的碗里,或干脆就用人家的碗筷,几口吃净餐盘中的食物。等机关干部都离开了餐厅,各饭桌上的小咸菜,一些餐盘里剩的菜底儿,饭桌上掉的饭粒,甚至盆子里的剩饭菜，都悉数被揽入脏碗里，留着晚上和明早再吃。

一些吃了半饱便愤然离席的机关干部，找到保卫处长提意见，不该让乞丐进机关食堂，如果被传染了肝炎、肠炎等疾病是对机关干部的极大不负责任。机关保卫处长气昂昂冲进饭堂，一眼瞅见是吕桂花，顿时倒吸了一口凉气。上百人的食堂，第二天就少了一多半人。

刘大平说，本次上访偏房有了些许配合意向，主要是听话地上了四楼。所以听话是因为刘大平给她搬来了两条长木椅。而原先坚持留在三楼城建口审批大厅，理由是那里有长木椅子和晚上铺上纸壳就能当床的方桌子，比睡在四楼水磨石地面暖和。偏房人虽然上了四楼，却不甘心寂寞地待在四楼走廊里，时不时说上厕所撒尿，小王和大李子当然没有胆量跟进女厕所。溜走时，偏房随身带一个铺在身下的纸壳子。纸壳子一边没字的朝上，一边有字的朝下，纸壳子两端挂一条绳子。大李子第一次看清那面纸壳子上写的字是"讨还住房"！字虽然歪扭，但足够拳头大。当时，那个写着字的纸壳子就挂在偏房的胸前，而偏房则站在城建口大厅的长木椅子上。三四个人拿着照相机在拍照。同样的动作大李子没让偏房做出第二次，大李子给偏房另换了一张垫身的纸壳。而同样的场面却让小王赶上了，不过地点改在了机关干部餐厅，挂牌子的人换成了偏房的丈夫。偏房的丈夫不像偏房那样理直气壮地昂着头，而是胆怯地低着头，双腿隐隐有些抖。旁边站着理直气壮的偏房，正用手支着丈夫的后腰，生怕他站立不稳。两天后，这对夫妻的照片上了一家社会报纸《街巷报》。该报虽然不大，却因常发爆料新闻而拥有众多读者和一定影响力。

除了轰轰烈烈和惊心动魄两个形容词，吕桂花这次闹访还可以用"胆战心惊"来形容。这主要表现在以于海洋为首的拆迁办人员身上。闹访的第一天晚上，机关干部绝大多数都下班了，吕桂花的矮矬丈夫也想随之溜走。人还没有迈出半步，就被吕桂花一把扯住领子拽了回来，并在两腿之间充满仇恨地狠掐了一把，那个男人"哎哟"发出了一声惨叫，脸色疼得蜡黄，立马蹲在地上起不了身。待半晌缓过气来争辩道，一天不回去，你想饿死我妈呀，我送点饭再回来，行不行？吕桂花不容置疑地发出了进楼以来罕见的一句话语，但金贵的只有四个字：老实待着！大概语稀的原因，那个男人满怀着委屈和惊恐，却老实地坐下了，像个烂木树根，一动不动堆在那儿。

于海洋接到大李子报告，立马胆战心惊起来，这个丧良心的恶妇，说是不带搭老太太到政府闹访，却不给饭吃，存了心要饿死老太太。老黄，你赶快带人去小卖店看看，多买些好吃的，再带两个大的热水瓶。这个该死的刁蛮女人。等老黄跑到院子里，于海洋突然想起了什么，赶紧推开窗户喊，看看煤炉子里的火，千万别一氧化碳中了毒。快去，快。到了那儿，立马给我打电话！

听了煤炉子、中毒等字眼，心急火燎的老黄抓了于海洋的车就先跑了，不停地催促小高快点开。上车又给秘书处长打电话，让他负责采买食物、热水袋、暖水瓶等一应物品，随后赶紧过去。

到了那个门口，小卖店屋里一片漆黑。老黄擂鼓一样地敲门，屋里沉寂如一座死坟，一点声响也没有。急得老黄和小高猛地用力一撞，门开了。老黄大喊，有人吗？有没有人？还是无一丝儿声响。摸索着门边的电灯开关,"吧嗒"一下开了灯。昏黄的灯泡下总算看清了,地上倒是有一个火炉子,早已煤尽火熄。急找老太太,里屋小炕上一个干瘦的躯体一动不动。老黄抢上前去摇晃着喊,你没事吧,咋不吭声呀?老太太有气无力地说,我冷,我饿,给我点水喝。老黄长吐了一口气,我的祖奶奶呀,一屁股坐在了地上,随着急忙拨通了于海洋的电话。于海洋心头吊着的一块大石头,"扑通"落了地。

第五天,在卫生所打完了针的吕桂花丈夫被送回了家。吕桂花不问病情,阴着脸,气恨恨地说了两句话。一句是对矮矬男人说的,你这种男人有等于没有,咋不发烧烧死你。第二句是对刘大平说的,告诉你们于主任,如果说了不算,下次我就不是这个上访法了。

于海洋也让老黄捎信给吕桂花说,鉴于你主动放弃在政府机关闹访的错误做法,我们将兑现诺言,10天内正式答复你的要求。如果继续闹访,本拆迁管理部门将不再受理你的房子问题。

七

老黄先将吕桂花第二套房选在了小卖店附近,二楼,西厢房,标准的回迁用房。煤气没通,但开发公司说可以发一个液化气罐。只是设计52平方米的房子被一个转角挤掉了3.5平方米,等于剩了48.5平方米。墙边有两节炉筒子,窗户缺了一块玻璃,挡了一块带圆圈的胶合木板,水泥地上有烧过炉子的印迹。就问开发公司的人说,这屋子住过人,是因为太冷又搬走了对不对?

对方说，黄处长，若不是有点毛病，小区回迁都两三年了，还能有剩房吗？

老黄问，除了这一套，真就一套也没有了吗？

对方答，还有两套，都是90多平方米的。我们经理说了，拆迁办用房，价格方面好商量，没钱先用着，咋办都行。

老黄心想，先用着，用后咋办？我才不占你们的便宜呢，这儿你接受了他1万元的让利，那儿不找回去10万元，都算没本事的窝囊开发商。当然这一层意思，不能当着人家的面点破，遂摇着头说，超过58平方米的不行，政策上不好处理。公家办事，该多少钱，我们1分也不差你们的。

老黄想起吕桂花到二政府闹访，丢在家那个直喊冷的干瘦婆婆和小手冻得通红的两个孩子，心里骂着，这个狠心的糊涂刁妇，若是当初要了5楼的"住宅一层"，老人和孩子哪能遭这般罪？总觉得这套房不太可心。于是，又撒开车轮四处寻觅。总算在小卖店左侧500米左右又找了两套标准户型，一套正向的两个阳面房间有58平方米，只是在五层。另一套52平方米在二层，也为正向房，房间一阴一阳，屋里暖气挺好。老黄先替吕桂花一家高兴了一番。高兴之后，脑海浮现出那干瘦老太太颤颤巍巍，步履蹒跚，费力迈过门槛的情景。随着替老太太惋惜起来，惋惜的是，那个粗壮矮矬儿子虽然可以把老娘背上背下5楼，但吕桂花那具有箭镞般锐利的目光，一定会使矮矬丈夫浑身哆嗦得两腿发软，若再滚了楼梯就惨了。于是，老黄在备选房中，果断删掉了五楼那套两个阳面且多了6平方米的好房。

老黄担心吕桂花嫌远错过了那套52平方米的房子，设想拉着那矮矬丈夫一起去，就进屋说，你俩都跟着我看房子去。矮矬男人高兴地应了声，好哩，多谢黄处长。说着就扯下了自己的一只套袖。吕桂花一边没好气地骂道，你嘚瑟个啥？老实在家干活！那男人闻声浑身一哆嗦，立马委顿下来，抓起扯掉的套袖，又往臂上套，手抖抖地半天套不上去。老黄看不过，说，你吕桂花真比正房大奶奶还牛气冲天哪！自己扭头出了屋子，闷气钻进车子。

吕桂花从屋里跟出来，看老黄进了车子，疑惑问道，多远？还坐车。

老黄说，就在前边，不远，我老黄腿脚都为你跑酸了，还不能坐车去？

车开出了三百多米，老黄从倒车镜里看见吕桂花脸色不好看了，黑着脸说，咋这么远？老黄赶紧说，就到了，房好着呢。到了那栋楼跟前，吕桂花却不下车，这么远，我不看。

"不看"，勾起了老黄心里极大不满，替自己万般委屈起来，好像不是59岁的自己比偏房大10岁，而是49岁的偏房是比自己还要大10岁的祖奶奶。老黄心里想说，这回你若不看，再也没有别的房了，但出口的是，我也是快60岁将要退休的人啦，为你这房我先后来了三次。你就是不要，到了跟前也该瞅瞅吧。

吕桂花说，我说过，远的我不要，不要就不看。

气极了的老黄真把心里那句话说了出来，不过做了改良，前半句的"你若不看"，先是气恼地冒出口来，后半句"再也没有别的房"，改良成了"小卖店跟前那套我也不领你去看"。这是一句威胁加诱惑的话语。吕桂花从来不怕威胁，尤其是来自政府干部而不是开发商的威胁。因为政府现在欠自己房子，就没有资格威胁自己，自己则有足够资格威胁政府干部。显然是"小卖店跟前那套"的诱惑起了作用，吕桂花一声不吭地跟着老黄上了二楼，进了房门只向前迈了一步，象征性地瞅了一瞅目光所及的地方，一个房间也未进，就立马结束了看房的仪式。同时，好像给了老黄极大的面子说，不中，看那一套吧。

不死心的老黄继续诱惑说，你看看，二楼暖气多好，你婆婆和孩子今冬就不会受冻了。你再好好看看。

吕桂花说，不中。看那一套。同样的话语，比前一句还省略一个"吧"字。态度坚决得如一头不通人性的犟牛。

老黄气恼的一声不吭，转身就往楼下走。走到一楼，恼气还放不出来，使劲用脚踢了一下楼栋的防盗门，骂道，狗！我就是那个吕洞宾哪！当然，老黄无论如何不敢公开骂服务对象是狗的，尽管从曝晒和冻饿老太太的劣迹看，偏房胸膛里装的就是狗肺。老黄所以敢大声骂狗，是楼栋墙面上有淘气孩子用粉笔歪歪扭扭写了"×××是小狗"的字样。

对那套被抽了条的瘦西厢房，吕桂花看得很仔细。在水泥地上炉子痕迹处停了足足3分钟。3分钟里把墙边的炉筒子和那个有圆圈的胶合木板窗口全部都扫描进了眼里，并在脑海里加工着新的思想。

老黄得了理地说，告诉你这一套不如刚才那一套，你偏不信。冬天连10度都达不到，不然这冷山墙上咋会生出这么多霉斑。再说这比那套少了三四平方米，一张床的地方就没了。

20分钟后，吕桂花说了一句话，又是四个字的短句：中，就这套！吕桂花是站在小北屋的窗户前说的这个短句。

老黄以为自己的耳朵出了毛病，追问了一句，你要这套？脑袋没进水吧。

吕桂花没有计较老黄言语的讥讽，因为她正欣喜地往窗户外张望，听到老黄的话，赶紧回了一句，就这套！虽然比刚才还少了一个评价语"中"字，态度却不容置疑。

老黄用疑惑的目光在吕桂花脸上寻找着答案，发现自己五年来第一次看见吕桂花脸上有了些微的笑意。继而，再搜索她的眼光，老黄又发现，吕桂花从后窗正高兴地望着楼后小马路对个自家小卖店的前窗。老黄明白了，自己耳朵并没有出毛病。

心里高兴，一向言语木讷的偏房少有地同老黄唠了几句话，我早说不到远处，你偏让我去看那套，这不，耽误我少摘了两捆韭菜。话里虽包含着刺耳的埋怨，但透着友好的语调，老黄无可奈何地摇了摇头。

吕桂花问：啥时给钥匙？站在旁边手握钥匙的开发公司工作人员说，我们经理说了，拆迁办用房每平方米优惠200元，每米交2300元就行。48.5米乘以2300元是11.16万元。加上煤气费、防盗门费、预缴供暖费，12万元打住了。钱一过来，就交钥匙。

"钱一过来，就交钥匙"。这是老黄叮嘱人家要当着吕桂花面声明的。按开发公司的意思，拆迁办用房尽管去住，早一天晚一天算账，算多或算少，算与不算都好商量。但这套房通过什么方式给？什么时机给？是要认真研究、左右权衡的。在10

日内让吕桂花看房,只是为了先稳住她。为了不跑风,老黄按于海洋的嘱咐,还是结结实实同吕桂花就口风保密问题认真进行了交谈。老黄说,是你告诉春香我们还要给你一套房的吧?

吕桂花历来敢作敢当,是我,你们本来应当给我的。

老黄说,你知不知道春香因为你这句话闯进市政府,大闹李业君市长,都让记者捅到报纸上去了,给山城市造成多大影响?你个穷肚子,吃了半块肉皮就往嘴唇上擦油装富,不能把好处藏在肚底里?

吕桂花说,春香那个老东西原房没手续当然不该得房。若不是她攀比着我,我的房子能拖这么多年?我就是要气死她个老不死的棺材瓢子。

老黄突然想起了春香曾经大骂吕桂花的阳痿丈夫是棺材瓢子。知道这是两人结仇的另一个原因,但是不好当面挑破,就劝说道,你那偏厦子也没手续,原先没给你房子,不是春香攀比的原因。

吕桂花说,我那偏厦子没手续,现在你们为啥又给我房子?我若像那老东西一次得35万补偿,后来那15万不给我,我都不闹。还不是对我补得不够?责任在你们政府。

老黄气恼道,你这人真不讲理。不给你房我们不对,给了你房还是我们犯错误,你不要拉倒!

受了抢白的吕桂花这回一声没吭。不说话就表示了"要"的意思,而且用惯常的肢体语言进一步表明了态度:拿过房角的一个脏木方凳,弯腰用衣袖擦了两下,放在了老黄的面前。

就这么个多年罕见的动作,使老黄受了莫大的感动,鼻子一酸,真想大哭一场:总算将一个蚀满铁锈的钉子派上了一个合适的位置,尽管还未最终试一下这个锈钉子能不能钉进木板。老黄叹了一口气说,我回去还得替你找领导弄钱。你配合一下,别再赌气说那些没用的话了,千万别告诉春香。

听了老黄的汇报,于海洋拍了一下老黄肩膀说,难为你了。看来还是你说的对,这善心也不能乱发,善事要偷着做。兵不厌诈不光要用在军事上,在拆迁管理上也离不开呀,你再叮嘱一下吕桂花,口风一定严实点儿。不然一漏火星子,那些老缠户的干柴非点着火不可。

老黄说,这一回偏房不会再赌气漏风了,毕竟藏身的窝儿比什么都重要,关键是她现在胸腔里已经没火了,放出来的也不具有可燃可爆性。

看把你黄老夫子高兴的,说话都透着艺术火花,于海洋高兴地笑着说。其实自己心里边也感觉顺畅了许多,就好像塞了好久的一块栓,数月的药溶针砭,终于通了。尽管身上经受了洞穿成筛子眼的万般之苦,但痛并快乐着。

肖玉亮听了于海洋的汇报,立马让建委计财处处长查城市配套费收缴台账,找出了那家开发公司的缴费明细。

在计财处长查账的空儿,于海洋心里没底地说,肖秘书长,若是这家开发公司不差费就不好办了,是吧?这套房可是我们老黄淘宝似的踏破了铁鞋,才寻觅到的呀。

肖玉亮说,放心吧,我的于主任,当年全额缴费的开发公司不超过30%,尤其是那些实力差的小公司。即便是不差配套费,我还可以查他的人防建设费、排污费、占道费。如果这些费都不差，我还可以查他的水增容费、供热入网费，放心吧。别说区区 12 万，就是 120 万我也能查他个人仰马翻。

于海洋问，当初为啥不一次性收足了呢，用这些钱补偿困难户不好？

肖玉亮说，能提出这样的问题，说明你动脑子了，好哇。这不是一句两句话可以说清楚的，也正是我们下一步要研究的问题。从根底上说，还在于我们是欠发达城市，市长兜里没钱，老百姓也穷，大的富的开发商也不多嘛。不给点优惠政策，旧城区就改造不了呀。正说着，计财处处长拿着一张单子进来向肖玉亮汇报说，这家开发公司还欠缴配套费 176 万元，当年以缓交名义欠的，是您批准的。

肖玉亮说，你明天就去这家公司，先把那套房子拿过来给于主任用，冲抵欠费 12 万元。计财处处长答应着出了房门，肖玉亮突然想起了什么，拉开门把计财处处长又喊了回来说，再多抵扣 2 万元，让他们给那套房搞个分户改造，每屋再多装一组暖气片。另外，把那冬冷夏热的铝合金窗都给我换成塑钢的。

于海洋高兴地说，我替吕桂花谢谢肖秘书长。

肖玉亮说，我是看那个跟我老妈岁数一样大的老太太和两个上学孩子的面子，谢什么谢？

老黄拿了钥匙趾高气扬地去找吕桂花看房，特别指着崭新的暖气片说，这回冬天冷的问题解决了，是于主任找肖秘书长亲自批钱让开发公司解决的。你现在不会再说我们说话不算数了吧？

吕桂花却皱起了眉头说，我不要暖气。

老黄这回实在不敢相信自己耳朵，认为真的听错了，你说什么？再说一遍。

吕桂花说，我不要暖气！

老黄咬牙切齿地问，你，为什么？

吕桂花理直气壮地说，我原先就没有暖气。那意思分明是，现在这有暖气的房子比她原先没有暖气的房子质量降低了许多，使她吃了莫大的亏。

老黄像瞅着一个怪物似的，两眼一动不动地盯着眼前这个可恶而丑陋的矮矬女人，锐利的目光仿佛要从偏房表皮一直刺到她的心脏，想看看它到底是什么颜色。

吕桂花指着暖气片说，就这么个温乎东西，我一年要为它白卖两个多月劳力，不划算。我上个月小卖店才赚了 452 块钱。暖气不划算。不要！

老黄明白了，这套 48.5 平方米的房子，每平方米供暖费 26 元，每年要交 1261 元供暖费，的确是这个特困家庭很大的一笔开支。但想到躺在炕上直喊冷的老太太和两个冻肿了小手的孩子，还是遏止不住愤怒，你，你，你为什么不早说！你，你这不是拿我们的劳动当空气、当臭屁吗？再说，这楼房垒不了小火炕，你是不是想把你吃闲饭的婆婆早一天冻死？！

吕桂花对老黄的训斥，一反常态的没有气恼，等老黄跺着脚发过了火，用一个 7 个字的短句，说了两层意思，算是做了解释，我用不起，拆掉吧。

老黄说，你用不起可以报停呀，这整栋楼就没有一家没有暖气，为啥单给你家拆掉？你这不是格色嘛？你是山城市特殊公民，比市长还特殊至上？太过分了吧？！

按山城市供暖法规规定，住户申请停止供暖，需要每年交20%的占网费。吕桂花说，报停也得交百分之二十的钱。

老黄说，一年不就二百四五十块钱嘛，你至于吗？

吕桂花似乎激动起来，那我也得白干半个月。250元可是能给我孩子买4套校服，8双好鞋的大钱，我儿子脚后跟就冻不裂了。

老黄说，你说给孩子买鞋是应该，我咋从来听不到你说一句怎么让老太太不受冻的话，哪怕半句也行呀。

吕桂花说，整天躺在炕上享清福，一动不动当然冷了。二百五十多元能买二百五十斤米，我没给那个老东西吃吗？

听了关于老太太躺在炕上不动当然冷的前半句话，老黄心头"腾"地升起一股怒火，想起了那句"可怜之人必有可恨之处"的经典话语来，老黄想对偏房喊骂，你这个狠心的臭娘们，就是长了一副狼心狗肺，所以上帝让你一辈子受穷！但听了后半句买米的话，老黄明白了，对于除了小卖店没有任何经济来源，还要供两个孩子上学的5口之家，20%的暖气报停费也是相当大的一笔开支。谁不愿意住干净热乎的暖气房？但对特困之家来说，填饱肚子毕竟比挨冷受冻重要得多，老黄有些理解这一家子起来，可怜占了上风，说出口的话也变成了，让我回去再想想办法吧。

说完这句话，老黄感到浑身软弱无力，迈下楼台阶的腿脚，一步比一步虚空。

八

会议在热烈的气氛中继续进行,当走廊尽头大座钟连着鸣响了9个"当"声后,汪贵芳等三个难题虽然理出了大致的头绪,想了几条办法,但都不能彻底解决问题。于海洋说,这几个山头我们不攻了,从侧翼绕过去迂回包抄,用小部队实施拦截,其余大部队直奔最后堡垒挺进。一提最后堡垒,众人都明白是偏房和春香。

老黄汇报了对吕桂花的安置情况,特别细说了吕桂花坚决不要暖气的意见。高玉田听罢,黑着脸一拍桌子,这穷人就不该可怜,为啥受穷?既没有知识,又不通情理,落后呀,愚昧呀。我认为偏房的问题可以到此结案了。这件事太简单了,她不是不要暖气吗?我们拆掉就是了嘛,一个小区多出一个小火炉,丝毫不会使山城市大气质量降一个等级。我看半点没必要花这么多时间再絮叨这件事了。

老黄本来是怀着气恼和同情兼有无奈的复杂心情讲吕桂花关于不要暖气的事,听了高玉田的话语,犹如激情燃烧的火炉子突然兜头被浇了一盆凉水。他实在想不明白,高玉田这几年是怎么了?对工作这么缺乏热情,尤其对穷困的人,心越发的冷硬。老黄犟劲又上来了,我坚决不同意拆掉暖气,我认为在我们改造过的新区里,不应该再出现一处没有暖气的贫民窟。

在拆迁办除了老黄,几乎没有人敢呛着老资格的副主任高玉田说话。老黄话音刚落,高玉田话音应声而起,我认为我们所做的一切,都应该在法律法规框架内行动,不能无原则地发善心。社会主义初级阶段的现实，也不允许我们理想主义地发善心。既然黄处长不同意拆掉暖气，结束这件棘手的老缠访案，你就想法解决偏房一家的供暖费吧。总不会是你老黄学雷锋自己掏腰包吧？或许你掏个一年、二年，你能10年、20年地掏吗？我高玉田是没那个觉悟，也不想出那个风头。

老黄高声应道，既然你高玉田对穷人没那个同情心，我老黄还正有此意。借这件事，在临退休前出个风头，也给咱拆迁办争那么一点儿光，抹一抹有人曾经溅上的污点。我算过了，一年1200元，到她两个孩子18岁，8年也就万八千块，我估计那老太太也活不上8年，也就我老黄半年的工资。有人不舍得，我老黄舍得出！

高玉田脸色由红到紫，叫道，我们这是在讨论工作，不是研究如何发善心的问题，而且于主任强调的一个重要原则是平衡。善心的滥施必然打破政策的平衡，引起攀比的上访风波。偏房这套房子是从开发公司手里拿过来的，但是3万多元的扩大面积款她1分钱未交，对此我们是不能公开的。但是，我们瞒过了一时，瞒不过一世。这事若让今天18户中的任何一户知道，就春香一个人，还不把我们闹出个奶奶样来？

看两人又半红了脸，于海洋把脸子也撂了下来，严肃说道，三个小时前我们刚进行集体心理抚慰，就是为了防止在研究烦恼的案件中出现焦躁心态，现在我要提醒各位的是，我们不是一般群众，是党培养多年的国家干部。国家干部与群众有什么不同？因为前者应当有文化懂规矩，有文化就要懂得调整自己的心态，懂规矩就不应当随意放纵自己的情绪，而要使自己的心态和情绪适应繁重工作的需要。说到这儿，于海洋用眼光威严地扫视了一圈，在高玉田与老黄的脸上还略停了两三秒钟，而后望着鸦雀无声的众人说，这件事谁也不要再争论了，都听我的。我的意见是，既不能简单拆掉暖气，又不能闹出攀比的风波来。大家都围绕着这两条原则，动脑筋，想办法，无关的话，一句也不许说！我们要从吕桂花的特殊之处入手，一户一策，以特殊的办法，解决特殊的问题。

主要领导表了态，做副职和下级的再扭拗着互相别劲，就不要在官场上行走了。高玉田带头端正了态度：特殊？特殊？特殊？在连着说了三个特殊后，大叫一声"有了"！偏房这么不讲情面地与我们闹，我们老黄还一趟趟为他们一家跑事，不就特殊在她家是特殊困难户嘛，偏房倚持的不就是个穷字嘛，我们就从这个"穷"字上做文章。想法给他们家办个低保，把这套房作为政府廉租房给他们。让建委与房地局两家计财处走个账，偏房就不必交那3万多元扩大面积款了，而且还能享受每年报销60平方米供暖费待遇。

于海洋说，这倒是个好办法。

五年前，吕桂花闹得最厉害的时候，老黄就曾想过给她家办低保，但社区说她家有个小卖店，她丈夫还收破烂卖，人均收入超过低保线，没有办成。老黄说，我计算过，偏房丈夫现在因哮喘已经不能捡破烂卖了，全家收入就靠那个小卖店，每月多说七八百元，摊在5个人头上，每人不足160元。5年前山城市人均低保线是130元，现在已经涨到198元了。偏房家条件够。只是现在审批更严了，除了经过居民评议委员会，还要公示半月，特别还设了有奖举报措施。就偏房那个刁泼劲，人家孩子赊 1 毛钱爆米花，她追出 100 多米撵到人家里去讨要。一些住户宁肯多跑 100 米，也不买她家东西，岂能给她说好话？前一段，偏房家申请低保了。居民评议委员会说有举报信，就拖了下来。我估计，低保这事短时间很难办下来。

高玉田说，咱们建口管不着街道和居民委，有人能管得着呀。市民政局有个裁决申请件在我这儿，他们要建老年公寓，需要拆迁一个黄了多年的塑料厂，对方开出了天价，咱就让他们把偏房的事给办了。不办，我就不给他们立会；不办完，立了会也不给他们发裁决文件。

于海洋高兴地说，玉田主任，办低保的事就落在你身上。要跟民政局讲清楚，提出为吕桂花一家办低保不仅是应该的，而且是我们在为他们做工作，不是我们在求他们帮忙。因为对低保收入家庭实行低保补助是民政局的职责，不是我们建口的责任。不过，老年公寓也是件很重要的事，该办还是要抓紧给人家办好，别让人家认为咱们拿这件事卡他们。

高玉田说，于主任，你就放心吧，卡着他们不仅不会让他们看出来，而且还让他们感谢咱们呢。当然我按您说的，不卡他们就是了。

于海洋心里明白，以高玉田的为人，民政局如果不把吕桂花低保证送到他的办公桌上，是一定拿不回裁决文件的。不过，当一把手的对有些事只能点到为止。"点"也不能把话说得太白了，只要让被提醒的人听明白就行了；而与事无干的人能不能听明白，那就要看个人的悟性了，反正听不听明白都没关系。

最后一个议题是研究张玉兰的访案,虽然已经过了10点半,但一提"张玉兰",屋子里的人无不精神一振,刘大平像被烙铁烫了一下屁股,猛地往上一窜,双手乱摇说,无论从哪条法规、政策都找不到补偿的理由。这是个死案、癌案,根本救不活,咋弄都是个死。

高玉田不高兴了,按你这个说法,于主任今天就不该领咱们研究这个案子了?大家还没商量,怎么就说泄气话?正因为难,于主任才让大家都发表意见呢。你封了口,别人还咋说?

刘大平当然不敢像老黄那样跟高玉田顶撞,小声嘟囔着,我也没说不让大家研究呀。只是人家是每周一歌,这疯婆子是每周一嚎,见了她我腿都打战。刘大平心里骂,你个高小鬼,就会唱高调,哪次春香来了不是你先溜,剩下挨缠、挨骂、挨掐、挨咬的还不是我们?

心里明镜似的何玉升替刘大平说话,这春香祖奶奶也真够咱信访处呛的,疯魔进院,谁都能躲,唯独大平他们无处躲藏。让躲也不敢躲。春香在我们拆迁办找不到人,或者说我们不把自个豁出去,缠住她,这祖奶奶就会上市建委、市信访局,堵省长、市长。今年就五六两个月没来,但大伙都知道,那是她重感冒转成肺部感染,我们算是过了两个月清静日子。清静得我都有点寂寞了,但我们没有办法让她再得重感冒呀。现在我们就把点子敲在、敲在找个同生病一样重要的事把她绊住腿。不过最近这祖奶奶来得倒是稀落了点。

刘大平说,在咱这儿稀落,在信访局那儿可是去的欢实了,成了市信访局杨局长的座上宾。那天杨局长向我要茶叶,说你们拆迁办专门给上访户买了一大桶茉莉花茶，用以消火降焦？春香老说我的茶花少，不好喝。我说哪有的事呀。那是何主任找茶叶公司老同学要了几包，用信封装成若干小包，每次药引子似的给一包哄她高兴呢。

高玉田不耐烦地训斥道，快说正题，别说那些没用的，这都几点了？让这么多人听你啰嗦没用的陈芝麻、烂谷子！

刘大平赶紧说，春香这一段到信访局，开始是坐在信访接待大厅，盯着政府后院，想堵截汪市长和肖秘书长帮她找"熟锅盔"，要回欠他们家的74万元材料款。杨局长大包大揽答应协调，拍着胸脯对春香说，你这事经法院了，再找市政府也没用，法院院长是市委任命的，信访局是全市唯一市委、市政府两大家共同的职能部门，法院得老实听我们信访局的话。

刘大平大概是得了职业病，同老缠访户一样，说话枝枝叶叶一搂一大包，没完没了的半天讲不到正题，于海洋不得不打断他的话头问，熟锅盔，74万怎么回事？

刘大平刚要张口，何玉升怕他再一会半时讲不上正题，就抢过话头说，"熟锅盔"就是徐国辉。于大虎病了后，张玉兰三次找徐国辉要材料款，根本没见到人，在办公楼外跳脚大骂，"熟锅盔"吞了昧心钱不得好死！徐国辉在屋里恨恨地说，跟我要"74万"，1分没有。"气死"她！结果春香没死，于大虎死了，尔后扼要介绍了事情的来龙去脉。

10年前，现今的大开发商徐国辉还是个建筑施工企业经理，与材料供货商于大虎因钢材质量把官司打到了西城区。当年西城区法院院长是如今的中院钱副院长，果断判决事业如日中天的于大虎胜诉。但在去执行徐国辉户头钱款时，莫名其妙走漏了风声，户头上的钱不翼而飞。钱院长当即下令扣徐国辉的皇冠轿车，结果车主并不姓徐，是抵债来的车，徐国辉当然不会认可。两次挫折昭示着于大虎霉运的开始，正在他催促钱院长对徐国辉发起第三次"执行"攻击时，家遭遇了拆迁。强迁中于大虎因伤害罪入狱的那天，于家进入了迅速衰落的轨道，就像高空中的云梯不慎失灵了吊钩的滑轮，一路狂泻，止都来不及。仅两三年时间，于大虎就死了。而徐国辉的事业却如日中天般以几何速度迅速发展起来。当年的区法院钱院长也升为市中级人民法院常务副院长。

张玉兰认为市长官最大，能管法院，多次闹访要求法院执行徐国辉的欠款。岂不知政府不仅不能对法院下行政命令，而且行政行为还要在法院监督下进行，张玉兰明白道理的儿子倒是去法院找了两次，一直没有下文。汪文学和肖玉亮也曾跟法院说过。钱副院长答应得很痛快，但是五六年也没执行到徐国辉1分钱。张玉兰曾无数次说，都怪于大虎当初只认一把手钱院长，不认主管执行的副院长，现官不如现管，答应人家的小钱没花到位，大钱自然不能回家。虽然张玉兰多次在大庭广众下说这话，但对一个疯婆子的话没人认真。即使有人想认真当回事，没凭没据的事，能把人家怎么样？

于海洋说，看来要让张玉兰彻底息访，帮她拿到手这事关全家及其后半生顶天重大的74万元应执行款，倒是一条根本的途径。

刘大平这次倒说了一句提纲挈领的关键话语，要帮春香要回这 74 万元，一是钱副院长要真正使劲，二是徐国辉要心甘情愿掏钱。这两条有一条做到，都能解决问题。

何玉升说，你说的这两条，第一，现在已是今非昔比，钱副院长和徐国辉好得能合伙穿一条连裆裤还嫌肥；第二，让人往口袋里揣钱易，让人从口袋里往外掏钱难；让徐国辉往外掏钱是难上加难。别看他身家过亿，让他一次掏 74 万元，比用刀子割肉还难上加更难；更难之程度是，如果割肚腩子肉能代替掏钱，见了针头就发抖的徐国辉，宁肯掀开衬衣让你下刀子。

于海洋咬着牙说，那就找一个让徐国辉主动掀开衬衣，自愿对自己下刀子的机会。山不转水转，风水轮流转。我就不信，法院没有求咱的时候？于海洋说这话心里是有底的，因为徐国辉正为三期续建开发项目审批急吼吼地找自己，对偿还张玉兰 74 万元欠债，徐国辉虽然肉疼心疼得很，但与可赚数千万元的三期项目比起来，不过是其金山上的一抔土，不怕他不乖乖把咽喉伸到自己手上来。再则法院新建办公楼大笔配套费需要肖玉亮秘书长减免，也不怕抓不住钱副院长的软肋。

刘大平说，可是信访局杨局长说，他快哄拢不住春香了。

于海洋说，可不可以找个营生把她哄拴一拴，使上访频率稀落些，起码两会期间别闹大发了。

何玉升说，我倒有一个妙招，春香家原先开过水果店，儿媳妇善经营，什么时候进什么水果，哪类人吃哪些水果，有一套厉害的经验呢。房子被拆了后，儿媳妇只好出了流动摊床。最近她家附近新建了一个市场，抢手得很，想要摊位的都在两年前建市场时交了定金。等春香儿媳妇得到信去交定金时，摊位已经被抢定光了。不过听说市工商局分管局长刘玉文手里有几个指标，是留给市领导审批给特困户和中直驻山城特殊关系单位的。如果能扣出一间，把她儿媳妇先拴在那儿，就等于拴住了春香的半个身子。

刘大平听得着急，催问道，何主任别卖关子，这咋就能拴住春香半个身子？

何玉升说，咋就不能？市场定点开门关门，虽然可以晚来早走，但谁会丢下摊床前买货的顾客就走，钱都不赚啦？倒骑驴车卖货则不同，可以送完了儿子出去，也可以提早回来接儿子。有了这间水果床子，春香要是不替儿媳妇定点接送孙子，就得替儿媳妇守摊子，起码不能深更半夜缠着咱唠叨个没完没了吧……

何玉升没把话说完就停下了，而且偷窥了于海洋一眼。那半截话语和甩光眼色都被于海洋及时抓进了耳孔和眼帘。他明白，何玉升不能当众给自己布置任务，这是做副职的基本素质。工商局副局长刘玉文是于海洋当团长时的政委。三个月前，为了帮助一家拖延80余户回迁居民的开发公司跑贷款，工商局破格为其新注册了一家公司，为此惹了一场官司，市工商局受到了市法制办和省工商局的通报批评，搞得刘玉文当时很被动，也等于市拆迁办欠了工商局好大一个人情。一般情况下，不好二次再开口。思虑了半晌，实在别无他法，于海洋一咬牙，还是决定硬着头皮再去求老战友一次，就说，玉升主任这个意见很好，摊位的事，由我负责找工商局刘局长落实。

最难的问题总算找到了基本解决的路子，于海洋高兴地说，今天可谓成果累累,散会!随着"散会"两字出口,走廊尽头的大座钟连着鸣响了 12 声"当"。新的一天开始了。这是一个好兆头。望着哈欠连连的小王和大李子等几个年轻人,于海洋又改了主意说,谁也不许回家睡觉,大家都到刘记粥铺喝粥,吃早饭,吃东北早茶去!

篇后臆语

我忧郁着。

天地间光怪陆离之象,无一逃得出"对立统一"之铁律。阴与阳、贵与贱、美与丑、上与下、快与慢……二者互存互依,相克相生,缺一方则失去比较,就无所谓另一方。不是吗,没有贫何以有富,没有民何以有官,没有乡何以有城?然而,共存于统一体中的双方,无时无刻不在对立着、矛盾着、斗争着,在绊绊磕磕、碰碰撞撞、搅搅活活中共同前行。

宽阔的街路、漂亮的轿车、现代化的商场、衣着光鲜的买者,逼仄的背巷、脏乱的农贸市场、衣着褴褛的贩夫走卒、嘶哑而焦虑的叫卖人,共同生活在一个屋檐下。假如硬要漂亮光鲜与悦耳的音乐覆盖城市所有角落,使逼仄脏乱与叫卖的聒噪无处可存,必然激化矛盾。因此,我忧郁着。

高大成片的商品楼盘、绿树环绕喷泉的小区,癞痢头般大小不一的棚户房、城中村,共同存在一个屋檐下。阿里巴巴宝藏的大门已经开启,开发商定可赚个盆满钵满,但硬要强势将棚户房中人挤到边远的市郊,必然激化矛盾。因此,我忧郁着。

气势恢宏的广场、高硕的街路树木、配有网球场的工厂展示了现代化都市的豪迈,瘦身的城郊村屯、爬上楼房居住的农民、不再丰裕的耕地伴随着窘困的谋生方式,欣欣向荣的城市与日渐败落的农村,共同存在一个屋檐下。假如靠减少农民五分赖以谋生的土地扩大城市广场的1倍,靠掠夺农村的树木扮美城市,让满腿是泥的农民居住养不起"三气"的楼房,必然激化矛盾。因此,我忧郁着。

矛盾客观存在,是不可避免的,我们的责任是不能让它激化。我们不拒绝都市漂亮、富人发财并增多,因为城市化是我们努力追求的目标;但我们拒绝农村败落、穷人更穷并增多,因为农村是城市的基础与依托。虽然发现宝藏是劳心的商人,但出力流汗开出富矿的却是众多矿工。劳心的尽可发大财当富翁,但要给劳力的留下保证基本生活的份额。理由是,你虽然有权力活的滋润,但没有权力让别人活的焦苦。

屋檐下的矛盾双方正以前所未有的态势对立着、摩擦着、争夺着,暂时还分不出谁是赢家,因为利益双方都在较劲;同时受各种影响与约束,还在努力克制与容忍着,所以矛盾的胞衣尚未破裂。但浮躁的功利心态与跃进冲动是矛盾胞衣的强力腐蚀剂,如果不顾及社会与普通民众的承受能力,矛盾胞衣随时有破裂的危险，必然导致城市化婴儿的过早流产。因此，我忧郁着。

　　城市化需要速度与效率，亦需要质量与公平。成败的关键在于，执柄者的天平究竟向哪一方倾斜？